中国书籍文学馆·小说林

鼎红的小爱情

庞余亮——著

中国书籍出版社
China Book Press

图书在版编目（CIP）数据

鼎红的小爱情 / 庞余亮著 .—北京：中国书籍出版社，2014.3
（中国书籍文学馆·小说林）
ISBN 978-7-5068-3911-2

Ⅰ.①鼎… Ⅱ.①庞… Ⅲ.①中篇小说—小说集—中国—当代 Ⅳ.① I247.5

中国版本图书馆 CIP 数据核字（2013）第 305317 号

鼎红的小爱情

庞余亮 著

图书策划	武 斌 崔付建
特约编辑	陈 武
责任编辑	李国永
责任印制	孙马飞 马 芝
出版发行	中国书籍出版社
地 址	北京市丰台区三路居路 97 号（邮编：100073）
电 话	（010）52257143（总编室）（010）52257153（发行部）
电子邮箱	chinabp@vip.sina.com
经 销	全国新华书店
印 刷	三河市华东印刷有限公司
开 本	650 毫米 × 940 毫米 1/16
字 数	250 千字
印 张	18.75
版 次	2014 年 6 月第 1 版 2019 年 1 月第 2 次印刷
书 号	ISBN 978-7-5068-3911-2
定 价	58.00 元

版权所有 翻印必究

序

李敬泽

"中国书籍文学馆",这听上去像一个场所,在我的想象中,这个场所向所有爱书、爱文学的人开放,不管是白天还是夜晚,人们都可以在这里无所顾忌地读书——"文革"时有一论断叫做"读书无用论",说的是,上学读书皆于人生无益,有那工夫不如做工种地闹革命,这当然是坑死人的谬论。但说到读文学书,我也是主张"读书无用"的,读一本小说、一本诗,肯定是无法经世致用,若先存了一个要有用的心思,那不如不读,免得耽误了自己工夫,还把人家好好的小说、诗给读歪了。怀无用之心,方能读出文学之真趣,文学并不应许任何可以落实的利益,它所能予人的,不过是此心的宽敞、丰富。

实则,"中国书籍文学馆"并非一个场所,它是一套中国当代文学、当代小说的大型丛书。按照规划,这套丛书将主要收录当代名家和一批不那么著名,但颇具实力的作家的长篇小说、中短篇小说集和散文集等。"中国书籍文学馆"收入这批名家和实力作家的作品,就好比一座厅堂架起四梁八柱,这套丛书因此有了规模气象。

现在要说的是"中国书籍文学馆"这批实力派作家,这些人我大多熟悉,有的还是多年朋友。从前他们是各不相干的人,现在,"中国书籍文学馆"把他们放在一起,看到这个名单我忽然觉得,放在一起是有道理的,而且这道理中也显出了编者的眼光和见识。

当代文学,特别是纯文学的传播生态,大抵集中在两端:一端是赫赫有名的名家,十几人而已;另一端则是"新锐"青年。评论界和媒体对这两端都有热情,很舍得言辞和篇幅。而两端之间就颇为寂寞,一批作家不青年了,离庞然大物也还有距离,他们写了很多年,还在继续写下去,处在最难将息的文学中年,他们未能充分地进入公众视野。

但此中确有高手。如果一个作家在青年时期未能引起注意,那么原因大抵有这么几条:

一、他确实没有才华。

二、他的才华需要较长时间凝聚成形,他真正重要的作品尚待写出。

三、他的才华还没有被充分领会。

四、他的运气不佳,或者,由于种种原因,他的写作生涯不够专注不够持续,以至于我们未能看见他、记住他。

也许还能列出几条,仅就这几条而言,除了第一条令人无话可说之外,其他三条都使我们有足够的理由对这些作家深怀期待。实际上,中国当代文学的丰富性、可能性和创造契机,相当程度上就沉着地蕴藏在这些作家的笔下。

这里的每一位作者都是值得关注、值得期待的。"中国书籍文学馆"

收录展示这样一批作家，正体现了这套丛书的特色——它可能真的构成一个场所，在这个场所中，我们不仅鉴赏当代文学中那些最为引人注目的成果，而且，我们还怀着发现的惊喜，去寻访当代文学中那相对安静的区域，那里或许是曲径幽处，或许是别有洞天，或许是，众里寻他千百度，蓦然回首，那人却在，灯火阑珊处……

目 录

螃蟹为什么颤抖
001 ◂

越跑越慢
035 ◂

和痞子抱头痛哭
088 ◂

鼎红的小爱情
129 ◂

出嫁时你哭不哭
174 ◂

秒　史
211 ◂

十字正吊
250 ◂

螃蟹为什么颤抖

我要讲的这个故事里肯定有螃蟹,别看螃蟹们总是张牙舞爪横行霸道,可它们的原则一直是人不犯我,我不犯人;人若犯我,我必犯人。没有侵略者的时候,它们一边窝在芦柴根的下面数着自己吐出的气泡,一边防备着去芦柴荡中打粽箬的姐姐嫩芦根一样的脚。很多时候,我总是来不及惊呼,姐姐们的脚就踩上了那些螃蟹。这是我经常做的一个梦,梦里姐姐们的脚总是鲜血淋淋。姐姐们脚上一道伤疤就是一个故事。所以,这次我还是准备讲姐姐们的故事,我的三个姐姐的故事。上次我写了一个小说叫《的确凉的夏天》,发表了,被一个好事者告诉了我姐,我也不知道是哪个姐姐先知道的,反正后来三个姐姐都知道了。我的三个姐夫还对号入座,弄得我无法解释。写过小说的人都知道,生活与小说不是一回事。有时我想,生活和小说又是一回事。写小说跟我们家小时候做芦柴席差不多。我们那儿水多,荒滩多,芦柴多。小调《拔根芦柴花》就是从我们那儿唱出来的,可芦柴花只能做不中看也不中用更不值钱的芦花鞋。要让这芦柴值钱,就必须做既畅销又值钱的芦柴席。芦柴成了摇钱树,以至于结婚的时候,通向新人家的路上都要铺上芦柴的，新娘的脚踩到哪里，"发财"的声音就响到哪里。做芦柴席首先要用铡刀铡去芦花头，再给每一根芦柴开膛破肚，用石磙碾熟了，剥去芦柴衣，再一根一根地编织成芦柴席，芦柴席做好了，就用它去砖窑上换几百块砖。像燕子衔泥一样，先点滴再点滴。这是我们那儿每家每户的经营术。每年秋天，我们都用大镰刀把原先长在水里的芦柴割下，头发蓬松的芦柴花不见了，裹得紧紧的芦柴衣不见了，芦柴们就成了一张张平面的整洁的芦柴席了，其实这就像是写小说。

我的这个小说还有关我的父亲和母亲，他们一辈子的恩怨我到现在还不能理解，只有一点，我父亲最后的净身是母亲和我完成的。母亲给父亲擦下身的时候擦得特别的仔细，待她擦完了，母亲又给躺在芦柴席上的父亲穿上了衣服，死去的父亲像是母亲怀里的孩子，任性而自私。母亲费尽了力气，而他丝毫没有任何感谢，跟和生前的脾气一样。

平时要到生产队做工，而做芦柴的时间是利用一天时间的边角边料，母亲就特别盼望下雨，只要下雨，每个人都必须窝在家里，这样流水作业线的人员就齐整了。往往到了下雨这一天，母亲就会很大方地在锅里煮上一大锅面疙瘩，然后像妇女队长一样说，多吃些疙瘩，多吃些疙瘩，上午就开工。母亲负责铡芦花，用小抽钩给芦柴开膛破肚；父亲负责碾；我、素兰和爱兰负责剥柴衣；大姐红兰负责编织。大姐手快，常快得我们五个人都跟不上她的速度，刚见她坐在地上替一张柴席"起头"，一会儿就看见她在替这张柴席"塞边"完工了。如果是晴天，打谷场上的石磙子可以用，我们加把劲，在母亲的怒斥声中跟上红兰的速度是应该没问题的。而到了下雨的时候，开膛破肚过的芦柴要变"熟"，就需要用榔头捶，这是父亲最不愿意做的，但为了儿子的将来，父亲只有用榔头捶下去。一小把一小把，可速度还是慢，往往父亲还没捶熟一把芦柴，没有原料供应的红兰就坐在做了一半的柴席上发呆了。这样，母亲设计好的流水线就断了档，往往这时候，母亲的脾气就上来了，话就说得不好听了。父亲听了，当然不舒服，手中的榔头落到地上的声音也不一样了，战争的乌云就笼罩在我们的头顶上了。不过，很多时候，母亲是忍让的，只要父亲手中的榔头发出异样的声音，母亲就不发脾气了，反而像哄我们一样哄父亲，母亲一软，父亲也就不好发脾气了。做芦柴席的流水线阻塞了一下，又顺畅地流下去了。等到晚上的时候，最早结束工作的母亲就会到厨房炒上一盆蚕豆，然后夺过父亲的榔头，对父亲说，去弄两盅吧。父亲不让，母亲就会喊父亲的名字：周益民。母亲喊到第二遍的时候，父亲就站起来了，慢慢地跑到桌子边"弄"酒去了。

那些下雨的日子里，也有母亲不让父亲的时候。与父亲的慢速度相反，母亲的动作就很快，抽柴抽得飞快，只见她手一拉一拉，一根芦柴就被开膛破肚了。当时我负责把母亲抽好的柴抱到父亲的身边。父亲依旧在不紧不慢地捶，有一下没一下的。母亲看了父亲好几眼了，父亲还是这样，母亲就忍不住了，说，周益民，我跟你换。父亲不吱声，不吱声表示否定。父亲还在有一下没一下的，他只能捶柴，他的手不能剥柴衣，不能抽柴，一剥一抽就会有芦柴刺戳到手中去。母亲越是着急，父亲越是不紧不慢，还放了一个屁。我们还没来得及笑，父亲手中的榔头就飞了起来，落了下去。榔头柄断了，父亲的一屁把榔头打断了，这样的喜剧就是父亲主演的，还经常上演，我们都笑翻了，而父亲一脸的严肃，他是天生的喜剧演员，有时候，很少笑的母亲也会被他逗笑起来。

榔头总是坏，谁也不能怀疑父亲在上面做了手脚，流水线要延续，就得到邻居王四妈家借，我们都抢着去隔壁王四妈家借榔头，但这样的好事往往被母亲指派给爱兰。爱兰很不情愿，有时候借的时间长，有时候借的时间短，不管时间长时间短，母亲都会骂爱兰。爱兰不怕骂，说起刚才去借榔头的种种细节，有些细节明明就是爱兰自己编的，可我们相信，实在太无聊了。就在我们这边闹笑的同时，父亲在那边还在有一下没一下地捶着芦柴，圆滚滚的芦柴在父亲榔头下咯嚓嚓地碎裂着，躲避着。父亲说，这榔头怎么这么生？父亲话没说完，他又放了一个屁，我们没有笑。不一会儿父亲又放了一个屁，我们看了看正沉着脸抽柴的母亲，还是没有笑。父亲又放第三个屁了，他不但放了，还自我解嘲地说，苦了，苦了。再后来，父亲又放了一个屁，屁还没有放完，他就押韵似地说了句，苦了，苦了。我们都忍不住了，噗哧一下笑了起来。大姐没有笑，可最不爱笑的母亲也跟着笑了起来，居然是母亲笑得最厉害，说，苦了苦了，你是生孩子还是甩泥了？母亲这么一说，我们笑得更厉害了。我们没想到父亲会生气，他把木榔一撂，木榔头的头在地上扭了一下就不动了。父亲说，还笑呢，笑什么，看看你们的狗牙，你们长了一副狗牙，难看死了。父亲边说还露出他的碎米牙，一脸的鄙夷。我们不笑了，用嘴唇把牙齿抿了起来。母亲也不笑了，她一手握着小抽钩，小抽钩咬着一根芦柴，卡在了那里。喜剧结束了，悲剧正在上演，我们都低下头去假装找事做，再抬头就发现母亲已经扑向了父亲，狗×养的，你倒嫌起我来了，你嫌我丑当时你不要用八人大轿把我抬来啊，父亲被母亲揪住了衣领，父亲的手握住了母亲的手，说，你丢不丢手？你丢不丢手？母亲说，狗日的，你打啊，你不打你就不是你娘养的。母亲不顾一切地冲向了父亲，我们家的战争就要爆发了。

母亲不怕父亲骂她懒，也不怕骂她笨，就怕父亲骂她丑。父亲这样骂，就等于打母亲的脸了，当然也等于在骂我们。父亲长得很英俊，可素兰、爱兰和我长得都不像父亲，都长了母亲的翘牙齿，而不是父亲的碎米牙。为了一只榔头而引起来的战争最终没有爆发，不是因为母亲放弃了，也不是因为父亲害怕了，在那个关键时刻，父亲又放了一个长屁，这个长屁既救了父亲也救了母亲。父亲放了这个长屁后就把母亲的手用力一摔，丢手！老子要出恭。母亲就丢了手。地上的芦柴散得东一根西一根的。父亲到灶后抓了一根稻草就出门去，出恭去了。母亲铁青着脸回房睡觉了，她和父亲打了架就喜欢睡觉，打得越厉害她睡觉时间就越长。

母亲一走，家里就出现了权力的真空，一直伏在地上做柴席的红兰就站起来说，刚才谁先笑的？我说我没有。红兰说，四丫头，我晓得不是你。红兰把目标锁定好了素兰和爱兰。素兰和爱兰把头低下去。红兰用脚踢素兰。素兰说,不是我。一直低着头的爱兰就站了起来,用脚把刚才顺好的芦柴又踢乱了,就是你,还拉我垫背呢。素兰把手中的芦柴抛了起来,有的柴衣就落到了爱兰的头发上了,素兰说,你这个小哭×!如果不是你的小×先咧开来他们会打架?红兰个子高,她一手抓着一个,都抓住了她们的头发,你们都不是好东西,小婊子。爱兰和素兰不约而同回骂了声:大婊子。红兰长得很像父亲,用王四妈的话说,是有脸盘子的。一听她们骂,红兰的脸就变白了,变白了脸的大姐更好看了。爱兰补了一句,卖豆腐,王必贵!眯眯眼,王必贵!做豆腐的王必贵是红兰定了亲的未婚夫,他没有长一副翘牙齿,却长了一副眯眯眼,不知道他是怎么在黎明的黑暗中做豆腐的。这是红兰的软肋,红兰一听王必贵就泄了气,也回房睡觉去了。三个主力干将不在了,只剩下三个虾兵蟹将。最大的素兰什么命令也不下,依旧在维持流水线,爱兰没有这样做,站起来,拍拍身子,说是肚子疼,然后就冒雨出去了。素兰看着她的背影,唾了一口,吃家饭不屙家屎,把屎橛子往外衔的骚×!

　　吃家饭屙家屎,这是母亲从小对我们四个人的教育原则。我很热衷于听关于父亲与那些小姨娘的故事,有时候我还暧昧地提醒人家,人家就开始吞吞吐吐地说,还遮遮掩掩,所以有段时间我脑袋瓜里全是父亲与那些摸不着边际的小姨娘们的故事。我没有亲姨娘,但那些和父亲有过一腿的小姨娘在哪里?我不能问父亲,也不能问母亲,我一问无疑会遭一顿菜瓜吃吃。我才不这么傻呢,好在我们庄上总有一批自称为我姐夫的人,他们总是称我为小舅子,小舅子,我告诉你我老丈人的故事。那些自称为我姐夫的青年,他们大多脸上长着骚疙瘩,嗡声嗡气地围着我家转,癞蛤蟆想吃天鹅肉。

　　有姐姐的人都应该记得起来,家里有姐姐,外面总有几只癞蛤蟆在跳来跳去,况且我有三个姐姐呢,他们最后都转到我这儿来了。我母亲叫我四丫头,我父亲叫我永刚,那些苍蝇们叫我小舅子,小舅子,小舅子，来叫我一声姐夫。我就把手一伸，他们就把我们需要的东西献给我了。最后他们还忘不了问一句，王必贵是不是你姐夫？我说，不是！那些苍蝇还问，那又是谁？我又伸出手来，然后又说，你。我不知道我的这些卖国求荣的行径是如何传到红兰的耳朵里的。有一次，父母不在家时，红兰用一根扁担把我逼到西房里，四丫头，你说，你叫了多少？我有点吓住了。红兰又说，你怎么叫的？我全都说了。我还说出了父亲与那些小姨娘的故事。我说，我是不是以后只能叫王必贵一个人姐夫？红兰板着脸说，四丫头，你没有姐夫，你什么时候有姐夫的？我看着红兰好看的脸，不敢再说话了。

按照我们这儿的风俗，有未婚姐夫的小舅子每年都要拎着一包茶食到姐夫家请姐夫到自己家里"歇夏"。歇夏，伙食就要改善一下。这也是我愿意被父亲差遣去接眯眯眼王必贵到我家"歇夏"的原因。我比较喜欢王必贵那个做豆腐的妈妈，父亲让我叫她姨娘。我一走进王必贵家的门，看到全身豆腐味的王必贵的妈妈，就大声地叫姨娘。叫一声姨娘后她就会给我五角钱，五角钱啦，母亲给我一分钱都要抽筋，而这个姨娘一下子给了我五角钱。我愿意带王必贵到我家歇夏，我知道，我愿意带五角钱回家来歇夏。红兰对于我的表现肯定是知道的，可她没有办法给我五毛钱，有时候，我也恨自己，为了五毛钱，我就成了叛徒王连举。想想当年我做如此使者的样子，我就知道我如今为什么生活还没有高尚起来的原因了。

那一年夏天，我头上害了许多"暑痘子"，一颗消下去了，另一颗又冒了上来，父亲又让我去接王必贵，我不肯。父亲说，戴个草帽去。王必贵正在家里晒"浆布"，一条一条的，我拨了好几条才找到眯眯眼王必贵。王必贵的妈妈不在家，我把王必贵带回来了，可并没有带五角钱回来。王必贵睡觉很不老实，夜里磨牙，吱吱吱吱吱吱，像只大老鼠。第二天晚上我死活不肯跟王必贵睡，父亲要打我，母亲不让打，我躲到红兰的房里去了。父亲和母亲低着声在吵，第二天早晨母亲就没有起床烧早饭。第二天早饭是红兰起床烧的，王必贵也早就起来了，他想扫地，素兰扫了。他想挑水，素兰和爱兰把水早抬满了。他又想抹桌子，爱兰早就抢过去抹了。一切都是无声无息的，不想劳王必贵的大驾。所以王必贵早上只是老老实实地坐在桌边等早饭吃。就在那天早晨，红兰把粥碗往王必贵面前一放，说，王必贵，说你呆吧，你又不呆，说你尖吧，你又不尖，你为什么不回家帮你妈做豆腐。王必贵本来就不必抬头看红兰，他低着头在桌子下面左手握着右手，使劲地握。父亲咳了一声，红兰，你这是什么话？红兰说，中国话！父亲又把桌子一拍，桌上的碗筷都跳了起来，反了你，人家可是送了定亲礼的。红兰说，谁收谁嫁去。王必贵都听见了，可他回家后好像什么也没说。八月半王必贵的妈妈又笑盈盈地过来送礼。父亲让我叫她姨娘，我没有叫。王必贵的妈妈又把带有豆腐味的五角钱递了过来。父亲又回屋去叫，红兰，红兰。过了不久，爱兰出来说，大姐头疼。父亲说，红兰最能干了。王必贵的妈妈说，那是，那是，我家必贵有福气，红兰她妈呢？父亲说，她啊，她去场上捆草去了。父亲说谎真是本事，一点也不脸红，母亲昨晚上又与父亲打了一架，这时正睡在床上抗议呢。

父亲把红兰的不听话归结于母亲，母亲把红兰的不听话归结为父亲。整整一个初秋，红兰像被打错了农药的棉花，叶子蔫了，花瓣也落了一地，一张嘴撅得快要挂油瓶了，但八月半一过，原先蔫不拉叽的红兰又神气起来了，因为大队里文娱宣传队又要排戏了。依红兰的脸盘子即使不演《革命一家人》里的女民兵，也要唱《逛新城》里的女儿。有时候红兰会同时唱两个戏，柴席就做不成了。好在素兰、爱兰也会做。从九月到十二月，文娱宣传队一共要排四个月的戏。戏排好了，腊月里文娱队就要连庄连村地演出了。有的大庄会用船上的跳板和竹篙搭成戏台子；有的小庄不搭戏台子，就画一个圈权当戏台子，反正就是图个热闹而已。有戏台的庄会演《革命一家人》的，红兰把头发弄乱了，还用红颜料把嘴角涂出血来，这都是被敌人打的。我不太喜欢看这出戏，这个戏把红兰演丑了。我最喜欢看的是《逛新城》,《逛新城》一般在不搭戏台子的地方演。民办教师顾国富扮阿爸,红兰扮女儿。阿爸扎着白毛巾涂上黑胡子追着女儿老态龙钟地转圈,边转圈边气喘吁吁地叫,女儿哎,等等我。女儿就唱,阿爸哎。阿爸就会大声地答,哎!等到一过门时阿爸还和女儿一起唱,快快走啊快快走,社会主义新城逛不够。每次演出,围着圈子的观众会把演出圈越挤越小,弄到最后,已不是阿爸和女儿一起在追赶着逛新城了,而是在并肩行走了,那种默契,谁都看得出来。

  事件是王必贵自己捅破的,一捅破之后,王必贵就被红兰打了一个后脑勺。很多人都听说过了,我家人却不知道,还是王四妈告诉了母亲,母亲又告诉我父亲,我父亲使劲地摇头,不可能,听他们瞎嚼蛆,不可能,换成爱兰倒有可能,红兰不可能。再说了,红兰打其他人倒有可能,打王必贵怎么可能?笑话!造谣!笑话归笑话,造谣归造谣,村里说闲话的人越来越多了,那些苍蝇遇见我就问我,喂,小舅子,听说红兰打了王必贵几个耳光呢。再后来爱兰回家说,听人家说红兰一巴掌,差一点把王必贵的头打下来呢,好像红兰成了大力士似的。那时红兰还在文娱队上,看不出她差点把人头打下来的迹象。后来,王必贵的妈妈还顺路送了几块豆腐干做的素鸡,然后又走了,也没有谈到王必贵的头被打下来的事。那几天,红兰正在邻庄的戏台上演着《革命一家人》。待红兰回家时,父亲差不多已经把王必贵妈妈送的素鸡吃下肚了。红兰的感冒好像全好了,一下子就闻见了做豆腐的石膏味。红兰说,谁喜欢这么吃屎?母亲搭了红兰一句,爱吃屎的人吃屎。这句话等于是废话。父亲好像没有听见,他对红兰说,红兰,大演员,人家王必贵哪样对不起你。红兰没有答话,跨进房门睡觉去了。父亲拍了拍桌子,大演员,你凭什么打人家耳光?母亲说,你就省句吧。父亲又拍了拍桌子,老×,都是你教的,不是你教她敢这样?父亲真的喝多了,他喝多了酒就是不停地说,我们都必须是他的听众,听他说,听他痛说革命家史。他母亲怎么病死的,他父亲又怎么死的。他苦啊,他这么苦,还要养这一家子畜生。父亲说到最激动处会眼泪鼻涕一大把地往下掉。母亲在父亲的哭诉声中低声地争辩道,反正不是我拖油瓶带过来的。

那些苍蝇们也就是那些所谓的姐夫们讲了很多幸灾乐祸的不同版本。不过地点是一致的,那是王必贵的庄上。那时红兰所在的文娱宣传队来到了王必贵所在的庄上。王必贵的庄上没有搭戏台,红兰和顾国富一起在演《逛新城》。本来用石灰画好的场地被越挤越小,有人还趁机朝红兰身上挤。顾国富和红兰演着演着就开始偷工减料,愈唱愈短,他们只是急于把《逛新城》逛完。结果有一个人就急急地闯了进来,还闯到了顾国富的身上。周围的人起哄,女婿给丈人拜年来了,顾国富这才知道这人就是眯眯眼王必贵。而撞了人的王必贵一点也没有道歉的样子,好像不是他撞了顾国富,而是顾国富撞了他似的。顾国富没有说什么,红兰说,你怎么这么不文明?王必贵一听,眼睛更小了,用手指着自己的鼻子说,我不文明?你们俩就文明?红兰一个巴掌就打过去了。顾国富说,永刚,你说王必贵好玩不好玩?红兰一巴掌打过去,竟把王必贵打哭了,小眼睛里麻油倒不少。我回过头看红兰,红兰正在灯下用自己的和顾国富的旧衣裳给顾蕾做尿布,不否认也不肯定。

父亲一直认为是民办教师顾国富勾引了他的大丫头红兰。父亲在谴责顾国富的时候,还给顾国富开出了苛刻条件,第一个条件,红兰要跟王必贵家退亲,必须一个子一个子地退钱和贴钱,所退的钱和所贴的钱由顾国富负责。这些钱是由王必贵的妈妈过来算的,她还记了一个笔记本,笔记本上全是用在"红兰身上"的钱,当然包括给我的钱,甚至还有一笔给我买玻璃球用的五分钱,这是王必贵主动买给我的。一共是贰仟叁佰壹拾玖元陆角肆分。第二个条件是红兰结婚出嫁时,我父亲为捏锁封儿的事漫天要价,要了天价一百块,让顾国富的新娘子轿子船迟发了三个小时,等新娘子入洞房时天已经黑透了。第三个条件父亲做得更绝,新娘结婚娘家人要组织亲戚去新娘子家"望朝",我父亲不顾母亲的反对居然请了很多包括多年已不走动的远房亲戚去"望朝",人数计有十二桌。父亲对素兰、爱兰说,红兰这是咎由自取,这都像对阶级敌人说话了。父亲还警告母亲,不要里通外国。父亲还不允许我们在家里提红兰两个字。

红兰一满月,就和顾国富的妈妈分了家,还分了债。结婚回门,什么东西没有带回来,还把家里的她留下的旧衣服带走了。本来是她嫌式样旧的几件,有一件被素兰换着穿了,然后脱下洗了晾在绳上的也被红兰扯走了。王四妈说,姑娘都是偷娘家的,真是十个姑娘九个偷。红兰一点也不像那个《逛新城》的女儿了。

红兰做了一个好听不中用的顾师娘,我家少了一个劳力分。原来是三个劳力分,现在一下子去了一个劳力分,还划走了红兰的一份自留地。里外里损失了很多。加上父亲不常出工,年终分红我家就超支了。超支那年我父亲在大年三十那天晚上喝多了酒,一点也不想顾忌什么了,他开口大骂他自己,骂母亲,骂我们。我母亲还是那句话,又不是我拖油瓶带过来的。

那段时间可是我最寂寞的时期,好像是我的冬天,夏天赶都赶不走的苍蝇都一下不见了,素兰、爱兰长得像母亲,而不像父亲,这还不是最重要的,更重要的是素兰比红兰差三岁。爱兰比红兰差四岁。我比红兰相差七岁。这一差,把我家门口的苍蝇差了个一干二净。他们都去围剿别人家了。我家得给王必贵还钱。顾国富为此还给父亲打了欠条。我家连砌瓦房的一万砖都卖掉了。母亲一提钱就说,那个寡妇是个笑面虎,扫帚星,卖玻璃球的五分钱还记得,真是好意思呢。父亲听见了会铲上一句,还说人家好意思呢,你养的女儿你好意思,反正我没脸见人了。后来他们就吵起来,打起来。王四妈来拉也没用。父亲骂母亲,母亲也骂父亲。话都说得非常难听,有时候父亲不吱声了,母亲仍像愤怒的螃蟹一样骂着什么。

父亲不肯出门了,也不允许母亲出门,更不允许素兰和爱兰出门,连电影也不允许看。抽柴碾柴,做柴席;再抽柴,再碾柴,再做柴席。父亲对我有点放松,我一个人浪在外面,那些所谓的姐夫们大多不叫我小舅子了,而又重新叫我四丫头了。四丫头,你还欠王必贵家多少钱啊。四丫头,王必贵的妈妈又叫你们家取玻璃球的钱了。四丫头,穷鬼顾国富又去公社医院卖血了。四丫头,四丫头。后来我遇见了那个眯眯眼王必贵。那是在好几年之后我去我的表舅家去找爱兰的路上,我遇见了王必贵,他正在挑着担子卖豆腐,豆腐啊,豆腐啊。我本想躲开他,他反而上来追上了我。我加快了步子,可挑着担子的王必贵也跑得非常快,一会儿就追上了我,小舅子,小舅子,你跑这么快干什么?我停下来,他气喘吁吁地说,小舅子,小舅子,哑巴了?我说,王必贵,我家不欠你钱了。王必贵说,不欠我家钱你也是我小舅子。我说,你放屁。王必贵依旧笑着说,小舅子,小舅子,一个黄豆三个屁呢。

　　没有了女主角红兰,也没有了男主角顾国富,村里的文娱演出队还在演。有一次二扁头王文说,没有你姐演出队都是草鸡毛。我没有看过那些草鸡毛的演出,我快要做舅舅了,素兰和爱兰快要做姨娘了,母亲快要做外婆奶奶了,我们都很高兴,像拾到金子似的。父亲不高兴,整天脸挂得像人家欠了他八辈子债似的。我不知道顾国富是怎么跟他的老丈人周益民写了那张欠条的,每月二十五日顾国富领每月二十四块工资那天,我父亲就要素兰去拿钱。这钱也不是给我家的,是给王必贵家的。王必贵的妈妈会在每月三十日像黄世仁一样来我家一趟,什么话也不说,就是要钱。她往往还没到我家,耳朵很尖的爱兰就对正在抽柴的母亲说,妈,那寡妇又来逼债了。说来也怪,不一会儿,王必贵的妈妈就带着一身的石膏味出现了。我母亲这时一般就会瞄着家里有没有猫啊鸡啊鸭啊什么的。平时她是不允许这些畜生在家里逛来逛去的,只要王必贵的妈妈一出现,我母亲也就期望这些畜生们赶快出现,来让母亲指桑骂槐。然后王必贵的妈就在鸡飞狗跳中匆忙窜出门去。有一次,王必贵的妈妈在鸡飞狗跳中不但没有走,反而笑了起来,从口袋里摸出几块糖,这是喜糖,我家必贵定亲了,还是沙沟镇上的。我母亲没说什么,还是爱兰嘴快,她抢白了一句,沙沟?那可是逮小猪的地方啊。王必贵的妈妈的脸变得红一块白一块,你这个丫头,将来不知道害哪个人家呢。爱兰说,什么丫头,你才是丫头,老丫头,臭丫头,我害哪个人家关你什么事,请你不要脱裤子放屁!王必贵的妈妈说,你比红兰厉害多了。爱兰恼了起来,拿去扫帚就扫,王必贵的妈妈这才骂骂咧咧地走了。

母亲经常告诉别人,我家永刚手上有三只箩呢。她是向别人夸耀她儿子的命是很好的。一箩巧,二箩拙,三箩四箩把笔算。我十个手指有三个箩纹,将来是要吃文字饭的。因为我有三只骄傲的箩,所以我特别喜欢问别人有几只箩。谁能够想到呢,二扁头王文有十个箩纹,这个二扁头,十个箩纹可是要讨饭的。可二扁头王文不在乎,这个王矮子家的小二子。王四妈的侄子,我的同班同学,用爱兰的话说,是我的勾魂鬼。二扁头王文是围着我家转的那些苍蝇轰地散去之后坚持留下来的小跳蚤一个。他有时捧着饭碗就进了我家的门,进门就把筷子伸向我家放在桌上中间的咸菜盆。素兰也是有意见的,她不会直接说,她只会像母亲一样撵鸡撵鸭。可王文不吃素兰这一套。不过二扁头也怵一个人,只要爱兰在桌边,王文哪怕馋死了,他也不敢往我家咸菜盆子里伸上一筷子的。王四妈对此有一个说法,爱兰和二扁头属相犯冲,二扁头属狗,爱兰属鼠。

老光棍王武至今还叫我小舅子。父亲跟那些姨娘们的故事大都是王武告诉我的。他说顾国富写欠条给他的老丈人这件事时,他一边捋左颊上一颗黑痣上的毛一边说,我早就料到了,那个眯眯眼的姨娘和周益民好,闹得很大的,不是眯眯眼的妈妈出面是要出人命的。就这样,今个三明个四,就做了亲。红兰像昭君一样出塞了。顾国富这么一搞,昭君不能出塞,周益民当然不能和亲了。说实话,听父亲的风流事我还是不好意思的。王武接着放了屁,四丫头,不是我说,将来你也肯定是个骚棍的,什么扁豆长出什么样的种。

父亲总是喊"腰疼"。一腰疼他就翻他的破《三国》。母亲只好担起父亲的活,碾芦柴,或者用榔头捶芦柴。为了提高积极性,母亲采用了包干制,比如剥柴衣,一人分一堆,谁剥好谁出去玩。素兰抵上了红兰的空,做柴席。爱兰和我一样,剥柴衣,任务比我多得多。母亲看到她们只要稍稍慢下来,就说,四丫头指望不上红兰了,也指望不上你们老子了,四丫头将来要找婆娘就要砌瓦房。母亲还说,我可不想让你们去为四丫头换亲。二扁头王文就是过来帮我完成任务的,他像掉进黄鳝桶里的鳅鱼一样,有了鳅鱼,鳝鱼们就活多了。有了二扁头王文,我们家沉闷的夜晚就活跃了很多。所以二扁头王文在我家颇有一点没话找话说的味道。他说他老子王矮子,说王武总跟他老子要老婆。他还说顾国富是裤子破。那天晚上,他居然说他将来是要发财的。每每二扁头说到这话,爱兰就要笑,咸菜都吃不起的人家!可二扁头王文就是不怕嘲笑,爱兰一笑他说得就越凶。他还说他将来发财了先送永刚一辆永久自行车。爱兰问他,哪我呢?二扁头想了想,那就缝纫机吧,蝴蝶牌的。爱兰笑得更厉害了,把不好看的牙齿都露出来了,素兰呢?素兰说,我不要。二扁子说,不要也得要,我送素兰一块手表。爱兰兴趣很高,那你送我妈什么?二扁头越说越疯,收音机,红灯牌的。二扁头真以为他家是开工厂的了,我们看着正在抽柴的母亲,以为母亲会高兴,没想到母亲把手中的芦柴一拢,抱着芦柴站了起来,说,二扁头,你听听外面又怎么啦,是不是王武又和你老子打架了?王文后来就走了,我的手掌上被芦柴刺戳得伤痕缕缕,这些芦柴刺很奇怪,一戳进去,它们就不见了,狡猾得很,用插在画历纸上的五号针挑也挑不出来,我看着鲜血淋漓的手掌,手掌上除了掌纹,很平静,那些芦柴刺到哪里去了呢?

为了红兰生养的事,母亲又和父亲打了一架,父亲不让母亲去服侍,而母亲偏要去。第二天,我以为母亲会睡在床上不起来的,没想到母亲早已起床了,收拾收拾东西就走了。我问父亲,父亲一边翻他的破《三国》,一边说,还能做什么,去拍她大丫头的马屁了。母亲走了不久，顾国富来了，顾国富是来请父亲去的。父亲架子很大的，顾国富叫了好几声父亲才答应。王四妈在一边说，丈人在拿丈人的架子呢。父亲后来还是跟顾国富走了，还声明，我去看一下就回的。爱兰眼尖，她看到了顾国富真的穿着一条破裤子，差点笑岔了气，弄得王四妈直骂爱兰：三丫头像得了神经病。爱兰说，我是小神经，你就是老神经。王四妈没有想到爱兰会骂她，差点被爱兰的话噎住。王四妈不喜欢爱兰，她训爱兰的一句老话就是，爱兰将来是要跟人家"溜"的。"溜"的意思是"跟人私奔"。爱兰总是回嘴，我跟人家溜关你屁事，你嘴作淡弄点盐擦擦。你说我跟人家溜你将来就跟人家老和尚溜。王四妈说，天打五雷轰的，你小时还喝过我奶呢。

王四妈是我们家的邻居，她总是在我父亲在家的时候过来玩。对此，母亲很有意见，那时候，母亲不在家，父亲也不在家，王四妈也经常到我们家，我们应该有警惕的，可我们不知道王四妈正在打素兰的主意。素兰嘴笨，还特别会臭人，但王四妈就是不停地夸素兰，都把素兰夸成一只花白果了。王四妈经常说一句话，她要是有个儿子和素兰差不多大，她就要儿子娶素兰。素兰那段时间感觉真是好极了，特别是后来爱兰被我父母派去服侍月子里的红兰，素兰变得爱害羞，说话声变得尖声尖气的，妖怪得很。那段时间只要我父母留心一下，王四妈的计划就会被发现。比如很会骂人的王矮子竟然跟母亲打招呼了；再比如王武笑嘻嘻地对我父亲说小乔的事，没头没脑却是有头有尾的。直至王四妈向我母亲提出她要做好吃精了，她要吃"三斤烂面二斤肉"的谢媒礼了，我母亲才恍过神来。王四妈一口咬定，素兰最配二扁头。母亲说，素兰小呢。王四妈说，小什么，像素兰这么大，她都有两个奶唤子了。王四妈保证说，矮子的瓦房给二扁头。母亲问，大的呢？王四妈说，他不中矮子。父亲那时正好去"上大型"，挑河工去了，那天父亲回家取衣服，王四妈又来说这事情。父亲以为是爱兰，不同意，王四妈还在缠，说出了素兰。父亲说，考虑考虑。这考虑实际上就是同意了，父亲定了两项基本原则,一是素兰不能像红兰那样搞定亲,两家有意就这么走走。二是素兰结婚不能太早,家里一点济也没有得到。父亲就这么定了调,母亲也不好说什么了。王矮子第二天就亲自扛了一口袋芋头来了,说家里长的,吃不掉。母亲推不掉,只好叫我送过去一篮子胡萝卜。我把胡萝卜送到王矮子家里时,王矮子正在用一根扁担追着王武,王武边逃边喊,矮子打杀人了哇,救命啊,矮子打杀人了哇。王矮子看到我,立即丢下扁担,脸笑成了一朵花。

快过年了,招娣姨娘就要来了,她也不是我家的亲姨娘,是我家的叔伯姨娘。她跟我们家做亲戚是因为她担负着做我们一家子新鞋子的任务。这一点跟母亲不同,母亲什么农活都会做,就是不会做鞋子打毛衣。每年过年的鞋子必须让招娣姨娘做。招娣姨娘做新鞋子时是有点偏心的,她会做两双百页底的,一双给父亲,招娣姨娘叫父亲为民姐夫;一双是给爱兰的。过了腊月二十,招娣姨娘还没有来,红兰和小顾蕾回来了一趟。顾国富没来,红兰没说为什么。因为是腊月了,母亲宣布把芦柴什么的收起来。家里一下子清爽了许多。小顾蕾也很好玩,像大姐,可很认生,只认一个小姨娘爱兰。顾蕾还拣人,不要素兰。有一次爱兰抱着小顾蕾和二扁头说话,小顾蕾也咿咿呀呀的,像是在答话。素兰想去换换手,结果手还没碰到小顾蕾,小顾蕾便咧开嘴哭了,像是受尽了委屈。素兰就轻拍了一下顾蕾的屁股,你这个坏蛋!到了晚上,不知为什么顾蕾还在哭。爱兰就找到了素兰,推了推素兰,你把小顾蕾吓了。素兰没吱声。爱兰又说了一句,你把小顾蕾吓了。素兰手一挥,就推了爱兰一把,爱兰差点摔倒了。爱兰就大声嚷起来,我知道你,你不喜欢我跟二扁头说话。素兰说,婊子货,没人要的货,跟人溜的货。她们的争吵是红兰拦下来的。爱兰不仅和素兰吵,还喜欢和二扁头吵,也许因为素兰的原因,二扁头有点逆来顺受,低三下四拍马屁的味道。总是二扁头把话题挑开来,最后是二扁头向爱兰投降撤退。因为招娣姨娘一直没有来的消息,大家都在等顾国富上门,如果红兰拿不住他这个犟头,那么红兰只有在我们家过年了。这是母亲、父亲和红兰都不愿意看到的。腊月二十二,顾国富终于来了,低声下气地对红兰说,他以后不再偷偷贴钱给老的了。父亲指责了红兰一句,红兰一边亲顾蕾一边说,谁叫他不顾这个家的,他不顾这个家,我和小蕾就走,看他怎么办?民办教师顾国富拎着尿布跟在红兰的后面,像个沮丧的逃兵。

  我们都以为招娣姨娘不再来了。腊月廿三掸尘,腊月廿四送灶神。父亲那几天火气很多,不是找素兰发火,就是找爱兰发火,还在路上对王武发了火。王武说,周益民,我还和你有亲呢。我父亲说,我和你有什么亲?你放屁!你不要痴心妄想。母亲把准备给招娣姨娘的咸鱼烧了一条给我们吃。母亲用筷子敲了敲咸鱼盆说,不来好,不来好哇。父亲把筷子一摔,好个屁,我看你们今年过年光脚吧。母亲赌气地说,那就不过年。腊月廿五,招娣姨娘扛着我家的五双鞋子进了我家的门,招娣姨娘还带来了两块布,一块是红灯芯绒的,一块是花灯芯绒的。母亲还以为招娣姨娘发了广东的。没想到招娣姨娘说,民姐夫,你知道的,我没个女儿,你有三个女儿,我就做个主了。父亲正在试鞋,头也不抬地说,做什么主?我能做什么主?我母亲说,周益民你不要装可怜,在我面前装什么,该你做主,你做主!父亲说,我还不知道做什么主呢。原来招娣姨娘是准备把爱兰许给她们村上陈会计的三儿子。男方比女方大了三岁,男大三,金山抱银山。招娣姨娘还说,陈会计人好,稳扎,会过日子。大儿子在部队,二儿子在社办厂,陈会计就惯一个三儿子。父亲说,我们家哪配得上人家。招娣姨娘说,怎么配不上?我一说是周益民家,人家陈会计就答应了。母亲说,周益民真是出名啊。招娣姨娘就哈哈地笑了。不知道谁把这消息告诉了正在河边刷旧鞋子的爱兰,招娣姨娘还在和父亲母亲有说有笑时,爱兰就气喘吁吁地闯了进来,没头没脑地说,我不嫁人的,我不嫁人的。招娣姨娘说,爱兰这个狗脾气就像她小时候,将来肯定是不吃亏的。爱兰就哭了起来。正在看热闹的王四妈说,不知是真哭还是假哭呢。王四妈的话还没说完,爱兰就嚷起来,怪你这个老×什么事。

那一年过年，我家过得可不安稳。先是王四妈急着要让二扁头王文正式上门，先定下来，理由是爱兰都订了，哪有大麦不熟小麦先熟的道理。再后来是王必贵的妈妈到我家大闹了一下，庄上很多人都像看戏一样围到了我们家。王心贵的妈妈像文娱队报幕员一样说，你们看啦，周益民是个赖皮精啊，你们大伙看啦。看热闹的王武说，我们还以为周益民在吃你豆腐不给钱了呢。王必贵的妈妈一拍屁股，放你老娘的屁。王武说，你自己用豆腐担子把屁挑回去吧。大年初一这一天爱兰没有起床。年初五，招娣姨娘又来了，还带来了那个陈会计的三儿子。这个三儿子很胖，胖得连眼睛都看不见了，还很害羞，眼睛一直向下，素兰跟他说话，一下子把他脸弄得像猪肝。在灶房烧火的爱兰往炉膛里塞一把草就骂一声，猪！猪！在灶上当锅的母亲说，胖子有福相。爱兰就把手中的火钳弄得咯嗒咯嗒响，肥猪！我死也不嫁！母亲说，你不要跟我说，这是你老子定的，你找你老子去！再后来，招娣姨娘像点火似的走了，临走时还相约了四月初六我们一家到陈会计家"小望亲"。还要我们家把名单尽快报过去。年初八，红兰顾国富一家子过来，顾国富抱着小顾蕾跟小姨娘爱兰要喜糖，爱兰却给了顾国富一顿菜瓜。顾国富说，小姨娘真小气，到四月初六，我们跟胖子要糖。爱兰说，猪屎，只有猪屎做的糖。

正月十五元宵节，正月十六跨火堆。二月又过去了。三月二十是我的生日，又过去了。招娣姨娘又来了一下，核定一下我家到陈会计家小望的人数，还说到时候陈会计会派挂桨船来带。母亲早在正月里就把我们过年的新衣服新鞋子洗了晾干收起来了，准备在爱兰望亲时穿。这期间我家还讨论过带不带二扁头去望亲，母亲不主张带，父亲主张带，连小顾蕾都算一个人，怎么不带二扁头。带上了二扁头，人数又单了，父亲又建议加上邻居王四妈。问爱兰有什么意见，爱兰说，随你们。加上王四妈，正好十个人，双数。素兰又去通知了王四妈。王四妈第二天就把身上的衣服扒下来洗了。我家又开始了做柴席，父亲比去年多了一些积极性，有时王四妈也过来帮忙。桃花开过了，菜花也要开了，今年犯桃花运的人都开始犯桃花运了。先是村长家的小六子跟一个退伍军人"溜"了。再后来是发珍家里的跟一个老光棍"溜"了。虽说都被抓了回来，但水已经泼出去了怎么收回？王四妈把这些消息告诉母亲时，母亲说，上梁不正下梁歪。王四妈说，你不要瞎说啊。母亲说，我没说谁。王四妈说，话传到村长那儿可不好。那一天晚上，村里放电影《苦菜花》，许是临四月初六近了，本来从不允许爱兰看电影的母亲允许了爱兰去看电影。可母亲等到电影散场了，爱兰也没有回来。第二天，有人就说了，二扁头吃完大麦吃小麦。爱兰跟二扁头王文"溜"了，母亲还不相信，她想去问王四妈，王四妈家的门关得紧紧的。冬天的芦柴都割光了，连芦叶都被捋干净了，冬天的螃蟹正躲到洞里饿着肚子做梦。

在那些尴尬的日子里，母亲反复说一句，上梁不正下梁歪。母亲只要说这句话，父亲就和她打闷架。素兰躺在床上，我也拉不动，他们打累了就停下来，有了劲再打。待他们实在不想打了，素兰已在床上睡了三天三夜了，眼皮都睡成双的了。母亲叮嘱我看着素兰。这期间红兰也回来了，丢下了顾蕾。父亲还以为她回家看看的，实际是红兰和她婆婆打了一架后跑回来的。母亲说，红兰，顾国富可是你自己找的。红兰说，我瞎了眼。母亲说，我才不管你瞎了什么眼，你就是两只眼睛全瞎了你也给我回姓顾的家去。红兰不肯回去，有了她，我就不用看素兰了。好在第二天顾国富就抱着顾蕾过来了，顾蕾在顾国富的怀里表明了顾国富的立场："坏奶奶，坏奶奶！"红兰唬着脸，叫老东西，老东西。小顾蕾说不了，西西！西西！最后弄得顾国富也笑了起来。素兰就是在顾国富来我们家时喝下农药乐果的，好在我鼻子尖，闻见了农药味，我就去闻素兰的嘴，还没靠近素兰我就闻见了，我大叫一声，不好了，素兰喝药水了。那时父亲母亲都吓呆了，还是顾国富反应快，他背起素兰就往卫生室里奔，请医生立即用肥皂水给素兰灌肠洗胃。一桶一桶的肥皂水灌到素兰的嘴中了。红兰急得在卫生室外哭。母亲说，哭什么，都是你带的好头。红兰说，我带的好头，我真后悔我当初应该也跟顾国富"溜"了。母亲狠狠地骂了声，贱×！都和你们老子一样贱！母亲头发蓬松，像个老疯子一样，如果谁敢惹她，她肯定扑上去把这个人咬了。

　　王文和爱兰的事情虽说与我没有直接的关系，可的确又和我有关。得知素兰喝农药的那几天，我的鼻孔里嘴巴里整天都是农药的味道。好在素兰喝得不多，喝的又是乐果，如果喝了二三乳剂，后果就难说了。素兰也很犟，在喝过农药的第三天，她就下床做柴席了。她做得不声不响的，弄得我们全家也只好跟着她忙。母亲抽柴，父亲碾柴，我剥柴衣。素兰像锈花一样坐在地上慢慢地做，过去我、二扁头和爱兰三个人剥柴衣还赶不上她的速度。父亲不像过去那样了，胡子拉喳的，满嘴的口臭。母亲还让我看住素兰。有一次等父亲不在，素兰说，我才不死呢，我不痴了，我要等那个小婊子回来，用刀戳烂她的×。素兰边说还边舞了舞柴席上的那把剪刀。而小婊子爱兰就这么从我家消失了，爱兰真和二扁头王文讨饭去了。母亲说她死了，父亲什么话也不说，素兰好像预料到什么了，她总说，小婊子肯定回来。一年了，爱兰没回来，倒是有很多媒人走上门来替素兰做媒，素兰说，一切等那个婊子回来。那天，素兰跟着我们庄上的帮船到沙沟镇上逮小猪，我在沙沟镇上寄宿制高中，她兴冲冲地找到我，你知道吗，那个小婊子回来了。我还没明白过来，素兰就笑了，是爱兰这个小婊子啊。你知道她养的什么？我不知道，我看着兴致正高的素兰，好久没看她这么高兴了。素兰身上有一股浓浓的猪屎臭，她对着我竖起两个指头，丫头！这个小婊子一口气生了两个小婊子，她现在肚子里肯定还是个小婊子！我忽然在素兰的脸上看到了母亲的表情。

　　每个子女的脸上都活着父母的表情，这是我在一次失恋后的大醉后发现的，我在镜子里忽然看到死去的父亲死死地盯着我，我一惊，酒醒了一半，原来里面的那个醉汉就是自己。还有一次，我在火车的盥洗间里，看到了我脸上母亲的表情，母亲在我远游的时候还一直跟着我。母亲重男轻女，她决不允许我的三个姐姐的衣服和我的衣服放在一起洗，也不允许三个姐姐摸我的头和肩。这是母亲的原则，三个姐姐早就习惯了母亲的原则。

爱兰回来了，可母亲不让他们回家，要不是王矮子和王村长一起到我家做父亲的工作，爱兰是不可能进我们家门槛的。我不知道爱兰是怎么和素兰见面的，我从学校回到家的时候，素兰一手搀着一个姨侄女一手抱着一个姨侄女正和王四妈说话。后来听说大肚子的爱兰又生下了一个丫头，还悄悄地送人了。这是母亲悄悄告诉我的。二扁头王文正蹲在地下修着我家的一张凳子。他老多了，见了我只是嘿嘿笑着，永刚回来啰。他还一把扯过一个女儿，叫舅舅，叫舅舅。倒是顾蕾嘴乖，一把抱住我的腿说，舅舅买糖。素兰说，你要舅舅买什么糖，二扁头换糖，你找他要嘛。小顾蕾又转过身来抱住了二扁头，二扁头很尴尬地说，我们在江南没有换糖。素兰说，哪你换什么，你不换糖换金子？素兰声音很大。王四妈走过来，素兰说，四妈，你说说，二扁头在江南不换糖能干什么？王四妈支支吾吾地走了。二扁头说，素兰，我对不起你。素兰笑了笑，我们不还是亲戚嘛。后来又有人为素兰提亲了，听说这个人有过一个对象，都要结婚了，这对象就吊死了，所以耽搁下来了。素兰二话也没说就答应了。对方也很急，盒子头上带布，聘礼与婚礼一起办，素兰一下子就嫁出去了。满月回门就告诉母亲，她怀上了坐上喜。母亲又告诉了王四妈，王四妈说，我早看出来了，素兰这丫头命好。我的二姐夫叫刘志春，诨名叫牛二。素兰当年就生下了小牛二，母亲让我这个舅舅给外甥起名字，可素兰没有理睬我给她的三个备选名字，执意给儿子取名为刘小平，她还记着二扁头王文的仇。

母亲的脾气变了很多，竟然主动找碴和父亲吵架，比如三个姐姐出嫁后，我们家做柴席的工作就停止了，改成了打柴帘，一丈长一卷，由父亲来搓绳和剥柴衣，母亲站在柴帘棒前打柴帘，一根芦柴一根芦柴地编。柴帘比柴席便宜,也省事,不用抽柴,不用碾柴,但打得慢,有时候母亲怨起来,说,什么时候是个头啊。父亲说,船到桥头自然直,你不用担心。母亲说,周益民,你甩什么?父亲说,我不甩,我有三个女婿,我的瓦房肯定砌得起来的。母亲说,用你的老骨头砌。我不知道重男轻女的母亲在生下红兰、素兰和爱兰之后的感受,反正等到我生下来之后,母亲的头脑里就有了一个计划,用三个女儿的劳力为儿子的终身大事换上一幢瓦房的,没想到三个女儿都没有按照母亲的计划行动,红兰贴了钱,爱兰更不用说了,素兰忙了一万块砖,对于母亲梦中的大瓦房来说,实在是无济于事。有时候我在家里,听到母亲一长一短地叹息,心就很疼。父亲很是瞧不起我这个样子,他说,看看人家诸葛亮。我回头看看父亲,父亲怎么可能是诸葛亮?他的计谋都放在了偷懒上。所以母亲总说父亲这辈子赚到了,她的理由是父亲会享福,会偷懒。挑麦捆的时候喊腰疼,割稻子的时候又把手割破了,他非要去赤脚医生那儿打破伤风针。有一次,赤脚医生那儿没有药,父亲很严肃地说,有事你要负全部责任。有一次,来我们家串门的王四妈说,周益民,我一直想问你,你结婚的时候干嘛穿了个破衣服?我母亲笑着说,当时他不想和我结婚,他有一个小姨娘。父亲不承认,说母亲瞎说。母亲说,还瞎说?那个小婊子还哭哭啼啼地找过我的。父亲说,找你干什么?母亲笑了,说,周益民,有就是有,不要说谎,我又不吃醋,你怎么刚才还说你没有呢?还有一次,父亲到我上学的沙沟镇看我,我和他并肩走在沙沟大街上,当时我已长得和他差不多高了,也许因为我刚刚学了朱自清的《背影》,一种难言的恩情弥漫在我心中。没有想到的是父亲突然没头没脑地问了我一句,晚上你们在宿舍里都谈些什么?我说,不谈什么。父亲突然笑了一下,是不是在说下流话?我愠怒地看着父亲,父亲却不再看我了,我顺着父亲的目光看去,他的目光已落在了镇上一位著名的女理发师的大屁股上了。在目送那位女理发师拐弯后,父亲告诉我,他要"过六十岁"了。

我不知道我该怎么评价我的父亲，他和小姨娘的故事，他和母亲的关系，他的偷懒，他的秘密。也许父亲更像一只窝在水底的螃蟹，数着自己吐出的泡沫，"人不犯我，我不犯人；人若犯我，我必犯人"。父亲就用这样的原则对付了我的三个姐姐，也干扰了我三个姐姐的生活。父亲"过六十岁"时正是我期中考试，我没有回家。然而家里却发生了很多事情，父亲在酒桌上向他的三个女婿下达了他要砌房子的命令。父亲把看《三国》的计谋用到了他和自己女婿的关系上，也就是我三个姐夫身上。很多故事都是老光棍王武告诉我的，他说，小舅子，你老子厉害，比"四人帮"还厉害，先是昭君出塞，后是草船借箭，还有鸿门宴，啧啧，周益民真厉害，快赶上周恩来了。我听来听去才明白，父亲充分利用了贺寿。他用贺寿这只草船跟三个女婿借箭砌瓦屋。有谁能做得出呢，老丈人给女婿又是斟酒又是敬酒的，还声明不要寿礼，说请三个女婿为永刚想一想，出个力。王武摸着下巴上那根毛说，这主意除了诸葛亮，只有周益民能想得出，王文可是借的一分息的高利贷啊。对于这样的评论，父亲可不这样看，父亲在充满石灰水味的新房里对我说，他们都说错了，我哪能是诸葛亮，我是牛皋，我是福将牛皋。父亲又问我，永刚，你说这房子像谁家的？我想不出。父亲说，妈了个巴子的，像王村长家啊。要不是那个老×，我可以砌得比村长家的还高。父亲过去从来不骂王四妈的，但就在砌房子这个问题上，父亲从此恨透了和我家吵得死去活来的王四妈。有一次我见到王四妈，刚想跟她说话，父亲一把把我拽进屋，不许你和那个老×说话，笑面虎，扫帚星，平时看不出，我家砌房子时她居然四仰八叉地躺到打夯机上。母亲还说，不是这个老狐狸精，爱兰不会这么苦。王四妈跟父亲有没有一腿我不清楚，老光棍王武总是振振有辞地说，肯定有，有多少爱就有多少恨，周益民那么腥，王四妈又那么骚，怎么没有一腿？我说肯定没有。王武说，还肯定没有呢？那个事情不用几分钟，很快的，又不像狗一样粘在一起下不来。王武说得很下流，正是他，完成了我的性启蒙。

母亲经常在我耳朵边抱怨，没有文化的不是个东西，有文化的也不是个东西。抱怨到最后，母亲就说真正不是东西的是那个老东西，自己不吃苦，把丫头往苦日子上逼。那时，正是我准备高考的日子，我犯了瞌睡病，睡得昏沉沉的，还不停地做梦。有一次我梦见顾国富和刘志春一起来拍我家的门，红兰和素兰吓得躲在门后头，还对我说，四丫头，不能开门！四丫头，不能开门，他们手里有棍子！我惊醒过来，三个姐姐终于踩到了那些窝在芦柴根下面的螃蟹们。螃蟹们张牙舞爪，而我无能为力。割芦柴的季节怎么还没有到来，到那个时候，螃蟹们全部缩到自己挖掘的洞里面了，芦絮纷纷，落到三个姐姐的头发上，三个姐姐都不可避免地苍老下去了，唯一可以拯救她们的是烧荒，那些芦柴割尽之后的烧荒，遍天的大火烧红了夜空，那些躲在洞里的螃蟹们就快要被大火烤得通红了，因此它们簌簌发抖，绝望的泡沫吐得像放鞭炮一样响。

复读的日子是糟糕透顶的，我不喜欢放假，我不想回到家里，姐姐们不回家的日子，家里是相当冷清的。我渐渐变成了窝在芦柴根下的螃蟹了，吐着忧伤的泡沫，怀念昔日姐姐们没有长大的日子。应该说，复读的日子里我在盼望着烧荒。父亲到我们复读班送过一次米，那时他的痛风症正在发作，他一瘸一拐的姿势引得我们班的同学一阵阵哄笑，我伏在课桌上，耳朵里全是螃蟹吐泡沫的声音。寒假回家过年，母亲叫我看着桌上的一条鱼，没有想到，我只是发了一阵呆，鱼就被野猫偷走了，就这样，父亲和母亲又在大年三十吵了一架，很奇怪，看到他们吵架，我觉得他们和我没有任何关系，我只是在想那只偷鱼的猫，猫会偷吐泡沫的螃蟹吗？

我无法分析那三年复读生活的细枝末节，父亲和母亲都老了，王四妈更是老成了我不认识的老太婆，只有邋遢的光棍王武依旧容颜未变。如果不是我考上大学，我也不知道我的姐姐们会变成什么样。红兰和素兰回来了,二扁头王文也回来了,二扁头王文穿着灰不拉叽的西装。父亲问这件衣服几十块钱?二扁头抖了抖,大伯你摸摸,几十块钱,四百多块钱呢。弄得父亲满腔的狐疑。二扁头王文真的发了广东财了,对我一甩手就是五百,到大学里放手用,有本事混个大学生舅母。母亲问爱兰怎么不回来。二扁头神秘地笑笑,然后俯在母亲的耳边说了什么。母亲好像没听清楚,肯定吗?二扁头王文说,肯定的,科学还有假?B超,看得清清楚楚的。二扁头王文说着还俯身摸了摸顾蕾裆里的小鸡鸡,顾蕾说王文是下流精。王文说,就让姨夫下流一回嘛。大伙儿都笑了,母亲则掰着手指算,三个了,三个了。王文说,是三个了,马上你就三个外孙子了。母亲说,不止是这三个,我说是家里有三个城市户口了,再过两年,红兰也能吃上城市户口了。正在和父亲说着话的顾国富也听见,说,没有两年了,只有一年八个月了。吃完饭之后,顾国富便提议打麻将,三个姐夫加上父亲正好一桌。哗啦哗啦,哗啦哗啦。父亲打牌时一点也没有泰山大人的样子,脾气很急,手里的牌刚摸好了,就敦促大家快摸快摸,像急行军似的。王文打得很甩,摸到好牌也不看。刘志春打得小心翼翼,坐在一边的素兰就像是他手中的牌的镜,喜怒哀乐照得丝毫毕现。最有牌德的是顾国富主任,沉稳得很,摸一张牌就笑一下,仿佛他摸到的每一张牌都是好牌。红兰坐在顾国富的身边,也是笑盈盈的样子,有定力,有气量,悠闲悠闲的。顾蕾到底不像刘小平,他又大些,顾蕾对刘小平说,不是你爸赢了,而是我爸赢了,你爸面前全是小钱,我爸面前全是大钱。几将牌下来,天就晚了,母亲催促了好几次,吃晚饭了,吃晚饭了。所以牌局就停了下来。细点一下,二输二。顾国富和王文赢,我父亲和刘志春输。刘志春的脸红通通的,像喝多了酒似的立在墙角不吱声。父亲也当看不着的,他对刘志春说,你今天手也怎么这么臭?刘志春嘟哝了一句,有人看人的牌。父亲也许真是老糊涂了,我们都听见了,父亲还问一句,你说什么?刘志春骂了一句,妈妈的,有人偷看牌。父亲问,谁看谁的牌啊?素兰说,自己心里有数。吃晚饭时，刘小平不知因为什么惹怒了素兰，素兰拽过刘小平就抽了一个耳光。刘小平就号哭开了，刘小平哭时憋一个气很长，他的小嘴张着，一点声音也没有，脸都憋紫了，过了好久才把哭声送出来，一个夜晚就这么被刘小平的哭声打乱了。红兰好像没听见刘小平的哭声，她的筷子夸张地挟着菜，还一个劲地夸母亲的手艺比以前好多了。二扁头王文又提起了看牌的事，老头子打牌真好玩，自己的牌一点也捂不紧，他摸一张就让我看一张，不看都不行，我把赢的钱给老头子。红兰也表示把顾国富赢的钱给素兰，一直低头喝酒的刘志春说，素兰，你敢收下？愿赌服输，如果你的哪只手把钱收下，我回家就把哪只手剁掉！

我看到芦柴下的螃蟹们被谁的大脚踩住了，它们拼命地挣扎，可没用，它们都是刚刚脱壳的软壳蟹，连颤抖一下都不会。

上大学的那四年里，父亲变胖了，顾国富做校长了，素兰和刘志春也投奔二扁头爱兰那儿一起收破烂去了。我家成幼儿园了，素兰一家也跟着爱兰他们到外面拾荒了，素兰家的刘小平，爱兰家的王悦、王美和小名躲儿的王新都住在我们家里。有一次我发现王悦、王美、王新和我父亲各捧着一片西瓜在啃。他们嘴上的西瓜汁把胸前都啃湿了，而长了一头疖子的刘小平正在一旁眼巴巴地看着。我问母亲为什么？母亲不屑地说，这个刘小平，他跟他娘老子一样，嘴笨，还臭人。母亲有时向王四妈诉苦，你说说，我把她们一把屎一把尿地拉大，这么一副老骨头了还要来服侍他们。王四妈说，你这苦哪是苦？是享福呢，别人想吃这个苦都吃不来呢。三天两天的汇款单。周益民，盖章。周益民，盖章。王四妈学邮差很有一套。王四妈说，一盖章就有钱，如果是我，我睡着了也会笑醒的。父亲说，我的福分就是因为我的女儿都是自由恋爱。王四妈说，下辈子我也养丫头，也让她们自由恋爱！

红兰经常给我写信，告诉我家里的事情，不过她来信说的都是顾国富校长的事情，他胖起来了，年年要买裤子，裤带的扣眼每年都要移一个新位置。从没有上过一天学的她成了学校食堂的周会计了。我家三个城市户口。再加上我，四个城市户口。母亲说，比村长家强，他家只有一个。母亲还说，我拜菩萨心很诚的。我每天都拜菩萨的。母亲每次说这话时父亲就笑，你笑什么，周益民，我拜菩萨时不许你笑。父亲说，我笑了嘛，我笑了嘛，再说了，我不笑我哭？！看看这个人，真是越过越小了。好在他们两个人在一起的时间不多。父亲每天可是要赶麻将场的。雷打不动。用王四妈的话说，周益民是有福气的人。我又想起了父亲和那些"小姨娘"的故事，母亲曾说过父亲与招娣姨娘的事。母亲说得很含糊。我想问得更清楚，母亲又扯过去了，遮遮掩掩的。那一次我和父亲单独在一起，就大胆地问了一句，人家说你的事是不是真的？父亲说，什么事？我又问了一句，外面有没有我的同父异母的兄弟姐妹？父亲警觉起来，说，你别听那个老东西嚼蛆，她一直在放屁！都放了一辈子的屁了。

很多给我介绍对象失败的同事都怀疑我的对象遍布了全国各地，因为我是单位里最喜欢出差的人。其实我就喜欢出差，喜欢带着我父亲的表情和母亲的表情一起出远门，我在出差的途中幻想着有一群没有螃蟹的芦荡等着我。春天，三个姐姐采芦笋；夏天，三个姐姐采棕箬；秋天，三个姐姐收割芦柴；冬天，三个姐姐做着细致的芦席。

那次我出差刚回来，同事告诉我，母亲这几天一天打几个电话找我。肯定是高血压的父亲出事了。我往家里打电话，可打了几次，家里没人接，到了黄昏的时候，打通了，母亲一听到我的声音就哭了。二扁头出事了。刘志春出事了。警察都到我们家里好几次了。庄上人都说二扁头和刘志春已被警察枪毙了。我说为什么不去找王矮子？王矮子说他才不管呢，二扁头早就招了做周家的上门女婿了。我说，为什么不找顾国富？母亲说，她找过红兰。红兰说她又没有沾到他们的光。母亲还说，论脸盘，红兰最周正，论良心，红兰的良心还没她老子好呢。我问父亲呢，母亲说，父亲去找了招娣姨娘了，听说她有路子。我拨通了顾国富的电话，红兰在家，红兰说脸都让他们丢尽了，国富都不好意思在场面上走了。红兰说，肯定抓起来了，她听国富说，他们哪里是收破烂，他们是在做贼！红兰在电话里说得咬牙切齿的，好像校长夫人在作报告，我挂断了电话。那段时间，我成了电话机前最焦虑不安的人。我拜托同学，拜托同学的同学。找到了江南那个城市的收容所和拘留所，消息回答都没有，没有我报出的王文、刘志春、周素兰、周爱兰的名字。他们从世上消失了。我的母亲还不断地从老家打电话给我，母亲还在电话中说父亲病了。母亲说，父亲其实也不是什么大病，是要面子的病。大约过了四个月，我去了二扁头他们收破烂所在的城市出差。我有点不死心，我通过关系去了一趟看守所，发现二扁头和刘志春还在里面，不过他们把自己名字都改了，王文的名字现在叫做王有财，刘志春现在叫刘宗泉。难怪找不着。我和看守所所长走过他们时，他们没敢抬起头看一看。之后我回到老家，找到顾国富校长，把情况向他汇报一下，我请他做了两件事，一是做一个王有财、刘宗泉在乡一向守法的证明；一是请动王村长一起去把假王有财、假刘宗泉保出来。

素兰和爱兰回来了，母亲硬拉着她们去敬菩萨。母亲说，我是许了菩萨的。父亲说，迷信！唯心主义！你一辈子干的全是好事！你是功臣呢。母亲说，我是什么功臣，功臣是菩萨呢。二扁头王文变老了，也变矮了，矮得都像他老子王矮子了。二扁头王文决定不出门拾破烂了，还决定砌楼房。我以为刘志春家也会跟着砌楼房的，我问素兰，素兰说，你应该问那个扁猪头去。素兰还是那么臭。爱兰有一次悄悄告诉我，如果不是刘志春，他家二扁头也不会被抓住。我说，你是不是还想让二扁头进去啊？爱兰说，还进呢，一进去就罚款。刘志春的罚款还是二扁头交的，我火了，你懂不懂，这次是罚款，下次就要送到大西北了。爱兰说，当初我说不带他去，素兰可非要去。

三个姐妹一回家，总喜欢三个人并排在一起走。我大姐无疑是最风光的,她最喜欢她的两个妹妹称她为妹妹。爱兰嘴快,还假戏真做地抓住红兰,快叫我大姐,快叫我大姐!素兰也说,应该叫我大姐,我最像大姐。她们还疯疯颠颠地跑到母亲身边,让母亲评判谁是大姐。母亲用手对着她们三个画了一个圈,你们三个,都是我的大姐!

父亲又开始赶场子打麻将了,闲下来的时候就跟他的外孙们讲《三国》。他对刘小平说,三国就像你家,他家,大姨娘家。分久必合,合久必分。刘小平还是听不懂,那外公你呢,你是哪一国?父亲说,笨蛋,我是哪一国?父亲指着自己的鼻子说,我是中国!

二扁头王文砌房子了。砌了房子第一件大事就是贺搬。爱兰家贺过搬后素兰又贺三十岁。素兰贺过三十岁后顾国富又贺四十岁。反正贺礼是有进有出的,谁也没赚,谁也没亏。父亲最高兴,每家办事他都得坐上席,每次不吃个八分醉决不离席。我都没有时间参加,都是母亲在电话里讲给我听的。母亲还说,你大姐夫希望你在顾蕾贺十岁的时候回来。后来我在办公室接到顾国富的电话,他说,永刚啊,这次你一定要回来的,将来外甥结婚舅舅可要坐上席的。我回去了,父亲依旧喝得很多。他一会儿就躺在椅子上睡着了。酒席后顾国富校长提议打麻将,我正好顶上。外甥外甥女都大了,一个个自己玩了。红兰素兰爱兰和我母亲在一边相斜头。顾国富一边摸牌一边笑着问我,什么时候把舅母子带回来啊?问题很敏感,大家的目光都看着我,我说,在丈母娘家养着呢。红兰说,永刚,你也老大不小的了,拣什么。我打出一张牌说,房子呢,城里的房子麻舌头呢。我这么一说,桌上只剩下牌在说话了。刚才我是故意说的,我知道我的话既伤害了父亲,也揭了三个姐夫心中的伤疤,但是没有办法,我不说出来,那些螃蟹总是在我的头脑里颤抖个不停,怎么也不能停下来。说来也奇怪,这场麻将,我的牌技最差,可我还是赢了钱。一赢三。

吃过晚饭,我和父亲出去走了走,这是好久没有出现过的事了。昔日的村庄已经空荡荡的,很多出去打工的人家都空锁着房子,空气中弥漫着浓烈的腥臭,十分的难闻,父亲说,那是对面养蟹塘上出了问题,螃蟹们都得了颤抖病,总是不停地抖,往蟹塘里撒石灰也没有用,都死了,每个养螃蟹的人家都亏的,都不愿意埋掉。有几个人家已经逃债走了,大多数放贷的人家都受了影响。父亲还说,她们都有的。对于高利贷,我早就提醒过三个姐姐,可她们不听。我想和父亲探讨一下螃蟹得病的原因,是不是因为没有芦柴了,走在我身后的父亲对这个问题避而不谈,反而说起了自己的病,他说他说不定是"早上"和"晚上"。王四妈在替父亲和母亲的婚姻总结的时候,用了一句十分形象的话,夫妻就是一块馒头搭一块糕。我如果是馒头,我还想找一只馒头;我如果是块糕,我还想找一块糕。父亲还在我身后说着什么,我没有敢回头,我的眼睛里全是白茫茫一片。

父亲是喝酒之后犯了脑溢血去世的,死前还尿了自己一身,虽然顾国富校长的学校里有不少老师在我家帮忙,但一切的程序还是等我赶回来的时候开始的,这是母亲的意思。在父亲死后,母亲的话就是正确的,她像当年指挥我们做芦柴席一样指挥着我们,有条不紊。王新不懂事,问母亲,外公怎么啦。母亲说,他睡觉了。王新又问,外公都睡很长时间了。母亲说,外公喝醉了,要睡很长的时间。我看着母亲的眼睛,母亲的眼睛里没有泪水,刚才红兰请示过母亲,告诉不告诉招娣姨娘,母亲没有回答,白了红兰一眼,好在大家都买顾国富校长的账,到我们家送丧礼的人多了起来。二扁头王文像个高音喇叭。×××,被面一条。×××,被面一条。红兰让王文声音小点,可二扁头王文声音就是小不起来。我父亲的遗体前挂满了人家送过来的闪闪发光的被面。夜渐渐深了,守灵的人都有了一点倦意,难以言状的寂静像化纸缸里的火光时闪时灭。给小孩们讲故事的女教师好像一点也不困,眼睛依旧是亮亮的,好像还挂着笑容。顾国富校长劝了一句让她回家休息,她摇着头回绝了,满头的长发散开来又恢复了原状。红兰低低地骂了声什么。

父亲下葬的下红饭是和喜宴差不多的，有酒有肉，连和尚们都吃了。因为送丧礼的大部分是教师，所以我家很像是在摆谢师宴。那些教师轮番来到我们桌边敬顾校长酒。顾校长酒越喝越多，话也越说越多，还把酒推向了素兰，小姨娘你喝。素兰没吱声，自吃自的，好像没听见。顾校长又把酒杯推向爱兰，小姨娘你喝。爱兰没有拒绝，就喝下去了。顾校长又说，小姨娘，我跟你换一换。爱兰说，换什么？顾校长说，我跟二扁头换一换。话说到这个份上我都有点不好意思了，我离开了酒席。好像父亲的死跟她们一点关系也没有。

我去了一趟厕所，一回来家里已经出了洋相了，老丈人刚下葬，女婿们却闹了起来，顾校长和二扁头打起来了。我想找母亲，母亲像是没有听见，她站在父亲的遗像前说着什么话，他们吵了一辈子架，这时候倒说起悄悄话来了。二扁头和顾校长的架后来被教师们拉住了。二扁头说，算你人多，算你狠。还说，忍了多少天了。顾校长斜着眼看着二扁头，看了一会儿，忽然低下头呕吐起来了，一声高一声低。我听见有人说，快拿醋来，快拿醋来醒酒。顾国富校长被匆匆架走了，红兰也拉着顾蕾走了，爱兰和二扁头一家也走了，只剩下家里狼藉一片。素兰和刘志春正在一点一点地收拾着，刘小平也在用草木灰扫刚才被顾校长呕出来的秽物。再回头，母亲不知哪里去了，我又出门去找母亲。我是在河边找到母亲的，母亲看着对面的蟹塘，这蟹塘如今空荡荡的，既没有芦柴，也没有螃蟹了。

父亲死后，我又回去了一趟替父亲烧七，王武告诉我，我的家最像周益民的不是我，而是顾国富。我没有理睬他，因为母亲对顾国富不同意搞和尚放焰口很生气，母亲说，他不想办，因为不是他的老子，我和你为你老子办一台焰口。母亲在电话里不停地谈起父亲在梦里跟他要红烧肉。母亲说，我死了随你们，但我在，你们老子一定要搞个仪式。母亲还说你老子就这么不放过我，还气我，他还那样年轻，还和人家好。母亲的话影响了我，我也梦到了父亲，父亲和招娣姨娘一起看戏，我没有告诉母亲。我的脸上更多的是母亲的表情。

"六七"放焰口是按着母亲的意思来准备的，按照母亲的指示，我提前了一天回家做准备。好在三个姐姐和两个姐夫都在，王四妈好像是行家，怎么请和尚，怎么招待和尚。父亲葬礼时没感觉到顾国富校长的威力，现在我感到了权力的重要。不过慢忙紧忙，还是准备好了。七个和尚来了，其中还有一个是我小学同学。这位同学，师傅这边由他负责，他让我只管烧纸。开始还以为顾国富校长不会来了呢，不过到了晚上，他还是现身了。看他和二扁头王文有说有笑的，顾国富真是有本事。

和尚做焰口有点像唱戏，独唱，合唱，独唱后还有伴唱。高高低低，起伏不定。我跪在化纸盒前为父亲烧了不少纸。母亲说，永刚，再说一下，让你老子拿钱去买肉吃吧。我说，不要去找小姨娘。母亲说，他怎么找？她们还没死呢。母亲也很幽默的。和尚们念了两个小时后，开始吃夜宵。我的小学同学对我说，周永刚，你快把孝男孝女找齐。我才发现我三个姐夫不见了。我开始唤他们。我先看到了红兰，红兰正在训斥顾蕾，大概是因为顾蕾成绩不好的事。红兰也不知道顾国富到哪里去了。我又去问在灶后煮夜宵的素兰和爱兰。素兰说不知道。她估计刘志春这个睡球睡觉去了。爱兰说，哪儿呀，他们打的到镇上洗澡去了。红兰的脸色立即变掉了。外面吃完夜宵的和尚又开始上场了。和尚们开始念孝男孝女的名字了。王四妈说，孝男孝女的名字要念上三九二十七遍呢。我的小学同学说，念到谁的名字谁就要到化纸盆前磕头烧纸。王四妈看不到顾校长他们，我说，让他们的儿子替。笨头笨脑的刘小平还被一旁的素兰飞起一脚，刘小平就哇地一声哭了，像牛蛙的叫声一样。

　　孝男孝女的名字点过九遍之后，顾国富和二扁头王文像亲兄弟一样走过来了。他们边走还边说，我们可是真正的连襟。我闻见了一股海飞丝的味道。我正想问，素兰早已冲出去了，从门外拽出了正躲在外面的刘志春。素兰脾气真爆，啪啪就开始打刘志春的嘴巴，一个，又一个，一连打了十几个，边打还边骂，狗日的，你算什么东西？你去洗什么澡？刘志春像傻了一样任素兰打，还是王四妈上前拦住了。素兰还骂，你还是人嘛，丈人"六七"你去找小姐洗澡，你不是畜生是什么，呸，你连畜生都不如。二扁头王文走过来说，他又没有给钱。偏偏二扁头王文这句话像颗子弹把素兰击中了，素兰就倒下去了，她躺到地上自己打自己，死人了哇，死人了哇，刘志春你为什么不去死哇。在地上打滚的素兰真像是一只在灰塘里打滚的老母猪，全身都是灰和泪水。刘志春像个呆子一样站在素兰身边，我让红兰和爱兰上前去拉素兰，红兰不肯。村里很多人都到我家看热闹了，母亲急着叫起来，丫头啊，你们不拉谁拉，你们可姓周啊。母亲一说完，红兰和爱兰就上前去拉了，红兰还喊了声，素兰、素兰。爱兰俯身下去拉，没想到爱兰一拉就把自己拉上去了。素兰和爱兰打在一起了，滚来滚去的。再后来红兰上去拉，一拉三个人就扭打在一起了，看不出谁在和谁打，像在进行一场无声的战斗。螃蟹们终于等到姐姐们的脚趾了，螃蟹们颤抖不已。

　　和尚们念孝男孝女的名字已经到了高潮了，我的小学同学说，该烧纸磕头了，再打下去就不像话了。我去找二扁头王文，让王文去拉。二扁头王文说，我拉不动的，你知道爱兰脾气的。我又去找脸上毫无表情的顾国富校长，顾国富校长没有动，还是王四妈推了他一下，你是大的，你去拉。王四妈还说，你们可不要惹死鬼周益民发火。顾国富校长听懂了，理了理西装，还正了正领带，像上台领奖似的。他走到正在气喘吁吁地扭打在一起的三个女人身边,像是做接见似的,喂,不要打了,你们还是亲姐妹嘛。三个打在一起的女人没有理他。顾国富校长对观众们笑了笑,俯下身子去拉红兰。没想到拉了一下,反而被红兰手一搡,顾国富校长的身子一歪,差点摔了跟头。顾国富校长又俯下身去,嘴里骂了一声,听我一句话,起来!顾国富校长声音很大,像在训斥学生似的。可还是红兰把顾国富的手推开了,你算什么!你们算什么!红兰喘了喘口气说,你们都是外人!顾国富像是没有听见,什么什么?红兰说,我说你们都是外人,你们又不姓周,你们不是外人是什么!顾国富校长听清楚了,整了整衣服,甩手就走了,他一走,我们家就冷清多了,在三个姐姐的哭声中,那边和尚们的念经声已经从急促转入了悠扬,父亲的遗像还是他年轻时候的照片,头发分得一丝不苟,英俊,目光炯炯,由于当时没有彩色照片,照相馆用彩色给父亲的脸颊和嘴唇上涂上了鲜艳的红色,有点不真实了。父亲曾经跟母亲说过,我在,他们不敢对你怎么样,我不在,你的日子就不好过了。父亲预见到今天的情景了吗?

"先生不来我就来
山伯思念祝英台
山伯家住河桥口,
祝家庄上访英台。
访到英台回家转,
访不到英台不回来。"

这是父亲在我们做芦席的时候唱给我们解乏的,说,唱这个的人叫梁山伯。父亲的嗓子不错,可母亲不喜欢他唱,父亲一唱,母亲就骂,在父亲的骂声中,父亲只好不唱了。其实后面还有一段,父亲说,这是祝英台唱的,这个祝英台啊,长得标致,又有情谊,后来她跳到梁山伯的墓里面,两个人变蝴蝶了。

"叫你来来你不来,
我父许了马文才。
叫你走走你不走,
我父喝了马家酒。
叫你行行你不行,
我父得了马家银。"
…………

越跑越慢

1

有很多时候，他都在梦中长跑。跑了很多年了，还在警校那条煤渣跑道上。一圈，一圈，三千米，五千米，快要到八千米的时候，尿意就来了，还越来越浓。陪跑的同学对他说，快啊，快啊。可他怎么快得起来？他就要尿了。同学们都看着他呢。他想，即使拿不到冠军，也不能丢尿裤子的洋相。真的就要尿了。他的脚一软，身体就飞了起来，再后来，他就重重地跌倒在煤渣跑道上，那些煤渣都嵌到了他的手掌上了，像纹了梅花似的。等到他再爬起来，后面的选手都过去了，他开始追赶，很是奇怪，刚才很浓的尿意一点也没有了。本来到手的冠军就这样变成了第八名。可以给班上加12分的，只能加1分了。

也许是梦里跑累了，下楼梯的时候，他就莫名其妙地踩了空，不是下意识地拽住黄小芬，他就摔跟头了。黄小芬一点没有同情的意思，挪开他的手，冷着脸，低声地说，你放开不放开？人家医院可不是你开的。他只好松了手，说了声，千万小心，我跟钟医生说了，你做完了她就通知我。黄小芬没有答话，头也不回地走了。吃早饭的时候，黄小芬也是这样，本来心情是很不错的，她说她的同事基本上都做过流产，有个同事都做过三个了。她跟他讲了儿子的一个笑话。可能是楼梯里的灯没有亮，罗志远走在前面，刚放学的儿子走在后面，他就冲着穿着警服的罗志远后背叫爸爸，罗志远没有在意，恰恰被钟医生看到了。钟医生就跟儿子开玩笑，能叫罗叔叔爸爸，就该叫她一声妈妈。偏偏那时他的心就野到了苍蝇屎身上去了。苍蝇屎又翻供了，驻检所的老贾像是捡到一个宝贝似的，见到他时，他的那张驴脸都笑成了麻团脸。他真想给那张驴脸来上一拳头。

后来儿子有没有叫钟医生？他想问问黄小芬，可没有说得出口，看着黄小芬拐过了巷子。昨天他去问钟医生，钟医生说，手术前后要一个上午。钟医生怕他不明白，又解释说，人太多了，都是有关系的。

局门口有很多彩旗，很多不同型号的警车停在马路上，各个基层所的所长都赶上来参加中层干部竞聘呢。他停了下来，靠在一棵树上，给自己点了一支烟，这年头，有权的人就喜欢给下面的人搞竞聘，有钱的人就喜欢为没有钱的人搞慈善。用一点点的肉骨头把手下人眼里的鬼气都钓出来，看着大家狗咬狗。要是小了十岁，他也许有做狗的兴趣。可现在不了，不可能，也没有必要。

进了看守所的大门，他没有去提审苍蝇屎，而是径直去了三楼的驻检所，他倒要看看老贾从苍蝇屎嘴里掏到了什么东西。他要照顾流产的黄小芬，有可能很长时间来不了看守所，他要争取主动。没有想到的是，驻检所的门关着，敲了半天也没有人开。

说不定他们又去提审苍蝇屎了？他的心猛然地跳动起来，和十二年前他犯的那个错一样，在安徽的一个小镇，大家辛辛苦苦蹲坑抓到的那个大胡子，贩卖妇女的大胡子，就在他的眼皮底下跑掉了，他像被什么力量定住了似的，等反应过来，拼命地跑起来，可那个大胡子长跑的速度更快，一眨眼的工夫，再也找不着了。

2

他走到号子门口,苍蝇屎已站在小窗前向外探视了。几个月下来,他们都熟悉了对方,苍蝇屎有时装聋作哑,有时会声东击西,有时干脆就是胡搅蛮缠。话说不下去的时候,他会扔一支烟给他,两人像一对多年的兄弟对坐着抽烟,等抽完了烟,他就把苍蝇屎还到号子里去。

他打开门,给他上了手铐。几个月下来,苍蝇屎老了许多。刚开始的时候,他的态度相当好,满口承认是他杀了张红,扔到长江里去了。再后来他总是不停地翻供。翻了供,他又赶过来,苍蝇屎又承认。

到了审讯室,他摸出烟,给自己点了,抽了一口,全部吐到了苍蝇屎的脸上,好久,苍蝇屎的那副讨好的笑才露了出来。他这才把烟塞到苍蝇屎的嘴上,苍蝇屎发出了呜呜呜的声音,肯定是在说谢谢,可怎么也听不清楚。

他看着苍蝇屎一口气就把烟抽到根部了,他就笑了,慢慢吸,不要呛死你这个馋虫!老商,你说实话,商有新生了之后,你老婆后来有没有打过胎?

苍蝇屎就笑了,有啊,她是不能碰的,一碰就有,像一只母狗。

他说,所以……你就起了杀心。

苍蝇屎就笑了起来,唐警官,我就晓得你要套我的话,我没有杀她,我杀她,我不是找死,实话告诉你吧,我每天都要日她的。

他跳下桌,一把拂掉了苍蝇屎嘴上的香烟屁股,给了他一个耳光,就出门叫了管教,把苍蝇屎丢给了管教。苍蝇屎在喊:"唐警官,唐警官。他没有回头,心里骂道,狗日的,从来不说老实话,你还是抽你的卫生纸去吧。在号子里实在没烟抽了,那些人就在卫生纸上涂上牙膏当烟抽。

离开看守所，他就直奔人民医院，妇产科在二楼，"外人止步"牌子外大都是男人，有人表情轻松，有人表情沉重，肯定都和他一样，走火了。还有两个像三陪女一样的女子，看到了他，眼睛有点游移。他站起来找了一圈，也没有找到钟医生，他只好坐下来等，他应该陪黄小芬过来的。上警校的时候，他就决心要做一个中国式的福尔摩斯。他成了警校图书室里有名的书虫子。有一天，他看到了这样一句奇怪的话，"结婚十年的男人都有把自己老婆杀死的想法。"结婚十年的男人杀自己老婆会毫无破绽，就因为他对老婆是知根知底。他有点不相信，为什么要把自己的老婆杀掉呢？将来会不会碰到这样的案子呢？二十年过去了，他接手过很多凶杀案，稀奇古怪的都有，有儿子杀老子的，有老子杀儿子的，也有女人杀男人的，就是没有碰到男人杀老婆的。可现在终于遇到了一个，但不能结案，尸源找不到，案子只能悬在那里。

他等了一会儿，又去问护士，才知道黄小芬的手术已结束了，现在钟医生的办公室里休息呢。到了钟医生的办公室，黄小芬正靠在一张椅子上休息，钟医生低头对黄小芬说了一句什么，黄小芬被逗笑了。不知道她们在说什么，估计是在说他。他看着墙上的一些宣传标语，他算出了"走火"应该是找到那具尸体的那一天，不是在大家预计的下游找到的，而是在上游找到的，虽然高度腐烂了，可是特征很像。他那天很高兴，兴致也就上来了，黄小芬叫他弄个套子，可他嫌碍事，再说，也不可能这么碰巧的。偏偏就是那一天碰上了。

出租车开得很慢，黄小芬躺在他的怀里，脸色黄得很。他问黄小芬疼不疼？隔了很长时间，他才听到黄小芬说，疼倒不是很疼，就是腰酸。听了这话，他把黄小芬搂紧了，很想给自己来一记响亮的耳光，就像刚才他给苍蝇屎的一样。刚才钟医生悄悄叮嘱他说，小芬做小月子了，你还是告诉你岳母一下，你忙不过来的。他想，话怎么跟岳母说？还是自己来吧。

3

他仅仅做了一个星期的家庭妇男，黄小芬就把他 pass 了，他把黄小芬的红风衣洗坏了，洗成了红一块白一块的梅花鹿皮。他检讨说自己是忙中出错，把 84 消毒液当作洗衣液了。黄小芬不相信，一口咬定他小心眼，嫉妒，嫉妒她妈妈没有给他买礼物，只给她买了过三十九岁生日的礼物。

他被黄小芬的话噎得一口气上不来下不去，说句实话，在服侍黄小芬的那段日子里，他夹着痔疮的疼痛，既做爸爸，又做妈妈，还不能让儿子知道。好在黄小芬主动给儿子打了预防针，不是爸爸犯错误了，是妈妈有病了，是女人的毛病。他听见了，心里骂了儿子一声。

第二天，他想给儿子做早饭，发现黄小芬抢在前面起来做早饭了，他低声劝她好好休息。她没好气地说，休息？我能休息吗？你把老鼠药当作茴香烧怎么办？他说，怎么可能呢？黄小芬说，怎么不可能？怎么不可能？苍蝇屎不是把老婆杀掉了吗？他说，人家可是为了签字。黄小芬把锅盖往锅口上一拍，说，签字？签字只是借口，他就是想娶小老婆，你以为我不知道，你们男人都巴不得黄脸婆早点死掉呢。

他定定地看着女人，痔疮又剧烈地疼了起来。昨天洗衣服的时候，看守所的小张所长正好打电话给他，苍蝇屎和别的犯人打架，处理了他，可他口口声声要求见唐警官。他没好气地说，你就告诉他，唐警官以身殉职了！再后来，他就把 84 消毒液当作洗衣液了。就是这个小张所长，刚分配下来，就跟在他后面做侦察员，后来调到局里政治处，再后来又到基层的派出所锻炼，锻炼二年后，又捞到了看守所所长这个肥缺。有人说他省厅里有人，他倒不这么看，还是人家小张自己有吃官饭的天赋。当时小张跟他在一起，喜欢喝茶的他从来没有起身给自己泡过一杯茶。

黄小芬一下床做事,他一点事也没有了。活动自由也没有了,他总是被打扫卫生的黄小芬赶到这里赶到那里,她还跟唐诗说,某人是癞皮狗呢。他一点也不生气,癞皮狗就癞皮狗,他现在比任何时候都想做一只癞皮狗。

那天下午,闷得发慌的他就忍不住给罗志远发了个有趣的短信息,罗志远很快就回了电话,叫他到局里来一趟。放下电话,他就跟黄小芬请假,说不定是去北京126所做 DNA 检验的报告批下来了。

躺在床上的黄小芬似乎没有听见似的,眼睛盯着电视上的大长今。他上前把电视关了,说,月子里不能看的,看了会伤眼睛的。

黄小芬没有争辩,一脸的蔑视,斜着身,睡下了。

4

大队长室里有人在说话,他只好站在外面等,他一连抽了好几支烟,那些烟雾就慢慢幻成了那个让他丢了丑的大胡子。他的手一挥,那个大胡子就消失了。

半包烟快要抽掉的时候,罗志远出来送客了,客人是过去的同事大老刘,他想拿烟给他,大老刘反而塞给了他一包软中华。大老刘比他晚一届,分到了交警大队,日子过得比罗志远还好。后来就在邻市出了一个事,嫖娼,被抓了个正着,也有人说是套子,大老刘得罪了人。处理是双开。大老刘后来就索性做起生意来了,先开游戏室,后开洗浴中心,生意要多红有多红,都说冲着刘老板过去在公安上呆过的背景去的。

果真是去北京126所的报告批下来了。罗志远给他泡了一杯新茶,没有和他谈这次中层干部竞聘,和他谈了一会儿大老刘,就把话题转到11·26上来了。罗志远说得很含蓄,他还是听出来,驻检所的老贾那边有动作了，说公安这边搞刑讯逼供。苍蝇屎倒是没有说，是老贾看出来的，这个老狗眼睛倒是很尖，他看到苍蝇屎脸上被人打的耳光痕迹。好在小张很机警，把事件摆平了，处理了一个犯人做替死鬼。

罗志远说，我们两家一直有误会，你不要有包袱，我晓得你不会打人犯，我和局里说了，老唐一直是我们大队的业务尖子，破案能手，11·26还是交给你去结，一手清。再后来，罗志远就问起了黄小芬身体的状况，他忙说，还没有谢谢钟医生呢。罗志远说，我们是哪对哪啊，告诉你吧，我都走过三次火了。他说，怎么可能？罗志远说，怎么不可能？如果不计划生育，我估计七八个孩子不成问题。他就哈哈笑了起来，那你不就成了幼儿园班长了，你说那钟医生自己怎么做？罗志远就笑了怎么做？他们医院有的是医生嘛。

出了大队长的办公室，他去法医室把装头颅骨和血样的密码箱领了出来，放到二楼的办公室，就出门买酸奶了，酸奶是给唐诗吃的，而全市数城北的那家超市价格最低。

市政府大门口有一大批群众涌着，吵闹得很，还有标语，他扫了一眼，又是拆迁安置的问题。他刚想冲过去，就听见有人在叫，警察来了，警察来了！他真后悔穿上了警服，假装没有听见，把龙头一偏，拐到一个胡同里去了。上一次，那个红鼻子的张军搞了很多人在市政府门口上访，说公安局收了商家的钱，包庇杀人犯苍蝇屎。王局长叫他过去解释，可怎么解释也说不清，他又不能说是检察院那边的事件。11·26其实是一起典型的杀人抛尸案，犯罪嫌疑人苍蝇屎（真名叫商学武）杀死了张红，他在被抓后，很快就承认了。重要证人也证实了嫌疑犯杀人的事实。检察院那边就是不批捕，"证据不足"——现场早就没有了，凶手承认了，尸源找不到，证据就是不足。苍蝇屎也许听见谁说了什么，翻供说他根本就没有杀人，上次承认杀是不好意思，其实老婆是离家出走了，她是出去卖×的，还把家里卖地的那三万块钱带出去了。张军根本就不理解"证据不足"，把公安局弄得很被动，当时正好搞群众行风评议，公安局上上下下所有兄弟吃的苦差点都被绝食的张军抹杀了。

早晨，他起来就跑到卫生间对着镜子拍打自己的脸，像是在打耳光。他心情不错，一边拍一边唱歌。他想，黄小芬肯定以为他是神经病。昨晚上他睡得很不好，先梦见自己到了北京公安部126研究所，打开密码箱一看，头颅骨不见了！被谁换成了一只马的头颅骨！这样一惊，就醒了，听到了小唐诗的磨牙声。这个怕吃药的小畜生，肯定没有吃那两片蛔虫药。快天亮的时候，他才迷糊上了，不知道怎么的，他又跳到了长江里，和那些浮尸比赛，他拼命地游，可怎么也游不快，他们比他更快，最后都压到了他的身上，他醒了，是黄小芬的一条腿搁在他身上呢。

脸上的血渐渐地活过来了，他这才住了手，他对一直冷眼看着他的黄小芬说：好了好了，我还以为是面瘫了呢。黄小芬依旧不理他，可看得出来，她在忍着笑。

5

他心情一好，苍蝇屎也就沾了光，可苍蝇屎根本就不晓得他给他的是一支好烟，一下子就被烟呛着了，咳得眼泪鼻涕一大把，他走过去，帮着拍打苍蝇屎的背。苍蝇屎这才平息下来，熄掉的烟却被他掠了过去。他把烟捏得粉碎，一点一点地撒在苍蝇屎的后颈里，狗日的，你是不是故意这样的，你反正就这样了，我们一家还要靠我吃饭呢。

苍蝇屎听明白了，缩着脖子，拼命地嗅着空气中的烟丝味，用衣袖擦了一下鼻涕，讨好地说，唐警官，上次你的上级来，我什么也没有告诉他。正说着，苍蝇屎忽然感到自己的太阳穴上的几根头发被拎起来了。

他一边拎着，一边说，你说我打你了吗？我打你了吗？苍蝇屎还没有来得及答呢,头发带着踮起了脚尖。唐警官,唐警官,我真的没有说啊……后来苍蝇屎不说了,也说不出来了,嘴里被他塞了一样东西,他想吐出来,像是根筷子,后来发现是香烟!一支点好了的香烟!

苍蝇屎不挣扎了,深深吸了一口烟,全咽到肚子里了,好香啊,唐警官,你是不是有武功?是中华的呢,唐警官,你们活得就是高级,苍蝇屎说,我过去也抽过一支中华的,怎么没有它香呢。

他也给自己点了一支烟,把烟灰弹到苍蝇屎的手背上,那你猜猜这支有多少钱?

苍蝇屎用舌头舔了舔手背上的烟灰,猜了几个答案,还是放弃了,我猜不出来的。他竖起了四个指头,说,软中华,一包是七十块,一支就是三块半!

没有等苍蝇屎说什么,他又丢给了他一支烟,再给你三块半,你是不是晚上吃不饱?我马上给张所长说一声,晚上给你加一袋方便面。

苍蝇屎的头抬了起来,眼睛特别的亮,说,唐警官,你别看我没有文化,现在我服的人只有两个人,其中一个人就是你。

你不要拍我马屁,他说,你拍我马屁,我手痒照样会打你,说说,还有一个是谁?

苍蝇屎很认真地说,唐警官,你打死我,我也服你的,还有一个就是毛主席。

毛主席?他被苍蝇屎的这句话逗得哈哈大笑,可只是笑了一会儿,他就不能笑了,肿了的眼眶很疼。

6

电视台的女台长认识他的,她有点不明白他的问话,我们台里哪里有巩俐?过去倒是有过一个,那次不是你来做过案子的吗,生活搞得乌烟瘴气,最后还不是被人泼了硫酸。他没有回答,刚才苍蝇屎告诉他,那天他杀张红时，本地新闻刚刚开始。苍蝇屎还说，他也上过电视的，那个长得很像巩俐的女记者采访过他的。

女台长虽然有疑问，可还是找来了他所说的漂亮女记者小林。小林长得不像巩俐，倒有点像黄小芬的妹妹。小林翻出了那档节目的资料带，放给他看，这是一起强装强卸案，政府要农民的土地，土地是用来招商引资的，只给农民一点点钱，农民当然不答应的。

前后把带子找了两遍，才在镜头中找到苍蝇屎，那时他比现在瘦，他还说了话，有点结巴，说，我们心不黑，给一万，我们每个人还分不到一百，他们占了我们的地，不让我们施工，怎么也说不过去。他后面有一个穿红衣服的女人，她捂着嘴巴在笑，笑得很怪。小林把镜头定住了，这个女人很像苍蝇屎的老婆张红，不知道她那时候在想什么。

本地新闻每天播出四次，时间分别是中午十二点，晚上六点半，晚上八点，还有晚上十一点。观众对于晚上八点的一次特别讨厌，可这是领导要求的，六点半太早，十一点太晚，领导只有八点的时候有时间观看。这是政治需要。小林说，八点钟是黄金时间，人家台都在播电视剧，我们却在播什么新闻，一点收视率也没有的。

小林还在发泄着自己对本地新闻播出时间的不满，此时他的耳朵已处于封闭状态了，他看见小林的嘴巴像鱼一样一张一合的，听不见她在说什么。

案件应该是11月26号晚上八点钟左右发生的。

7

三天之后，他从北京回到家，就把手机关掉了，把电话线拔掉，他想睡上一天一夜再说。偏偏黄小芬不放过他，她不让他睡觉。她像一只小喇叭对着他广播，我放屁了吗？我没有对你放屁吧？

他不想说，黄小芬反对的不是他，而是他用掉的六百块钱。其实他想用羊毛衫安慰黄小芬的，补偿一下用84毁掉的她妈妈的生日礼物。可黄小芬一点也不领情，姓唐的，你给我去退掉。他说，我到哪里退掉？黄小芬说，你有本事买回来，你就有本事退掉，你哪里买来就到哪里退掉！

黄小芬也真是能啰唆，从下午一直啰唆到晚上九点钟，一边烧晚饭一边啰唆；一边叫唐诗吃饭一边啰唆；一边给唐诗洗脸一边啰唆；把唐诗安顿睡觉时也在啰唆……她的嘴唇越磨越薄，她的脸色越说越黄。他的头疼，眼睛疼，喉咙疼，肚子也疼，再后来，背脊也疼了起来，像是有根绳子在后面牵扯着他背后的一根筋。这次运气太差了，他兴致冲冲地到了126所，本来以为公安部的技术手段相当的了得，可技术人员告诉他，DNA检测的结果不会太妙。他去北京的时候买的是硬卧中铺，中铺的空间太小了，密码箱放在什么地方都不放心，只好抱在自己的怀里。回来他偏偏又买到了硬卧中铺。回到局里，他想把密码箱还掉，偏偏五楼的法医不在。他只好又把密码箱从五楼拎到二楼。

到了晚上十点钟，中央台的海霞笑眯眯地出来了。他再也忍不住了，从沙发上跳了起来，对着黄小芬作揖，姑奶奶，我求你了，你还在做月子，可不是闹着玩的，你赶紧给我休息，有什么罪行明天再声讨行不行？行不行？！黄小芬不听，依旧在啰唆，我算什么？说不定有人就喜欢我死呢？在你们唐家，我算什么？老的我服侍，小的我服侍，大的我服侍，到头来还气我。其实他还瞒了四百呢，实际价格是一千块。

黄小芬后来就不说话了，坐在电视机前，就像一块五彩斑斓的礁石。她是对机织的羊毛衫有仇的，可也不至于这样和他顶真啊。一千多里的路，哪里还退得掉？再说，他是喜欢穿她打的毛线衣，可他舍不得她的手。她的手是馒头手，经不住冻，一冻就要害冻疮的。可她就是喜欢打毛线衣，怀抱着一团毛线，一上一下，一下一上地打毛线衣。她曾用了一晚上就替对门的罗志远打了一件毛线背心。钟医生很吃惊，把这件事件当作故事来说，黄小芬的名声就这样出去了，钟医生曾经替她揽了好几个活。那一段时间,他睡觉前,看见她在打毛线衣,等他把眼睛睁开来,她还在打,像个劳动模范似的,一点还不累,一边打毛线衣,一边还笑眯眯的,嘴里哼着曲子。再后来,羊毛衫流行起来了,再没有人喜欢穿毛线衣了,就连她也喜欢给他买羊毛衫了,鸡心领的,圆领的。儿子就更不用说了,市场上有很多小男孩穿的羊毛衫,非常洋气,儿子穿起来,就像是电视上做广告的小孩。只有她自己,还喜欢穿毛线衣,她把他的毛线衣拆了,放到钢精锅里煮了,再绕起来,给自己打了不同式样的毛线衣。有时候,他也劝过她,不要这样省。黄小芬不承认,什么省不省的?我就喜欢穿毛线衣。

待他醒过来,天已经亮了,枕头都被他的口水打湿了。看着黄小芬正在忙,他觉得自己真有点没肝没肺,他赶紧起身,故意问了一声天气的情况,黄小芬还是不答他的话。他只好悻悻地喝了一碗稀饭。打开手机,手机里面有几个未接电话,都是北京的,他回了过去,原来是北京126所的人,一个像女播音员的工作人员接的,"女播音员"告诉他,DNA做不出来,只有死者儿子的血样,没有死者父母的血样,由上向下可以推导,而由下向上目前科学还做不出来。"女播音员"又问,死者的父母在不在了?他说,不在了,他们是渔民,那年天文大潮,都死了。"女播音员"说了一声抱歉,就挂了电话。通完电话,黄小芬已走了,他一口气喝了四碗稀饭,把碗筷洗了,打着饱嗝就去局里了。

没有到公安局门口,他就听见张军的破嗓子在吼着什么,他又在公安局门口闹事了,他拨开人群,一只手就把张军从地上扯了起来。张军不肯从地上爬起来,一边和他扯着,一边大声喊,没有本事破案,倒有本事打群众,你不是有枪吗?你有种的话,就给我一枪。张军把胸脯拍得咚咚响,嘴角上全部是白色的唾沫。他下意识地摸了摸屁股,如果有枪的话,他说不定会开枪的。要不是罗志远过来把张军劝走了,他不是被张军气死了,就是被五碗稀饭酿成的尿憋死了。

他在厕所里撒了足有五分钟的尿，这次局里的中层干部竞聘活动在他去北京的时间里搞完了，那些新任的中层干部准备换办公室了。好在罗志远顺便给他间接地腾空了办公室，把一位请了长期病假的老警察的桌子搬了进来，这样就等于给他安排了一个人的办公室，罗大还给他配了一台电脑，实际上他享受到了中层干部的待遇。难怪刚才小杆子们还笑着说他的办公室是"唐办"呢。

他坐在"唐办"里，眼睛又干又疼，就是流不出泪。干眼症是去年母亲过世时患上的，眼睛的视力没有下降，也没有什么炎症，唯一的症状就是不能流眼泪。他从抽屉里找到一小瓶眼药水，滴进去的眼药水后来又流出来，流得满脸都是虚假的泪。他只好把头伏在办公桌上，如果让别人看见了，肯定以为他遇到什么伤心事了。

他一直等到走廊上没有脚步声的时候才回家。厨房里发出滋啦滋啦的声响。换了鞋，穿着红色厨妇服的黄小芬就过来了。黄小芬笑眯眯的，他揉了揉眼睛，一头的雾水，是不是眼睛出现幻觉了？黄小芬说，羊毛衫处理掉了。他没有答她，转身就进了书房。黄小芬追到书房门口，说，你也不问问，我到底处理给谁了？他抬起头，看着黄小芬，她的脸色还是不好，笑起来一脸的皱纹。红色的厨妇服更把皱纹衬得像刀刻的一样。

钟医生啊，总是麻烦人家，这次手术人家没有要一分钱。

他盯着厨妇服上的那只红苹果看，眼睛里像是腾起了一团火，黄小芬啊黄小芬，如果我告诉你真正的价钱，你想笑也笑不出来的。

8

黄小芬心情一好，家里就阳光灿烂，他的神经就松弛了许多。母亲在世的时候，经常说他的脾气像父亲，他不太同意母亲的判断。其实还是一样的，喜欢把心事闷在心里。说实话，要不是很多事情窝在心里，他也不会去和张军直接碰撞，有什么必要呢。

吃完饭，他没有去上班，闷头在家里补觉。上了床，反而睡不着了，案子其实还是有证据的，一是抛尸点发现了一件上衣，经辨认是死者张红的；另外一个是苍蝇屎妹妹的证词，张红"失踪"之后，嫁到江对面的苍蝇屎的妹妹和母亲回来过，当时就怀疑脾气一向不好的苍蝇屎做了糊涂事，苍蝇屎后来承认了。可这些证据到了检察院就没有用。苍蝇屎抓了很久没有动静，张家就闹事了，张家到市政府门口闹过好多次，有线人反映有高人在张家背后指挥呢，这年头有些人就是唯恐天下不乱。再后来就更加离奇了，社会上就传出了市委申书记和苍蝇屎是亲戚的话了，市委书记姓申，明明和苍蝇屎的商不是一回事，居然也有人相信。也不知道张军是如何得到他的名字的，他在十字路口打出的标语是"唐王高无能，王明仁腐败，申炳喜包庇，人民的冤屈何时能昭雪？？？！！！"，他当时一下子就出名了，他竟然和公安局长市委书记一起平起平坐了。当时他去现场处理，张军指着他的鼻子对围观的群众说，看啦，他就是那个他，唐鸡屎，唐鸡巴！他一点也没有生气的样子，还是帮着疏散围观的群众，恢复被堵塞的交通。张军后来还在骂他，一个谁也不认识的老太婆站了出来，把张军骂走了。他很小心地把那个带着三个感叹号和三个问号的标语卷好收起来了。

等到儿子放学回来看动画片，他还没有醒来，他不晓得自己是什么时候睡着的，为什么又会睡得这么死？再看看，家里光线很暗，原来黄小芬把窗帘全部拉起来了。儿子问妈妈去什么地方了，他说不出来，他也不知道黄小芬干什么了。他叫儿子不要看动画片，先把作业做好了再看，唐诗很不情愿地把电视机关了。他又去厨房看了看，想把中午的菜热一热。正把微波炉的插头插上，黄小芬回来了，先是夸张地问了一声唐诗，馋嘴鸭！又叫了一声他，馋嘴鸭！他说，你怎么不说我们都是唐老鸭呢。唐诗和黄小芬都被他的话惹笑了。黄小芬笑得尤其响亮，他看了黄小芬一眼，原来她把头发做过了。

家里像是过节了，黄小芬给他开了一瓶啤酒。喝完了酒，他提出由他来洗碗，妈妈给儿子洗澡。没有想到，这个方案立即被儿子推翻了，他要求爸爸给他洗澡，而妈妈去洗碗。黄小芬开始还不高兴，后来想通了，儿子晓得害羞了。

儿子睡觉之后，坐在床上的黄小芬一边看电视，一边说儿子不让她给他洗澡的事。他劝道，小孩子总是要长大的，他翅膀长硬了，上大学了，出去工作了，家里就剩下我们老头老太相依为命了。

两人回忆了许多儿子小时候的故事，有些故事他都听过好几遍了，有些故事他没有听过，说着说着，他的手有点不老实了，黄小芬就任由他的手动，但不允许他有进一步的动作。他很是失望，手就松开了，又被黄小芬抓住了，你忘了，还不到三个礼拜。后来，黄小芬讲到了放节育环的事，钟医生的意思是要他用套子。可他一直不喜欢用套子，也不是不喜欢，而是很不习惯。黄小芬是知道男人的喜好的，还是决定等一段时间放节育环。黄小芬的话说得很轻，可每一句话都种到他的心里了。他一把揽过了黄小芬，说了声，老婆，对不起啊。黄小芬也挺不好意思的，说，有什么对不起的，可我怎么也搞不懂，你们男人怎么就是喜欢做那个事？

黄小芬很快就睡着了，下午睡多了的他怎么也睡不着，专案组是要求到抛尸点的下游去找尸源，可总是一无所获。过了两个月，他决定跑到上游去找，还果真找到了。卡在芦苇丛中的浮尸已经高度腐烂，呈白骨化了。从死尸的身长、死亡的时间，再到死者的棉袄，以及年龄角度，还有家属认定，都可以初步认定这就是张红。可死者的脸部以及内脏全部腐烂，从法医的角度来说，也不能认定她就是张红。死者的妹妹张娟提供了一个线索，张红上过节育环。这倒是一个好线索，如果上的节育环能够符合的话，也可以认定是张红。可法医从腐烂的子宫里没有摸到节育环。计划生育指导站的站长分析说，节育环是有可能掉的，育龄妇女节育环掉落一般有两个原因，一个是体力劳动过重，一个是性生活过于猛烈。苍蝇屎交代过,那天晚上,他把张红杀死后,他也想死的,翻到一只农药瓶,瓶盖都拧开了,可农药味太难闻了。再后来,他扒开了张红的裤子,在她的身上行使了最后一次做丈夫的权利。扔完尸体后,他没有急着回去,而是在江边哭了足有一个时辰。苍蝇屎不是哭张红,而是哭自己,以后就是光棍了,光棍太苦了,世界上他所有的苦都能吃,唯独光棍的苦不能吃。

夜很深了,连市政府钟楼上的钟声都听清了,响了两下,过了两点了,他抱紧了黄小芬,身体越来越热,苍蝇屎说得对呢,世界上什么苦都可以吃,唯独光棍的苦不能吃。

9

他刚到看守所,就被搜了身,搜身的是几个看守所的民警。没有准备的他被搜得莫名其妙,小张所长出来了,说,兄弟们有什么错?什么叫做搬起石头砸自己的脚?你唐老就是。原来他们是想在他身上搜出好香烟的,他说,我哪里有什么好香烟?我又不是经侦队的,他们的好香烟都是一条一条的。

经过小张所长的解释,才晓得是他把苍蝇屎给惯坏了。苍蝇屎在原来的号子里像个小瘪三,从来不敢说自己杀了人,每天都要挨人家的打。现在不一样了,小张所长为了光明正大地给他发方便面,就给他换了一个号子,还宣布了他的杀人犯身份。杀人犯是死囚,死囚是完全可以提出加餐要求的。他一下子成了号子里的老大了,他还跟人吹牛,唐警官和他玩成朋友了,唐警官吃香烟都吃软中华。他觉得很好玩,说,他怎么不把这个告诉老贾?

你以为老贾不知道?小张所长说,上次检察院的人来提审,我给他们南京烟,可他们非跟我要中华。他不说话了,小张所长递过来一支烟,老唐,不知道你嫌丑不嫌丑?他一把夺过小张所长手中的一盒烟,说，我这个人民群众怎么会嫌丑？麻烦你给我把那个杀人犯奸尸犯解出来。小张所长指着那包香烟，说，有一句丑话说在前面，我这个烟给你抽可以，给他抽可不行。他拍拍裤裆说，我给他抽？我给他抽我的滴水牌！大家被他的这句粗话惹笑了。

苍蝇屎是被他带到一间小房子里的，一进去，他就把门给关上了，窗户也关上了。过了很长时间，他出来了，刚才还笑嘻嘻的苍蝇屎面无血色地站在他的后面，像一个倒空了的麻袋。

去年刚分配到看守所的民警小吉主动送苍蝇屎进号子，他想看看苍蝇屎身上有什么伤痕。他仔细检查了一下，苍蝇屎身上什么新伤也没有。他真的搞不明白，刚才唐老究竟是用了什么样的手法收拾的呢？

10

他一眼就看出来了，儿子今天有点神秘兮兮的，不知道他又在捣什么鬼？他没有管他，就坐在电视机前看中央五套的"天下足球"，正看着，儿子轻手轻脚地过来了，塞给了他一幅自制的贺卡，上面写着"生日快乐！"他翻开贺卡的封面，儿子在上面写了一行歪歪扭扭的字："祝爸爸心想事成，做大官，发大财！"看得出来，儿子用了心，儿子懂事了。他很激动，把儿子抱到半空中，说，什么做大官，发大财，爸爸已经老了，做不动了。

他说的声音很响，他是故意说给黄小芬听的，这几天，黄小芬又和他处于冷战状态了。她知道他故意不参加中层干部竞聘了，估计是钟医生告诉她的。她一定要他给个理由。他说不出理由，只是解释说，谁想做官，就要先不把自己当人，而把自己变成一条狗。黄小芬听了之后更加生气，说他不是人也不是狗，而是摊狗屎，大官做不上，小官又瞧不上，永远糊不上墙。这句话很是伤了他的自尊，他回了一句，他就是狗屎，总比学人家说话强。黄小芬听了之后上心了，非叫他交出这个"人家"，他不肯说，那天她就捂着被子哭了半夜，像是一只顽强的大蚊虫。

也许黄小芬把他刚才说的话听进去了，晚上吃饭的时候，黄小芬拿了三双筷子。他一边吃，一边夸今天的菜烧得太好吃了，动作和语言都很夸张，黄小芬没有表情地吃着，没有理睬他，到了收拾碗筷的时候，她告诉他，大姐曾经进城找他。他正在努力剔着牙缝里的一根肉丝，含含糊糊地问，什么事情？黄小芬回了一句，她们有话从来就不和我说的。他说，说不定又是小强的事吧。黄小芬说，我可没有说，这是你们唐家的事，我们可是外人。他不说话了，舌头明明碰到那根狡猾的肉丝，可怎么也剔不到。

小强是大姐的儿子，姐姐把做警察的弟弟当作了大官，大事小事都喜欢找他，比如小强的上学，小强的工作，还有姐夫想不种田到城里打工，这些事对于他来说一点也帮不上忙。如果小强喜欢读书的话，他倒是可以帮助的，恰恰相反，小强不喜欢读书，只喜欢进游戏机室，后来混到了初中毕业，又不愿意种田。他实在想不出姐姐怎么会养出这样没有用的儿子？大姐夫也糊不上墙，不喜欢吃苦，喜欢买彩票，大姐如果稍微有一点反对，他就动手打她。他从来就不想看到大姐夫，大姐夫可能也晓得他不欢迎他，倒是姐姐经常拎着一口袋山芋或者半口袋玉米过来。看到大姐的样子，他心又软了，四十多岁的姐姐老得很快，已经很像过世的母亲了。他的同学是派出所的所长，他去请了同学吃了一顿饭，把小强安插进去做了联防队员。可是没有过一个月，小强主动不做了，说他值不了夜班。他对大姐发了一通火，不能值夜班，就能够在游戏室玩通宵？将来不是做二流子，还能够做什么呢？大姐就不怎么上门了。再后来见面，就是母亲的丧事，大姐在母亲的葬礼上哭得特别伤心。

第二天，他打通了大姐家的电话，没有人接电话。他又打二姐的电话。还是没有人接。二姐和大姐一直不和，主要是二姐只生了一个女儿，他的这个外甥女成绩很好，大姐最看不得这一点，说过一些不好听的话，意思是女的怎么好跟男的比，后来就和二姐结下了梁子。电话又打到三姐家，三姐说，小强离家出走了。大姐是到城里找小强的。果真是这样，他猜对了，估计没什么大事，如果有大事的话，大姐应该还会打电话过来的。

11

罗志远给他透露了一个信息，财务科有钱了。他问，哪里的钱？罗志远怔了一下，说，市里……刚刚拨给局里一笔办公经费。他明白了自己是不该问的，罗志远是想照顾他这个老同学快点把出差费用报掉。刑警大队可不比经侦大队，经侦大队每破一次经济案件，总有收获的。他们也不比治安大队，治安大队有特种行业管着，也是有油水的。刑侦就比不上了，有时候，一个线索来了，天南地北的也得赶过去，说不定去了也找不到一点线索。每一起案子的后面都有一大叠没有报销的车票。每年，他都有好几个月的工资垫到出差费里了。按以往的做法，一般是大案破后，市长会大笔一挥，一次性地批给破案的奖金。等到奖金到账之后，就是刑警队报销出差车票和补贴的日子。所以要破就破大案，破了大案大家的脸上都有光。

他连忙回到办公室整理到北京出差的发票，可没有想到的是，他居然不会数数了，手里出差的发票前后统计了五次，竟然有五个不同的数目。等他把发票全部贴好了，却又找不到该签字的罗志远了。再一看时间，已经过了11点半了。他昏头昏脑从办公室出来，传达室的老师傅叫住了他，说是有人找他。

原来是大姐和大姐夫，大姐夫讨好地向他笑着。他把两个人带到办公室里，问他们吃过了没有？大姐说吃过了，大姐夫也说吃过了。他估计他们没有吃，没有点破，坚持叫他们到公安局的食堂陪他再吃一点。

吃完饭,他把他们带到办公室。详细问了小强是怎么离家出走的,离家前的表现,以及离家前说的话等等。分析下来,小强上了网瘾了,他总是在家里和他的同学通电话,说什么武器之类的事件。小强应该不会有什么大事,不会走远,说不定还在县城的哪个游戏厅里。大姐听了这话就叫起来,他有好几天不回家睡觉了呢?他说,这种人就喜欢把游戏当觉睡!有个小伙子,穿着衬衫在游戏室里度过了一个冬天,累了就趴在电脑前眯一会,三个月没有出游戏室的门,平时替人家练关赚点吃的。有人怀疑他是通缉犯,抓过来一审,原来他是一个民办高校逃学的大学生。

大姐哭了起来。她害怕小强像村子里的另一个小孩,本来是出去打工的,却在外面杀了人,被抓到大牢中了。他看到大姐哭了,心中不是个滋味,就安慰说,小强不会出事的,也许就在这几天,他会回去的。一直没有说话的大姐夫就接了他的话头,有什么根据?有什么根据?他说,没有什么根据,凭预感。

说到预感,留着小胡子的大姐夫兴致来了,你的预感有多灵?说给我听听。他没有理睬他,大姐夫却自顾自地谈起了彩票经,他一边说话,一边看着装头颅骨的密码箱。

临走前,大姐夫拿出手机,要跟他换号码。手机一看就是二手的,说不定是赃物。他一问,大姐夫承认是花了一百块从一个踏三轮车的人手中买的,不过声音太低。他没有说话,大姐夫警戒起来了,反复地问,不犯法吧?不犯法吧?

大姐也不知道男人竟然有了手机,他们就为了这个小声地争吵起来。他看着他们吵,什么话也不好说,可能大姐夫也顾忌这个小舅子,没有再吵下去。他不晓得当初父亲是怎么看上这个男人的?听说大姐并不同意,可父亲逼着,大姐只好嫁给了这个人。母亲实际上也反对这门亲事,大姐出嫁的时候,母亲睡在床上,三天没有吃一口饭。

一直等到下午下班,他才等到了罗志远,罗志远在发票上面签了字,依旧是庞中华的字体。在警校里的时候,他和罗志远都练当时很流行的庞中华的硬笔书法,那时的罗志远写得没有他好,因为他的毛笔字本来就有功力,可现在罗志远的笔力比他好多了。

12

他和儿子闹了一次小摩擦,起因是他练毛笔字,儿子说黑墨水太臭了,简直要把他熏死了。他说,墨水哪里是臭,这分明是墨汁香嘛,人家有句话,问一个人的学问高不高?就是说这个人肚子里有多少墨水?古时候书生还要喝墨水呢,可儿子坚决不上他的当。在黄小芬的调和下,他只好躲到书房里去享受他的墨水香了。

练了好一会儿,手腕还是生得很,看样子过去的功夫全部丢掉了。练一张纸揉掉一张纸,地下全是废纸团,如果不是端着一碗热汤的黄小芬过来了,他肯定要把桌上的一刀宣纸全部揉成废纸团。

那碗汤里有一种怪味道,可黄小芬偏偏说他是被墨水把鼻子熏坏了。黄小芬说,人家说了,女人靠睡,男人靠吃,这是营养汤,是专门治你眼睛的,你就当药喝。

黄小芬边说,边摸了摸他的头,他不知道这个营养汤是钟医生教黄小芬的。为他看不流眼泪的毛病的医生可是全市最好的眼科医生窦医生,他七十年代代表中国援助过非洲,在非洲呆过两年的。可窦医生也不晓得他的毛病出在什么地方,只是开了几种药水。但没有什么效果,昨天,钟医生在楼梯口看到黄小芬,先是问了黄小芬恢复得怎么样,又问起了他的眼病,说要补。这个补品的原料还是钟医生提供的。

手机响了,是大姐夫的电话。小强回来了,他还想要舅舅随便说一个号码,用来买彩票,如果中了五百万,他一定分一百万给舅舅。大姐夫是以小强的名义叫的,他没有答应,说,手机快没电了,挂吧。说完,他把手机给挂掉了。挂完了手机,他看了站在门口的黄小芬一眼,不是女的，是大姐夫！黄小芬很是不高兴，你解释什么，我可没有你想象的那么卑鄙下流偷听，如果哪一天有人顶替我，我举双手欢迎，如果哪一天要我下岗的话，早点说，不要等到把我杀掉。

嘴里的一口汤就这么呛了出来，脑袋里被谁撒了一把辣椒粉，又酸又麻，一直电到了他的尾骨上。

13

一个娃娃脸的白白净净的小民警站在看守所的门口，看样子就是小吉了。他不免多看了几眼，又是一个小张所长呢。刚才就是小吉打了一个电话给他，还自报家门说自己叫小吉。他想了半天，也没有想出小吉长得是什么模样。小吉告诉他，苍蝇屎被他收拾了之后，变得好多了，有好几次都要求见唐老。他又想起了苍蝇屎馋烟的样子。和小吉说，这样吧，我马上就去看守所，正好要做一份材料，你帮我记录一下。小吉听了，一连说了好几个好字。

问题都是回答过的，他问得很简单，苍蝇屎也回答得很扼要，小吉飞快地记着，还不时看看苍蝇屎的表情。苍蝇屎有点不耐烦，眼神直往他这边瞅，看样子上次他被唐老收拾得不轻。

小吉一共记录了四页，每一页都送给苍蝇屎看了。苍蝇屎也没有认真看，右手的大拇指上早就上了红印泥，很熟练地在每一张材料纸上按了指纹。

他示意小吉把苍蝇屎带回去，没有想到苍蝇屎一点也没有站起来的意思，是不是他想香烟呢？正想着，他从口袋里摸出两支已经弯曲的香烟，扔了过去。

两支香烟就一前一后地落到了地上，苍蝇屎居然没有接。

他生气了，说，不要拉倒，小吉，少跟他啰唆，把他送回去！苍蝇屎就害怕了，说，唐警官，我举报！我举报！唐警官，我要举报他们乱抢我们的地，给我们一亩七千，还七刮八刮的，听说他们给人家开工厂的一亩15万，钱到哪里去了？那你说，钱到哪里去了，肯定被他们贪污了！唐警官，我们村长把我们卖地的钱全部贪污了。

你有证据吗？小吉问了一句。

苍蝇屎说，还要证据吗？那些王八蛋，哪一个不在城里有几套房子，几套房子几百万，他们哪里来的几百万？

没有证据不好说。小吉说，还看了他一眼。

我知道的，天下乌鸦一样黑，我们老百姓想找你们干部麻烦，就像是用砖头砸天，天没有砸破，倒把自己的头砸破了。如果不是那个贱人自作主张给我签字，我会拿到证据的，苍蝇屎的声音越说越低。

交代完了，苍蝇屎还是不想回号子，说他还有话说。他不想再听了，和小吉说，他出去打一个电话。等他打完电话，小吉也来了，把手中的材料给他，同时还塞给了他一包中华香烟。

他看着小吉，小吉被他看得不好意思了，说，人家给我的，我又不抽烟，放在我这里就是浪费。他看了看小吉，说，你有什么事情吧？小吉搓着手说，也没有……什么事？你上次……是怎么收拾他的？他一愣，谁？……哦，他笑了起来，拍了拍小吉的肩，说，也没有什么？他怕呵痒，我就把他铐在椅子上，拼命地胳肢他，胳肢他，让他笑，他总有笑够的那一刻。

小吉就真正愣在那里了，他肯定没有料到。

14

回到局里，刑警楼里几乎没有人了，大家都扑在刚刚发生的5·12上了。他想着民警小吉的傻样，多年以前他也是这个样子呢。不晓得他会不会长跑？可跑得再好有什么用？有一天，那个贩卖人口的大胡子从他的眼前不见了，他反而跑不动了。

刚才在会计室的时候,他没有报销成发票,反而和财务科的刘会计吵了一架。刘会计的口气大得很,你听谁说的?我们有钱?我们有钱,我不比你更清楚?你是不是认为我把钱藏起来了,故意不给你报销?你说你有去年的发票,人家还有大前年的发票没有报销呢,再说,你的案子还没有破下来呢,有本事破下来,我自己掏腰包给你唐大警官报销。他实在想不通,自己怎么就得罪了这个老女人,她的男人是民政局的局长,去年是被检察院抓走的,又不是他抓走的。要不是房大胖子过来拖走了他,他真的会把发票一一撕了,然后全部扔到刘会计的头上。

她是更年期!房大胖子说,老唐,你平平气,再说,天下所有的会计都是这样的,钱到了她们的口袋里,你拿单位的钱,就像是拿她们家里的钱一样心疼。他在房大胖子的办公室坐了一会儿,房大胖子过去是刑侦队的,后来和罗志远不对,就主动调到督查大队了。

第二天,罗志远跟他把发票要了过去,由他拿过去报销了。他把钱数给他后,就跟他谈起了到沈阳去找刑警侦破专家Z教授的事,11·26是市长要求督办的案件,必须近期拿下来,否则,王老板被动,最被动的还是他罗志远。

他又想起了会计室的那个老女人,对罗志远说,我可没有钱打车票。罗志远说,这个你就放心,你只管向黄小芬把假请下来,费用我帮你到财务科去预支。

罗志远现在忙得很,他的精力都放在了5·12上,一名歌舞厅的歌女被杀在市政府的宿舍楼里,宿舍楼是市政府的老宿舍楼,是一位干部出租给这个歌女的。凶手是用铁锤砸的,没有任何痕迹,也没有任何线索,凶手甚至没有翻抽屉,死者的抽屉里有一万多现金,凶手还在卫生间里从容洗完了身上的血迹。死者来自四川,十八岁到二十八岁曾经在广州和深圳做过,二十八岁后来到这个小地方。社会关系相当复杂。本地最起码有十多位老板先后包过他,包括几位党员干部。这个案件出来之后,社会上的舆论对市政府很不利。传说是某位市级干部包养了她,死者为了自己的要求,逼这个干部逼得太凶了,有可能是这个市级干部雇凶杀人。

黄小芬对他出差很是不满意,也奇怪呢,让你这么忙,还这么重要,怎么还是群众一个?他假装没有听懂,说,我坐飞机去呢。正在做作业的儿子听见了,将来我也要做警察,动不动就乘火车坐飞机。黄小芬没好气地说,做你个大头梦,你给我做做看!

15

沈阳Z教授给头颅骨做了一个正面像和侧面像。头像和张红很像。Z教授又将头颅骨和张红身份证上的照片做同距离比较,发现有三十多处的距离完全吻合。这就意味着基本可以肯定,这个头颅骨就是张红的。

得到盖了公章的刑事科学鉴定书后,他给罗志远打电话,通了,却被按掉了。他又给王局长的办公室打电话,办公室没有人接。黄小芬还没有下班。实在没有事做,他就给大姐夫打了一个电话,大姐夫听是小舅子,就跟他说彩票,他说,就差一点点,就差一个字,就是五百万了,结果中间的一个数字错了,只得了二十块,五百万啊。他说,不着急,马上就是五百万了。

赶到火车站,只剩下硬座票了。一路上,他感觉自己才是中了五百万的人呢。回到市里已经是下午了,局门口有很多的红花瓣样的鞭炮屑,仿佛刚刚办了一场喜事。说不定又是失窃而复得的群众来感谢的。他刚想进去,房大胖子拦住了他,说他在执行公务,查警风警纪。

房大胖子拿着电视遥控器样的酒精测试仪,一边叫他张开嘴巴,一边对他说,乌龙兄啊,祝贺你的老同学吧,你的老同学又要升官了,真是干得好，不如运气好，呆人有呆福。

乌龙是他在刑大足球队时的绰号。房大胖子有个绰号叫做肛（钢）门佐夫，踢球的时候，他尤其想做前锋，可房大胖子的球感实在是太差了，好在他的手感还好，就让他守门。那时他们的刑大足球队是全局的足球冠军。他们的案子也不像现在那么多，市里的老体育场就在对面，体育场的球场草皮长得很不好，像一只癞皮狗的皮，可他们就是喜欢那癞皮狗。

他耐心地等着检查完毕，房大胖子并不想放过他，乌龙兄啊，听说你也要升官了，案子破得不错嘛。他心里咯噔一声，说，5·12破了？房大胖子说，连处女膜都破得了，5·12有什么破不了的？

到了局域网上一查，才晓得5·12的凶手是死者的男朋友，死者在广州的时候脚踩两只船，这次被杀就是脚踩两只船的结果。

16

他进了罗大的办公室，就想到了房大胖子，这个胖家伙真是没有用，检查得再严有什么用？还不是漏掉了罗志远。罗志远满嘴酒气地告诉他，老唐啊，你不知道，今天中午喝酒，领导那个高兴啊，给了奖金，还叫全体干警免费到市人医体检。全体！罗志远把自己的手关节掰得啪啪的响，他说，妈妈的，过去总是说我们享受他们的福利，现在他们也享受一回我们刑警队的福利了。

他简单地把11·26案件的事情向罗志远汇报了一下。罗志远听了之后更高兴了，说他正好要到老板那里汇报，顺便给报社记者打电话，把11·26案件侦破了的消息也报道一下。

他顿时感到嘴巴干涩，眼睛更是又涩又疼，罗志远的办公桌玻璃台板下正压着他上次出差的票单呢。原来他上次报销的费用，根本与财务科没有关系，都是罗志远自己垫的。

过了几天，市报的周末版刊出了5·12案件的侦破经过，罗志远弄来了很多报纸，发广告一样发着，所有的侦破思路都是王局长王老板指明的，王老板成了福尔摩斯式的侦破专家，11·26案件也在其中出现了，王老板又成了科技破案的先行者。罗志远的名字也出现了，他的常务副大队长的职务印成了大队长。参与了5·12案件侦破的小杆子们很是兴奋，都说市政府的奖金中有他们的一份。

他用小吉上次给的中华烟钓住了几个小杆子，一边请他们帮着整理11·26的材料，一边听小杆子们说局里的事情。小杆子们也喜欢和唐老在一起，他们说到了王老板和罗大的关系，还说了这次免费体检的事情。逮到了一个肺结核，逮到了两个乙肝带菌者，检查出一个晚期癌症，至于脂肪肝就非常多了，脂肪肝已经占全体干警的三分之一强。现在，和那两个乙肝病菌的携带者吃过饭的警察都忙着打乙肝疫苗呢，就是没有和他们吃过饭的人也忙着打乙肝疫苗，警察的频繁出入，使得人民医院的失窃现象大大减少了。小杆子们很精，说完了还不忘了奉承一下他，11·26案子的奖金肯定也不会少呢。看样子，个个都会说话，个个将来都是小张所长呢。

17

苍蝇屎被检察院批捕了，想不到法院那边又出了问题，11·26可是全省第一起用科技鉴定作证据的案件呢，如何量刑？怎么量刑？可是要探索呢。他想，不管他们怎么探索，他这边可是算结了。

张军来过几趟，口气和以前一点也不一样了，似乎在变相地和他打招呼。他没有接受，也没有反对。他也很客气地待着张军，张军还要求把妹妹的遗骨接回去，入土为安。他告诉他，现在还不行，只有判决生效后，才能这样做。张军要他给他一个时间，他说他也不好给时间，又不是他能决定得了的，张军搭讪着走了。

这一天午睡，他又梦到长跑了，可跑着跑着，他就从跑道上跑到了足球场上了，他完全可以做前锋的，可罗志远却安排他做后卫，理由是他耐力好，而爆发力不足。他不知道替房大胖子解围了多少险球，拼命地奔跑，一直跑到腿抽筋了，可比赛总是不能结束，再后来，他解围时就把球踢到了房大胖子把守的大门里了，房大胖子和罗志远都指着他的鼻子骂他，怎么又踢乌龙球了？他要求下场，罗志远说他是装病。他很生气，什么装病？我吃药给你看。后来，他就到处找那只熬药的砂锅，这只砂锅是他母亲生前熬药用的砂锅，怎么找也找不到。他问黄小芬，砂锅哪里去了？黄小芬只顾和对门的钟医生说话，她们说的内容就是她刚才踢的乌龙球，他很生气，上去就给了黄小芬一拳头，黄小芬就被他打倒了，钟医生喊了起来，杀人啦，老罗，快来啊，唐王高把黄小芬杀死了。他恶狠狠地说，她该死，别人可以笑话我，她不可以，她黄小芬就是不可以笑话我！

起床之后，他决定去理个发。可街上都是一些美容美发的。找了半天，他才在老巷子里找到一家老剃头店，剃头店的生意不是太好。老师傅摸了摸他的头，说，哎呀，这么大的头，老板很聪明呢。他笑了笑，看着前面镜子上的几个字——大海航行靠舵手。他说，这是一只老镜子嘛。老师傅说，是啊，现在就数我这个老镜子了，不走样。他摸了摸他的头，说，老板可是在下午出生的？他来了兴趣，什么根据？老师傅说，上午和下午出生的人头歪得不一样，上午左歪，下午右歪。他自己摸了摸头骨，真的有点右歪呢。难怪唐诗的头有点左歪，儿子就是上午出生的。

看到老师傅的头发刚刚剃完似的整齐，他突然冒出一个问题，你们自己怎么给自己剃头呢？是不是对着镜子剪呢？老师傅说，怎么剃啊？对着镜子自己剃，现在好剃多了，过去是剃葫芦，剃葫芦也是自己剃。老师傅把自己的花白的头歪给他看，他的头上满是条形的疤痕，像是躲在里面的肉色的发夹。

18

星期天是黄小芬去娘家的法定日子。儿子也想去外婆家,可黄小芬根本就不想带他去。他说,儿子,我们今天到江边去玩好不好?儿子眼睛一翻,提出了一个条件,给我讲个故事。他说,上路讲。儿子又提了一个条件,回来吃肯德基。他答应了。儿子又说,你快准备故事,不准讲过去讲过的故事。

用儿子最喜欢的事件诱惑儿子,其实他自己也厌恶这样教育法,可又有什么办法呢,儿子从小就鬼得很呢,对妈妈说的话和对爸爸说的话肯定是不一样的,如果问他,是爸爸好还是妈妈好?他回答是都好,那时他刚刚十三个月。

他给儿子讲了一个故事,很多很多年前,有一个渔夫在长江边捕鱼,结果捕到了一只瓶子,打开瓶子,里面是一个魔鬼,魔鬼长得很丑,他的鼻孔像山洞,眼睛像铜铃,魔鬼是过去的大王把他塞进去的。魔鬼说了,在若干若干年前,他想,如果此时有人把他救出去,他就给他一座金山。又过了若干年,魔鬼又在瓶子里许愿了,如果此时有人把他救出去,他将给他一座银山。再过了若干年,魔鬼生气了,他发誓说,如果此时把他救出去,他将把他给吃掉。当时他就想吃渔夫,渔夫就想了一个办法,把魔鬼又哄进了瓶子里了,然后塞紧瓶盖,又扔到了长江里了。

他讲到这里,停了下来,说,你猜,他用了什么办法把魔鬼哄进去的?儿子猜了一下,就不愿意猜了,非逼着他说出谜底。他说出了谜底,渔夫对魔鬼说,他不相信,你这么大的身子,怎么可能进得了这个瓶子?魔鬼就上当了,他就变成了股青烟,钻了进去。儿子说,魔鬼真笨。他说,的确笨,这个世界上有多少聪明的人呢?儿子指了指自己,我！他被儿子惹笑了，这个家伙，理想总是定得很高，口气也相当的大，不晓得将来会怎么样？

他是带儿子来看苍蝇屎的儿子商有新的。苍蝇屎的老母亲和孙子在家。老奶奶开始没有认出来唐警官，商有新把他认出来了，一脸的冷漠和戒备。他只见过一次商有新，当时他是带他到医院采制血样的，采制血样需要的血比较多，有50CC左右。他当时生怕这么瘦小的孩子吃不消，还特地到医院门口买了一盒红桃K口服液和其他的补品。商有新没有吃，倒是他的舅舅张军吃了。张军吸了一支又一支，还对商有新说，吃，傻瓜，你不吃的话，血是补不上的。商有新捂着刚被抽血的胳臂，一言不发。张军只好回过头对他解释说，脾气跟他死鬼妈妈一样。

好长时间不见了，长得很像张红的商有新长高了一些，他不理睬他，跑到了门外，还训斥他奶奶，责怪奶奶把校服洗皱了。

他把带来的东西放到桌上，就准备告辞了。可儿子喜欢上了那些小鸡了，小鸡们都染了红颜色，满院子像是开了一团团会跑动会叫的太阳花。长江那边传来一声声汽笛声，老奶奶正在自己家的井水边淘米，老奶奶淘得很仔细，阳光打在那些米粒上，闪闪烁烁，还变得非常调皮。如果没有这起杀人案，这家子会有另一种气象的。井水应该是古长江的水，再往前，这里就是大海。这还是老奶奶告诉他的，当时调查取证的时候，老奶奶左一口"海上"，又一口"海上"。他没有听明白，后来才知道她说的"海"就是长江，过去这里就是长江的入海口。

他跟老奶奶打了招呼，老奶奶说，叔叔在家吃饭后再走。他推辞了，老奶奶又想捉一只小鸡让儿子带走。儿子倒是想要，被他阻止了。没有走多远，他听见了屋子里面一阵哗啦声，估计商有新把送的东西推到地上了。附近一家化工厂的围墙原来刷的是蓝涂料，现在变得斑驳不堪，很是难看，空气中散发着特别难闻的腥臭味。

19

刑警队的工作是忙一阵，闲一阵，现在是闲季。他和因为开运动会放假的儿子约好了，一起去公园的湖边捉蜻蜓。

黄小芬见他们出去玩，就说要去帮妈妈洗被子缝被子，爸爸不在了，妈妈又不肯跟四个儿子一起过，自己一个人过，她这个做女儿的只有多苦些。他曾经建议黄小芬把她妈妈接过来，黄小芬说，她都不肯住儿子那里，怎么可能住到女婿的家里？再说，妈妈也希望黄小芬在她那里多呆一会儿，好让她把四个儿子和四个儿媳的坏话讲完。

黄小芬回家已快十点钟了，正在和他一起看电视的儿子一看到妈妈，就跳了起来，直往卫生间跑，像一个正在逃跑的小贼。

黄小芬的脸色冷得很。今天他和儿子都违法了。黄小芬对于儿子有五十条规定，光是刷牙就有五条规定，晚上九点钟之前必须上床，就是其中的规定之一，规定都和他宣布过的，他现在想起来了，可是没有用了，今天是彻底地违反"纪委"的规定了。再加上黄小芬执行五十条规定比纪委的人还厉害，地雷要爆炸了。

儿子很快就钻到自己床上了。黄小芬背着他，也睡觉了。他睡不着，开了电视机，看了一会儿，黄小芬突然跃起身，夺过遥控器，说，姓唐的，你去看看你宝贝儿子，他明天还要不要上学了？他不相信黄小芬耳朵这么尖，电视还开着呢，他怎么就知道儿子没有睡觉呢。他将信将疑地到了儿子房间里。儿子果真还没有睡觉。他也生气了，你为什么不睡觉？儿子说，有魔鬼。他隔着被子给了儿子一巴掌，我看你是欠揍，你自己才是魔鬼！

过了一会儿，儿子的房间里还是有动静。他忍不住了，几乎是把门踢开的，睡不着觉的儿子依旧说房间里有魔鬼。他又给了儿子一巴掌，索性就坐在了他的房间里，他要看着这个小魔王睡觉。过了一会儿，他也听见很奇怪的声音了，打开灯一看，地板上有几只蟛蜞在张牙舞爪，还吐着白沫，似乎正对着他发表高见呢。他吼起来，我不是叫你把逮回来的蟛蜞扔掉的嘛，这就叫做搬起石头砸自己的脚。儿子在被窝里回嘴说，你才呢，你才搬起石头砸自己的脚呢。

他又想揭开被窝揍儿子，被赶过来的黄小芬拉开了，说，他是小神经，你是大神经，你不看看现在几点了？儿子似乎找到靠山了，从被窝里伸出头来，我不要爸爸管，他总是关我黑房子。听到儿子这话，黄小芬熬了一个晚上的火终于发作了，我警告你，你不要给他的心灵造成阴影。他哼了一声，说，什么心灵？他有什么心灵？

没有想到，黄小芬猛然推了他一下，就你有心灵！你有什么，你只有狗屁，你现在有本事了，外面做不到干部，躲到家里做大干部了。他下意识地擒住了黄小芬的手，黄小芬，请你不要过分。没有想到，黄小芬的另一只手就冲了上来，是冲着他的脸去的，他的反应很快，挡掉了。黄小芬的身体就歪到了地上，她还抱着他的腿，喊道，姓唐的，你有本事打死我，你不打死我，你就不是人养的。

都像个泼妇了，他绝望地闭上了眼睛，今晚不要睡觉了。

20

他现在见得最多的人不是公安局的人，而是检察院的人，他还和驴脸的老贾喝过酒。老贾没有提苍蝇屎的事，他也没有提。老贾其实也过得不容易，老婆下岗，儿子身体有点问题，不能上学，更不能工作，一家靠他的二千元左右的工资。

11·26案件依旧没有结束，过去公安局和检察院有矛盾，现在是检察院的人和法院的人搞得很紧张，为了这个悬而未决的案件，还牵涉到其他几个案子，检察院对法院搞了几个抗诉，法院方面很是恼火，他们就借着全省"第一例"用技术作为证据的案件，抬出了苍蝇屎曾翻供过的理由，而继续"研究"，继续"探讨"。后来听罗志远说，真正的原因是一起反贪案，检察长没有给法院院长一个面子，过节就是这样结下的了。

在等待开庭的日子里，检察院的人经常请他吃饭，本来警察是禁止喝酒的。他的对策是下午不上班，反正下午又没有事情。他自己也很奇怪，为什么一下子他就会喝酒了呢？黄小芬说，狗也很奇怪，老师也没有教，自己怎么就会吃屎了呢？他懒得和她争辩，争辩了也没有什么意思。每次和她吵架都是他认错，如果他不认错的话，这日子肯定是过不下去的。

他还去见过被批捕之后的苍蝇屎，当时他正和其他的犯人往外贸的线袜上绣花。绣一双给三毛线，绣一打三块六。据小张所长介绍，苍蝇屎绣的速度和质量都不错。苍蝇屎还说过，唐警官把他这个杀人犯的儿子认作干儿子，他是天下最好的警察呢。小张所长问他有这事没有？他打着哈哈说，张所长同志，他是谁啊？你怎么可以相信他的话？小张所长说，报纸上正在学习宋鱼水，我们也应该向你学习的，不求名，不求利，还把警察做得这么好。他说，我没有你说的那么高尚，小张所长，你肯定不相信，我从小的志向可并不是做警察。小张所长定定地看着他，笑着摇了摇头。

他从小的志向的确不是做警察，可父亲坚持叫他报警校。没有办法，他就填了这个志愿，他以为填了也不一定录取的。没有想到分数出来了，他达线了，政审的时候，村里有人写人民来信，说他父亲政治上有问题，还坐过牢，后来一调查，他的父亲并没有坐牢的经历，也没有任何受处分的纪录，举报信说的一件事还是70年代的事，父亲和王支书顶嘴，王支书不管三七二十一，就派民兵把他捆到公社去了，过了一夜，父亲回来了。他没有说那一夜发生了什么。可在此之后，不喝酒的父亲就喜欢喝酒了，喝醉了，一点也不闹，喜欢坐在自己家的门槛上哭泣，就像女人一样。有时候，他想去拉父亲，妈妈不让他拉，说，由他去，让他嚎，等他嚎完了，就好了。果真，等父亲哭完了，站起来洗脸脱鞋子，上床蒙头大睡，等到第二天再问父亲，他什么也记不得了。

那时他还不叫唐王高，那时候他叫做唐小兵。三年级的时候，人口普查，普查的人是外乡的，父亲就趁机把唐小兵改成了唐王高，那时做了二十年支书的王高，已经滚下台了。再后来，他的录取通知书到了，父亲又喝醉了，哭得最厉害，边哭边数落，他是世界上最苦的人。

立志做一名教师的他就这样上了警校。父亲到处说儿子在学校里是发枪的，可他还没有看到他毕业，父亲就死于肝癌。他哭得三天没有吃饭，妈妈劝他说，你死鬼老子是自己找死，每天都把自己往死里灌。

后来，他每次想起父亲，心里就疼得很，父亲是掉到那个黑洞里了，黑洞就是父亲押到公社的那个晚上，父亲从来就没有提过的那个晚上。不过肯定是有故事的，不然父亲不会让他的儿子改名。

21

黄小芬告诉他一个新闻，楼上的房大胖子把家搬走了，搬到最豪华的皇家花园去了，听说房大胖子在皇家花园买了一个大套，谁也不晓得他为什么会这么有钱，他还是全局第一个开私车上班的人。听说是他老婆赚的钱，这几年她赚的钱就和房大胖子的胖一样快，也一样神秘。有人说，房大胖子的老婆在国土局有个情人，她是靠倒地皮发财的。他不想和黄小芬谈房大胖子，只是淡淡一笑，转身就去书房练毛笔字了，毛笔字的功力已快恢复了。

房大胖子房子租给了一个经常把门关起来的人家。这家几乎天天请客，上面闹出的声音特别响，说笑的声音，哗啦哗啦的洗麻将牌的声音，拖椅子的声音。很是难受。如果不是唐诗睡得快，睡得死，黄小芬早就上去和这个人家吵了。

算起来，这栋宿舍楼已搬走了两家，一家是房大胖子家，一家是一位副局长家。黄小芬曾探过钟医生的底，钟医生说，她们家不会搬，她和老罗都喜欢这里的氛围好，邻居好。他也估计罗志远不会搬，现在房价这么高，罗志远和钟医生又不做生意，怎么可能去买好房子。再说，房大胖子和罗志远是有仇的，他经常在办公室扬言，罗志远算什么，他的干部有一半是他老婆做回来的。这句话他也听过的，房大胖子的话也不是没有道理，他曾经听他妈妈说过，哪里是老王高会做干部，是王高的婆娘太会做人了。而钟医生更是会做人，生唐诗的时候，钟医生一连值了二十四个小时没有下班。平时唐诗吃钟医生家的东西就更是不少，有时候，唐诗就干脆叫钟医生为干妈。黄小芬听到了，也跟唐诗开玩笑，叫干妈干什么，就叫妈。他也听到了，就佯装没有听见，黄小芬是在讽刺他曾经和钟医生谈过恋爱。当年他和罗志远他们一起分回来，这是公安局分配过来的第一批大学生呢，"一定要找个警察"的小钟就经过老队长介绍认识了他，再后来，他和钟医生谈对象了，两个人相处得很好，钟医生曾经在短短的半年里请她们科室里的小护士替他打了三件不同花样的毛线衣。他也到钟医生家吃过饭了，钟医生的妈妈也是一个小个子妇产科医生。钟医生当然也到他的单位上玩过。再后来，他接到了一个电话，电话是一个男的声音，这个男人自称是邮电局的，还介绍说自己是高中生，不是大学生。他很奇怪这个男人为什么要这样介绍，他想挂电话，那个男人说，不要挂，反正他打电话不要钱，接着他就谈到了他现在的对象小钟。话说得很难听，还谈到了小钟的一些身体和生理特征。这个电话接完之后，他有好几天都不敢接办公室的电话。再后来，他提出分手，没有说明原因，只是说了他不适合她，他对不起她，他还在哭泣的钟医生面前发了一个誓，小钟不结婚他肯定不会谈恋爱的。他果真做到了这一点，唐诗比罗中华小了八岁。只不过他还有点尴尬，钟医生还跟他脱不了干系。这个世界怎么这样小？分公房的时候，她家和他成了门对门，真是低头不见抬头见。

22

钟医生给了他一张请帖，罗中华要过二十岁生日了，是请他们一家子，时间放在星期五，地点是新开张的扬州大饭店，这是扬州人来开的四星级饭店，标准的淮扬菜，生意很好呢，每天都爆满，放在这样一个地方请客就显示了钟医生做人的规格。

宴会的主角不是罗中华，也不是罗志远，而是容光焕发的钟医生。那一天，她把头发盘了起来，个子显得高多了，她遇到领导敬领导，遇到同事敬同事，遇到那些小孩就叫他们敬她这个干妈，这些小孩也应该敬她这个干妈，是她给他们接生的。钟医生还给那些来参加宴会的小孩拍照片、唱歌。老刑警队长也被邀请到了，他有双重身份的，既是他和钟医生过去的介绍人，也是罗志远和钟医生的媒人，几年不见，老队长还是不显老。小孩子的笑声和童音给这场宴会增添了不少氛围，连老队长也被感染了，他也和那些嘴巴上全是蛋糕的小孩们合了一张影。

也许是身体不行了，其实他没有喝多少，可他还是喝高了，他都记不清是怎么回来的了。到了家就吐了个一塌糊涂，家里全是难闻的气味，黄小芬只好把窗子全部打开了，到了第二天早晨，儿子和黄小芬全部得了重感冒。

听着黄小芬的埋怨，他就怀疑昨天桌上的五粮液是假冒的。黄小芬没好气地说，我看你才是假冒的，明明不会喝酒，逞什么能？他说，我已经能喝三两酒了，昨天我没有喝到三两。黄小芬说，要不，你再喝，我去买，我们娘俩走，到医院挂水去，让你喝个够。

第二天晚上，钟医生敲开了黄小芬家的门，她是过来送照片的。一听是照片，黄小芬精神一下子上来了。钟医生打了个招呼，说没有照好，黄小芬接过来一看，哪里是没有照好，简直是照砸了，照片上的小孩都在笑着，老队长也在笑，只有儿子唐诗苦着个脸，好像是老队长正在悄悄掐他。

等钟医生走后，黄小芬把这张照片拿给他看，抱怨了几句，真是什么人生什么种，你也是这样的脾气，见了领导，总是想躲，仿佛领导是吃人的老虎。他捧着照片看了很长时间，似乎又喝醉了，有点胡言乱语，这个老家伙……像是吃人的魔王……我怀疑这个家伙吃了……胎衣。

唐王高！黄小芬喊了一声，你不要神经，人家房大胖子发财了，你说人家赚的钱不干净，人家罗志远做大队长了，你又说这样的闲话，亏你还是男人呢，人家钟医生对你这么好，你怎么会这样说人家？他说，那我们家唐诗的胎衣呢？黄小芬没好气地说，你不要神经病，你再神经病的话，我劝你还是到二院住一段时间。他嘿嘿一笑，说，我神经病！我还是法轮功呢！

楼上传来了哗啦哗啦的搓麻将声，一只高跟鞋在来回走动，估计"她"想做一个痛苦的思想家，如果今晚不把问题思想清楚，她的脚步就无法停下来。高跟鞋的声音一直到了他上床睡觉的时候也没有消失，看来她真的要做思想家了。都"思想"了好几天了，她为什么不换一双拖鞋"思想"呢？

23

手机的"来电宝"里又显示出好几个未接电话了，是同一个号码，是大姐夫的。说不定又是小强的事情，上次小强和大姐夫打架，大姐夫还强烈要求舅舅回去处理呢，他还没有回去，大姐夫又打来电话说小强已经向他认错了。

他把电话打过去，大姐夫告诉他，乡里要求平坟，腾出耕地统一建绿化地。他还不懂什么叫做绿化地，大姐夫还解释了一下，绿化地也就是公墓。大姐夫说，你快回来，听人家说，如果找到硬挣人，批到条子，可以不迁的。听说老王高家的老子老娘的坟就不迁。人家还说，不迁的名额很少，听说是一个村十个，赶紧找人，找到人就有用了，爸爸妈妈就不用再动了。大姐夫还发了牢骚，说，跟死人抢什么土地？什么王朝也没有做过。他们弄什么开发区，一弄就是几十亩，却放在那里长草。他听明白了，现在搞的平坟运动除了革命烈士其他都没有什么特殊的，大姐夫还在追问，怎么办？他说，迁吧。大姐夫说，你是长子，你大姐的意思是叫你拿主，我只是一个外人。

第二天，他到队里请假，罗志远说，要不要派个车？不派警车，派我们的侦察车。他婉拒了，母亲去世的时候，罗志远帮着一起守灵处理丧事，像亲弟兄一样，他之所以很服从罗志远的指挥，其实跟这件事也有关系的。

他没有要求黄小芬回去，黄小芬自己也没有说，他本来想带儿子回去的，可儿子身体不好，有点发热，好像是荨麻疹。他只好一个人回去了。

到了老家，大姐在家里等着他，还问了小侄子的情况，他把儿子的情况说了说。他看到了小强，小强的个子又长高了，他没有和他说话，他只顾和身边一个少年说得亲热。大姐说，这个闷葫芦想学驾驶呢。他说，学驾驶可以，游戏机戒了没有？大姐笑起来，笑起来的大姐显得更老了，我们说没有用呢，人家腊梅说才有用呢。

他这才明白过来，小强谈恋爱了，对象就是门口王文兵家的大丫头腊梅，在他的记忆中，她还是一个鼻涕虎呢。当时他刚刚工作，每次回家都看见腊梅一边忙着家务一边骂她的两个妹妹，腊梅的父母出去躲计划生育了，后来生下了一个弟弟，罚款一万，这个弟弟就叫王一万。大姐说,小强身边的少年就是王一万。王一万倒是嘴巴很甜,叫了一声唐舅舅。他很是感慨,真是不怕长,就怕养,连一万都这么大了,人怎么不老?大姐告诉他,说不定,过了年就把小强的婚事办了。他很惊讶,小强过了年才二十吧。大姐说,都打掉一个了,再不办,怕是不行。他看了看小强,他也弄不懂小强是什么人,说他是大人吧,他分明是小孩;说他是小孩吧,分明又是大人。

大姐忽然想起了一件事,说,王强支书听说他回家,早过来约过了,中午到王支书家吃饭。大姐还说,二姐三姐马上到,她们在家里吃饭,再准备一些东西,下午就迁坟。

正说着,王强支书就来了,金牙齿在嘴巴里一闪一闪的。王强是王高支书的侄儿,也是他的同学,村上有人说过,王强实际上就是老王高的儿子。他有点不想去,可王强支书很热情,大姐和大姐夫都在动员他去,他只好去了。

在酒桌上,王强支书很会说话,他说他小时候他就看出来了,唐小兵家里没有火油,唐小兵就用香油点灯看书,夏天蚊子多,唐小兵就穿着雨鞋看书。他又变成唐小兵了。这些细节,他都忘了。饭桌上还有一个唐主任,唐主任是他的本家,是他的叔。王强支书还告诉了老王高的近况,老王高中风了,在床上屙,在床上尿。他舒了一口气,好在王强没有上乡里的初中,否则很尴尬的,王强不知道他已经改名字了。记得小学时候的王强,整天就喜欢跟在唐小兵后面,为抄唐小兵的作业,每天都抢着背唐小兵的书包。

菜都是在乡政府所在地的饭店里叫过来的。摩托车送的菜,王强不停敬酒,唐主任也敬酒,左一口唐局长,右一口唐局长。很快桌上两瓶酒就下去了。王强还说,你可是当年我们乡里的第一个大学生啊。王强说,唐局长将来可以带领导和朋友来钓鱼的。他支支吾吾地答应了。

喝完了白酒,王强还准备上啤酒,他坚决没有同意。王强就约了晚上的晚饭,晚上继续喝,王强说,妇女主任孙凤英今天到乡里喝酒了,晚上让孙凤英过来陪唐局长。他是听说过孙凤英的,她的酒量是很出名的,听说有两斤的量,她曾把来下面检查工作的三个乡长全部喝倒了,一个钻到了桌肚子里去,一个睡到了人家的猪圈里,一个追着她叫干妈。

他是深一脚浅一脚地走到父母的坟前的,大姐带着大家做了一些迷信的仪式,然后就开始迁坟了。挖了一阵子,荷花缸就出来了,父母的骨灰盒都在荷花缸里,把上面的荷花缸搬开,他俯身把父母亲的骨灰捧起来,大姐用伞遮着,一直到了绿化地,坟已经挖好,一番仪式之后,父母的骨灰再次重新下葬。

葬完了之后,大姐夫说了一句话,怎么一个重,一个轻啊?二姐说,听说城里的火葬场真是伤良心,骨灰总是给不满,只是给一半,还有一半留着,拉到磷肥厂里做原料。

他都听进去了,肚子里的酒嗝就可耻地向外冒了,他拼命地忍着,酒嗝还是向外冲。后来再也忍不住了,他捂着嘴巴就冲到绿化地的一边呕吐了起来,大姐夫挖了块土盖住了那呕吐物。

24

他生病了。病很怪,症状是没有精神,就是想睡觉,钟医生带着他做了一次全身体检,被怀疑的肝病和糖尿病都被排除了,除了身上有几处癣斑外,没有查出什么毛病,其实有癣斑,反而证明他的身体是正常的。癣是真菌,身体好,真菌才会出现。

在他生病的一个星期里,钟医生每天晚上都打电话过来给黄小芬,似乎有些话只有在电话里才能说,儿子的荨麻疹早就好了,肯定不是谈儿子,每一次电话结束,黄小芬的脸都红了,他问她,她不肯说,他也就不问了。

他打了几个电话,才找到了张军。约好了,第二天十点钟到殡仪馆碰头,把手续做好。这是检察院的人通知他的。他打完了电话,就直接去了局里,他是到大队长室找罗志远为张红遗骨的事盖章的,罗志远在办公室,说了一些闲话,就请他到大老刘那里去洗澡,他说他倒是想去踢足球。罗志远拍拍自己的肚子说,还踢球呢,我自己快要变成足球了,你倒是体型没有变,到底是长跑运动员。他说,还长跑运动员呢,估计连一千五都跑不下来。

等盖完章,他回到自己的办公室,上次在北京长城照的照片到现在也没有寄过来,照的时候,那个摄影师让他留地址,说肯定会寄给他的。他还向他"以一个首都人的名义"发誓。估计是受骗了。

房大胖子在他的办公室里,他正准备打招呼,房大胖子就指着他的鼻子阴阳怪气地说,听说眼药水要涨价了,现在流行红眼病了。房大胖子的手越来越靠近他的鼻子,姓唐的,我告诉你,别以为你多读了几本臭书就了不起,你当不了官,找我们老百姓什么茬?你有本事也把房子租出去嘛,屁本事没有,你以为你是局长,还动不动打110?他解释说,我没有打110。房大胖子喘着粗气说,你赌咒!你拿你儿子赌咒。他骂道,狗屁!你以为你是什么人,我凭什么听你这个胖猪的话,你叫我赌咒我就赌咒了,我还叫你去茅缸里吃屎呢,你去吃给我看看!

很多小杆子都过来了,事后有人说,房大胖子真是来打架的,特地穿了一双球鞋。后来如果不是罗志远出来了,架肯定要打的,房大胖子是不会放他走的。

罗志远劝架的方法很简单,他把桌子一拍,姓房的,你以为你姓房,就可以随便地砌房子卖房子,今天我跟你到国土局去查账,看看他们怎么给你批地皮的?房大胖子就瘪下去了,罗志远的这话肯定打到他的七寸上了。罗志远收拾了房大胖子,又对他说,你还办案不办案了?你又不是闲人,快去!那个张军已经打了好几次电话了。

出了门,他打了几次的去殡仪馆,司机都忌讳,不肯去。他心情糟透了，连杀人的心都有了，后来，他坐上了一辆黑车，上了车，他亮出了警官证，司机只好同意了。

今天活该有事，殡仪馆那边也发生事情了，闹事的人是张军，他在殡仪馆里胡搅蛮缠。他见唐警官没有来，就假托公安局的名义要把张红的遗骨运走，殡仪馆不让，就争执起来了，还动了手。他赶到的时候，张军已被派出所铐走了。他又赶往派出所，商有新可怜巴巴地站在派出所门口哭呢，他找到了所长，所长是他学弟，比他低两级，还是给他面子的，把张军给放了。

到了外面，他答应张军，不火化可以，不过千万不要造坟头，还要做些形式主义，要在村里说得过去。张军反应倒是很快，不就是多买一只骨灰盒嘛？

说完了这话，他感到商有新看了他一眼，这个苦命的少年，头发凌乱得像是风中小鸟的羽毛，时间过得多快啊，离去年的11月26号，已过去大半年了。

25

梅雨季节到了，这个江边小城很容易涝，到处是湿漉漉的，只有儿子最高兴，他是一个喜欢踩水塘的男孩。每当放学的时候，路上有很多这样的男孩，他们不打伞，追逐着，嬉戏着，把水塘踩得水花四溅。

梅雨季节过后，天气就热了起来。天气一热，人懒多了，案子就发生得少了。他也不像过去那样了，一定要看足球赛，为了球赛常和黄小芬的电视剧发生冲突。现在不了，他和黄小芬一样喜欢看"胡编乱造"的电视剧，他的记忆力还好得很，他能够说出许多演员的名字，还指出电视剧瞎编的地方。有时候，看完了每天两集的电视剧，他就发誓说看电视的都是傻瓜，明天坚决不看了。黄小芬对于他的发誓也不认真，到了第二天晚上，他又坐在电视机面前看了，他对黄小芬说，如果第一集不看，下面的几集就没有意思，一般来说，开始的几集拍得最好。到了电视剧要结束的时候，他又在白天祈祷。晚上千万不能跳闸停电，如果那样的话，结尾就看不上了，心整天悬在那里是非常难受的。

他还在办公室里成了网民，他为自己起了一个网名，叫做"孤儿糖"。这个"孤儿糖"很快就和一个网名叫做"小母亲"的联系上了。"孤儿糖"和"小母亲"交谈得很隐秘，也很痛快。每次聊完天回家，他的脚步都轻快了许多，都有了谈恋爱的感觉。或者就是偷情了。到了家里，孤儿糖又成了他——一个喜欢看电视剧的他。有一天，他走进书房，看到砚台的那些灰尘，砚台里的墨水已经干了，他一边擦灰，一边在嘲笑自己，堕落啊，堕落。

书桌上有一只小镜子，他一会儿就要到镜子里看一看他，镜子里的那个人很严肃地说，堕落啊，堕落。

26

儿子成了家里公认的最辛苦的人，起早带晚，还要完成那么多的作业，有时候放学，他会到靠近学校的外婆那里吃晚饭做作业，做完了，叫黄小芬过去接。家就成了他一个人的家，他更休闲了，躺在沙发上看电视。有一天，电视剧看完了，黄小芬还没有从娘家回来，唐诗也不回来睡觉，他很是奇怪，就拨通了黄小芬母亲那边的电话，电话是通了，没有人接。他又往他的四个舅子家打电话，平时他没有事是从来不往他的四个舅子家打电话的，四个舅子现在都认为老太太不和他们在一起住，主要是心在黄小芬这边。

大舅子家是女儿接的电话，说没有看见姑姑。二舅子家是二舅母接的电话，电话里面嘈杂得很，是在打麻将，二舅母很不耐烦都把电话搁掉了。她没有看见黄小芬（她在电话里学了一句他的乡下语调）。三舅子正在和三舅母闹离婚，他估计就没有人接电话，果真就没有人接电话。四舅子倒是有人接电话，是四舅子接的电话。这就证明了丈母娘没有什么事情发生。四舅子还在电话里说，唐局长，什么时候想起我们下岗工人来了？估计他是记上次没有借钱的仇了，其实不是他不借钱，而是黄小芬坚决不同意借钱给她的四哥。

他耐着性子问，四舅子终于看在他曾经帮他跑过几件保险的分上，悄悄告诉了他，唐局长，你是怎么做男人的？我妹妹在我家可是宝贝，到了你们唐家你就不把她当人，你明天到我家来，你丈母娘有话跟你说。他还不死心，到底出了什么事了？四舅子在电话里怪笑起来，你自己做的事，你都忘了？说完把电话搁了。

他失眠了，黄小芬又怎么啦？他没有做对不起黄小芬的事啊，可他怎么也想不出黄小芬不回家的原因。

第二天，眼睛红肿的他赶到岳母那里，还的确是他的原因，他的那把枪又"走火"了，黄小芬又有了，到钟医生那里检查了，还是宫外孕。黄小芬的母亲很生气，她不好说女婿，就叫她的四个儿子来教训他。四个舅子都不赞成母亲的计划，最后他们建议让他破费请客打招呼。他掏出三百块钱，让黄小芬的大嫂去买菜，大家吃了合家欢。钟医生约黄小芬做手术的时间是下一周。

接下来的时间就过得快多了，黄小芬做了手术，做了小月子的她躺在床上，看着他做家务，洗衣服，拖地。对门的钟医生家也要搬家了，搬到上海花园去了。上海花园是全市最贵的房子，里面全部装修到位，可以直接搬进去。看来有钱的不是房大胖子一个人。黄小芬对他说，是不是后悔了？要是你当初和她结婚，现在不也搬到上海花园了。他说，那你现在跟她说，我们换换。黄小芬哈哈地笑起来，骂了他一声，放屁。

27

夏季的第一个月很快就过去了，黄小芬要上班了，上班之前，她又和他吵了一架，说他在炒菜的时候，故意放了增肥药，现在让她胖得连裙子也不敢穿了。

要是换在往常，他肯定生气，可他已经没有力气生气了，这一个月，黄小芬把一个月子做足了，他把家务也做足了，洗衣，买菜，做饭，接儿子，七十二行，都初步精通了。这期间，他还抽空到聊天室去看了看，"小母亲"找"孤儿糖"的帖子还在，有好几个呢。"小母亲"说，我嘴里很苦，我希望吃到孤儿糖。他怔了怔，没有回帖，退出了聊天室。

有了一个月的买菜经历，他喜欢上菜市场了，他买的菜往往比黄小芬买得便宜。有一次，他还遇见过钟医生，钟医生说，老唐，我真的不相信，黄小芬改造你改造得这么成功，哪一天，我上你们家，找黄小芬取经。他说，取什么经，干脆把我取回去算了。钟医生也来了兴趣，好啊，好啊，我愿意跟黄小芬换，就怕黄小芬不同意。他说，她不同意有什么用，只要我同意就行了。钟医生捶了他一拳头，连你老唐也坏了，这个世界上什么人不会变坏？你要请客了，听说你立了功，就是那个杀老婆的案子。他说，什么啊，老罗没有告诉你，那个杀人犯不是送到你们医院抢救的嘛。钟医生问，他从来就不跟我说什么案件，你说他是什么病啊？他看了一眼钟医生，说，听说是心脏病。钟医生说，什么叫善有善报，恶有恶报，杀自己的老婆，该死，天意。

不晓得是怎么处理他骨灰的，或许他们也会弄了一个假骨灰盒，让真正的骨灰盒和张红合墓？也许张军不会同意，跟苍蝇屎合墓的只是一个空盒子，里面并没有张红的骨灰。他没有想出什么结果，后来就想到明天该到菜市场买什么菜了。过去黄小芬买菜，总是先问他，明天买什么菜？他总是回答说随便。黄小芬听到随便这两个字就生气，说，我总不可能买随便回来吧。买了这么多天的菜，他觉得世界上最难做的事就是买菜。

28

菜市场的门口来了一个卖洗发水的促销队伍，促销的条件相当诱人，说是把打广告的钱给消费者实惠。先交上押金三十元，如果你能够从1写到500，写阿拉伯数字，1到500，一个数字不写错，就得到退回押金三十元，再加上奖励的两瓶包装精美的洗发水。写错了一个数字，押金就没有了，但是还有两瓶洗发水。算下来，等于就是花了三十块买两瓶洗发水。你不写数字，两瓶洗发水要卖四十元。很多人都在写，有人还把孩子带过来写，有一些人写对了，拿走了钱，也拿走了洗发水；有人写错了，拿到了洗发水。

他是在星期天加入了写数字得洗发水的队伍里的，在此之前，他在办公室练过好几次写数字，很多人都认为是他要买彩票了，才在研究数字。他从来是不买彩票的，彩票太虚无缥缈了，而洗发水却是实实在在的。那天，他还特地换了一件旧衣服，黄小芬问他为什么，是不是想坏她的名声？他说，菜场太挤了，动不动就把衣服挤脏了。

他交了三十块钱，坐在写数字的台子前，坐在那里他觉得自己像一个小学生，正在准备考试呢。他已经找到不写错的方法了，准备一行写十个数字，这样写下去不容易出错，后来写过了100，写过了200，又写过了300，一点错误也没有，围观的人都认为他肯定会赢了，一般的人，过了200就不错了，只要过了400，基本上都能够赢了。没有想到的是，苍蝇屎就在围观的人中出现了，嘴巴上叼着一支烟，他一恍惚，写完了459，又写了450，想更改，来不及了，输了。

回到家，黄小芬没有怪他，也没有表扬他，她只是怀疑洗发水的质量，可能是劣质的，是不能用的。他说，我买回来的就是假的，你买回来就是真的，怎么不能用？你们不用，我自己用。小芬没有和他争论，不就是三十块钱嘛，人家还赌博呢。他摸出一张报纸，我可是用稿费买的。黄小芬很是惊奇，什么稿费？什么稿费？他亮出了一张报纸，黄小芬找了半天，也没有找到他的名字。他找着一个名字，说，这不是嘛。可上面的作者不是他，而是一个叫唐宋元的人。黄小芬说，这是你的笔名吧。我以后就叫唐宋元了，他说，我写的就是11·26呢。

杀妻，一起不该发生的悲剧

——11·26案件追述

本报特约通讯员 唐宋元

去年11月26日，42岁的拖拉机手苍蝇屎的拖拉机总是莫名其妙地熄火，本来他是从灯头厂往江边的垃圾场拉垃圾的，拖拉机总熄火，他只好停下来修，手摸得漆黑，还冷得要命。

苍蝇屎的老婆张红是负责"吃"垃圾的，但是她等不到男人的拖拉机，张红还跑到沿江公路上瞭望，路上也有运送东西的拖拉机，就是没有男人的拖拉机。张红估计苍蝇屎又去押金花了，真是狗改不了吃屎。

张红等不到男人，就偷空回家去了一趟，把早晨剩的稀饭吃了。垃圾场离家有三里多路，来回就是六里路。等到张红从家里再回来的时候，苍蝇屎已在垃圾场等了好久了。所以见了面就吵，骂得很凶。苍蝇屎骂张红太骚了，就这点时间还回去和野男人偷嘴。张红没有理睬苍蝇屎的诬蔑，捡废铁的速度一点也没有慢下来，张红最后是坐在苍蝇屎的拖拉机上回家的。

说来也怪，从垃圾场到家里非常顺利，并不像苍蝇屎所说的"动不动就熄火"。张红生了气。她跳下拖拉机，咒骂苍蝇屎是一个败家子。儿子在学校里因为不及时交那些数也数不清的费用而被那些狗屁先生看不起,个头最小的儿子总是被安排坐到教室的最后面。

苍蝇屎回嘴说起了三万块,张红说,这三万块能动吗?这三万块就是他们卖地的钱。张红说,这是儿子的,谁也不能动。

两个人又因为这个吵了起来。回到家里,张红淘米烧饭,江风太大,烟往屋子里倒灌。躺在床上的苍蝇屎被浓烟呛得只好用被子捂住了头。过了一会儿,饭烧好了,张红抓了一把萝卜干放在桌上,她自己没有吃,还在生男人的气。苍蝇屎爬起来了,她躺到了床上。

风大得很。屋子就像是树上摇摇欲坠的鹊窝,随时可能被江风吹落。本来村里希望他家搬到靠近公路附近的新村"统一"。苍蝇屎倒是同意,而张红不同意,她不喜欢"统一",统一后的新村没有那么大的自留地了。前后的自留地可以替他们省去买菜的钱。当时苍蝇屎也晓得女人生了气,就自己找出酒瓶和酒壶,他把可乐瓶装的散酒倒到温酒壶里,温酒壶是锡做的。分外壶和内壶,外壶是用来装热水的,内壶是用来装酒的。酒热好了之后,苍蝇屎这才发现桌上只有一碗萝卜干。苍蝇屎又起身去了灶房,揭开口锅,口锅里空空荡荡,揭开里锅,里面只有白花花的饭。苍蝇屎气得把锅盖咚地一声扣在了锅上。张红肯定听见的,要是平时,她是要骂男人的,可奇怪的是,那天她没有骂苍蝇屎,也许是没有力气了。

苍蝇屎坐到桌子边喝酒,酒冷了许多,这还好忍受,可萝卜干实在太咸了,张红总是喜欢把萝卜干腌得那么咸,把菜烧得那么咸。苍蝇屎不喜欢很咸的菜。苍蝇屎夹了一块萝卜干,萝卜干嚼在嘴巴里像是在嚼盐,他喝酒的兴趣完全没有了。苍蝇屎看了看张红,决定请求她为他弄一个下酒菜,苍蝇屎还幽默地叫了一声,娘子,请你了。张红说,烧什么?烧什么?拿你的肉来烧!苍蝇屎说,就弄一个炒鸡蛋。张红没好气地说,家里又不养鸡,哪里来的鸡蛋?

说到鸡蛋,张红的火气就更大了,本来他们家养鸡的,可是最近三年内他们的地被征了,他们不做农民了,改为打工了,他们家最起码被偷了十五只母鸡,那些偷鸡贼总是趁着他们家没有人,偷了他们家的鸡,在他们家杀了,烧了,留下一地的鸡毛和鸡骨头。后来就不养鸡了。本来苍蝇屎的老娘在家,是完全可以养鸡的,偏偏张红和婆婆不对,婆婆就住到江对面的女儿家了。张红不但不内疚,反而说,她不能为了养几只鸡而养一个光吃饭不干活还闹心的老东西。不过,苍蝇屎的娘还在他妹妹家养鸡,经常托人把鸡蛋捎过来。苍蝇屎的娘还叮嘱捎鸡蛋的人说,给孙子吃。张红本来不生气,偏偏就为这句话生了气,又骂起了老东西,老东西是怕她偷吃她的鸡蛋。因为事实上婆婆捎过来的鸡蛋大都进了她儿子苍蝇屎的嘴巴里了。

悲剧就是从鸡蛋开始的,家里的确没有鸡蛋了,苍蝇屎请求张红到邻居家借,邻居家是在一华里之外。张红说谁嘴巴馋谁去借。温好的酒完全冷了,苍蝇屎这时候就离开了桌子,站到了床边,责问张红,给我去借!你去不去借?!

苍蝇屎是在命令张红,张红没有理他,换了一个睡姿,把屁股对着她男人,苍蝇屎兴致还不错,摸了一下张红的屁股,说了一句下流话,鸡蛋现在是我吃,马上我又送给你吃了。张红一动不动,居然还放了一个屁。这个屁让苍蝇屎笑了起来。他抓住张红的腿,开始向后拖。张红挣扎了一下,还蹬了苍蝇屎一脚。张红的这一脚蹬得很准,蹬到了苍蝇屎的小肚子上。苍蝇屎差点跌倒在地,从地上爬起来的苍蝇屎又一次抓住了张红的腿,这时张红已经换了一个仰姿,苍蝇屎一边拖她还一边说,你去不去?去不去?

拖拉机手苍蝇屎的力气太大了,只听见轰隆一声,张红被苍蝇屎拖落到地上,头部落地的张红没有说话。苍蝇屎以为张红真的生气了,就松开了她的腿,把张红丢在地上,他想,他是不会把她从地上扶起来的。

苍蝇屎又去喝了一口酒,再吃了一口萝卜干,还是太咸,连喝了三口酒才把咸气压了下去。外面的风很大,苍蝇屎慌了,张红说不定出了意外,他先是上去踢了一脚,张红的身体晃了晃,又不动了。他摸了摸张红的鼻子,一点气也没有了。苍蝇屎吓了一跳,逃到了屋子外面,一片树叶或者其他的什么东西打在了他的头上。

苍蝇屎清醒过来了,他想起了电视上的人工呼吸,可是他并不会人工呼吸,他只是把满嘴巴的酒气送到了一口饭也没有吃的张红的嘴巴上,可张红的嘴唇越来越冷了,冷得像冰。苍蝇屎坐在地上,他看着张红,像是在做梦。张红死了,他把老婆给杀了。

一起不该发生的杀妻悲剧就这样发生了。

黄小芬说,后来呢?他说,我写了,人家删掉了,可能版面不够吧。黄小芬说,也行了,你又没有后台,还能够登出来,这个世界上什么事都要后台的,说说,能有多少稿费?他说,听说有二百块。黄小芬笑眯眯地看着他说,真不错。他说,小芬,哪天给你买条裙子,小芬,你别笑了,你再笑我就想那个了,我都不敢碰你了,你一碰就有了。黄小芬说,我已经领了药了。他说,万一药失效呢。黄小芬说,那你就到医院里把那个割掉吧。他立即夸张地捂住自己的裤裆,叫了起来,我不！黄小芬说，你不来我来。他佯叫，救命啊，黄小芬谋杀亲夫了！

两人正闹着，儿子回来了，学校老师开会，提前放学，他老远就听到家里的笑声了，就问爸爸妈妈笑什么？他说，你问妈妈。黄小芬说，你爸爸写的作品上报纸了。儿子一听来了劲，说，在哪里？在哪里？黄小芬说，那么大的字你看不清啊？

儿子拿的报纸离眼睛太近，他就叫他放远点，这么一远，儿子就读了几个错别字，还把唐宋元读成了唐宋无，还问，唐宋无是谁？谁是唐宋无？

他把儿子拖到一边去，问他怎么回事？是不是看不清黑板上的字？儿子告诉他，真是看不清，上学期他就看不清黑板上的字。

儿子近视了。他对黄小芬说。黄小芬不相信，当场做了一个试验，的确是近视了。黄小芬哭了，这怎么办呢？这怎么办呢？我们家可是一个也不近视啊。看到妈妈哭了，儿子也哭了。他心里疼得很，儿子眼睛近视了，将来就得限考很多专业呢。儿子叫唐诗，这还是他在大学里面给自己取的笔名，当时罗志远也取了一个笔名，叫做罗盘。罗志远后来没有把他的儿子叫罗盘，而是叫罗中华。

29

原来给他看过眼睛的窦医生退休了，现在他被一家眼镜店聘用做坐堂医生。窦医生还记得他类似干眼症的病，他对一脸害怕的儿子幽默了一句，你看你爸爸，他多么坚强，从来不流眼泪。儿子笑了，他没有笑，他实在笑不出来。

验视力的时候，他的心随着窦医生的手臂一点点下沉，他的身体比心下沉得更快，最后他的心就处于悬空之中，上不了，下不去，就像后卫面前的那只球，速度那么快，下意识地去挡，是不是乌龙球就不是自己决定的了。

结果出来了，左眼 0.4，右眼 0.5。唐诗戴上了眼镜，这次总共花掉了八百多块钱，据眼镜店的老板说，镜架是有金属记忆特征的，折弯了还会恢复，镜片是外国进口的树脂片，眼睛不容易疲劳。看在窦医生的面子上，打了八折。

回到家里，黄小芬很是心疼那八百块，人家都说眼镜店是暴利行业，还真是的，就这样的东西，八百块，我一个半月的工资，还说是什么名医呢，现在心也黑了。黄小芬又说，老唐，请你不要给我买那条裙子了。他说，买，怎么不买？儿子是儿子，夫人是夫人。他一边和黄小芬说着，一边逗着还有点害羞的儿子，戴着眼镜的儿子多了一股书卷气，后来，两个人在沙发上抱在一起了，像两只大狗熊在嬉戏。黄小芬说，好也是你们，打也是你们，哭也是你们，老子不像老子，儿子不像儿子。

他坐了起来，好，好，儿子像儿子，爸爸像爸爸。他让儿子坐正了，把手背在后面，说，儿子，我给你讲个谜语？有个人家三个人，却有八只眼睛，你猜猜我说的是哪一个人家？儿子没有回答，而是怔怔地看着爸爸，突然，唐诗叫了起来，爸爸，不得了了，你的头发没有了！他突然一惊，什么？什么？！他摸着自己的头，头发真是没有了，中央地带秃了，都变成地中海式的头发了，不知道是什么时候掉的？他回过头去问黄小芬，黄小芬也奇怪，她还上去摸了摸那中间秃的部分，很光滑，就像葫芦呢。儿子扶了扶眼镜，笑了起来，葫芦娃！葫芦娃！他又摸了摸自己的头，感觉有点怪怪的，可头发是什么时候掉的呢？昨天还好好的呢。黄小芬说，都是你的那个劣质洗发水，肯定是你的那个劣质洗发水，还从 1 写到 500 呢，每天给你掉 500 根头发还差不多。

唐宋元同志，你自己看看吧！黄小芬把书房里的小镜子找过来，让他对着卫生间的镜子，用两面镜子看。在两面镜子的帮助下，他看到了发丛中央新露出来的秃顶，秃顶的形状真的就像刚刚结出来的小葫芦呢，既生动又调皮，真的太好玩了。他笑了起来，笑了一会儿，眼睛有点不一样了，一摸，满手指的泪水。他把眼泪擦干，就看到了一个秃头的男人正在镜子里奔跑，气喘吁吁的，跑得那么的急，又是那么的缓慢，就像一个急于逃命的笨鸭子，他看见了那男人的脸，痛苦不堪，又似乎是无所谓的，他跑过了公安局，又跑过了市政府门口，再后来，他就向北跑过去了，跑过那座大桥之后，就是市看守所了。他是去自首吗？还是要去见一个人？过了一会儿，那个男人的头又从大桥的面上出现了，他的可怜头发都粘在了头皮上，像一只黑色的小皮帽。他没有理会这些，继续跑，拐到了人民路上，人民路上全是花花绿绿的广告横幅，他的头被这条横幅遮住了，可他的腿又在那条横幅下露出来了。他真的力不从心，可他的脚还在跑。应该不再是在跑了，而是在走，可他的姿势是在跑。不晓得过了多长时间，他跑完了人民路，拐到了幸福路上了。到了人民医院门口，他一头撞在了刚刚驶出来的一辆警车上，警车停住了，他用全身的力气撞开车门，车门打开了，一个长脸男人从里面冲出来，抱住浑身湿透快要跌倒的他。悲凉就这样从他的脚底升起，穿透了他的身体，又从他的头顶上飞出来，同时飞出来的，还有被汗水浸透了的一把头发。他攥着那丛头发，就像一个叫唐小兵的男孩从田埂上薅下的猪草。

就在同一天，他的副股级侦察员正式发文了。

和痞子抱头痛哭

1

痞子是龙潭中学的老师对来学校寻衅滋事的不良青年的统称。龙潭镇,历史文化名城阳楚所属的十大古镇之首镇,解放前还设过龙潭市,和古城阳楚平起平坐过,可那是水路交通主宰经济的时代。解放后,龙潭镇是阳楚县城镇户口最多的镇,在计划经济时代,有城镇户口的青年,一毕业就安排工作,粮管所,供销社,邮电局,医院,当城市兵,都可以消化掉的。后来粮管所改制了,供销社解散了,城市兵也不安排工作了。再后来,龙潭镇一再失去机遇,八十年代,市场经济,九二年,还有新世纪,没有向前,反而向后了,工业一次也没有搞得上来,一家又亏损又污染的造纸厂,一家季节性的盐水藕厂,再没有像样的工厂了。因为经济落后,镇上人的脸都是灰溜溜的,和街道两旁的一百年以上的破烂瓦房一样灰溜溜的。去外面不想去,也难去啊,只有一条黑色路面,但龙潭是阳楚县城向水荡深处的最终端。

偏偏痞子就这样一茬茬地生长起来了。痞子们每天都在深夜的街上乱冲乱撞，排着队伍撒尿接龙，打群架，尖厉的嗯哨声，会晃动龙潭中学青年教师小夏头顶上的电灯，把他正在备课的心搅得很乱。有时候，睡着的小夏会被学校围墙那边有重物坠地的声音惊醒（老赵收集了几个学期的插在围墙上的碎玻璃完全成了形式主义）。小夏再也睡不着了。痞子们总是敲寄宿生的竹杠，调戏漂亮的女生，把刺毛虫的毛涂在老师晒在外面的裤头上，砸教室的玻璃，用芦苇挑了粪水探到了食堂的水缸里……有一次午夜，痞子把大徐的门敲得震天响，睡得糊里糊涂的大徐问，什么事？痞子捏着嗓子喊，什么事？起来尿尿，再不尿就尿到床上了。还有一次，每个班级搞元旦新年联合晚会，痞子们都会像鬼魂一样冒出来，到各个班上和学生们一起联欢。为了把晚会进行下去，学生和老师们都是睁一只眼，闭一只眼，和痞子们一起辞旧迎新。而到了第二天，总务主任老赵的小本子上总是要改变一些数字，教室的玻璃，办公室里的彩色粉笔，体育室里的皮球或者哑铃，就是那些学桌和学凳有时候晚会过后，一些也就不见了，被痞子们搬回家了，学桌和学凳木头质地是可靠的，优良的，作为生煤炉的引火材料，学桌和学凳完全不同于那些陈年的旧家具，一点就着，而且后力大，龙潭镇上有个说法，叫做靠学校吃学校。那一次，老赵当了真，在新年元旦晚会前，学习黄继光堵枪眼，生生把痞子们都当枪子堵在校门外了。可到了第二天，闲空下来的操场和昨天不一样了，操场上的两副双杠（高和低各一副）和一副单杠就变成了两副单杠和一副双杠！遭到痞子们破坏的是一副低双杠，低双杠的另一半硬是被人从两米深的地下拔了出来，还差点带出双杠的水泥根部。真像是拎着一个人的双腿，生生撕成了两半！老赵气得就去派出所姚所长那里报案，可他得到的结果和以前一样，姚所长说，你找到证人，我就立即用洋铐子铐人。老赵想叫姚所长去看痞子破坏的现场，姚所长不想去，看着自己的手机，转动着老板椅，说，一日为师，终身为父，你说他们是痞子，可都是贵校培养出来的啊，赵主任，我在部队的时候，也学过几天辩证法的，内因是很重要的，什么叫做苍蝇不盯无缝的蛋？说到哲学的分上，老赵只好捏着鼻子回来了。镇上许多单位的领导是龙潭中学的学生，他们见到老赵都是不敢放肆的。偏偏姚所长不是龙潭中学的毕业生。他儿子也不在龙潭中学上学，在县城的一所贵族学校。

痞子的故事令小夏心惊肉跳，有很多时候，没有痞子翻墙进校，小夏也会被自己的幻听惊醒，会突然从黑暗中醒来，小夏感觉到痞子们正握着一块砖头悄悄靠近他的宿舍，很快就要把他的窗玻璃敲碎了，还捏着鼻子喊，小夏，小夏，出来尿尿！这么一想，小夏就失眠了。痞子们都是黄鼠狼，他们除了破坏学校里的公共财物，还要找龙潭镇外人的茬，比如寄宿生、小夏他们这些客籍教师。好在每次痞子和学生们在龙潭中学发生冲突，都有老赵过来救火，否则不知道事态怎么发展下去。小夏恭维老赵，说他是钟馗，专门捉小鬼的。老赵不承认，说，我哪里是钟馗，我是维持会会长。这样的维持会维持多了，老赵就不免有牢骚，他对小夏说，不听老人言，吃苦在眼前，我早说了吧，你们怕麻烦的话就吃丈母。老赵说，吃丈母吧，吃了丈母，你们就是龙潭镇的人，痞子就不会找你们麻烦了。说到吃丈母的话，小夏就不吱声了。"吃丈母"是龙潭镇特有的词语，它和"晒太阳""打酱油"应该属于同一种语式。"吃丈母"是"到丈母娘家吃饭"的简称，而要到丈母娘家吃饭，就得做丈母娘家的女婿——龙潭镇是有重视女婿传统的，和小夏一起分到龙潭中学的小田就是老赵做的媒人，小田吃丈母后，立即像气球一样富态起来了，痞子们也就立即不找小田的麻烦了。老赵其实很想把总务处变成婚姻介绍所，让小夏他们吃了丈母，脱掉客籍，吃上丈母娘的好饭好菜，用吃出来的力气和龙潭镇的姑娘生上七男八女。事实上，老赵的策反还是有作用的，没有吃丈母的队伍越来越小了。后来，只剩下了三个人：小夏、强森林和小商。说来也奇怪，剩下这三个人后，吃丈母的进程就停滞了，有点像中午时分菜市场上的青菜，没有顾客看上他们，他们当然也不屑降价销售。对于这三个不肯吃丈母的年轻人，老赵很是不满意，经常批评小夏。他肯定认为小夏是顽固派，有一次竟然怀疑小夏是不是有生理问题。小夏真是很委屈，每次因为痞子的事失眠，他都想到这事，想到最后，不免长叹一声，我的老赵，我不是不想女人，可吃丈母可不是做一张试卷那样简单呢。

2

痞子终于闹出了龙潭中学乃至阳楚县教育史上的第一次罢课事件。

罢课事件是痞子马三的一巴掌打出来的。受害者叫小商，大名商剑峰，比起小夏和强森林，可算是真正的客籍，强森林和小夏不是龙潭镇人，可他们是真正的阳楚人。商剑峰可是阳楚教育局到西部招聘的人才，从贵州师范大学招聘过来的。小商说是山里人，可看上去，他一点也不像一个山里人，个子小，娃娃脸，更像是一个中学生，如果把小商放在学生中间，绝对分不出谁是老师谁是学生，山里的苦日子使得小商没有完全发育充分。可小商的到来，肯定是本县人才引进的一个政绩了，像小夏他们这样的师范生服从分配回到家乡的并不多，一些优秀教师已经流向沿海城市的贵族学校了（这也是小夏和强森林可能的道路，只不过他们需要在公办学校挣到足够的资本，比如带过几年高三，做过几年班主任，得到几次奖励，最起码要混到中级职称——《中国教育报》三四版上招聘广告的最起码的条件就是中级职称）。对照这条件，龙中最有条件出去应聘的只有大徐，有职称——副高；有荣誉证书，省级市级局级的都有（这是老赵攻击他的理由，说是荣誉总是他自己悄悄地拿）；做过多年班主任、现任教导主任和校长。可他偏偏没有出去应聘。上次县教育局就把大徐作为师德标兵候选人，可结果没有当选，大徐说是他让了别人，老赵说他票数不够。但龙潭中学已经引起了县里的重视，作为全县惟一没有教师外流的学校，小商才作为奖品样"奖"到了龙潭中学。在此之前，县里搞"手拉手"活动还给龙潭中学送来了五台老式的电脑，大徐自己没有要，给了几个教研组，平均下来，两个教研组一台，不能上网，可以玩玩空心接龙什么的游戏。谁的空心接龙技术最高，谁就会被电脑狠狠地表扬一番。在三个不吃丈母的客籍教师中，小商得到电脑的表扬最多，每次得到电脑表扬，他会兴奋地像是得到了老师表扬的初中生，手都不知道往什么地方放了。

那天下午，小商被痞子打耳光的事在学校里传遍了，可小夏还蒙在鼓里。因为他下午有第一节课，就没有加入午饭后的摆龙门阵，扒了半碗饭就回宿舍睡觉了。到了上课前一刻钟，闹钟不客气地把他从睡梦中推醒了，他很不情愿地洗脸、刷牙，抓了两支粉笔就往教室里冲。下午第一节课讲的效果不是太好，但也不是很差。可一向在第一节课昏昏沉沉的学生们都很反常，一会儿就有一个事，文具盒掉在地上弄出响声，一个学生放了一个屁，还拉长了尾音。大家都笑了起来。小夏很有耐心地等学生笑完，继续上课，一个三流中学的纪律只能也属于三流。下了课，小夏好像才从午睡中醒了过来。这时已经离小商被打过了二个多小时了。很快，下午第二节课铃声响了，小夏去了自己的班，这节课是一位老教师的，可他老婆生病了。小夏不想两节课连上，一是效果不好，二是第三节还有别班的课，嗓子受不了，只好宣布让学生自习，正好复习上一节课的内容，再把作业做好。自习课倒是很安静，小夏就坐在讲台前看着学生们的黑头发，其实目光是虚的，他后来就看不见了，头脑里竟然全是空心接龙的牌，红红绿绿的，一张一张地往上面飞，往下面飞，往左边飞，往右边飞，接龙快要成功的时候，强森林在教室外面闪现了，一脸的严肃，像是出事了。

还真的是出事了。小夏和强森林先是去了小商的宿舍，可敲了半天门，没有声音，他们又去办公室里找，也没有，教室里也没有，是不是小商被马三打了之后，想不开了？想到这，小夏的心揪了起来，他第一次和马三打交道是在镇上的一家游戏机室，班上的一个学生不上课躲在里面打游戏，小夏在班长的帮助下去找。游戏室的老板不让小夏找，还说小夏是什么东西。后来，小夏不顾她的阻挡，进去把他的学生拖出来了，偏偏这学生不争气，嘴巴硬得很，说到了马三。当时小夏不知道马三的大名，后来姜芳芳告诉他，马三是镇上最大的痞子，号称"摆平公司"总经理。马三这总经理进学校的方式和其他的痞子不一样，其他的痞子爬围墙，马三从来就不爬围墙，他总是从传达室里大摇大摆地走进来，再从传达室里走出去。

小夏和强森林还是在小商的宿舍找到小商的，看着在被窝里抽泣的小商，强森林扯开了小商头上的被子，刚问了一句，小商就咧着嘴巴，哭开了，小商是娃娃脸，哭起来，真的就像被处分错的学生。小夏心里酸酸的，小商边说边哭，小夏只好用手替小商擦眼泪，也许是有粉笔灰，小商的脸上涂上了石灰水。小夏无法安慰小商，只好安慰自己，可他也安慰不了自己，嘴巴发紧，耳朵发烫，他似乎也被那个叫马三的痞子打了一巴掌。那个叫马三的痞子，走路呈七十五度摇摆，从传达室进来，打完了商剑峰，掸掸手上的灰尘，继续呈七十五度摇摆，从传达室门口摆出去了。

在小商断断续续的讲述中，小夏晓得了事件的经过，那天，小商吃完饭，就去睡午觉了，睡得糊里糊涂的，宿舍被敲开了，来了一个人，不像是学生的父母，而像是学生的哥哥。还没有等小商问候他，那人就嗡声嗡气地喝了声：商剑峰！小商一愣，一阵风就从脸上刮过去了，小商觉得不妙，想躲开，已来不及了，脸上就重重地挨了一巴掌，还差点跌了一个跟头。痞子还丢下一句话，你给我放老实点，小费可是我的小兄弟！听到小费，小商明白了，小费是他班上的学生，叫费兵，前些天旷课，正被小商处分呢，他要求费兵回去带家长。可费兵没有把家长请过来，倒是把痞子马三请过来了。

3

第三节课预备铃响了,小夏想去上课,被强森林一把扯住,人家蹲在我们的头上拉屎了,还按着我们的头要我们吃下去,我们还去上什么课?小夏说,那怎么办?强森林说,怎么办?还能怎么办?是可忍,孰不可忍?罢课!我们一起罢课!

以上是罢课事件的一个版本,还有一种版本是大徐掌握的,也就是送到阳楚教育局的版本,官方版本中的罢课事件是小夏提出来的,也就是说,小夏首先说出了"是可忍,孰不可忍"的话。小夏勇敢地承认了,大徐曾经漫不经心地点了他一句,你知道轮奸犯吗?轮奸犯的首犯是要被枪毙的,而从犯却不要。小夏知道大徐在离间他和强森林的关系,更加坚决地承认自己是首犯。当时他不知道大徐接着说要送到公安局验笔迹,小夏只好把真实的情况说了,可大徐还是不相信他说的真话。

真实的情况是这样的,在"是可忍,孰不可忍"之后,强森林又从小商的备课笔记上撕下了一张纸,龙飞凤舞地写下了很多罢课声明,强森林已签上了名字,强森林的笔迹根本就不需要送到公安局去检验,强森林的钢笔字得到了庞中华书法的真传,点和捺的力道都特别的大。小夏毫不犹豫地跟在强森林的后面签上了名字。

看到强森林写的罢课声明的人不多,但流传相当广,罢课声明中有几句话后来成了龙潭中学的名言,而这名言有几句是小夏想的,有几句是强森林想的,有几句是共同想的,但由于是强森林执笔,全都算到了强森林的头上。成为名言的几句话是:大家在努力教学,可在痞子们面前,所有的努力都等于零。任何数乘以零都等于零,而痞子就是那个零。龙潭中学之大,竟然安顿不下一个教师最为基本的要求,龙潭镇之大,竟然对付不了一群痞子。

大徐不相信强小夏和强森林的交代，但改变不了的事实还是有的：《罢课声明》是强森林和小夏一起送给大徐的，这个根本不用调查，由目击者大徐自己填写。那天，大徐的手边有一本《三国演义》正翻到125页。坐在校长对面的老赵惯有的菩萨笑没有出现，一脸的严肃。似乎他们都预先知道了小夏他们要罢课。

其实大徐还在报告上写了一句小夏和强森林根本就没有说过的话。这是老赵后来告诉他们的，大徐在调查报告上写下了如下的谎言：

徐对夏和强耐心地说，你们怎么不相信组织？他们是痞子，难道你们也是痞子吗？

夏和强不语。

大徐的判断就错了，小夏不会成为痞子，强森林也不会成为痞子。小夏的成长轨迹是，从小在他们村小上学，村小是复式班，两个教师，四个年级，都在一个班上，小夏一直都是好学生，经常是四个年级的作业一起做。再后来，整个村小就小夏和另外三个同学一起到另一个村庄的小学上五六年级，每天早上出门，晚上回家，中午在学校歪嘴巴的班主任家代伙，很是辛苦。五年级快结束的时候，四个同学剩下了两个，其他两个跟着父母去江南打工了，六年级开始的时候，就剩下小夏一个人了，总是孤单地穿越弯曲而细小田埂的小夏也想辍学，如果不是歪嘴巴班主任上门劝说，小夏的学习生涯也就会结束。到了六年级，小夏考上了乡里的中学，上学的路途更远了。初中三年，小夏倒没有提起辍学的事，只是感到困乏，用他母亲的话说，是孙悟空的瞌睡虫上了身，总是一回了家，书包一扔就睡觉。母亲以为他受了批评，其实他的书包里正装着竞赛获奖的奖状呢。再后来，整个乡中学，就他一个人考上了县第一中学，哄动了整个村庄。县中学三年是寄宿，小夏像一只书虫一样，醒来就啃书，啃饱了就睡，只是到了高考的那三天，瞌睡虫多得惊人，他只是考上了师范大学。大学四年，几乎一半的时间用于睡觉，再后来，他分到了龙潭中学，成为一名龙潭中学的客籍教师。

强森林的成长轨迹几乎和小夏一样,同样来自农村小学,同样考上了县中学,是二中,不是一中。还有一个不同是,强森林比小夏高一个年级,由于高三的时候开始了他笨拙而单纯的恋爱,高考就失败了。也仿佛是为了等待小夏一起准备罢课做痞子似的,他复读了一年,才考上了小夏考上的同一所师范大学。小夏和强森林的轨迹就这么交叉起来,可他们还没有达到真正意义上的交叉,在师范大学里,小夏和强森林不在一个系,小夏在中文系,而强森林在化学系。当然在师范大学的时候,小夏就听说过化学系同乡强森林的大名,强森林的绰号本来是叫吴妈,说的是强森林在大学四年里一直从事着情书的写作工作,最起码追求了十几位女同学,但都失败了。这吴妈的绰号后来是被《特务小强》这首歌改变的,强森林到处告诉别人,他现在的网名叫蟑螂小强。在强森林的努力下,他终于变成了蟑螂小强。

小夏和强森林人生轨迹真正发生关系的地方,是在龙潭中学的传达室。小夏抢先说,我知道你的,你叫蟑螂小强。强森林一愣,随后带着一网兜的东西对着小夏手一拱,说,拜托拜托,鼹鼠兄弟!小夏一惊,他在中学的绰号叫瞌睡虫,而到了大学,他的绰号就改做鼹鼠了。小夏看着强森林,一点也不生气,笑呵呵地握住了强森林的手。

4

送完《罢课声明》后,受害者小商就在强森林和小夏的挟持下去镇中心卫生院就诊。在三人中间,小商最大,强森林第二,小夏最小,可在行动上,强森林最像大哥,小商最像小弟弟。他们没有选择从大街上去医院,而是从后面的小路去了医院。

到了镇卫生院后,强森林找到妇产科的齐医生。齐大姐算是龙潭中学的人,她是老赵的大媳妇,这年头,有熟人就好办事。小夏和小商站在门诊部,他不敢向挂号处那边看,他差一点有吃丈母的机会——齐医生齐大姐曾经把挂号处的小史介绍给他做对象，也好让小夏吃上丈母，小夏处了一次，感觉和长了一脸雀斑的小史相处不下去，她实在不应该一上来就谈定亲礼物，还要二两黄的——也就是二两黄金做见面礼，小夏想都没有想，就吹了，他家又不产黄金的。

　　在齐大姐的带领下，小商的检查很是顺利。X 光，验血，田七药片。麝香虎骨膏。小商有点舍不得开，强森林一定要他开，还开了补品，小商就更舍不得了，小商的家境不好，父亲长年有病，母亲肩负山上所有的农活，还有两个年幼的弟弟。强森林唬着脸说，你傻不傻啊，发票你保管好，将来报不了你找我们来报！在齐大姐去找医生写鉴定书的时候，强森林和小夏商量好了，各拿了一百块钱，塞给小商作营养费，小商不要，强森林说，小商，你不收是看不起我们，同生共死的兄弟，再不收，就完全见外了。小商只好收下了。

　　从医院出来，他们同样是选择了小路回学校的，到了校门口，老赵正一脸菩萨笑地守着，说，同志们，校长有请。

　　老赵的身后还有一个人，是一脸巴结样的门卫黄富。

　　校长室里皮沙发的感觉和办公室的木椅子的感觉就是不一样。小商还站着，强森林站起来，把小商按到在皮沙发上，小夏感到皮沙发像波浪一样涌动了起来。大徐一脸公事公办的样子，他首先对肇事者是不是马三提出了疑问。

　　大徐的声音听上去有点哑，桌上泡着一杯治喉炎的胖大海（大徐刚代了小夏停的一节课，这是门卫黄富刚才在路上告诉小夏的）。

　　门卫黄富回答了大徐的问题，打人者的确是痞子马三。门卫黄富的话应该没有错，马三还在龙潭中学做学生的时候，他和黄富就是天生的对头，退伍军人黄富自称是在部队里当的是特种兵，喜欢穿印有部队和八一字样白背心的黄富经常说，如果单挑的话，他是不会怕马三的。知道门卫黄富身世的人都知道黄富有一个软肋，那就是他的宝贝儿子小黄。在宝贝小黄之前还有一个小黄，那个小黄到五岁时失足掉到水里溺死了，现在这个小黄就相当宝贝了。再说了，这次痞子马三进校是在中午时间，又不是上课的时候进来的，拦他没有理由的。

对于门卫黄富的回答，大徐还没有反应，老赵插了一句，要不要报派出所？

大徐似乎没有听见，继续看着门卫黄富，那眼光像是探照灯，照得门卫黄富的额头上全是汗水的光芒。见大徐不理睬他的建议，老赵不说话了，开始摸烟，可四个口袋都翻了，也没有找到传说中的四盒烟，还是强森林扔给他一支烟。老赵点着了，擦火柴的手有些颤抖。

大徐还在和门卫黄富对峙着，强森林坐不住了，他先站起来，又把小商拉起来，拉到大徐的面前，小商的脸上贴着一帖麝香虎骨膏，活像一个国民党的伤员，那是去校长室前强森林给小商贴上的，痞子马三可是练过武功的。

大徐看着小商，还是不说话，脸上浮现出奇怪的表情，像期待，像悲戚，像嘲笑，更像是大徐一下子得了老年痴呆症。小商也许就这样被大徐的"老年痴呆症"的表情吓怕了，哭了起来，他还越哭越厉害，像到校长室汇报被人欺负了的小学生。

门卫黄富此时掏出一只看不出颜色的手帕，可小商不接。这时，大徐的"老年痴呆症"消失了，脸皮活动起来，对黄富吼道，你还死在这里干什么？整天穿着背心，我看你都像一个痞子了！门卫黄富听懂了，身子打摆子一样颤抖了一会儿，弹了起来，弓起身子，像一只野猫蹿走了，落在地上的脏手帕像是野猫脱下的皮。

大徐走过去，用脚踢着那只脏手帕，他肯定是想把那脏手帕踢到畚箕里去，可那脏手帕一点也不听话，就这样，在强森林、小夏和老赵三位观众的注目下（小商还在哭），大徐就和那手帕玩着蹩脚的球技。大徐的脚实在是太臭了，他踢了好一会儿，那脏手帕才被他踢到畚箕里去，此时一张"猫皮"已被踢成了一根烂油条。清理完手帕，大徐就继续坐到了他的宝座上，快速地翻着《三国演义》，一遍又一遍，带出的风逼得小夏都把眼睛闭上了。

　　大徐说，我可以负责任地说，在商老师这件事上，我是绝对不向他们低头的，不过，小商老师得休息几天，我批准。大徐说，还要请你们先把课复起来，学生需要你们（小夏想，大事化小，小事化了，这是哄小孩的方式呢）。大徐说，你们是想让我用麻绳把马三捆起来，再让商老师打他一个耳光？大徐继续说，你们都是大学生，又是知识分子，在龙潭镇可以算是高级知识分子，你们怎么可以和街上的痞子一般见识呢（小夏想，他还是把痞子当作蚊子了。可对付蚊子，不用蚊香，也得用蚊帐啊）。大徐说，你们要相信我，你们和我儿子差不多大，我都把你们当做儿子看待的，我不会害你们的（小夏想，这种方法叫做"苦肉计"，是教师都会这样的教育方法，用这种教育方式很出效果）。大徐说，老赵，今天晚上谁值班？（小夏想，他终于露出了真面目，向他们下逐客令了）大徐说，请你们赶快复课，否则后果你们自己负责……

　　小夏的眼睛就是在这时睁开来的，他呼地就从沙发上跳到了大徐的面前，指着大徐的鼻子，说出那句可以载入龙潭中学校史的话，这句话被自称不怎么读书的老赵命名为"汉奸理论"。小夏说，难怪当年三个日本人就能够统治住一个龙潭镇，中国产英雄，也产汉奸的。

　　大徐反应倒很快，脸涨得通红，说，你说我是汉奸？你不要以为我怕你给我扣帽子，"文化大革命"那么整我，我也不怕呢。

　　小夏想反驳，被强森林硬拉走了，小商还在后面推着他，他们一直把小夏拉到操场上。此时已经是黄昏时分，远处很多老鼠一样的影子窜过去了，是高中部的寄宿生，他们是这次罢课行动的同盟军。

5

　　第二天早晨，大徐站在办公室长廊另一端，小夏没有向他打招呼，大徐当然也没有向小夏打招呼。小夏想，不说话才正常呢，如果此时说话反而不正常,如果大徐向他打招呼,他还不知道如何回礼呢。

小夏打开了办公室的门,从整衣镜前又看到在门口一晃而过的大徐,心想,你想抓我的小辫子是抓不住的,我们罢课,但不旷职的。

——罢课,但不旷职,这是昨天晚上小夏和强森林商量好了的。

不上课了,还是有事可做的,很多作业没有批改,不断有课代表来办公室找小夏上课,估计是大徐教他们过来找的,小夏对他们说,老师今天有事,不上课。

办公室里的老教师都听见的,可他们装着听不见,根本就不问起他们罢课的事,一副事不关己,高高挂起的样子,有人继续做空心接龙,有人说着昨天播放的电视剧,有人还说了一句下流的歇后语:小孩子睡踏板——被窝里风大。

踏板是靠近床边放鞋子的一块床板,接触到床,事件就暧昧了,所以这句歇后语立即遭到了许多教师的多种解读,可万变不离其宗,都是下流的。小夏没有这方面的经验,但那被窝里的风是怎么来的,风又大到什么程度似乎都值得想象。

小夏想,即使他们不和他说罢课的事,也要谈一谈小商挨打的事,可他们偏偏不说,他们说的是:被窝里风大。

被窝里风大。

被窝里风大。

上课铃响了,其他教师都去上课了,整个大办公室里就剩下小夏,他的头脑里就刮起了一阵又一阵的风,那是来自被窝里的风,小夏看到自己正在那大风里追赶着那张《罢课声明》,那张罢课声明在风中就像是一只大蝴蝶,也像一只大风筝。小夏越来越力不从心了,被窝里的风实在太大了。老赵过来了一次,是来换日光灯管的,换完了他就走了,他根本就没有理睬孤单地坐在座位上的小夏,他很想去理化组找强森林,可他感到身上的力气都没有了。一个上午就这样过去了。

中午,小夏、强森林和小商都没有去学校食堂吃饭,而是各泡了一碗方便面。中午，小夏仅仅午睡了十分钟，就再也睡不着了。

下午，头脑晕乎乎的小夏接着去办公室，可没有多少作业可以批改了，好在课代表姜芳芳过来了，她来取改好的作业本，顺便拿走了小夏写在小纸条上的作业题的序号。姜芳芳是一个善解人意的好学生，她肯定会把这些题目的序号抄在黑板上让同学们做的。姜芳芳和小夏老师说了班上的情况，还说了外面的情况，现在镇上人都晓得这件事了，马三也晓得了，他还放出风来了。小夏的头脑里全是马三拿着双截棍的样子，和周杰伦拿双截棍一模一样。姜芳芳说，他说……说姓强的姓夏的姓商的如果敢在镇上走一走，就打断他们的腿，让他们爬回学校去。

姜芳芳一走，小夏就到理化组找强森林，可强森林不在。快要下第二节课了，强森林进来了，脸色很不好。小夏把马三在镇上放风的话告诉他，强森林说，不是马三皮四了，现在是校方的态度，大徐把代课的标准提高了，以前补课是五块钱一堂课，现在代一堂课二十五块。

强森林说，看来校方跟我们耗上了，妈妈的，此处不留爷，自有留爷处。大不了我辞职。

强森林的话就像无声炸弹一样，在小夏的血管里爆炸开来，强森林的村和小夏的村在当地都是很有名的，都属于输出劳务型，不过是特殊的劳务，那些人在外面都闯荡出名堂了。有很多就是他们的小学同学，他们发了财，在大城市里买了房子。强森林村的特色是贩卖假发票，小夏村的特色是收废品。因为有了发财的机会，村上人都像老鼠拖老鼠一样把一些人拖出去了，根本不要什么文化。不知道强森林那个村是怎么贩卖假发票，可废品的那种收法小夏是晓得的，连收带偷，出去的人有一小半是发了财，有一大半进过号子，吃过牢饭。记得每次从人才招聘会徒劳地挤出来，小夏就想去收废品。后来拿到报到介绍信了，母亲对小夏说，你只看到强盗吃肉，看不到强盗挨打，教师是事业单位的职工，相当于公务员呢。每个月都有一千五百块，一年她和父亲忙下来，纯收入也没有一千块钱。母亲说，人比人，比死人，我们不和人家比。

强森林愤愤地说，代一堂课二十五块，是从我们工资里扣的，你还说他是汉奸呢，错！他不是汉奸，是痞子！乘人之危，落井下石，是大痞子，大大的痞子！

6

罢课没有结果，龙潭中学还是继续和往常一样运转了下去，可罢课还得继续下去，好在老赵还在暗暗地支持他们，看看只上班不上课的他们，扔烟，点了，他还跟小夏聊起过马三的故事。老赵说，马三并不是一下子成长为痞子的，这还得从龙潭中学的设置说起。

龙潭中学是完全中学，有初中也有高中，高三，高二，高一，都是三轨的，初一，初二，初三，都是六轨的，中间就有了淘汰，那些淘汰下来的一部分又会加入到痞子的队伍中来，换一种面目来吓唬昔日的校友们。痞子的队伍也不见壮大得太多，痞子中有的去当兵了，出去谋生了，结婚了，再也不到学校来了，再下去，他们都有孩子了，孩子也要送到学校来学"好"的。有一个已"退役"的痞子很有意思，故事发生的时候龙潭镇还算繁荣。当时很威风的痞子老大在镇上挑衅了一个到镇上赶集的农民，农民打不过他，痞子很得意，可他没有想到，当他回到家，发现他的老子拿着一把刀，他的老娘拿着一根绳子，站在门口等他。在邻居的奋力拉劝中，痞子才逃离了险境。这个痞子有点莫名其妙，后来一了解，原来他家里的碗锅全部被那个乡下的农民砸了，可他根本就不晓得那个被他欺负过的农民叫什么？是什么地方的？那被欺负的农民从镇上人那里打听到了痞子家的地址，抄了这痞子的老窝。

小夏听了，很受启发，说，我们也可以这样啊，带着小商去抄马三的老窝的啊。

老赵笑了，说，你可能不晓得，马三没有老子和老娘。好多年前，镇上有家造纸厂，造纸厂很大，工人很多，后来就发生事故了，是铡草车间。当时已经机器铡草了，一个女工不小心掉到铡草坑里了，他的男人很是着急，也跳了下去，后来都不见了……这个男人和女人就是马三的老子和老娘。当时造纸厂还有钱，赔了一大笔，让马三顶替进厂，可很快厂就不行了，工人都下岗了，和妹妹一起生活的马三想起了抚恤金还在皮大皮二手里呢，他就去跟皮大皮二要，可皮大皮二耍赖不给。后来马三就出去练功了，拜师，练双截棍。听到这里，小夏的头脑就晃出了马三练功的样子，石杠、石锁，还有自制的吊环。青皮、刺青，手里还挥舞着双截棍，已经不是周杰伦唱歌用的道具，是可以致命的双截棍。马三练功回来，就把皮大皮二收拾了一通，皮大皮二两个人也没有打得过马三，就这样，皮大皮二把抚恤金吐出来了。马三也不贪心，把抚恤金四分四，他和妹妹各得一份。当时的抚恤金并没有多少，一个死人赔一万，二个人两万，马三和妹妹各分了一万。老赵说到这里接着说，现在的马三，是光棍一个，这个世界上最狠的是光棍，他跟你们耗，你敢跟他耗吗？

小夏说，赵主任，他马三是光棍，我们也是光棍呢，他是一条光棍，我们是三条光棍呢。

光棍是光棍，可还是不一样的，老赵意味深长地看了小夏一眼，呵呵地笑了起来，依旧是一脸的菩萨笑。

7

熏烧摊主姜二明显对小夏不客气了，他并不像往常一样给她女儿的班主任多切几块牛筋了。倒是姜二养的那条黑狗的态度没有变，每次都拦住小夏要"回扣"，过去他都是给它一块碎肉的。可姜二太势利了，小夏现在不想给它了，它不懂小夏的意思，很是不识相地拦住了他，就像一个向学生勒索的痞子。第一次，小夏踢它一脚，它悻悻的夹着尾巴躲到了熏烧摊子下面去了。第二次，它照样又向小夏索取"回扣"，索取到的还是小夏的一脚。姜二像是没有看见似的。到了第三次，它还是不长记性，依旧跟在小夏身后要回扣，小夏不踢他了，不理睬它，它就向小夏扑过来。强森林看不过，操起旁边的一张板凳就想砸过来，可那狗痞子一点也不怕，怒吼着，向强森林扑过来，要不是小夏把手中的熏烧砸过去，强森林说不定就被那条狗痞子作为熏烧了。狗痞子被这么一砸，还没有躲走，姜二低低地吼了一声，狗痞子才钻到姜二的裤脚边了。姜二还拿着和《水浒传》里一样的屠刀着说，先生要不要再来一份？小夏没有理睬这个曾经那么客气的学生家长，低头捡起了刚才作为武器的熏烧，掸了掸上面的灰尘，塑料袋扣得很紧，那包用来慰劳嘴巴的熏烧并没有成为狗痞子的食物，可以继续作为下酒菜的。

是狗眼看人低呢？还是人眼看人低呢？

和狗痞子打架的那天晚上，小夏反复问这个问题，强森林不答，只是和他干杯，一箱啤酒就这么喝光了，可小夏还想喝（这几天，他用牙齿开啤酒瓶的功夫也见长了，那啤酒就类似香槟酒，可最起码是真的。龙潭镇一点也不缺名牌乃至世界名牌，可你一打听价格，就不是名牌的价格了，都是假货），学校的大门已关了。小夏问强森林有没有，强森林说他的酒已喝光了。小夏不相信，硬是闯到了强森林的宿舍，从床下找了两个大半瓶的啤酒，可强森林还是不让小夏喝。在强森林的坚持中，小夏渐渐酒醒了，松开了手，那啤酒瓶里是尿，是强森林老师晚上不想出去撒的尿。小夏指着强森林说，这是人民教师干的事吗？

你没有干过？强森林揪着小夏的衣领，像是审问一个罪犯，你敢说你没有干过？

两个人几乎是同时笑了起来，都喝多了，喝多了有一个好处，那就是好睡觉，那一个晚上，镇上的狗叫了一夜。

早晨醒来，小夏感到头昏沉沉的。就在这一夜，他做了很多乱七八糟的梦，有一个梦是姜芳芳进了他的宿舍，姜芳芳一边拉着他出被窝一边说，被窝里风大，不许睡懒觉！被窝里风大，赶紧去上课！小夏是从羞愧中醒来的,他还是把原因归结到昨天的熏烧了,看样子,镇上人都说对了,姜二做的熏烧是放了罂粟壳的。

　　小夏乱七八糟地想着,强森林就来了,说,快点,快点,上头来人了!上头来人了!说完了,强森林回宿舍收拾去了。小夏胡乱地洗漱了一番,吃了几块饼干,在办公室门口,他与强森林幸福地会师了,强森林给小夏打了一个V形的手势,小夏回了一OK的手势,开始改姜芳芳送过来的昨天的作业,作业的错误率很高,看样子,有他在和他不在,学生们就是不一样。改了一会儿,小夏清点了一下作业本数,只有三分之二不到,那些三分之一的学生,将来会不会是痞子呢?

　　上课铃响了,一些教师去上课了,一些教师打空心接龙,强森林走进来说,你有没有去看一看小商?我早上去看了一下,小商还在睡觉,看样子,他真的伤得不清,他还嘴硬,不想看呢。小夏说,摊到谁身上都肉疼的。

　　强森林叹了口气说,小商可怜。

　　强森林这句话说得很响,估计那些龙潭籍的同事都听见了,办公室里一片寂静。

　　可一个上午快过去了,也没有等到校长来叫他们和上级来人见见面。第三节课,姜芳芳又来领作业本,小夏拍了一下作业本,对她吼了一声,还拿什么作业本,交得还没有一半!姜芳芳被小夏先生的话吓住了,大眼睛对着小夏先生眨啊眨,眼泪很快就啪啪地落下来了,一点也不像梦里的样子。小夏对她挥挥手,可挥得很无力,胳臂像是感冒了。

　　快到中午了,没有第四节课的老师都回去了,办公室里只剩下小夏,大徐还没有来叫他们,办公室外面的树上有一只鸟在叫,叫声很好听。可小夏怎么听,也觉得是在叫他的绰号鼹鼠。小夏打开办公室的窗子,往上面扔粉笔,也许粉笔太轻了,这只鸟根本就不屑小夏的挑衅,小夏快把一盒粉笔扔掉了,那只鸟终于不叫了,正高兴着,树枝间一阵响动,窗户前迅速落过一滩东西,小夏看清了,是鸟屎!

操！这个鸟痞子！

8

强森林和小夏决定主动去，可校长室的门怎么也没有反应，倒是隔壁总务处里老赵出来了。老赵的身边有一个年轻人，小夏认识他，是老赵的小八子。老赵怕儿子不认识他们，挨个把他们介绍了一遍，说，这是强老师，这是夏老师。小八子很老实，和他们握手的时候，脸竟然红了。小夏盯着害羞的小八子想，真的就像一个大姑娘。

强森林向老赵打听大徐，老赵说，不在，都出去了，到富龙喝酒去了。

"富龙"是镇上刚刚修建的富龙大酒店，吃饭休闲一条龙，看来大徐是带着那上级来人去腐败了。可老赵为什么不去陪呢？看来，中午吃饭是在事件上，这事件就是罢课事件。老赵不去，既表明了老赵的态度，也表明了大徐的立场。

强森林和小夏决定立即去富龙大酒店，把他们的酒桌掀掉，把那些酒菜泼到他们的脸上，甩门，扬长而去，此处不留爷，自有留爷处！正想出校门时，第四节课的铃声就催命似的响了，学生们像潮水一样从各个教室里涌出来，小夏和强森林只好各自散开了。这几天，不去上课他们都有点怕学生。

有一个农民模样的人站在小夏的宿舍门口，小夏现在也最怕见到学生家长，可走近一看，不是学生家长，而是自己的家长——他父亲！

父亲背驼得更厉害了，就像罗锅，父亲拘谨地搓着手，像一个学生一样对小夏说，他是到龙潭镇上称塑料薄膜的，顺便来看看他。父亲是有点怕小夏的，在他们家里，父亲没脾气，母亲有脾气，脾气最大的是小夏。母亲和父亲都很习惯儿子的脾气了，他们还向邻居解释说，吃字的人脾气都很大。

强森林想不到小夏的父亲来了，他是来送一根自行车链条给小夏的，刚才他去找了两根自行车的旧链条，找了火油，把上面的机油给洗掉了。

小夏的父亲鼻子很尖，问小夏，哪里来的洋油味？小夏说，是强老师要用来做实验的教具。强森林怕小夏父亲问出什么，就先告辞了。

强森林临走之前，眼神很是奇怪。小夏知道强森林在怀疑父亲来的目的，他刚才已经解释是来买塑料薄膜，可现在是大忙季节，父亲怎么有空来龙潭镇，再说了，塑料薄膜又不是只有龙潭镇才有的。

小夏担心被强森林误解，口气就很不好。父亲很小心地解释说，本来是母亲来农资站称塑料薄膜的，可母亲的胃病犯了，只能在家里。他还带来了母亲给小夏攒的几斤鸡蛋。家里本来养了四五只鸡的，去年冬天，母亲犯胃病躺在床上，忙里忙外的父亲忘了关鸡窝门，夜里，黄鼠狼就来了，咬死了三只，只剩下两只了。后来的一只总是把鸡蛋生到邻居家，纠正不过来，母亲索性把它杀了，腌制了，是过年吃掉的那只。现在的鸡蛋都是家里仅有的一只母鸡生的。为了不让鸡蛋变质，母亲就把鸡蛋放在盐罐上，这次带来的一些鸡蛋有的是咸鸡蛋，有的是淡鸡蛋。

听完了父亲解释咸鸡蛋和淡鸡蛋的事，小夏就起身到食堂去打了两份饭，他和父亲各吃了一份。小夏吃不下去，把多余的饭分到父亲的碗里了，父亲一边吃一边说食堂的饭菜很好吃。父亲吃完饭，小夏抢着捧着碗到水池边去洗了，父亲对儿子的背影说，人家领导说你好呢。父亲的这句话就种到小夏心里了，他在洗碗的时候，手里的碗几次都差点掉下去，是遇到了老赵？还是遇到了大徐？小夏想洗完碗仔细问父亲，可父亲已躺到他的床上睡着了，小夏给父亲盖上了被子，拣掉父亲发丛中的几根草屑。

父亲睡得很沉，睡中还说了梦话，似乎是在和谁吵架，小夏没有听清楚。大约一个半小时左右，父亲醒了，很是不好意思地对小夏说他影响他上课了。小夏说,我下午没有课。父亲相信了,然后就骑着自行车走了,他要去农资站称塑料薄膜,还要骑上五十华里才能到家。

父亲一走,小夏就赶紧找强森林,可怎么也找不到强森林了。小夏又去找小商,小商也不在宿舍。小夏打强森林的手机,他的手机始终处于无人接听状态,办公室里的其他教师是不会告诉他强森林去向的,小夏的头脑里不断闪现出双截棍和自行车链条搏斗的场景,就像周星驰《功夫》里的斧头帮那样。有很多痞子,大痞子和小痞子都挥舞着双截棍向强森林靠近,尖叫、惨叫、嚎叫,血肉横飞。

无所适从的小夏在校园里找了几圈,一无所获,回到宿舍,小夏把自行车链条塞到了腰中,快要到学校门口,他听到了小商的声音,心里一惊,小商是不是上课了?

小夏靠近了小商声音发出的教室,他看到了小商,果真是小商在上课!小商真的在上课,他脸上的麝香虎骨膏没有了。当时小夏很想冲到教室里,打小商一个耳光,让他的嘴巴上再次贴上肯定还没有用完的麝香虎骨膏。可小夏没有冲进去,只是在小商的教室窗外站了好一会儿,估计小商肯定看到他在窗外了。

小夏离开小商上课的教室时,腿脚都软得很,像是踩了一团棉花,好不容易到了校门口,门卫黄富正在教训儿子小黄。小黄的母亲,学校食堂里的临时工小王肯定拦过了,但没有拦住,正在赌气,看到小夏,小王就叫了一声夏先生。小夏知道她在暗示他去拉门卫黄富,小夏想走,小王又叫了一声夏先生。

门卫黄富被小夏拉住了,他向小夏诉说儿子小黄如何如何不争气,门卫黄富的语言表达能力相当不好,说了半天,才回到真正的核心事情上来,是小黄偷了人家一根自行车链条。

偷就偷了,这个小畜生还不肯说是偷的哪一辆自行车,你说气人不气人,门卫黄富很是激愤,夏先生,你们先生都说了,树要从小育,人要从小教,再不教育长大肯定就是一个小痞子!

小夏没有说该打，也没有说不该打，再说成为小痞子也没有什么不好，小痞子总是要长成大痞子的，要小黄成为大痞子，门卫黄富就不会被马三欺负了。但小黄还没有来得及成为小痞子呢，他只能接受目光短浅的门卫黄富的巴掌教训。

在小黄惨烈的叫声中，小夏连忙蹿走了。

9

小夏是被一阵敲门声敲醒的，他看了看手腕上的表，已经是下午五点钟了，也许是睡多了，他的头有点晕。他不想起身开门，可敲门声一直响个不停，小夏只好爬起来，穿上裤子，打开了门，一股茴香八角的味道扑面而来，是学生家长，卖熏烧的姜二。

小夏问他有什么事？姜二一脸讨好地说，没什么事，没什么事。小夏觉得非常奇怪，姜芳芳怎么会是这个人的女儿呢，姜芳芳的眼睛那么大，而姜二的眼睛那么小，小夏只是迟疑了一下，姜二就钻进了宿舍，自己拉亮了电灯，灯光下的姜二表情有些暧昧，小夏都被他看得不好意思了。

姜二告诉小夏，小黑子不见了。小夏明白了，是那狗痞子不见了。姜二已经在镇上找了一天，能找的地方都找了，连河边也找了，甚至每一个茅缸也找了，可都没有找到他的小黑子。实在没有办法了，他就想到了小夏先生，小黑子总喜欢跟夏先生闹着玩的。

姜二的表情就有点像小黑子，嘴角都是白沫，他根本是在说谎，狗痞子哪里是跟他一个穷教师闹着玩？它完全是一个贪官投的胎，最喜欢回扣。

小夏神秘地对姜二说，姜师傅不晓得马三每年冬天就要送一百斤狗肉到山东吗？

为什么送到山东？姜二还不懂。

小夏看到姜二上当了，谎言就说得越利索了，他说，姜师傅，你想想，马三是在哪里学功夫的？

小夏拿出了他最拿手的启发式教学，教学态度很是认真，教学目的相当明确，当然教学的效果也出奇的好，姜二是嚎叫着冲出小夏宿舍的。

小夏是七点钟出现在姜二的熏烧摊前的，他想看看姜二究竟有没有找马三拼命。姜二还在，灯光下的姜二很是镇定，他正快速地把一块牛肉切成无数张牛肉纸。要是小黑子还在的话，姜二是要把最后一块扔到地上去喂狗痞子的。

小黑子还真是被马三杀了。姜二还扬了扬手上的刀说，妈妈的马三，当年他老子老娘死，我还送了几刀冥纸的，这个狗日的吃了狗肉，把狗皮扔到厕所里也不给我，真是畜生，算起来，他该叫我表叔叔的，总有一天我会把他们也做熏烧了。旁边手玩铁球的光头老头插嘴道，人不能吃狗肉的，到了地底下可是要被狗咬的。姜二不理睬那个多嘴的老头，继续说，我肯定要宰了他，为我家的小黑子报仇，小夏说，那你要给我留一块后座。

对于小夏先生的这个要求，姜二爽快地答应了，用刀把切下的牛肉纸铲起来，放到塑料袋里，熟练地扎好，然后问小夏，听说你们和马三干起来了？小夏说，是啊，我就是跟你借这把刀的。提起刀，姜二忽然勇猛起来，把手中著名的屠刀砍在白果树的刀板上，刀在刀板上摇晃不已，发出了难得的铮铮声。

小夏心情顿时就愉快了很多，指着那些散发着肉香的熏烧说，人家都说你的熏烧放罂粟壳呢。姜二反应也很快，说，人家说，人家说，你这么相信人家说，人家还说你们造反了呢。小夏说，哪里啊，现在谁造反谁犯法。姜二说，夏先生，你可别和那些畜生一般见识，今天的酱猪手不错，你弄两只，吃了力气大。旁边的光头老头又插了句话，说，人家先生可是童男子，吃这个火大，会下不来的。小夏对那老头说，老傅，这你就不懂了，现在药店里还卖伟哥呢。光头老人是懂伟哥的，哈哈大笑起来，小夏也跟着笑，对姜二说，你家姜芳芳可是考大学的好料子。提到姜芳芳，姜二的眼睛就大了许多，坚决推开了小夏递给他的猪手钱，一边推，还一边说，夏先生你在骂人呢，一点小意思。小夏也就顺水推舟，把钱塞到了自己的口袋里，有了平生第一次吃白食。

小夏刚啃起打秋风得来的猪手，强森林就撞开了宿舍门，小夏说，看来你是四脚白投的胎，怎么来得怎么巧？强森林说，我来得不巧你不就一个人吃独食了吗？小夏扔了一只猪手给强森林，我这是大花子要给小花子吃。

强森林无赖地说，你说我是小花子，我就是小花子，反正我吃到了。强森林一边啃着，一边就出去了，但小夏不行了，刚才他看清了强森林的手，下课不喜欢洗手的强森林的手上有粉笔灰——他肯定在晚上上课了。小夏顿时就感到了猪手和强森林的手一样的臭，全部是猪屎的味道。

小夏就开始呕吐了。可说来也怪，明明是要呕吐的，可对着脚盆，他怎么也吐不出来，手抠到喉咙里也吐不出来，他的眼泪都呕吐出来了，那呆在肚子里的猪屎一样的猪手也吐不出来。

夜深了，月亮从操场外面的围墙上探出头来，像一个光头的痞子，小夏一点睡意也没有，猪屎臭像沼气一样往他的嘴巴里、鼻孔里、耳朵里、眼睛里、头脑里冒着气泡，咕噜噜，咕噜噜。小夏已对自己完全失望了，明明想呕吐，为什么吐不出来呢？小商背叛了他，强森林背叛了他，身体也跟着他们背叛了他。

10

龙潭镇是难得有新闻的，可这几天的新闻让龙潭镇的嘴巴们有事情做了。继先生造反这个新闻之后，龙潭镇又发生了另一个重大的新闻：

姜二的熏烧摊使得龙潭镇二十余位居民和龙潭中学三位青年教师食物中毒。镇上人就是嘴巴杂，没有盯住此次中毒事件的大多数人只盯住了中毒的三位先生，他们说，先生先生，天生好吃，整天说话，嘴巴总归是要馋的，连狗屎都吃得下去的。

当事人姜二很快被姚所长找过去了，姜二开始并不承认是他做的，他说是痞子马三搞的鬼，还说马三杀了他的狗。姚所长可不管什么狗，桌子一拍，说把他送到县防疫组，别以为没有出人命，二十几个人中毒，大事件了，都可以上报到中央了，关上一年半载再说。

一听到县防疫组、中央和一年半载，姜二就狗熊了，他很快就承认那天用了死猪肉。就这样，姜二被派出所罚了款，还交了那些食物中毒人的损失，写了两张检讨书贴在大街上，一张贴在中学门口，一张贴在镇中心的鱼市口。

老赵也被姚所长叫了过去，一回来，老赵就立即叫黄富把那检讨书撕掉了，他怕人家把中毒的人数和赔偿的人数相比较，只要有一定的数字计算能力，都能够知道中毒的人数和赔偿的人数是不等的，中毒的人数大于赔偿的人数，如果用减法，减下来正好是三个人。这三个人就是三个好吃先生。姚所长用指关节敲着办公桌对一头雾水的老赵说，人民教师，为人师表，居然和痞子一样敲诈勒索，这下出了大洋相吧，老天爷惩罚你了吧，白吃的，都会给我吐出来！

老赵被姚所长说得一头的雾水，他根本不知道已经在镇上闹得沸沸扬扬的食物中毒事件，但从姚所长的表情和口气来看，应该没有什么假的，他赶紧掏出了上口袋的香烟，可姚所长咬着指甲摇头，意思说他戒烟了。

碰了一鼻子灰的老赵回来后，把小夏叫过去，想了解他们现在的身体情况。小夏几乎是飘着身体去的，严重的脱水使得他变得很轻，小夏说，小商最冤，他只是吃了一口，还是强森林逼他吃的。老赵问你们是怎么治疗的，小夏说吃了氟哌酸，可不管用。老赵听了，把拳头捶在了桌上，狠狠地骂了声，混账！小夏很是羞愧，头就低下去了，老赵说，我不是在骂你，我是在骂某些人，身为校长，居然不管手下的教师，还有什么资格做领导？还说以人为本呢。

老赵骂完大徐之后就走了，半个小时，齐大姐来了，带来了药水和输液袋，老赵想得真是周到，他肯定是不想让小夏他们再到医院去丢人现眼。

三个人的宿舍都很小，齐大姐只好忙碌在小夏、强森林和小商的宿舍之间，她把拔针的任务丢给了她的公公。小商很感动。对老赵说，以后他找对象，就找一个医生，医生找不到，就找一个护士。老赵说，那就好啊，结了婚，你可要当心了，每天晚上全身都要用酒精消毒的，包括那地方。小商被这话逗笑了，可只是笑了一会儿，肚子又疼了。

老赵说，不听老人言，吃苦在眼前，我叫你们吃丈母，吃丈母，可你们偏偏不听，不吃丈母，宁可去吃死猪肉，去食物中毒。

11

痞子马三不见了，他似乎从镇上消失了。

对于马三的去向，镇上有很多传言，有人说马三出去打工了，有人说马三出去做大老板的保镖了，也有人说马三又出去学更高级的武功了。老赵说，狗屁！更高级的武功不会是发射导弹吧，他啊，畏罪逃跑了！

校园里贴出了张处理学生费兵的布告，布告是老赵漂亮的毛体字。小夏读了一遍，开始没有想得起来费兵是谁，后来看懂了，费兵就是把痞子马三惹到学校里打小商的那个学生，也就是这次罢课风波的导火索，也是小夏的班主任被卸掉的间接原因。小夏罢课的第五天，也就是上级来人后第三天，大徐就宣布小夏的班主任被一位龙潭籍的老教师担任，这位老教师上课最喜欢用食物作比喻，打学生叫"给你一个黄烧饼",骂学生叫"给你两个田螺肉",讲到理想就是"学得好可以出国到美国大吃大喝",这和小夏的谈人生谈哲学谈永恒的风格是完全不一样了。对此,小夏自嘲了自己一番,两个班主任,一个形而上,一个形而下,倒是相辅相成。

学校的布告其实也是形式主义了,布告上说费兵被留校察看一年,还要负责小商老师的医药费。事实上,自从先生闹了罢课之后,费兵就没有在学校里出现过一次,他主动离开了学校,给流生的那一块多了一个数字,也给龙潭中学的流生率加了一个百分点。费兵的老子是做鞋匠的老费,老费得知儿子带马三打先生,气得拿着做鞋用的锥子追赶他的儿子费兵,可费兵跑得比他更快,一眨眼就没有了,之后就没有回家。老赵上门去做流生工作时,老费拍着裤裆,羞愧不已地说,都怪自己当时鸡巴作骚,日出个祸国殃民的害人精!

老赵把老费的话在办公室学了好几遍,每一遍都会使得教师们哄笑起来,讨论起性科学来。有的教师说,当时可是液体呢,鸡巴头上又没有显微镜,怎么看得清哪个是害人精,哪个是县长!有的教师还跟生了八个孩子的老赵打趣说,你生了八个,应该是最有经验了,可以申请专利了,怎么优生优育?老赵说,我的鸡巴也没有装显微镜,如果能装上一只显微镜,老子一定生个派出所所长!

黄富也被学校处分了,他被扣了一个月的工资。正因为这个处分,小夏每次走过传达室的时候,都像是在逃跑,可他跑不掉,到了食堂里又会看见小黄的母亲小王,小夏觉得很对不起小王那几天熬得很熟的粥——那是食物中毒刚好的那几天,齐大姐嘱咐他们,你们还不能吃饭,只能喝点粥。齐大姐说,粥是好吃的,可是容易饿。千万得忍着,你们的肠子都泻薄了,吃硬的很危险。老赵就叫黄富的老婆小王给他们三人特别熬制的粥。

不想去食堂,又吃不到小王熬制的粥,更不可能去吃姜二的熏烧了,小夏只好吃方便面,方便面吃到最后,小夏感到全是康师傅方便面的味道，就连头发都有气无力的，像没有泡开的方便面。

吃其实还不是最主要的问题，小夏决定复课了，可班主任早就没有了，学校给了小夏休病假的机会，但休假什么时候结束？是不是再做这个班的班主任？是不是再上这个班的课？大徐没有说，大徐也是兼教导主任工作的，他不发布命令，其他人也不会说的。

老赵说，六月债，还得快。

小夏成了搁浅在海滩上的一条船了，走不了，也无法走。小商是自己去上课的，强森林是怎么去上课的？小夏总不可能他自己跑到课堂上去，说一声，同学们，我们开始上课了。如果他的班主任没有被学校卸掉，那还好办，可以趁着学生们闹哄的时候，板着脸走到教室里去，抓几个替罪羊，杀鸡儆猴，一下子就把玩笑确立了。

白天对于小夏很是难受，没有一个同事对他说，夏老师，你还是复课吧。连小商和强森林都不理睬他，他们肯定都把上次食物中毒出的洋相的仇恨都记到他头上了。也没有一个学生来请他，夏老师，学生们都盼望你去上课呢。可是没有，一个也没有，姜芳芳早已不敢来了。小夏做过好几次上课的梦，可醒过来却在宿舍里，他看着桌上的备课笔记，这段时间以来，他的备课笔记已经备到了后学期了，可没有学生，没有教室，他做的都是无用功。只有到了晚上，小夏才完全放松下来，他在校园里散步，对着满操场的草和虫在上课。

那一天晚上，老赵用电筒照到了正在操场边撒尿的小夏。他对小夏喝道，抓住你了，随地大小便。小夏打了一个冷战，差点撒到了裤子上，没有想到，老赵也掏出来小便了，一边尿一边对他说，听说你要走了，走了别忘了告诉我一声，我会送你！

我走？小夏很是惊异，我到哪里去？

老赵说，树挪死人挪活，我理解你，人往高处走嘛。

小夏说，谁说我要走的？

老赵说，总是有人说的，无风不起浪嘛，你还瞒我这个老头子。

小夏争辩说，真的没有，我没有出去应聘！

老赵说，不要吵，不要吵，人家还以为又有痞子进学校了，还是不走的好，我还等着你翅膀长硬了接我的班呢。

老赵撒完了尿，抖了抖，系好了裤子，很严肃地说，你知道不知道，大徐又有尚方宝剑了，说是事业单位改革，每个学校都要淘汰百分之二去待岗培训呢，这年头啊，吃什么饭都不容易。

老赵继续摇晃着他的三节头的电筒走了，那在黑暗中摇晃的电筒光，就像是一条闪闪发光的蛇，在操场上游动着，越游越远，越游越小了，可小夏觉得那条闪闪发光的蛇是游到天上去的。

12

油菜花开了，龙潭镇都被浓郁的油菜花香包围了。小夏闭塞了好多天的鼻子一下子通了。这油菜花香是龙潭镇周围农田的芳香，也有五十多里外小夏家田里油菜花的芳香。

没有老师请他，也没有学生请他，小夏复课了，他很自然地就跨进了教室，学生们一点也不奇怪他来上课。这样的情景让小夏多了更多的愧疚，他赶紧补上了那几天停掉的课，白天忙着补课，晚上改作业。

小夏遇到强森林和小商，不再像以前那样打打闹闹了，而是有礼貌地问候几句，即使在学校食堂里吃饭，也只是谈谈国际形势或者中国足球什么的话题，再也没有提罢课的事，似乎那只是别人开的一个玩笑而已。

小夏很想继续做班主任，可大徐不说，他也不好再说什么，不过他原来班上的学生，比他做班主任的时候还听他的话，经过罢课这件事，小夏上课的效果特别的好，每一个学生是那么的"好好学习"和"天天向上"，他们的面容都像是被闪电洗过的植物，单纯、清新。至于姜芳芳，小夏早就通过读她的一篇优秀作文，而完全解除了这个大眼睛女生的窘迫和不安。

大徐还主动向三位主动复课的教师解释了上级来人的事，他们的确是来调查他们罢课的事，是"有人"写信上去的。不过他把上级来人哄走了，不然的话，随便旷职是要处分的，而处分是要进档案的。大徐说，他不像"有人"，别有用心，他要为年轻人负责。

大徐没有说出"有人"是谁？但三个人都明白他说的是谁，就是眯眯笑的老赵。

大徐和小夏他们的关系进入了历史的最好时期，大徐还给他们下命令，不能只想到教学，下午放学后，必须到操场上去锻炼身体，到锻炼身体的第一线去。大徐说，为了工作，为了学生，也为了自己，好好地锻炼身体，身体是革命的本钱，没有本钱，什么工作也做不好的。

大徐说了许多大道理，没有提痞子马三，但三个人都明白：大徐叫他们锻炼的另一个目的实际上就是为了痞子，尤其是对付逃亡在外的痞子马三。大徐还指挥老赵给三个人的宿舍窗户上装上了钢条，大徐规定了他们不能单独出校门，要出门就必须结队。

每天下午，强森林、小夏、小商都像三个准备考体校的学生，在操场上跑步，举杠铃，打沙袋，左勾拳，右勾拳，拳头都打肿了。小商身体单，力气小，举不动杠铃，就练习哑铃。强森林练习的是拉簧，先从三根拉起，后上四根。小夏看得眼馋，也想练拉簧，可没有拉几次，背就受伤了，好在还能够写字，否则又罢课了。

很快他们对体育锻炼的兴奋劲就过去了，有几次，他们看着外面的天气，很希望下午下雨或者刮风，那样的话，他们就不要被大徐逼着去了。说实话，体育锻炼还不如在办公室里玩空心接龙呢，现在，小夏又迷上了电脑上的连连看，连连看是闯关，闯关更能够吸引人。

雨季来了。连绵不断的雨水，使得锻炼的决心慢慢地长出了霉菌，先是小商退出了他们的队伍，再后来是强森林，他说锻炼反而使他变得更瘦了。小夏还坚持着，不过不再到操场上了，坚持在宿舍里做俯卧撑、拉簧，在快要拉到第五根簧的时候，小夏的手腕又受了伤，待手腕好了，雨季过了，操场上再也没有出现他们锻炼的身影。

小夏在日记中写了四个字：半途而废。

13

现在，小夏也加入了讲"被窝里风大"这样的黄色笑话中了，他讲的"上面"和"下面"的笑话令龙潭籍的同事感到他才是一个真正的高手，他们还感叹说，连小夏这个"铜"男子也变成铁的了，这个世界有什么不变坏的。

有时候，龙潭籍的同事也会拿锻炼这件事影射小夏，小夏听了，都哈哈一笑，他手背上练沙袋练伤的皮早褪了，他的脸皮早就变厚了。

学校放五一假的那天下午，小夏正在洗球鞋，背着旅行包的强森林来找小夏，他让小夏猜小商在干什么？

小夏猜了几件事，都猜错了，强森林告诉他，小商钓到一个姑娘了，很漂亮的 MM 呢。小夏不相信，可强森林说得那个馋样，肯定不是装的。强森林又说，这个小商，现在既发财又有艳遇，真是该敲他一顿了。强森林说完就走了，他要赶去扬州的班车。

上次发补课费，三个人中，的确小商拿得最多，因为补上次停的课小商补得最多，不是强森林说起，小夏都忘了，现在强森林说起来了，小夏真想去敲小商一顿。是总务处那边忽然闹了起来，现在小夏对吵闹声有些过敏，一听到吵闹声就想到闹事的痞子，是不是痞子马三杀回马枪来了？小夏赶紧把球鞋甩了水，晾在窗台上，在床下面找到上次强森林给的自行车链条，已经生锈了，铁腥味直冲鼻孔。小夏把皮鞋脱下，换上一双布鞋，打架最好是穿球鞋，可球鞋已经洗了，现在只好穿布鞋，是母亲做的千层底布鞋。

小夏满心是鱼死网破的雄心壮志。可到了总务处门口，一看场面，雄心壮志一下子土崩瓦解了。原来不是痞子来闹事呢，是公公和媳妇在打架呢。打架的双方小夏都认识，是齐医生齐大姐和老赵。

在这次小夏亲眼目睹的翁媳大战中，老赵明显处于下风，他显然是怕她的矮个子大媳妇齐大姐，他的四个口袋都被齐大姐扯下来了，像是胸脯上多出了四根舌头似的。

老畜生。

老骗子。

老东西。

老甲鱼。

齐大姐一边骂，一边纠缠，老赵慌不择路，直往大徐这边躲，可说时迟，那时快，齐大姐很快也闪到了大徐的面前，她对拦在前面的大徐威胁道，你让不让？你管得了这个老痞子，可你管不了我！躲在大徐后面的老赵听了这话，拍着屁股，指着齐大姐说，我是老痞子，你就是女痞子！

本来齐大姐的声音已经小了下来，可由于老赵的这句话，齐大姐的斗志又上来了，老不要脸的，我就是女痞子，你们一家都是痞子！

齐大姐再次向老赵发动了新一轮的攻势，大徐再也守不住了，一边狠狠地擦着脸上的唾沫，一边用眼神向小夏暗示，小夏假装没有看见，只是在一旁喊道，君子动口不动手！君子动口不动手！

小夏的声音实在是太小了，简直像是蚊子哼，老赵和齐大姐可不能因为有一只蚊子在一边哼叫，而断然放弃战争，选择停战和平。

老赵家的内战就这样开始了，内战的原因是小八子。老赵正计划和赵师娘准备搬到学校来住，而把祖传的大房子让给小八子结婚。老赵掰着指头让小夏给他评理，八个儿女中，就数小八子老实，找个对象很不容易，八媳妇结婚的要求很简单，把大房子给他们。就这样，老赵答应了八媳妇，可大儿媳齐大姐不干了，她家住在医院里由病房改成的宿舍多年了，梦想回到大房子里好多年了，现在让八媳妇一人得了去，她说什么也是不答应的。

本来老赵搬回学校住是秘密进行的事,可齐大姐知道了。有人说老赵要搬到学校的事是大徐告诉齐大姐的,可只是传言,不足信。老赵家的事就是大徐处理的,他既是齐大姐的班主任,又是齐大姐和赵大公子的媒人,最适合做娘舅,大徐把祖传的房子折了价,分成八分八,大房子还是分给老八结婚用,由老赵负责给每个儿子房子钱。

齐大姐很不放心调战大使大徐的话,叫大徐写下字据,如果老赵赖账,她就找他大徐要钱,从大徐工资中扣。对于这个苛刻的条件,大徐肯定是不想写上这个条件的,按说赵家和他姓徐的工资没有什么关系,可他不写上的话,齐大姐就不签字;而齐大姐不签字,老赵的日常工作就无法开展;老赵的日常工作不得开展,龙潭中学就塌了一半。

有人说,大徐是捂着心口签完这个不平等条约的。大徐自己说是咬着牙签字的,不管怎么样,字是签了,一个是大徐的字,一个是老赵的字,本来齐大姐也应该签上一方的字,可齐大姐并没有签,她直接把那停战协定揣到口袋里去了,说是想什么时候签就什么时候签。

大徐对齐大姐说,你是怕你字写得不好看吧?

齐大姐对大徐的激将法嗤之以鼻,扬长而去,看着齐大姐扭着屁股走了,大徐暧昧的对老赵说,老赵啊,世界上哪里有我这样的活雷锋。

老赵说,活该,不是你徐大校长帮忙,我也不会把这个姑奶奶找回家做菩萨供。

大徐对正在做场记的小夏说,小夏啊,我告诉你,这年头好人做不得。

14

暑假一开始,黄富辞职了,他本来就是民办工友,一辈子也转不了正,再说,黄富的表哥在杭州做着大生意呢。

黄富其实可以不辞职的,这一年,镇上的形势就像是河闸放了坝,大家都想通了：出去打工没有什么不好，这个世界上，钱是最好的真理。就这样，镇上的人少了许多，年轻人都出门找生活了，痞子们的绝对数量就少了许多。但他辞职的决心已下，他说就是马三的事件不发生，他也会走的，他是等小黄把这学期的课上完再走，要不然，他在五一节就走了。

黄富一家离开了龙潭中学，在没有门卫的情况下，老赵和赵师娘就暂时住进了传达室，现在传达室是一室二用，老赵也是一身二用。

本来学校里想在暑假的前一段时间补课，可天气实在是太热，报纸上说今年是百年未遇的高温年，不补课的话，大家就没有必要呆在学校里了，小商应该回四川去，而小夏和强森林都应该各自回家度假。

小夏一回家就和母亲在棉花地里打农药，去公枝，捉红蜘蛛。棉花地里很热，足有五十多度，可小夏愿意做，他在棉花林中像是在另一个世界里，要不是强森林过来找他，他几乎都把自己是龙潭中学教师的事给忘了。

强森林告诉小夏说，他现在正忙着调动。强森林还说他要调到扬州女朋友那边去。小夏问他成了吗？强森林说大徐不肯盖章，他很狡猾，他一会儿说公章在老赵那里，一会儿说在会计那里，完全是在说谎。

强森林问小夏怎么办？小夏说他也不晓得怎么办。强森林说，实在不行他就考研了。小夏提醒说考研也要盖章的。强森林说实在不行他就出去贩假发票了，他还问小夏如果他出去，小夏出去不出去？

小夏不想出去，他说他想通了，什么人什么命，他哪里会做生意，做生意需要当面一套背后一套的。

本来小夏说的是实话，可强森林却认为是在说他，脸立即冷下来，跨上自行车，连饭都没有吃就走了。母亲刚刚烧好了一碗荷包蛋，她不解地问小夏，你怎么不留住客人？这碗蛋怎么办？小夏接过母亲的碗，说，他忙，我吃，我们哪能耽误人家。

强森林的到来提醒了小夏,他应该去学校看一看了,一是要把宿舍里的棉花胎曝曝伏,二是到龙潭镇上透口气。当戴着草帽的小夏骑车到龙潭中学时,正在传达室里听京剧的老赵竟然没有认出他来。小夏到了宿舍,宿舍里一股霉味,他打开了窗户,把棉花胎扛出来晒,发现脚下根本走不动,原来暑假里的龙潭中学,遵守纪律的草都疯狂了,变成草痞子了。

午饭是在老赵那里吃的,老赵告诉他,小商没有回四川,正在镇上赚钱呢。小夏问,赚什么钱?老赵说,小商在外面借了间房子,办了一个补习班,每个学生一百,一共是五十个,你算算,他一个暑假能赚多少钱?你下午要不要去看看?

下午小夏并没有去看小商,他在宿舍里捉老鼠,老鼠趁他不在,把他装在纸箱子里的书都咬破了。但小夏天生就不是猫,他没有捉到一只老鼠,反而把宿舍里弄得一团糟,像是一个挖下水道的工地。天色晚了,小夏把棉花胎收起来,胡乱洗了一把冷水澡,然后就睡在宿舍里,他没有开灯,宿舍里的霉味依旧很浓,而饥饿了半个暑假的蚊子们像轰炸机一样一阵又一阵向他袭来,黑暗中的小夏很想把自己献给这些饥饿的亲爱的蚊子。

可没有想到的是,蚊子们都食物中毒了,都相继死在小夏含农药的血液下。这农药,就是小夏侍候棉花的副产品,蚊子们没有想到,小夏当然也没有想到,马三肯定也想不到,如果马三想咬他一口的话,一定会中毒的。

15

新学期开始了,龙潭中学人事上有了微调,没有调走的强森林被大徐任命为年级组长(强森林没有再提调动的事,强森林主动告诉小夏,他和女朋友吹掉了),这年级组长可算是学校的中层干部,也完成了强森林的第一步了，下一步就是教导处副主任了。强森林早就说了，要跳槽到贵族学校，就必须在公立学校积累了职务职称和荣誉的资本。小商也有了收获，他不仅收获了暑假里的五千块钱，还做了教研组长。只有小夏，还是平头老百姓。老赵安慰小夏说，肯定是那句"汉奸"种下的果子，大徐记性好呢。说马三是个痞子，他也是一个痞子呢。不过一物降一物，你可能不认识大徐的徐师娘，她的记性比大徐更好，她就一直记得大徐当年和一个女学生好过的事。

小夏很想听听大徐的有颜色的故事，可老赵卖了一个关子，打住了，不说了，他开始评价起小夏和强森林来了，他说小夏和强森林不是一条路上的人。老赵还打了一个比方，小夏的大脑如果是一小时一千转，那强森林就是八千转，转得快，他的调动是一种要挟，你也可以要挟一下的。

小夏笑着摇摇头，老赵叹了口气说，在这个世界上，书不能不读，也不能多读，总而言之，小夏你是书读多了。

小夏也感到自己真的是读书读多了，比如小商，他当初就小看小商，现在小商谈对象的那姑娘竟然是马三的妹妹皮小兰。皮小兰和小商的认识是皮小兰主动的，上次马三打了小商一个耳光，皮小兰就来小商这里替她哥哥道歉，想不到两个人竟好上了。还有，在这个暑假里，补课赚钱的小商和皮小兰竟然睡到了一起，生米煮成了熟饭，还共同制造了一个小小商，说是国庆前就得结婚，再不结婚就要露馅了。看上去小商像弟弟，可这个小商，真正是人小鬼大。

小商虽然是四川的，可婚事在龙潭镇办，还是要按照龙潭镇的规矩，由大徐和老赵做媒人。那时间，每一个办公室都在谈小商这件事，还问小夏什么时候办？小夏开玩笑说，我哪里有这样的福气，这叫做和亲，皮小兰这是和亲呢。

小夏没有想到，仅仅过了一堂课，大徐就把他找了过去，问他是不是对小商有意见？小夏很是惊讶，我没有啊，我怎么可能对小商有意见？人家皮小兰又没有看上我。

大徐说，这就对了嘛，天涯何处无芳草，龙潭镇上的好姑娘多的是，到时候你也要和亲的。

一听到大徐说到的和亲，小夏就想到了刚刚在办公室说的话，心一下子揪了起来，是谁这样传话的呢？

本来很快乐的小夏由此沉默了许多天，也郁闷了很多天。再后来，这沉默和郁闷都被小商的喜事冲淡了，小商请小夏和强森林吃了一顿饭，说他一个人在这边结婚，一切都要小夏和强森林这两位兄弟帮忙的。

这次酒一吃，强森林和小夏都和好如初了，他们商量都给小商送贺礼，可因为龙潭镇上的假货太多了，强森林就和小夏一起去了县城，各自买了给小商的贺礼，强森林买的是微波炉，小夏买的是好孩子多功能童车。小商接过童车的时候，还有点不好意思，强森林说，有什么不好意思的，过日子嘛，就该实实在在。小夏说，我也是有目的的，这童车现在你儿子用，将来就留给我的儿子用。

听了这话，小商笑了，娃娃脸的小商笑起来就像一个少年，可他就要做爸爸了，连准生证都提前搞到了，是老赵出面搞的，教育局还给小商随了一份礼，是两只一人高的青瓷大花瓶。是老赵从县里带回来的，真是费了力气了，老赵对小商说，看样子，连我们局长都知道你枪法准了。小商问，什么枪法准？

你是真不知道啊还是假不知道啊，局长的意思是你小商是一石二鸟，一枪打两个，老赵指着两只大花瓶，就像这个，双胞胎！

16

小商结婚的那天，大徐宣布全校放大假，学生回家。大徐喜气洋洋地说，小商老师的大事也是学校的大事，我们要好好地为他们办一下。大徐还说，马三已经答应做学校的新门卫了，大徐说，马三最宝贝皮小兰这个妹妹了，皮小兰上初中时就在他班上。皮小兰上初中的三年，马三就没有到学校做摆平公司的总经理。

为了节省男女双方的费用，小商的喜宴是学校食堂承办的，酒桌是教室里的课桌，上面铺上塑料桌布，皮小兰的哥哥皮大、皮二和马三都来了，他们三个沿着桌子挨个敬酒，应该说，学校的每一个老师都是他们妹妹的婆家人呢。

小夏开始没有喝多少，他看着皮大、皮二和马三敬酒，他和皮大、皮二不熟，可以不要他们敬酒，可他需要马三给他敬酒。教师喝酒的并不多，没有多长时间，痞子马三终于敬到小夏这一桌了，在这个历史性的时刻，小夏和强森林都高高举起了杯子，叫了一声：总经理，干！马三听了这称呼，愣了一下，很快，他就双手一拱，向他们打招呼，然后摆出了小舅子的架势，仰头就喝了半茶杯的酒。

等马三走后，小夏对强森林说了声，忍看痞子成舅子。

强森林说，NO！NO！错矣，笑看痞子成舅子。

小夏听了，立即向强森林竖起了大拇指，强森林哈哈大笑。

酒喝到这样的份上，老赵从刚刚新婚的小八子那借过来的彩电和DVD上场了，那是老赵八儿媳的嫁妆，爱惜新娘子嫁妆的小八子也到场了，他在他老子的暗示下，把话筒送到了大徐那里，可唱歌表演并不是大徐的强项，他把话筒给了过来敬酒的强森林。

小夏说，强组长做主持，首先得表演节目。强森林想不到小夏会发难，推辞说，我不会唱的，我只会说几句。小夏附和说，强组长总是说的比唱的好听。大家都笑了。

看到强森林脸上有点挂不住了，小夏又大声纠正道，我刚才说得不对，其实强组长唱的和说的一样好，《特务小强》！大家愿不愿意听？

大家当然愿意听，但强森林不愿意，在大徐的命令下，强森林组长一点办法也没有，因为没有伴奏带，强森林还必须清唱，强森林的嗓子的确不怎么样，但吐字还是很清楚的。

"……敢在景阳冈上穿虎皮装

敢在高粱地里套母狼

左手拿刀，右手拿枪

他就是蟑螂中的绝对偶像……"

强森林在拿着话筒忙着"套母狼"，马三则拿着酒杯缠住了小夏，还一定要和小夏老师甩杯。小夏很干脆的甩了，后来，他们干脆每个人各抓了一只酒瓶，一起吹洋号。其实马三不知道真正的内幕，小夏老师的酒瓶里并不是酒，而是兑了白开水的酒，而酒瓶里兑水的事是老赵指挥小夏悄悄干的。

马三和小夏甩了一杯又一杯，马三甩得越多，小夏越开心。这个马三，肯定记不得他小夏了，当年父亲陪小夏到龙潭中学来报到的那一天，小夏就和他打过交道了。

那一天，父亲本来是和小夏想骑自行车到龙潭镇的，母亲把父亲狠狠地骂了一通，你有没有脑子？他是去工作，是去做先生，又不是上学，你丢得起这个脸，我可丢不起这个脸呢。父亲向来就怕母亲，再说，母亲有条腿天生不好。后来他们就去等到龙潭镇的班车。班车要一个小时一班。等了半个小时，终于等到了班车。当时小夏和父亲坐在一起的，没有想到，座位后面有一个人，居然把臭脚丫搁在了靠背上，臭咸鱼的味道就这样弥漫开来。本来到龙潭镇的路不太好，车子颠簸的时候，那臭脚就会碰到父亲的耳朵和脸。小夏很是气愤，转过身就想和那个人理论，父亲紧紧地掐住了小夏的手心，很疼。父亲是一个胆小的人，是有名的三拳头也打不出闷屁的老实人。小夏也很胆小，他的胆小基因应该是遗传父亲的。这件事要是母亲遇到了，泼辣的母亲肯定要给那个人一个大耳光。可母亲还是让父亲做出头露面的事，母亲说了，谁叫她不是男人呢。就这样，那只臭咸鱼一直在小夏的眼前摇晃到龙潭镇，记忆力出色的小夏当然牢牢记住了龙潭镇的见面礼——光膀子的痞子，还有痞子左臂上那条狰狞的龙形刺青。

强森林的歌曲很快唱完了（与其说是唱，还不如说是念），没有得到掌声，也没有喝倒彩的声音，但喜宴的气氛明显上来了，有序的酒席变得乱糟糟的，斗酒的马三很快就失去了进攻性（这期间，他还被皮大皮二拉起来，作为皮小兰的哥哥再次向每一桌敬酒，这样算起来，马三喝了不止一斤半白酒）。

拿着话筒的强森林想抓小夏，可小夏此时和马三一样有了醉态。小夏一无赖，强森林就没有办法，强森林只好放弃了报复小夏，在嘈杂的人群中抓到了老赵，一定要媒人老赵表演。

老赵倒是很大方，上来就给大家唱了一段京剧《沙家浜》选段"智斗"，老赵是一个人唱三个角色，从刁德一到胡传魁再到阿庆嫂，真是难为他了，唱到阿庆嫂的时候，他拿腔拿调的样子真滑稽，大鼻子上被齐大姐抓下来的伤痂像贴了一条塑料反光纸。

逃避敬酒的大徐和小夏坐在一张凳子上做听众，大徐用手掌在腿上拍打着，对小夏说，小夏，退一步海阔天空，你可能不晓得，他在"文化大革命"威风着呢。

小夏扭头看了大徐一眼，大徐脸色酡红，像是画了油彩，快要上台演出了。大徐对小夏笑了一下，露出了满口的碎米牙，倒是不像老赵，老赵早就装上了假牙。大徐说，我晓得你的，三个人中你心最大，心大的人吃的苦应该是最多的，可学校迟早是你们的。

小夏一句也听不进去，他今天只对痞子马三感兴趣。喝了起码一斤酒的马三先是在桌上伏了一会儿，很快就站了起来，迈着打醉拳的步伐，歪歪斜斜地从人群中滑了出去，小夏没有等小商和皮小兰这对新婚夫妇来敬酒，就跟了出去。马三没有走远，脱了上衣，正低头坐到外面台阶上，光头埋在双膝间，双臂搁在双膝外。过了一会儿，埋着头的马三耸起了肩，马三真的喝多了，他哭了起来，眼泪鼻涕一大把，又一大把，被马三狠狠地甩到地上。不一会儿，马三面前的地上开满了清水鼻涕做的菊花。

小夏终于看清了马三的龙形刺青,那刺青也是龙形,刺青技术并不好,不像龙,有点像蛇,但是在右臂上,不是在原来的左臂上。小夏顿时疑惑了,怎么不在左臂上了呢?是自己看错了呢,还是记错了呢?

小夏使劲想了一会儿,可怎么也记不清楚了,反而有了想和马三抱头痛哭的冲动。

鼎红的小爱情

小苏的理发店是春天开张的,已错过了过年的好生意。可决定权不在他那里,而是在过年之前租不到价格合适的房子。后来,小苏的妈妈遇到了同村的张红霞,和她说了儿子的事。张红霞很是热心,过了几天,她就给小苏说定了鼎红馒头店边的房子。这房子本来是卖桐油麻绳什么的杂货店,后来生意不行了,店主就去了上海,跟着儿子生活了,钥匙就在鼎红那里保管着。张红霞跟鼎红一说,还顺便说了租金问题。鼎红开始不同意,怕影响她家的馒头生意,更怕把人家的房子弄坏了。后来听说是开理发店,倒是不会把房子搞坏了,就同意了。小苏粉刷房子的时候,张红霞也过来帮了忙,小苏的妈妈感激得不得了,好话说了一箩筐,把张红霞夸成了活菩萨,还把张红霞升格为小苏的姑奶奶。张红霞照单全收,其实她是有小九九的,她帮了小苏这样一个忙,将来剪个头烫个发,不光不收钱了,还会比别人更尽心的。

小苏的理发店很快就开张了。小苏的妈妈买来了鞭炮,张红霞也买来了鞭炮庆祝。小苏的妈妈叫儿子放,谁能想到小苏竟然不敢放。小苏的妈妈说了小苏几句,小苏根本不怕他妈妈,回嘴说要放你放。小苏的妈妈被儿子的话呛住了，泪含在眼里，跟姑奶奶一五一十地诉苦。张红霞说，不管怎样，鞭炮还是要放的，刚刚开张，总要讲顺遂的。张红霞讲归讲，她自己也不敢放，就去店里找定国。定国不在，只有鼎红在整理笼布。鼎红看到了张红霞慌张的样子，问她干什么。张红霞说她想找定国。鼎红说他去进面粉了，还问张红霞找他干什么。张红霞说了。没有想到，鼎红倒是积极，她说她去放。

鞭炮点着了。听着鞭炮的声音，小苏的妈妈开心地笑了。当时她并没有把放鞭炮的鼎红放在眼里，她只是想着儿子小苏发了财之后的样子。鞭炮放完了，鼎红走到店里，对小苏的妈妈道了喜。张红霞开玩笑地说，老板娘啊，看看你的头发，乱成草鸡窝了，一点都不像老板娘。鼎红摸摸自己的头发，看了看张红霞，又看了看小苏，一屁股就坐到小苏的新椅子上。小苏有点不知所措。张红霞捅了一下小苏，怎么了，你发呆了，财神菩萨上门了，你反倒不行了？小苏这才反应过来，做到了开张后的第一笔生意。

也许是新做了头发，鼎红的心情很好，顶着新做的发式，像一只骄傲的火鸡。做馒头的时候，还特地找一块头巾把自己的头发扎起来。张红霞跟她开玩笑说，如果一个流氓碰到你，你肯定护上不护下。鼎红笑骂了一句，你才是流氓呢，每天不让凌鼎军捅一捅，就骚得不能过。张红霞说，还说我呢，你做头发给谁看啊，还不是想让定国夜里把你当成馒头做。鼎红听了，说，头发不是我要做的，可是你喊我去做的，八十块钱呢。张红霞说，老姐姐，你怎么不说打了八折，那是看在我的面上呢。鼎红说，小苏有没有给你回扣？张红霞听了，装出一脸无辜的样子，说，你把我当成什么人了？其实，我才不要回扣呢，我要定国给我加奖金！鼎红说，凭什么？！张红霞说，凭什么？就凭我给他换了个新老婆！鼎红说，你别提他，他是个木头！说完了，脸别过去，不说话了。

张红霞以为自己的玩笑开过了头，也就不说什么了，而是低下头去做事。其实，鼎红说的是事实，鼎红的头发都做了三天了，可定国却没有说过一次。估计他没有发现，或者是熟视无睹，把鼎红也当成面粉和馒头了。

退休老师宋老师眼尖，他来买馒头的时候，发现了鼎红新做了头发，说了几句好话。鼎红听了，给宋老师多拾了一两个。得到好处的宋老师又夸了鼎红几句，还顺便夸了定国几句。定国这才发现鼎红做了头发，也说蛮好。鼎红听了，很不高兴，说，和你没关系。定国不生气，呵呵地笑着。张红霞乘机替小苏做起了活广告，把小苏夸成了一朵花，似乎小苏的理发店就是她家开的。鼎红说，红霞啊，你无论怎么说也没有用，除非你自己也去做个头。张红霞说，不是我不想做，小苏说了，我上次在吴瘌子那里剪得太短了，还要再长半个月，就可以做头了。

鼎红没有等到张红霞做头，自己又去了隔壁小苏那里。那是一个中午，店里生意闲下来了，起早的定国睡觉了，张红霞把笼布洗净了之后，也回家睡午觉了。鼎红不想睡，她要到小苏那整理发型。做馒头太脏，即使扎上头巾也没有多大用处。再说了，鼎红每天都洗澡，把头发的型都洗没了。小苏把鼎红的头发整了一下，但没有收鼎红的钱，说是应该的，工钱上次收过了。小苏还说，只要大姐有空，以后可以经常"护"发型的。鼎红说，你叫张红霞姑奶奶，却叫我大姐？！小苏莞尔一笑，大姐长得年轻嘛。

当天晚上，在城里上职业中专的小慧放假回家，发现了妈妈的头发变了，也嚷着要做头发。鼎红答应小慧吃完饭就到小苏那里。定国却不同意，说小孩子怎么可以做头发？小慧根本就不理睬定国，脸转向妈妈，家里的一把手是妈妈，而不是爸爸呢。果真，鼎红发话了，你懂什么？我们家小慧又不是小孩子了。定国说，可不要搞成……你那个样子。鼎红说，你放心，我才不会把你宝贝女儿搞丑了呢。

定国的担心是多余的，仅仅过了一会儿，鼎红和小慧就回来了，两个人都鼓着嘴。定国晓得娘俩赌气了，但他在这时候不好说什么，说什么都会得罪两个人，还不如不说。过了一会儿，小慧看电视去了。定国看到小慧撅着嘴巴，就低声问鼎红，鼎红叹了口气说，你养的宝贝女儿啊。定国问怎么回事？鼎红说，怎么回事？败家子！定国耐心地听了半天，终于听出了真相，鼎红想让小苏给小慧做头，小苏很热心，可小慧先问起小苏有几种套餐。小苏说了几个套餐。小慧问最高的套餐是几个钱？小苏说一百。小慧听到一百，就不肯做了。鼎红说，她也不照照自己，是什么人家的，你说我们一个馒头一个馒头地做，赚钱多不容易，还嫌档次低！都是你惯的！定国连忙替女儿赔不是。鼎红后来又说到了养老的问题，她预言，将来他们是靠不到小慧的。定国说，你看看现在哪个人家能靠到子女的？定国还说，将来老了，都进养老院。鼎红愤愤地说，要进你进，我才不进养老院呢。定国点点头，好，我进，你跟小慧过，我一个人进养老院。

　　养老院是何其遥远的事，最重要的还是做馒头。其实，这才是生活的真谛呢。定国一直是这样想的，也是这样做的，不然的话，他也不把当年的街边小摊变成了如今的馒头店。要知道，这馒头店的前身可是当年镇供销社的第二门市部呢，后来供销社倒闭，定国就不声不响地把这个第二门市部盘下来了。鼎红的爸爸，也就是定国的老丈人凌发财很是骄傲，见了人就说他女儿鼎红。有人套他的话，问鼎红有没有一百万。凌发财神秘地笑笑，意思是差不多。大家将信将疑，一个馒头能有多少利润？但发了财是肯定的了。那段时间，由于凌发财的广告宣传，馒头的生意不是好了起来，而是下降了不少。鼎红不知道是什么原因，还是宋老师说出了大家得了眼红病。鼎红这才知道了原因，气得不行，就跟张红霞发牢骚，张红霞也觉得不好，回到家就跟凌发财发火，你丢人不丢人？你怎么不用锣在街上敲一敲？再说了，又不是你发财，真正亏了你的好名字，叫了你一辈子发财，却是一个穷光蛋！凌发财被张红霞的话吓住了。这世界上的事件就是这样，一物降一物，凌发财不怕女儿鼎红，但是怕他的儿媳妇张红霞。

张红霞在凌家是说一不二的一把手。但到定国的店里，她就降格为二把手了。说到底，她还是伙计。其实，在鼎红的眼里，连定国可能都是伙计，似乎天下只有她一个人是老板似的。张红霞很是不平，定国还是个男人呢，可他的拳头似乎只能捣在面团上。定国的馒头有好多种馅心。可张红霞真不晓得定国的心是什么馅做的。她在定国的店里做了快七年了，可没有见到定国跟鼎红放过一个屁。反过来的是，鼎红倒是三天两头地对定国放屁。所以，在心里头，张红霞的天平是歪到定国这边的。张红霞是不怕鼎红的，每当鼎红向定国发火时，张红霞就劈头拦过来，仿佛她才是定国的女人似的。说来也怪，每当张红霞拦过来，鼎红就哑口了，看看张红霞，又看看定国，似乎默认了张红霞和定国的暧昧关系。

好在现在有了小苏的理发店，鼎红爱上了做头，有空没空就往小苏的店里跑。张红霞也去过，不是去做头，而是处理被吴癞子剪短的头发长得不够理想中的长度。小苏说过，短一点也可以做的。可张红霞不想做，要做就得比鼎红更好一些，她宁愿等一段时间，什么叫做三十年河东三十年河西，到时候鼎红就得羡慕她了，不谈长相，最起码她的个子也比鼎红高得多呢。

张红霞不做头，小苏对她还是蛮尊敬的。左一口姑奶奶右一口姑奶奶，亲热得很。张红霞被小苏叫得不好意思了，经常帮小苏做点事，比如给毛巾打上香皂，比如给煤球炉换煤球什么的，张红霞做得很自然，仿佛自己真的成了德高望重的"姑奶奶"了。可过了一阵子，她不自然了，小苏叫她姑奶奶，却叫鼎红姐姐。姐姐长姐姐短，比叫姑奶奶更嗲。鼎红也不避嫌地答应着，似乎小苏才是亲弟弟，而张红霞的老公是假弟弟，当然，她这个弟媳更是假的。有好几次，张红霞听着，觉得碜人得很，胳臂上的毛凌都竖起来了，仿佛得了风疹子似的。她只好逃回到店里，定国不在。缺了觉的定国正在补觉呢。张红霞没有叫定国，立在门口，听着定国忽高忽低的呼噜，心里有个拨浪鼓在敲，扑通，扑通，扑通。

过了一会儿，做完头的鼎红回家了。张红霞正在卷那些晒干了的笼布。鼎红轻轻走到张红霞的面前，对着张红霞的耳朵，喂了一声。张红霞吓了一跳。鼎红笑了，说，张红霞，你刚才的样子就像是女护士呢。张红霞说，怎么想到女护士了？鼎红拿着笼布甩了甩，说，你看像不像绷带？张红霞反应过来了，不紧不慢地说，我看不像绷带，倒像是卫生纸。鼎红想不到张红霞会说出这样的话，窘在了那里。张红霞笑着补充道，馒头用的卫生纸。鼎红听懂了，张红霞是在跟她开玩笑呢，自己也跟着笑了起来。这时恰好定国起床了，他瞥了鼎红一眼。鼎红唬着脸，说，看什么？真是呆子！定国不懂，又转而看张红霞，张红霞说，你看我做什么？我脸上又不长字，真是呆子！张红霞学鼎红的口气学得特别像，鼎红不禁也大笑起来。定国又糊涂了，你们究竟有什么好笑的？张红霞说，告诉你，我们中了五百万了！准备把你们男人统统开掉！

镇上人一般只做上午半天生意，到了下午，赶集的农民回去了，生意就淡下来了，店主们不是打瞌睡就是打麻将。路上的人不是很多，鼎红走得快，张红霞走得慢。鼎红不时停下来等她，还问张红霞怎么了？张红霞想反问鼎红为什么这么有力气？可话到了嘴边，看着鼎红容光满面的笑容，还是把那句话咽下去了。其实，张红霞并不想跟鼎红出来，可鼎红坚决要拉她出来，到西头的招商城去看一看。西头招商城里主要是服装店，张红霞想，鼎红的头发做好了，肯定是想换新衣服了。心里长出花头了。

也许有了这样的想法，张红霞在和鼎红试服装的时候有点心不在焉。鼎红问好不好，张红霞总是说不错。鼎红听张红霞说不错，也拿出同样的式样给张红霞试穿。张红霞根本就没有买衣服的打算，挑出了衣服的许多毛病。鼎红见张红霞不要，她也不要了。张红霞很不好意思，说，其实蛮适合你的。鼎红一笑,你拉倒吧,你个子高,穿什么都好看。

走了几家店铺之后,张红霞隐隐意识到了,鼎红是不好意思自己买新衣服,而是拉着她一起买新衣服,这样的话,定国就觉察不到了。一想到定国,张红霞挑剔的劲头就更大了,再好的衣服到了张红霞嘴巴里就变成烂狗屎了。到了后来,鼎红不听张红霞的了,她看中了一种碎花衫,无论张红霞怎么挑剔她也不肯从身上剥下来。老板当然也百般说好。张红霞不好再说什么了,可她没想到鼎红要了两件,付了两件的钱,一件是鼎红的尺寸,一件是她的尺寸。当鼎红把一件衣服递到她手里的时候,张红霞推辞了一下。鼎红说,拿着,我们姐妹谁跟谁啊。张红霞只好收下了,但她还是想到了收买二字,觉得有点对不起定国。可看着手中的新衣服,张红霞又把这二个字狠狠抹掉了,凭什么啊,鼎红是凌家人,她张红霞也是凌家人呢。

姑嫂俩一人拎着一件碎花衫,有说有笑地往回走。张红霞坚决不想提定国,可鼎红还是说到了定国这个呆子,呆子真是呆,你只开了一个玩笑话,中了五百万,他就被吓呆了,反复问真的假的。张红霞也跟着说定国呆,还说,小慧倒是聪明得很呢。

说到小慧,鼎红就跟张红霞说了不少小慧在学校宿舍里的事,开始的时候,小慧被人家欺负,后来,小慧把她们全都征服了,再也不吃亏了。张红霞附和道,小慧就像你。鼎红说,哪里像我?一点不听话。张红霞说,小孩子嘛。鼎红说,还小孩子呢,过年都十九岁了,我像她这么大,都里里外外一把手了。张红霞忽然想起了什么,问,真是只愁养不愁长,十九岁,大生日呢,明年要好好贺一贺的。鼎红说,当然要好好贺一贺,到时候肯定请舅舅舅母松腰包的。张红霞问,那是肯定的了,也不晓得小慧喜欢什么?鼎红说,喜欢什么?她什么都有,你不晓得定国多么宠她,仿佛前世里没有女儿似的。张红霞说,父亲总是喜欢女儿的,老头子也最喜欢你。鼎红说,哼,老头子喜欢我?!天知道!张红霞不说话了,心中懊悔得很,老凌发财在家里口口声声说他的大姑娘最好最有用，没有想到他的大姑娘并不喜欢他。她本想拍马屁的，没有想到却拍到脚后跟上了。

头发这个东西很怪，你叫它长快点，它偏偏不长，而你不要它长呢，它长得比韭菜还快。张红霞的头发已长了很多，这一点，张红霞比谁都知道，但是她偏偏不去小苏那里。鼎红提醒过她一次。张红霞假装在头上抓一把，说，一点都不长呢。鼎红说，那你去和小苏说，这个小苏，他不跟你说，反而跟我说。张红霞问，小苏说我什么坏话了？鼎红说，也没有说什么坏话，他是说张红霞肯定对我有意见了。张红霞说，不是的，我的头发没有长长呢。鼎红说，你的头发还要长多长？是不是要扎一个大辫子？张红霞听了这话，下意识地往头后一摸，说，我想再长一个星期，到时候烫个大波浪。

鼎红想了想，说，也对呢，你的脸大，最适合大波浪呢，张红霞你真是看不出来呢，这么有研究。

哪里有研究啊？张红霞说。

你不要谦虚了。鼎红满意地走了。

其实张红霞没有谦虚，而真是随口说说的。她现在最怕去小苏那里，倒不是怕烫发，而是怕小苏的眼睛。说到底，要怪鼎红买了两件相同颜色相同式样的碎花衫。鼎红先穿上的，美得不行，一改过去老板娘的风格，见到顾客就甜甜地叫上一声，都近乎巴结了。张红霞晓得鼎红为什么兴奋，就跟着对鼎红说了几句好话。鼎红反问张红霞为什么不穿上新衣服。张红霞说，那我们不撞衫了？鼎红说，你明天就给我穿上，我们又不是电影明星，我们的姐妹，是姐妹衫呢。第二天，张红霞穿上了"姐妹衫"，凌鼎军的眼里满是狐疑，张红霞晓得他想说什么，告诉他衣服是大姐送给她的，是福利。凌鼎军还是不明白，不过他不再问了，再问张红霞是要发火的。一上班，张红霞发现定国瞟了她好几眼，张红霞估计定国发现她穿新衣服了，为了防止定国说话，张红霞赶紧解释说，我跟鼎红一起去买的。定国没有说话，像是明白了，又像是很不明白。张红霞也不想跟他解释了，还是这样模棱两可的好。张红霞没有想到自己穿了新衣服被小苏看到了，还被小苏误会成"凌姐姐"了。张红霞想不到小苏会叫她"凌姐姐"，而不是过去的姑奶奶。开始她没有答理，小苏又跟着叫了一句。张红霞晓得小苏误会了，大大方方地回答道，是我，小苏！小苏反应过来了，窘迫得不行，低声喊了声，姑奶奶啊，你们怎么穿一样的衣服啊。张红霞摸了摸自己的衣服，笑道，这是我们的工作服呢。小苏不说话了，大眼睛对着张红霞扑愣扑愣的，长睫毛忽闪着，像是一只小鸟在扑翅膀，要多委屈有多委屈。张红霞真不明白，小苏怎么长了一副桃花眼呢。

认错人的事情让张红霞别扭了几天，她不明白长了那么一副大眼睛的小苏怎么会认错呢？个子和块头都不一样呢。后来她明白过来了，小苏十有八九是近视眼，难怪他看人总是喜欢眯着眼，那么大的眼睛眯着，活像一只波斯猫。

因为答应了鼎红，张红霞几乎每天都要对着镜子抓头发。她对自己说，如果能够一把握在手里，那就可以去烫大波浪了。可几乎每天都能够握住，只是手心不满。也正是这一握不满手的空隙，支持着张红霞不去小苏那里的理由。可到了店里，张红霞的信心就不那么足了。鼎红就坐在她的对面，目光里似乎有一把卷尺，过一会儿就来量她的头发。张红霞被鼎红的目光量得很不自在，只好把头扭过去，时间长了，张红霞觉得脖子很是别扭，和落了枕一个样。

僵局是张红霞的骨头汤打破的。店里的馒头有很多馅心的，所有的馒头都需要猪肉，像青菜馒头，咸菜馒头，鲜肉馒头，都需要猪肉的。连豆沙馒头也需要肥肉熬出来的油。店里每天都多出肉皮和肉骨头，肉皮一般被定国做成肉瓢，而肉骨头呢，用处就少了。好在煤球炉的火很好，用钢精锅子放在上面熬上一下午，到晚上就会熬成骨头汤。凌发财会隔三差五地过来蹭上一顿酒，定国也乐得和老丈人喝酒，有时候还会叫上小舅子，也就是张红霞的男人过来一起喝。喝酒是小事，可凌发财总是喜欢把它当成大事，到处宣传，他要去姑娘家喝酒了。喝酒前的广播就不谈了，关键是喝多了就不是人。不肯回家，在大街上走来走去，像是义务打更的，把整个街都吵得咣啷咣啷的。鼎红听了，很是生气，对凌发财发了几次火，又对定国下了死命令，要来吃饭可以，坚决不准喝马尿。凌发财是怕鼎红的，而定国更是惧鼎红的。就骨头汤喝酒也就慢慢退场了。可问题是，每天只要做馒头，还是有骨头汤的，鼎红每天都喝，定国每天喝，张红霞也跟着喝。可再好的东西总是有喝腻味的时候。鼎红呢，也有办法处理骨头汤，隔三差五地盛在钢精锅里往娘家送。有时候，鼎红也叫定国送给他妈妈，只是不准送给定国的弟弟。定国也听话，满钢精锅子端出去，空钢精锅子回来。他家弟兄多，定国是老大，几乎是光着身子成家的，他能有今天的日子，完全是他和鼎红一个馒头一个馒头做出来的。

　　那一天，张红霞把骨头汤又熬好了。可定国出去进面粉了，张红霞就叫鼎红喝，鼎红不想喝，就叫张红霞喝。张红霞呢，自己也不想喝。鼎红就感慨，人真是奇怪呢，定国告诉我，小时候他们家只要有一块肉，为了抢这块肉，都会把头打破了。可现在，这么好的骨头汤就不受欢迎了。张红霞以为鼎红在变相地说她家穷，而现在忘本变质了，心里有点不悦。忽然，她听到隔壁小苏在放音响，就恶作剧地说，给小苏喝，小苏肯定喜欢喝！鼎红问，你怎么知道他喜欢喝？张红霞莞尔一笑，说，你不晓得我是小苏的姑奶奶啊。鼎红笑道，天下哪有这么年轻的姑奶奶啊。张红霞说，再年轻也是姑奶奶呢，我又没有用刀架在小苏的脖子上逼她叫。鼎红笑得更厉害了，说，现在，姑奶奶要有事做了，给你的侄孙送骨头汤去。

　　有了鼎红这个借口，又有骨头汤做媒子，张红霞去小苏那里理发了。小苏的手艺真的不错，态度更是好得要命，轻声轻语地问张红霞，这样好不好，那样好不好，似乎在讨好了。张红霞还不习惯，背上的毛凌都竖起来了。后来，小苏就叫张红霞躺在椅子上，他要给她做面摩。张红霞很紧张，小苏的手感觉到了，叫她放松，放松。张红霞慢慢就放松了，后来还睡着了。小苏的手柔软、温热，像舌头一点点舔着掌心。

张红霞这几天的心情很好，有很多人都说她的头做得很好。用宋老师的话来说，张红霞越来越有气质了。气质这个词，对于张红霞非常的新颖。张红霞很喜欢。鼎红也听见了，前前后后地提到气质，说，张红霞，你应该感谢我啊，不是我追着叫你去弄头，你现在哪里有气质啊。张红霞装着听不见，鼎红又跟着说，张红霞，你干脆改名字算了，把名字改成张气质。张红霞还是不理睬她。鼎红后来又说，张红霞，现在我放你假，你不要做馒头了。张红霞问，不做馒头干什么啊。鼎红说，去做广告，就在街上走来走去的做广告。张红霞这才恍然大悟，我神经病啊。不过，张红霞不生气，鼎红是在跟她开玩笑呢。

张气质的名字就叫了几天，鼎红就不再叫了。小苏也把鼎红变成凌气质了。张红霞本来也想把这个名字给鼎红叫出来，可她不敢叫。张红霞不是傻瓜，鼎红能叫她张气质，而她就是不能叫鼎红为凌气质。这些天来，鼎红几乎每天都往小苏那里送骨头汤。每天中午，定国一睡觉，鼎红就去小苏那里理护头发。本来张红霞的头发也要理护的，可张红霞不敢和鼎红一起去，更不好在鼎红去了之后再去小苏那里，否则什么都说不清的，是监视呢，还是什么？不过，有一点是可以肯定的，鼎红没有叫张红霞做哨兵，张红霞却自愿成了鼎红的哨兵。张红霞主要看的是定国。她怕定国心血来潮，闯到小苏那边。有一次，定国醒得早，要出去小便，可张红霞以为定国要出去，就撒了一个大谎，说她肚子疼，硬是叫定国在家里找药。定国忍着尿意，给张红霞找药。定国找到了氟哌酸，可张红霞非说氟哌酸对她没有用。定国又找，找了很长时间，弄得满头大汗，可张红霞还在那里哎呀哎呀地叫着。定国急得要扛张红霞去医院，张红霞见定国当真了，转而又叫定国给她拿氟哌酸凑合凑合。定国被张红霞搞得云里雾里的,连去小便的事都忘记了。

也许有了哨兵的身份,张红霞在鼎红的面前底气足了许多。有几次,凌发财来店里视察,发现了一个很严重的问题,那就是张红霞竟然指挥起鼎红来了。凌发财不好立即对儿媳妇发作,而是暗示鼎红,要鼎红好好教育教育张红霞。鼎红装着不明白地问,为什么?凌发财说,为什么?在家里欺负你弟弟,在店里欺负你这个大姐。鼎红说,我有什么资格教育她?你是她公公,一家之长,教育她的应该是你。凌发财哽了半天,说,我能教育她?天不反过来?在这里你是她老板,她是伙计,在过去旧社会,老板叫伙计向东,伙计不敢向西的。鼎红笑着问,现在是什么社会了?老头子,人老了,就要时髦点,该做聋子就做聋子,该做瞎子就做瞎子。鼎红最后这几句说得特别地响,她是故意说给正向这边看的张红霞听的。鼎红的努力没有白费,张红霞果真露出了笑容,她似乎完全接受到了鼎红的心灵感应。

馒头得一个一个地做,也得一笼一笼地蒸。每到镇上逢五逢十的赶集日,得比平时多做一倍馒头。很多时候,定国在案板上给料的速度特别地快,在定国后面做下手的张红霞也相应地快起来,像一个做馒头的机器人,几乎没有什么心事和鼎红做心灵感应,处在张红霞下游的鼎红就着急了,会有意无意地短暂罢工。张红霞还不明白,鼎红就完全罢工,起身找到苍蝇拍子就来拍苍蝇,天知道她是准备卖苍蝇还是准备卖馒头。但张红霞有的是办法,她把自己的速度变得更快,几乎把鼎红的工作全部做掉了。来买馒头的宋老师看到了,跟鼎红说,真是奇怪呢,舅母成了老板娘,而老板娘呢,成了拍苍蝇的小伙计。

一天的馒头总是有做完的时候,到了中午,来买馒头的人就少了,弥漫在馒头店里的蒸汽就无法散开去,等到蒸汽完全散开后,定国不见了,鼎红也不在店里了,她又去小苏那里护理头发了。店里只剩下一个拿着苍蝇拍的张红霞,有一下没一下地往案板上拍打,把寂静的空气砸得粉碎。有时候,张红霞不是拍打苍蝇,而是赶苍蝇,她想把苍蝇们全部赶到外面去。有一些苍蝇是听话的，但也有一些苍蝇一点也不听话，和张红霞玩游戏，还栖落到了电风扇的扇叶上，嘲笑着张红霞。张红霞很是生气，像一个疯婆子样，扑向电风扇的按纽。案板上恰巧有定国晾摊的面粉，那面粉受了潮，现在又受了风，正委屈得很，赌气似的在店里逃起了舞。待定国醒来的时候，家里已像是硝烟迷漫的战场。定国问，你晓得宋老师做什么去了？他怕有好长时间没有来买馒头了吧？张红霞没有回答，只是傻傻地笑着，头上落满了面粉，仿佛一下子苍老了八十岁。

定国的话还是种在了张红霞心里了，她想瞅个机会问鼎红，可那个下午，一点也找不到机会，不知道是鼎红身上有磁铁，还是定国身上有磁铁，反正就这么黏乎着。鼎红也真是的，张红霞有意叫她陪她去厕所，鼎红竟然说她不需要。后来到了晚上，张红霞下了班，定国的话就在她的心里撞来撞去，她打了一个电话给鼎红，鼎红的口气很是不好，张红霞被劈头盖脸地呛了一顿，没有把定国问的话说出来，只是问鼎红，在店里有没有见到她的纱巾？鼎红不耐烦地说，明天你自己过来找嘛。张红霞晓得鼎红可能和定国吵架了，是不是为了宋老师？是不是为了隔壁的小苏？张红霞不敢再往下想了。

好在宋老师在第二天就过来买馒头了，张红霞大声地问他为什么这么长时间不来了？是不是去城里扒灰去了？定国可能觉得问得不好，喝住了张红霞，想不到宋老师根本就没有被她吓住，反而问张红霞，你是不是想我了？张红霞也不怕，说我才不想你呢，是我们家馒头想你了。宋老师乐了，又说，哎呀，馒头，的确是你们家馒头想我了，我也想你们家馒头呢，你们家馒头全县头一家。宋老师把馒头这个词咬得很重，顾客听出了宋老师的意思，都呵呵笑了。张红霞闹了个大红脸，扭过脸看鼎红，鼎红一本正经地在做馒头，似乎也在眯眯地笑。张红霞的表情渐渐冻住了，狠狠地骂了一句，不要脸！

谁不要脸？宋老师颤着声问，你说谁不要脸？

不要脸！张红霞继续骂了一句。

宋老师的脸都气青了，拿着手中的馒头就要往张红霞这边砸。要不是鼎红把张红霞拦住了，而定国对宋老师说了不少类似好男不跟女斗的话，宋老师是要把馒头店掀翻的。后来，宋老师骂骂咧咧地走了。宋老师前脚走，张红霞后脚也赌气回了家，鼎红劝都没有劝住。

店里少了一个人，可生意还得做下去，好不容易捱到中午，定国就催促鼎红赶紧回家，还让鼎红把钢精锅里的骨头汤顺便带回去。鼎红晓得定国的意思，不能让凌发财知道宋老师和张红霞吵架，凌发财可是火暴脾气，会让事件越闹越糟糕。鼎红没有听定国的话带骨头汤，而是直接回了家。到了家一看，张红霞正在看电视呢。鼎红把定国的意思说了，张红霞没有说不回去，也没有说回去。鼎红又看了一眼正在天井里劈树根的凌发财，凌发财手中的斧头一落下，那树根就开了嘴巴。

凌发财问鼎红回来干什么？鼎红把手中的钥匙摇了摇。凌发财懂了，是来取钥匙的，又低头劈树根了。过了一会儿，定国过来了，手中端着一钢精锅骨头汤。

红霞，红霞，记着把钢精锅子带回店里啊。定国对着红霞的房间叫了声。张红霞没有回答，凌发财就积极地答道，还是我晚上送回去吧。

晚上，张红霞没有回店里送钢精锅子，凌发财也没有，这不能完全怪张红霞，主要是给人家看鱼塘的凌鼎军回来了。一锅子的骨头汤正好是凌发财和凌鼎军的下酒菜。张红霞如果心情好，她会管住这两个人呢，可张红霞还在生宋老师那个老不死的气，她自己扒了口饭就回房间看电视了。

开始的时候，张红霞的电视声音并不大，后来，她嫌外面凌发财和凌鼎军这父子两人吵得厉害，就把电视的声音开得老大，连凌发财和凌鼎军对骂和摔碗的声音都没有听到，等到她把电视看完，堂屋里已经是狼藉一片。父子两个人完全醉了，凌发财在哭死去多年的老婆，而凌鼎军躺在地上，咧着嘴巴呼呼大睡。张红霞无法喊醒他们，把所有的怒火都发到了那个盛骨头汤的钢精锅子上面，拎起来就甩出去，就听到了钢精锅子在地上不停翻滚的声音。

摔瘪的钢精锅子是张红霞拎回店里的，在回店之前，她默默祈祷，最好菩萨让定国走开，店里只有鼎红一个人。定国不怎么啰唆，但张红霞怕他的眼神。鼎红会啰唆，但是仅仅一会儿，就过去了。

菩萨还是帮忙的，店里果真只有鼎红一个人。张红霞说了一通理由，老头子真不是人，给了他吃的，还要喝酒。喝了酒呢，却发酒疯，连店里的钢精锅子都摔坏了。本来摔得很厉害，她已经修过了。鼎红接过钢精锅子，随手就往地上一扔，凑到张红霞耳边说，还老师呢，完全是老畜生！张红霞晓得鼎红在骂谁，对鼎红一笑，说，我不和他计较，定国呢？鼎红说，去看他宝贝女儿了，只一个电话，就屁颠屁颠地去了。

真是一个好父亲呢。张红霞故意赞美了一句。

好人都让他做了！鼎红说，红霞，他不管我们，我们也不管他了，下了班我们再去招商城。张红霞说不去。鼎红说，我请你去，你就算陪我去。张红霞想说，你不会让小苏陪你去嘛。话到了嘴边，张红霞还是把它咽下去了。

定国得第二天中午才回来，所以当天晚上张红霞是睡在鼎红这里的。张红霞本来还不肯，但鼎红刚刚送了一件新衣服给她，怎么也得看这件新衣服的面子。再说，她要和鼎红把定国发面酵的事分下来做，到了早晨四点得起来做馒头，还不如就睡在店里。

张红霞和鼎红躺在床上，看了一会儿电视。有好几次，张红霞都想问问小苏的事：小苏白胖的脸，小苏的大眼睛，小苏温热的手。可一看到鼎红眼中电视的彩色，还是把问话的念头给掐灭了，后来她就在电视的声音中睡着了，做了许多杂七杂八的梦，梦见的竟是鼎红为她理发，鼎红用她捏馒头的手把她的脸捏得又紧又疼。

早晨起床，鼎红非要她穿上昨天刚买的新衣服。张红霞不肯穿，鼎红还发了火，张红霞只好穿上了。可能新衣服有点仄，张红霞怎么感觉都觉得自己是一只没有上蒸笼的馒头。过了一会儿，新衣服顺了身，张红霞的心情一下子好了许多，就连宋老师来买馒头的时候，她也没有计较前几天的争吵，而是很爽快地收了宋老师的钱。

做完了宋老师的生意，张红霞看到一个矮胖的农村妇女站到馒头店门口，那妇女衣服穿得不对，仿佛刚从田里上来，再看她的表情，活像摔瘪的钢精锅子。

姑奶奶，我向你打听一个事。那女人问道。

问……什么？张红霞一答完话，就认出了这个女人，是隔壁小苏的妈妈。

我想问问哪个是凌扣娣？小苏的妈妈说得很平静。

凌扣娣？张红霞对这个名字很熟悉，但一时想不起来。

凌扣娣！凌扣娣！你这个勾引黄花郎的不要脸给我滚出来！小苏的妈妈对着店门嚷了起来，张红霞终于记起凌扣娣是谁了，凌扣娣就是鼎红。鼎红当然也听见了小苏的妈妈的叫声，愣住了，脸色也变了，后来，她把手中一只该给顾客的馒头塞到自己嘴巴里了。

凌扣娣没有滚出来，张红霞却滚出来了，她像一条狗扑向了小苏的妈妈，一边扑还一边骂，你才是不要脸，偷了我家的金戒指的不要脸，怎么好意思送上门来，今天让姑奶奶教训教训你这个癞皮狗！

小苏的妈妈没有想到冲出来的是张红霞，一下子就呆在那里，不过，她反应还是很快的，和张红霞扭打在一起。她们一边打一边叫，到最后，小苏的妈妈还是吃了亏，主要是张红霞是本镇上的，拉架的人又都是本镇上的。

张红霞停了手，小苏的妈妈真像癞皮狗一样躺在地上一动不动，有好事的人还上前摸小苏妈妈的鼻子，没有想到，差点被小苏的妈妈咬掉手指。过了一会儿，小苏的妈妈从地上起来了，还是往馒头店里冲，扯开张红霞，口口声声要找不要脸的算账。小苏的妈妈还指着张红霞说，你再拦我，你就是不要脸的。

张红霞只好闪开了，馒头们纷纷在地上跳来跳去，似乎不愿意弄脏自己的脸蛋，但到后来还是弄脏了。张红霞的头脑木木的，不知道怎么办。如果定国在的话，也许会好一些，也许会更糟糕些。小苏的妈妈肯定听到了什么，其实一只巴掌是拍不响的，你说完全怪鼎红也不对，你说小苏的手为什么那么热？

凌发财提着一根扁担赶到的时候，围观的人已经不见了，整个馒头店里只有一个乞丐似的张红霞。凌发财在街上吼了一会儿，没有人应他。凌发财只好回到店里，张红霞像是吓呆了，低头看自己的新衣服，像是刚刚从灰堆里爬出来的人。

你为什么不报110？凌发财问了一句。

110有什么用？！张红霞吼了起来，你晓得不晓得，110不管神经病！

现在，张红霞很讨厌手机里的那个女服务员，她总是阴阳怪气地跟张红霞说，你所拨打的电话已关机！你所拨打的电话已关机！可恶的凌发财还在一边急切地问，通了吗？通了吗？

通个屁！张红霞狠狠骂了一句。这个鼎红，真不知道躲到什么地方去了。是去投河了，还是上吊了？张红霞盯着凌发财，想像到了鼎红如果死了，凌发财肯定会哭得眼泪鼻涕一大把，说不定还会像妇女一样在地上打滚。

那你打定国的电话，那你打定国的电话！凌发财说，你就说我打给他的。

说你打的？张红霞很生硬地把手机给了凌发财，要打你打，反正我不打。

凌发财却不接，生怕烫了手。过了一会儿，凌发财开始收拾店面里的那些馒头。张红霞收拾那些被小苏的妈妈弄乱的东西。她的耳朵都是镇上的那些难听话，什么老牛吃嫩草啊，什么赚了个童男子啊，什么打了几个胎了,真是嚼蛆,才几个月,也不可能打几个胎啊。

凌发财收拾完了,就自觉呆在店面的角落里,像一个可怜的老狗。张红霞很是烦他,就说,鼎红不会有事的,她说不定马上回家里去了,你还是回到家里去等吧。凌发财带着哭腔问,真的假的?张红霞说,这算什么?好人不能做了,那个老×是自作多情,真是草鞋戳了脚,好心喂了狼,随她们嚼蛆去!见张红霞说得那么自信,凌发财的表情松弛了许多。

凌发财拿着扁担刚想走,张红霞又叫住了他,叫他把那些脏馒头带回家,说,把外面的皮一撕,不是照样吃。凌发财还不识相,说,要不留你和定国几个。张红霞眼睛一瞪,说,你还不够烦啊。

凌发财拿着馒头走了。张红霞开始想怎么对付定国的话。想了几个方案,觉得还不错,后来换到定国这边一想,破绽就出来了。第一,她也不晓得定国到什么地方去了。第二,小苏的理发店关掉了,再加上镇上的那些×,怎么也闲不住的。再傻的男人,总会想到绿帽子的事。小苏的这顶绿帽子,其实她张红霞也有一份,她怎么把自己说得没有责任呢。张红霞闭上了眼睛,鼻凌里全是馒头腐烂的味道。她双手合十,默默祈祷,菩萨啊,赶紧让鼎红回来吧。鼎红一回来,有些漏洞就可以圆起来了,否则,凭她张红霞,再有十只手,也不可能把所有的漏洞都堵起来的。

现在的关键是快点把鼎红找到,只是她自己不能去找了,凌发财也不行,让他出去找,说不定鼎红没有找到,他自己都丢了。有一个人倒是很合适,那就是替人家看鱼塘的凌鼎军,凌鼎军说不定晓得他宝贝姐姐躲到了什么地方。张红霞想了半天,最后就想到凌鼎军盐城表姑那里了,就说盐城表姑生病了,快不行了,凌鼎军和鼎红一起去了。如果定国再问小苏的店为什么不开了,就说小苏的妈妈出车祸死了。

搞定了这些,张红霞的精神就上来了,捅开炉子,烧了几壶水,还换上了鼎红的一件衣服,把扒下来的衣服洗了。定国回店的时候,没有跟她打招呼。张红霞主动和定国打了招呼，你以为我是鼎红了吧，鼎红和鼎军去盐城了，他表姑快不行了。定国看着张红霞，仿佛很是吃惊。张红霞赶紧转过身去，补充了一句，老病。

把有关鼎红的谎说全了之后，其他的谎就好说了。比如被小苏的妈妈扔掉的馒头，是被乡下人全买走的。比如被小苏妈妈扔掉的老醪，竟然上面有了一堆老鼠屎，张红霞只好倒掉了。比如她为什么要穿上鼎红的衣服，是因为碰上了被给馒头点红的洋红。当然，张红霞说得并不快，有一句没一句的。张红霞抱定了一个原则，那就是要在鼎红回来之前，把定国看得紧紧的，千万不要听到什么闲言杂语。

定国本来话就不多，他听着张红霞说话，手头的事也没停下。张红霞边说边看定国的表情，定国的表情很平静，看不出有什么不满足。只是在重新和面的时候，定国把和好的一团面用火钳往煤球炉火焰上烫。面团被烫得滋拉滋拉地叫，这是检查碱大不大，可张红霞听到了定国心中咬牙切齿的诅咒。张红霞心里直骂，狗日的凌鼎军，怎么还不回来啊？

凌鼎军和鼎红是第二天中午回来的，当时定国正在补觉。姐弟俩一进店门，张红霞就想问鼎红去什么地方了，见到凌鼎军对她眨眼睛，就紧住了口。鼎红的脸色很不好，几乎没有看张红霞一眼，就径自走到房间里去了。小苏给她烫的大波浪变成了一团烂稻草，就这么堆在她的头上。

见鼎红进了房间，凌鼎军就想拉张红霞回家。见到凌鼎军嬉皮笑脸的样子，张红霞就晓得他想要做什么。真是流氓，大白天的，真是不要脸了。张红霞指了指房间，意思是怕他们出事。凌鼎军说，不要紧的，又不是第一次了，她以前也玩过失踪的。

张红霞几乎是被凌鼎军拉回家的。凌发财在家，见到儿子，立即问鼎红的情况。凌鼎军说回来了。凌发财说，那我去看看。凌鼎军正想把他派遣开呢，可又不好往馒头店那边赶，就说，你还是不要去了，去帮我把电瓶灯修一下,你跟我去问问许师傅,为什么还是只能用上半个钟头,当初他可是要我五十块钱呢。凌发财一听,拿着电瓶灯就往外走。他最怕别人不把他当人,一旦当了人,他比谁都认真。

把凌发财派走了,凌鼎军的手就不老实起来。张红霞就借机问起鼎红以前失踪的事。那还是鼎红做姑娘的时候,凌发财要她嫁给县城的一个瘸子,说是那个瘸子的爸爸是什么干部,可以找到一个大集体性质的工作。鼎红不同意。凌鼎军晓得鼎红最想嫁的是解放军,可没有哪个解放军看上鼎红。后来有一次,凌鼎军因为欠了定国十三只肉馒头,不敢告诉凌发财。鼎红过来用自己的私房钱还钱,一开口就和定国讨价还价,要定国给她批发价。其实,馒头哪里有批发价,定国可能是说不过鼎红,也有可能是讨好鼎红,仅仅收了十只馒头的钱,还"饶"给了鼎红一只豆沙馒头。也不晓得定国是怎么晓得鼎红喜欢吃豆沙馒头的,缘分就结下了。后来,凌发财说瘸子的事,鼎红就说她和卖馒头的马家老大定国好上了,一定要嫁给马定国。凌发财坚决不同意,说了狠话。当时的定国,还是沿街卖馒头的小摊贩呢。

你老子不是说他最支持鼎红和马定国谈恋爱的吗?张红霞忽然想起了凌发财经常吹嘘的话,自由恋爱的人最容易发大财。

哪里啊,老头子坚决不同意,喝农药,上吊,还有跳河,都做过的。鼎红根本就不怕他,再后来,凌发财逼紧了,鼎红就玩失踪,但告诉了凌鼎军她躲的地方,是凌鼎军的表姑家。这次,她还是躲到了她家。

真浪漫呢。张红霞揶揄了一句,你怎么不像你老姐浪漫呢?正在张红霞身上忙活的凌鼎军喘着粗气说,什么浪漫?我忙了半天,你怎么一点反应都没有啊。张红霞生气了,扭动着身子,说,什么反应?你给我砌别墅我就有反应了!凌鼎军不敢再往下说了,继续忙活着,终于,他长叹一声,瘫倒在张红霞的身上。张红霞却一把推开了他,说,你真以为你做大老板了?快起来!你老子快回来了!凌鼎军不甘心地说,我晓得他的,今天他不把修电器的老许缠个半死他是不会回来的。张红霞问,为什么?凌鼎军说,为什么?为了上次那个十块钱啊。

　　凌鼎军说错了,凌发财根本就不在老许那里,而是在鼎红的店里。他见张红霞进来了,还会意地笑了一下,张红霞把头扭到一边。鼎红不在店里,定国正在往煤炉里掏煤球屎。以往这件事都是鼎红做的,现在换成了定国,定国的头上顶着鼎红以往顶的红头巾,像一只刚刚点了红的大馒头,只是这只大馒头很快就被弥漫起来的炭灰遮蔽住了。

　　凌发财不怕灰,似乎坚决要和他的女婿共享炭灰似的。而张红霞才不这样傻呢,鼎红掏煤球屎的时候,喜欢看电视剧的张红霞总是乘机到鼎红的房间里描几眼电视。鼎红说,没有头没有尾的,看了有什么意思。张红霞说解解馋呗。鼎红就不说什么了,她也喜欢电视剧的,但是她喜欢上了一部电视剧,就一定要看完整。好在能够迷住鼎红的电视剧并不多,如果鼎红真的迷住了,定国就会到他兄弟定邦那里去租。定邦现在开音像店,大多是盗版碟,但时兴的电视剧都有的。定邦听说是嫂子看,就说送给嫂子看。可定国不同意,租就是租,租金肯定照给,别人是一块钱一天,定国也付一块钱一天。鼎红看电视剧的时间不多,往往定国付的租金都超过了买价。定邦想少收一些,定国还是给了全价。

　　鼎红还躺在被窝里,看上去就像是里面窝了一只赌气的大乌龟。张红霞叫了一声鼎红,鼎红没有理她。张红霞想找电视遥控器,可怎么也找不着。鼎红的房间真是乱得很,衣服东一件西一件的,像是一间废品收购站。梳妆台上,有好多是用了一半的化妆品,都比张红霞用的高档。张红霞小心翼翼地整理着,心里感叹着,赚多少钱有什么用啊,自己也用不上用不好,算什么事呢。

　　电视遥控器躲在一堆饮料瓶中间,估计是小慧丢在这里的。张红霞把它拎出来,打开了电视,声音压得很低,调到一个台,正看着。突然凌发财把头探进来,轻轻叫了一声扣娣啊,把张红霞着实吓了一跳。张红霞很厌恶地挥了挥手,凌发财消失了。

鼎红不起床，张红霞就乘机看电视。到了晚上，定国煮好了晚饭，大声叫吃晚饭。张红霞听到了，就喊鼎红，鼎红依旧像一只乌龟卧在被窝里。张红霞叫了几声，鼎红不应，她只好自己出去吃了。凌发财还在，他吃得倒是很香，还不停地朝张红霞儿子的碗里夹肉，儿子不想吃，就夹到张红霞的碗里，张红霞怕胖，可又不好在这个当头发火，反倒吃出了一肚子的气。

吃完晚饭，张红霞收拾了碗筷，带儿子回家了。由于心里一直担心着鼎红，觉睡得很不踏实，竟然梦到了定国在用鼎红的血给馒头点红。张红霞越想越怕，不到五点钟，就奔到馒头店去了。路灯都熄掉了，张红霞心里有点怵，直到听到店里那鼓风机的声音，她的脚步才缓了下来。

馒头店前满是新鲜的雾气，张红霞很喜欢闻这种带有馒头香的雾气，她深深吸了一口，竟然看到了坐在案板前的鼎红！张红霞以为自己看错了，揉了揉眼睛，的确是鼎红，鼎红还像以前那样坐在案板前做馒头。张红霞赶紧穿上工作服，也坐到了鼎红的旁边，开始了做馒头的流水作业。

一切都像过去那样，做馒头，卖馒头，再做馒头，再卖馒头。馒头在定国的手里只是面团，到了张红霞和鼎红手里是生面块，然后她们往里面加馅心。再后来，放到蒸笼里，搁到煤球炉上的大锅里，蒸上四十分钟，馒头就好了。

只是鼎红和过去不一样了，到了中午，鼎红就不像过去那样精神了，总是要睡觉，过了十二点，就迫不及待地爬上床去午睡了。弄得定国只好坐在店里的帆布躺椅上睡午觉，有时候定国就干脆不睡，张红霞怕定国吃不消，只好主动拿着苍蝇拍，走来走去，说是拍苍蝇，实际上是为了陪定国。

定国呢，还像往常那样，继续往凌家送骨头汤，有时候凌鼎军从鱼塘上来补充给养，定国总是要请凌鼎军喝酒，当然少不了请上凌发财。

凌鼎军喝酒和凌发财一样，喜欢闹。他不仅逼着定国喝，还闹张红霞，叫张红霞敬定国姐夫的酒，敬公公凌发财的酒。张红霞本来就会喝酒，就上了桌，一起喝酒。鼎红本来坚决不参加，可在张红霞的鼓动之下，她也上了桌。五个人喝酒总是比三个人喝酒热闹，馒头店的晚上似乎比白天更有生机。

喝完酒，照例是张红霞和定国一起收拾碗筷，而凌家三个人坐在桌上喝茶。张红霞开着酒呃想，真不像是开馒头店的，而是开小酒店的了。小酒店的老板是定国，老板娘就是她张红霞呢。

张红霞请假回了趟娘家，定国给她拾了许多馒头。张红霞又去镇上超市买了一些食品，就租了一辆马自达回娘家了。张红霞看了妈妈，打听到理发的小苏并没有回村，而是去上海做生意去了。至于做什么生意，是去做买卖呢，还是继续做他的理发生意，张红霞的妈妈说不清楚，张红霞不好再问下去。从妈妈家出来，张红霞又去了姐姐张红香家，姐姐见张红霞带了不少东西，就回了自家腌制的腊货给了张红霞，张红霞的姐夫是村上的土厨师，手艺很好，张红霞最喜欢吃姐姐家的腊货。

张红霞从乡下上来，就直奔店里，她想把小苏的事告诉鼎红，可没有想到，小慧放假回来了。张红霞记得小慧到她家吃饭，就很喜欢吃她家的香肠呢，就把姐姐给的腊货拿出来，把香肠放在桌上，嘱咐定国煮给小慧吃。

张红霞回家了，可到了晚上，她带着儿子到店里找小慧姐姐，想不到她就在门口的畚箕里看到了那香肠。张红霞的鼻子都气疼了，问定国怎么回事，定国还没有回答呢，鼎红就回答开来了，是我扔的。张红霞说，香肠很好吃的啊。鼎红说，有什么好吃的？就像死橛子！

张红霞一下子就被呛住了，好几天都没有喘得过气来。她以为自己听错了，但鼎红说得真真切切，香肠是她扔的，香肠就像死橛子！怎么不说是小苏的手做的香肠？张红霞心疼了好几天，可鼎红像是什么都没有发生似的,还是像往常那样和她说话,张红霞觉得鼎红太虚伪了,她决定不再吃店里的馒头了。

鼎红并没有发现张红霞不吃馒头了,她现在只有两件事,做馒头,睡觉,身体胖了许多。倒是定国心细,他见张红霞不吃馒头了,就问怎么回事?张红霞就说出了香肠的事。定国就叫她不要往心里去。张红霞说,我晓得她是嫌我娘家脏。定国说,红霞,鼎红不是这样的人,她就是不喜欢吃香肠,小慧十九岁了,我就有十九年不吃香肠了。

定国劝过了,张红霞还是忘不了香肠的事。有好几次,张红霞说她想辞职。定国问她到什么地方去?张红霞说,南京上海都是可以的。定国说,也去做馒头?张红霞说,我才不去做馒头呢,人家小凌,去了上海,做了外国人的保姆,赚的都是外国钱呢。定国说,你会说外国话吗?张红霞说,我不会学吗?你是不是怀疑我学不会?定国就不再评价了。

鼎红不说话,定国也不说话,张红霞就难受得很,她不好逗鼎红跟她说话,就故意逗定国说话,定国还是不说话。有时候,张红霞不喊他定国,而是喊定国聋子,喊他哑巴,有时候还喊他是奸臣。定国一概不答,手中忙个不停,捅炉子,洗蒸笼,晾笼布。张红霞骂着骂着,就上去做定国的下手了,定国也不拒绝。张红霞感慨地说,要是我们家凌鼎军能有你一个脚丫就好了。定国听了这话,抬起头说,红霞,你给我戴高帽子了。张红霞说,我给你戴高帽子?要不是看你像是奴隶,我早就给馒头里下老鼠药了,让我和她同归于尽。定国吓了一跳,连忙摇手,不能这样说,不能这样说。

时间真的就像馒头,每天都会出笼一批新的馒头,然后就卖掉了,吃掉了,不见了。香肠的事是春天发生的,到了夏天,张红霞似乎就把香肠的事忘掉了,也不说出去打工的事了。鼎红也不怎么睡觉了。每当凌发财带着凌鼎军到店里找定国喝酒,在炉上炒菜的是鼎红,往桌上端菜的是张红霞。凌发财酒量小,凌鼎军稍微大些,但都喝不过定国。所以，到了最后，上场和定国比酒的是张红霞。不过，张红霞也只是抵挡一阵子，最后上场的是鼎红自己，她一上场，定国就会投降。这样的话，戏就到了最高潮了。凌发财和凌鼎军趴在桌上，张红霞和鼎红都红着脸，傻傻地笑。唯有早早投降的定国，收拾碗筷，洗好了，还发好了第二天早上要做馒头的酵。

中秋节的那一天，鼎红又请凌发财和凌鼎军来店里吃月饼喝酒，两个人又喝醉了，鼎红只得送他们回去。张红霞没有跟他们回去，而是留下来帮着洗碗。在洗碗的时候，张红霞告诉了定国一个秘密，有关香肠的。张红霞说，你晓得不晓得鼎红不吃香肠是因为在娘家的时候香肠吃多了吃反胃了。定国说，怎么可能？张红霞说，怎么不可能？都是凌发财，当年把人家埋掉的死猪挖出来做了香肠！定国说，你怎么知道的？张红霞说，凌鼎军呗。不过，他不像鼎红，一点记性也没有，香肠继续吃，连狗屎都吃的。

定国听了，没有再说话，只是长叹了一口气。张红霞问，你叹什么气？定国说，想想过去的日子，真是苦啊。张红霞说，那你现在不苦吗？定国说，现在算什么苦，就这一辈子，我都往五十上奔了，只要小慧不受苦就行了。张红霞侧身看了看，看到定国的眼里似乎有泪了，说不定他早就晓得小苏的事了呢，只是他不说出口罢了。

马定国，你还抒情了呢。张红霞笑着说。

我在看月亮呢。定国说。

张红霞抬头看天，天上的云很多，月亮就躲在那堆云里面，像一只还在蒸笼里没有蒸熟的馒头。

馒头店最近不忙，到了上午十点钟，鼎红就可以坐在收银台前面，一只手拿着梳子，一只手拢着头发，嘴巴里衔着一根橡皮筋，昂着眉头，翻着白眼，好像全身都在和头发作斗争。从早上四点钟起来，鼎红还没有时间梳头呢。定国不明白，顾客都不多了，又不要给别人看。再说，反正快吃午饭了，吃完午饭，要补上一觉呢。为什么还要梳头呢？定国的意见只是在心里说说而已，他在口头是不说的，不但不说，而且还笑着看鼎红梳头，做出很欣赏的样子。

秋风一起，馒头店的生意反而好了许多。可鼎红的身体有毛病了，总是捂着心口，说自己的心总是犯堵。去医院查过几次，查血液，透视，还做过心电图，并没有检查出什么毛病来。定国怕镇上的医院水平不行，就抽空带鼎红去了县城医院，也是像镇上医院这样查，查到最后，依旧没有什么毛病，仅仅归结为过于疲劳，要多休息。

鼎红生了病，可成了凌发财的大事了，他整天要到店里转一圈，几乎每天都向定国献上一个治疗鼎红病的方子。比如吃猪心与莲子心炖的汤，比如把猫爪子烤成灰再喝下。后来还请过仙姑，给鼎红测试了一下，说是她"搪"了定国的奶奶，定国的奶奶死去多年了，定国都对她没有印象了，她怎么可能看上鼎红了呢，但相信总比不相信好，定国就替鼎红向奶奶求情，还烧了许多纸，但还是没有用。谁都不能说到苏，比如小苏打什么的，有谁提到"苏"以及相同的音都不行，心就得堵。鼎红心一堵，就玩失踪。其实，失踪的地方是固定的，还是盐城乡下的表姑家。当然，找鼎红回家的还得请凌鼎军。大家也习惯了，只是不说而已，说了反而不好，鼎红心一堵，就得出事。那一段时间，张红霞几乎把嘴巴锁上了，很是难受，但又有什么办法呢？

后来，还是凌鼎军把禁忌的话题捅破了，他半开玩笑地跟鼎红说，你什么时候又出差啊？开始大家不懂，后来悟出来了，很是紧张，怎么可以跟鼎红开这个玩笑呢？但鼎红没有出什么事，没有回答凌鼎军的话，心也没有犯堵。

张红霞是最高兴的，她觉得可以和以前一样说话了，你想想，凌鼎军都说到那个份上了，她有什么不能说的呢？后来，张红霞也会跟鼎红开玩笑，鼎红，你什么时候出差去啊？鼎红不说话，仿佛听不见似的，被案板对面的张红霞问急了，顶多只是给张红霞一个白眼。

其实，也只有张红霞敢说鼎红几句。鼎红和张红霞似乎是定国的正副手，每当一把手不在家，二把手总会自觉的顶上去，所以二把手有资格说一把手的自动离职。二把手张红霞每次说完了，还得意地看定国，定国像是没有听见似的，使劲地捣着面缸里的面团，那面团在和定国的拳头玩吸星大法，以不变应万变，不管定国使多大的劲，那团面都是不动声色地把那劲全部吸收去了。

日子就像馒头一样，不同时辰发的面酵，馒头的味道是不一样的。就是同一缸面酵，做出来的馒头也是不一样的，有的偏酸，有的偏甜。定国的馒头好吃，生意当然好。过去镇上人过年，总是自己做馒头，或者几家联合起来做馒头。现在日子好了，索性多花点钱，跟定国的馒头店定馒头。

进入腊月，定国的馒头店就更忙了，还新雇了几个女工。宋老师说定国现在可比联合国的秘书长忙。定国识字不多，不晓得联合国秘书长是什么样的大官，但他晓得，凡是做官的，到他这里吃馒头，他都很客气的。每年除了定做的，他无论如何都要多做出千把个馒头，挨个送到几个干部家。都做惯了，人家也吃惯了。有时候，人家也回上一条烟或者两瓶酒什么的。定国是断断不要的。定国是个老实人，四时八节，他都上香敬菩萨，至于地上的菩萨，百十个馒头算什么，不过十几斤面粉罢了，不值几个钱的。

腊月里忙年，是为了一张嘴巴。嘴巴眨得快，日子就过得快，腊月的日子其实最不经过，很快就到了廿四晚了，定国特地腾出空来去祭灶阁老爷，年糕、蜜枣、麦芽糖、糯米饭，都是用来粘住灶阁老爷牙齿的。放了鞭炮，敬了香，除了说了例行的话，还特地向灶阁老爷默默祈祷了一番。

镇上的人家也在祭灶，鞭炮响了大半晚上，坐在取暖器边的张红霞直嚷耳朵都震聋了，可定国听不见，他不是耳朵有问题，而是真的听不见。他一门心事在馒头上呢。再不赶紧做，肯定是忙不过来的。一到腊月，张红霞就愁，不仅心里愁，嘴里也说愁，还问定国愁不愁。定国是愁过，可只是一眨眼的工夫。小山似的馒头得一个一个地做出来，再蒸出来，而不是愁出来的。又不是明年不做生意了，话又说回来，就是明年不做生意，答应人家的事，不能让人家用闲话打嘴巴。

张红霞跟定国说不出什么，就想跟身边的鼎红说说。光做活不说话实在是太没有意思了，何况要熬夜，实在太困乏了，大家就会要张红霞讲笑话。谁也不晓得张红霞肚子里怎么会有这么多的笑话。张红霞说，你们猜猜，一个老头儿，胖胖的个儿，你给他摘帽子，他给你脱裤子！这是什么？大家都往荤底上猜，可真正的谜底却是马桶。大家笑了好一阵子，过了一会儿，瞌睡虫又来了，张红霞只好又讲，朝天一个洞，里面暖烘烘，放进去硬梆梆，拿出来软塌塌！张红霞把这个谜面一说完，大家笑得更厉害了，纷纷说张红霞你是在说你自己的骚东西吧。张红霞说，你们说我骚，你们才骚呢，我说的可不是你们想的，那是烤山芋的铁桶！定国又笑了，想想真是呢。

鼎红从来不笑，她简直比在案板上捅面团的定国还认真，什么话也不说，取面、成型、捏窝、放馅、起旋、进笼，一气呵成。张红霞曾盯着手表看，鼎红做好一只青菜馒头，只需要十秒钟，如果是三丁馒头和萝卜丝馒头，可能只需要九秒，至于最好做的豆沙馒头，那需要的时间就更少了。张红霞偷偷练习过，可怎么练习也需要三十秒以上。天知道鼎红为什么这样快？张红霞学不会，只好说，难怪，难怪啊。鼎红侧过脸来，眼睛睥了她一下，意思是问为什么要说难怪？张红霞不说，继续盯着鼎红看。后来她看出门道来了，鼎红做馒头的时候嘴巴是动着的，不停地动，像是在说话，可没有声音。张红霞奇怪极了，想说就说吧，又不是给别人做伙计，自己就是老板娘，不像她，还是个做伙计的。可鼎红坚决不承认是在说话。张红霞说，那你的嘴唇为什么要动个不停？鼎红说，可能我在数馒头。张红霞还是不明白，馒头还要数吗？一笼二十个,十二笼就是二百四十个。

　　笑话归笑话,可瞌睡的爪子还是拽得紧。也难怪呢,冬天的夜实在难熬,腊月的夜更是难熬。好在定国有手段,早上炉子上准备好了猪皮猪骨头汤,每隔一段时间,就叫大家弄上一碗,里面有胶原蛋白呢。有人嫌油,张红霞就发明出在骨头汤里加上辣椒和醋,组合成酸辣骨头汤。味道很不错的。可鼎红不吃,她坚决不吃,其他人停下来的时候,她依旧固执地在做着馒头,像是和定国赌了气似的。可定国并不管她,张红霞也不管她,还把一根长骨头拎到定国面前,问他到底像什么?定国说看不出。张红霞说,越是自己的东西就越是不认识啊。大伙听了,又跟张红霞闹笑,说她怎么认识定国的东西啊。张红霞说,早就摸熟了。大伙又是一阵笑。瞌睡就在一阵阵哄笑中散掉了。

　　廿五的那天早晨,天刚放亮,准备好的面团全部变成了馒头。熬了一夜的鼎红起身去里屋看小慧,而张红霞照例出去撒尿,可出了门没走多远,她又折回来了,像一个被开水烫着的小蚂蚱。定国看着张红霞,一点也不吃惊。这个张红霞,嗓门比男人大,胆子比蚂蚁小。可没有想到的是,张红霞跟定国神神秘秘地指了指隔壁,定国看懂了,隔壁是小苏的理发店,有半年不开门了。

　　定国跑出去,外面的寒气就开始撕扯他的耳朵,很疼。定国顾不了了,跳到小苏的木门前,隔壁理发店的木门依旧关着,只是多了副大红对联,很新鲜呢,像是刚刚贴上的,仿佛墨汁都没有干呢,也不知道是谁贴上的?这么急性子啊,过年还早着呢,就不怕调皮的小孩扯掉啊。

　　定国想去扯,没想到对联粘得紧,仅扯下一个角。定国继续扯,像是不服气似的。张红霞也慌慌张张地去扯另一张。两个人扯了一会儿,贴了红春联的木门就斑驳起来,留下的残红纸就像是泼了猪血似的。定国还想扯,张红霞却停下了,拉着他就往店里走。有路人过来了。进店前,张红霞凑到定国的耳边,轻声地说,不要告诉鼎红,啊,不要告诉鼎红。定国的耳朵被张红霞呵得难受,他丢下张红霞的手,低着头,跨进了店。

怎么都出去了？正在往炉门里加煤球的鼎红问。张红霞没有回答，定国说是撒尿的，可说得一点也没有底气，但他还是去洗手了。也必须洗手，手掌上全是对联的红，再去和面的话，肯定要染到面团上的，而且被染上的红色怎么也洗不尽的。定国抬起头，看案板对面的张红霞，张红霞扬起了手，她的手心没有红色，全是白色的面粉。定国明白了，也抓了一团干面粉，干面粉粘在定国的手上，像是戴了一副白手套。手的问题是解决了，可耳朵上的冻疮却发作起来，疼、痒，还不能去抓。

一夜没睡，定国还是困了。他找了一件棉袄披上，手拢到袖子里，找了一张板凳，坐到了炉子旁，把自己也当成了馒头，在蒸汽中打起了瞌睡，直到凌发财推醒了他。凌发财说，好姑爷，乖姑爷，要睡到床上睡啊，这里丢给我好了。

定国睁开了眼，凌发财总是在镇上放话说，风水轮流转，现在该派我家鼎红发财。定国不爱听这话，鼎红更是不爱听。他们是赚了一点钱，可赚钱和发财是两回事，都是用命换的，一进腊月，定国和鼎红常常是每天只睡两三个小时，就是这样，还是磕磕碰碰的。去年廿四的时候，凌发财喝醉了，跌跌撞撞地走在空荡荡的大街上，从东走到西，再从西走到东，破口大骂"现在人"，仿佛他是刚刚从天上回来的灶老爷，不满意人家的供奉。发财在骂街的时候，当时鼎红和定国正在做馒头。凌发财的骂声像是火炉上的雾气。那些雾气们绕来绕去，有一些就化成了鼎红头发上的水珠，有一些化成了定国鼻尖上的清水鼻涕，有一些就干脆钻出了饭店门口的阀子门，向屋顶上飘去，又落了下来，化成了瓦楞上的薄霜。

定国把炉子丢给了凌发财，拿起身边的茶缸，起身去里间，他想去找茶叶，把昨天晚上喝的浓茶换掉，提提神。可找了一会儿，茶缸没有找到。鼎红在腊月二十，抽空把家里收拾了一遍，再到年底，就不可能再有时间收拾家里。再忙,还是要过年的。鼎红不在里间,小慧还在睡觉。定国估计鼎红和张红霞去西头市场了。店里青菜不多了,萝卜也不多了,还有肉,得趁着十点多钟的时候去市场补些原料。

早饭很简单,定国吃了两个馒头,凌发财吃了三个馒头。可能是吃快了,不停地打嗝,怎么也停不下来,凌发财问定国有没有康泰克。定国不明白打嗝和康泰克有什么关系,可现在想找,的确也找不到。定国索性不管凌发财了,开始洗晒昨天晚上换下来的笼布,要是换到其他人家,腊月里生意这么忙,笼布肯定是不换洗的,可定国不一样,他不是不想偷懒,可他心不安。一锅要蒸上十几笼,最好的效果就是下面的一笼和最上面的一笼都一起出笼,笼布不洗,十几笼都透不了,费煤球不谈,还费人工。定国洗着洗着,心里头那撕了一半的对联,忽然就想到"文化大革命"的辰光,废品收购站的瘸子怂恿他去撕墙上的大字报,他偷偷撕了一张,心头也像现在这么乱。

笼布是用石碱水洗的,洗完了,又用开水烫了一遍,拧干了。定国觉得手指头有点发紧,过了一会儿,又感到头也有点发紧,仿佛全身的皮肤在收缩。他应该叮嘱张红霞的,不要多嘴,不要把红春联的事告诉鼎红,可她们现在出去了,来不及了。

可过了一会儿,张红霞却一个人回来了。定国迎上去,问鼎红怎么不回来?张红霞却说她没有和鼎红出去,她是回家晒被子去了。定国看着张红霞,不像是说谎的样子。凌发财凑过来,问张红霞有没有康泰克。张红霞陡然回过头,吼道,什么康泰克?你晓得什么是康泰克?没得本事赚钱,还想吃高档药,你拉倒吧你。凌发财并不生气,走到炉子前,低下头察看炉火。他的耳朵皮实得很,平时,女儿儿子儿媳甚至外孙女,都可以劈头盖脸地骂他,可等到三两酒下了肚,他的头就扬起来了,像一个大财主一样骂人。现在是早上,他还知道自己的身份,他是张红霞的公公,也是定国的丈人。他在张红霞那边吃了瘪,就想从定国那里找到安慰,可定国的心思完全不在他身上。凌发财也看出来了,这里似乎不需要他,就扯了一张旧报纸,把它团起来,捏在手里,很着急地出恭去了。

鼎红回来的时候,谁也不晓得,定国和张红霞正忙着出笼,屋子里顿时就如仙境一般,一个个又嫩又白的馒头像是刚从天上生下来似的。也许是看到了馒头,也许是因为蒸汽熏了一下,定国感到困乏消失了许多,头脑清晰了,鼎红怎么还不回来?得等她给馒头点红呢。张红霞也会点红,可她点红的技术实在太马虎了;速度慢,十只馒头能有一只点到中心就了不得了。定国不想让她点,自己就去找点红的碗,碗还没有找着,就发现了坐在案板边的鼎红。

是什么时候回来的?定国定定地看着鼎红,鼎红的头发又乱,仿佛刚刚和几个人打过群架。过了一会儿,定国清了清喉咙,说,吃了吗?鼎红像是没有听见,张红霞抓过两只馒头,递过来,说,刚出笼的,趁热吃。鼎红不接,盯着张红霞看。张红霞似乎胆怯了,转过身去,把馒头放回了原处,再回头,看到鼎红还在盯着她,像是盯着她的手。张红霞慌张了,把手赶紧背了过去,不着头不着尾地说了句,又不是我撕的。定国真想用一只馒头堵住张红霞的嘴。

鼎红一声不吭地轻上了床,定国有了心事,尽管没有说出来,但手脚明显轻了许多。一会儿就弄出声响来,把店里帮工的女工吓了一跳。张红霞的脸也冷着,她向定国悄悄声明过了,不是她告诉鼎红的,如果是她说的,她会把春联的事先告诉定国?定国不说话,张红霞就拿她儿子赌了咒。定国依旧不说不相信,也不说相信。张红霞冷了脸,也对着干似的,把案板弄得咚咚响,案板上洒的那些面粉都活泛起来,本该鼎红坐的位置上,瞬间就铺上了一层。

上午这一轮馒头的质量,明显就没有夜里那一轮做得好。连煤球的质量也下降了,加一块大号的蜂窝煤球,应该可以烧一个半小时,可现在不到一个小时,火苗就暗下去了。定国只好放下手中的活,去管煤炉。要是鼎红不去睡觉,这煤炉的事肯定不需要他过问了,现在倒好,不仅搭上了一个鼎红，还搭上小慧。小慧说她要出去，定国哄了小慧，说妈妈做馒头累了，叫她做一个孝顺女儿。小慧一肚子不情愿，定国动了气，小慧只好同意了，提出个条件，叫定国给她充个热水袋。定国看了看埋在被子里的鼎红，说，充什么热水袋，开空调！小慧高兴了，打开空调，找了袋瓜子，坐在鼎红的床边，边吃瓜子边看电视。

少了一个人手，定国的速度就慢下来了，乏力得很，定国以为是熬夜的缘故，又重新泡了一壶浓茶，咕咚咕咚喝了。精神并没有上来，胃却隐隐地疼了，手臂也无缘无故地酸。点红的事只好交给张红霞"马虎"去了，反正人家也就让上面有红点，图个吉庆罢了。得到了定国的信任，张红霞的表情也慢慢被馒头上的红点照亮了，问起了小慧过年的衣服买了没有，定国很奇怪，小慧长到十九岁，他从来没有过问她的衣服。定国想了一会儿，还是想出来了，张红霞是在提醒他，过了年，要办大事，给小慧办十九岁生日。办生日就要请亲戚，可亲戚的信还没有送呢。这可是老规矩，即使是一个镇上的亲戚，也要送包糖果的，张归张，李归李，礼数都是要到的。定国看了一眼张红霞，张红霞的眼神恰好也迎了上来，定国不敢接过来，扭过头。张红霞的话中是有话的，她是想说定国你应该对鼎红说，天大的事也没有小慧的事大，小慧可是你身上掉下的一块肉呢。

想妥了一切，定国就进房间了，不一会儿，定国出来了，对着张红霞笑了笑。张红霞没有笑，反而冷了脸，定国猜不透张红霞的心事，但他佩服她，真不愧是凌家的人，张红霞随便丢出一把钥匙，就对上了鼎红那把锁。刚才，当着小慧的面，鼎红答应起来了，鼎红还答应，今天就去娘家把小慧过生日的信送掉。小慧的生日本来是五月份，可放在五月办，亲戚不会全，提到正月里办，就定在正月初四办，有闲工夫，亲戚也来得全，今天都腊月廿五了，离那天不足十天了。

定国和鼎红商量好了，各人走各人家的亲戚。鼎红要走的亲戚主要是两个姨娘和一个舅舅家。在妈妈去世的葬礼上，妈妈的娘家人说了凌发财几句，这其实也是应该的，主要是出出气而已，而凌发财很顶真，叫他们把他给鼎红妈妈"受罪"的证据拿出来，这样，就和鼎红的姨娘和舅舅多吵了几次嘴，赌咒，发誓，几乎把一场葬礼搞成了一场闹剧。过了葬礼，鼎红就和姨娘和舅舅那边走得少了。也正因为如此，定国就给鼎红多准备了一些礼物，一是替凌发财打招呼，请他们到店里多聚聚，到鼎红这边多走走。二是到正月初四那天，请姨奶奶和舅奶奶在小慧十九岁生日那天来喝酒。

中午吃饭的时候，张红霞和鼎红说了一个小慧小时候的笑话，鼎红还补充了一些细节。定国没有说什么，只是跟着嘿嘿地笑。吃完饭，张红霞没有让鼎红洗碗，而是叫鼎红去收拾收拾。鼎红收拾得很快，简单抹了一下脸，就拎着定国给她准备的大袋小袋出门了。定国本来想送她去车站乘马自达，可鼎红不让，定国就僵在那里，张红霞打了圆场，说，定国，鼎红是叫你买汽车呢，买了汽车可以直接开到乡下去。定国说，我真想买辆摩托车。张红霞说，买什么摩托车，你要用鼎军那里有嘛。鼎红听了，没有说什么，对着张红霞一笑。张红霞感到鼎红这一笑真是意味深长，平时的鼎红是最不喜欢笑的，因为她总是嫌自己的牙齿不好看。

一个下午，张红霞就想着鼎红的笑，怎么也琢磨不透。她又不好和定国说，定国老实，经不住猜测。张红霞想，只好等鼎红晚上回来，定国想知道她什么时候回来，但打她的手机一直不通，定国估计是没电了。张红霞听定国这么解释，心里还是不踏实，她想等鼎红回来后再走，一直等到七点多钟，也没有等到鼎红，张红霞的儿子要睡觉，定国就要张红霞先带儿子回家，待鼎红回来后打电话给她。张红霞回到家，把儿子哄睡着了，又打了一次鼎红的手机，还是不通。老凌发财又不知道到什么地方去了，张红霞怕儿子醒过来没有人在家，只好耐着性子看电视，她第一次对电视剧失去了兴趣，电视的屏幕上似乎都是笑得意味深长的鼎红。

凌发财是晚上十点钟左右回来的,说是算账去了。张红霞问他去做什么生意了?凌发财吞吞吐吐地不肯说。张红霞故意将了凌发财一军,说,别是为我找晚婆婆吧。凌发财被一激,说,哪里啊,我和老印刷厂的发奎做了喜神像。张红霞明白了,凌发财现在贩了灶凌爷和财神菩萨这些喜神的像,每家每户地送,主家给的钱总是比成本多不少的。张红霞笑道,恭喜你发大财!凌发财又是支吾了一番。张红霞把儿子托付给他,就往馒头店里去了,凌发财在背后喊,不要告诉鼎红啊,她最要面子了!

鼎红果真没有回来。张红霞不好问,换了工作服就做起了馒头,在等笼的空隙,张红霞问定国有没有电话,定国摇摇头,反问张红霞有没有接到电话,张红霞说没有,还补充说不定是姨奶奶把鼎红留下了,姨奶奶和鼎红的妈妈长得最像。定国得了答案,又忙去了。张红霞看着馒头的雾气渐渐把定国的身子吞下去,想,哪有人家在腊月廿五把人留宿的,看来鼎红又"出差"了,而鼎红一"出差",凌鼎军就得跟着"出差"了。

腊月廿六一早,看渔塘的凌鼎军就被张红霞叫上镇来,凌鼎军一进定国的门,就去定国家的电话机拨电话,可几个电话下来,都没有鼎红的消息,也就是说鼎红根本就没有去给他们送信,而是"出差"了。原因当然是那副贴在理发店门上的对联,不过也没有什么的。张红霞怕那些亲戚帮着鼎红说谎,就叫凌鼎军自己去一趟,带上送信的礼物。

定国买了礼物,当然,他也没有亏待凌鼎军,除了路费,又给了他一百块和一包烟。凌鼎军只是推辞了一下,就收下了。张红霞看到了,很是不满意凌鼎军那种贱相,但她又不好说,手中的馒头就遭了殃,离年底的时间实在太短了,去年鼎红还做出了眼泪,对着做不完的馒头哭了一场,她是哭只有两只手,明明可以赚的钱却赚不到,现在呢,不谈赚钱了，连馒头店都不要了。

　　姨奶奶和舅奶奶那边都没有鼎红的影子。凌鼎军还去了盐城的表姑家，鼎红又没有去，更让人扫兴的是，凌鼎军听了一个人说，他是看见鼎红的，鼎红和一个小伙子一起上了去上海的班车。张红霞问凌鼎军，那个小伙子是不是小苏？凌鼎军说，我也问了，人家只是说个大概，小苏的脸上又没写着他的名字，十有八九就是小苏，他们肯定是藕断丝连。张红霞不准凌鼎军把这个事告诉定国，凌鼎军说，我不是傻瓜。

　　凌鼎军对定国没有说什么，只是摇摇头，随即加入了做馒头的队伍。再不加紧做馒头，真是来不及了。定国当然也在做，揉面，出笼，似乎一点也不困。到天亮的时候，凌鼎军实在熬不住了，他转身就想去后面的房间猫个觉，可一进去他就出来了，脸色很不好。张红霞以为小慧在里面睡觉，她抽空进去一看，小慧不在鼎红的房间，但鼎红的梳妆台上，都是掰断的牙签，像是一堆跌断了的碎面条。

　　腊月廿八了，外面都有急脾气的小孩开始乱放鞭炮了，但在为馒头们点红的张红霞听来，却是非常的冷清，从未有过的冷清。想想去年廿八的时候，由于忙得快，馒头基本上都忙完了。定国用余下的面酵做了两个大号的蜂糖糕，每一只都像是一面竹筛样，上面缀满了红枣蜜枣葡萄干什么的，就像是缀满了宝石似的。鼎红对张红霞说，一个是给你的，到年三十敬菩萨用。可今年呢，不谈蜂糖糕了，就连过年的馒头都还没有着落呢。答应人家的馒头还没有做好呢，张红霞本来答应了姐姐和妈妈，过年的馒头也给她们带点。这下好了，鼎红一走，全都乱套了。张红霞越想越气，恨不得把每个面团都捏成那个贱人的模样。张红霞最恨的人就是小苏的妈妈，她要用手捏死她，用蒸笼蒸死她，让大家用牙齿嚼碎她，把她碎尸万段。

　　可能是心情不好，手下的动作反而更快了，张红霞一口气做了很长时间的馒头，直到定国喊她喝骨头汤。张红霞拒绝了，她现在闻到骨头汤就想吐，天知道定国是怎么喝得下去的，偏偏定国又喝得那么响，似乎故意在气她似的。猪！真是猪！张红霞口中嘟哝着，一边把手中的面团朝案板上狠狠地甩去，发出的声音很响，把正在喝肉汤的定国都吓住了，定国回过头看张红霞。张红霞怕定国多心，赶紧去抓那面团，哪知道面团也发了脾气，似乎和张红霞赌气似的，粘在案板上坚决不下来，张红霞更生气了，可还是拽不下来。定国走过来，帮张红霞拽面团。那面团还想坚持，但拗不过定国的臂力，不情愿地下来了。也许是用了力，定国把面团抓给张红霞的时候，喉咙里竟然开出了一个长长的饱嗝。张红霞转过头去，厌恶地说，我就不明白了，你是怎么喝得下去的？定国怔了一会儿，低声说，我有什么办法？我得有力气啊。张红霞心里咯噔了一声，深吸了一口气，呼吸似乎畅通了许多。

灶上的馒头该出笼了，定国开始起馒头，一笼一笼地倒下来，店里的冷清气氛一下子少了许多。张红霞也帮着拆笼布。定国叫她休息一会儿，张红霞说，你真小气呢，不装空调，也不让我暖和暖和。定国忙说，那你暖和，那你暖和。两个人正说着，张红霞的电话响了，号码显示是鼎红的，张红霞做了一个手势，叫定国不要说话。定国静静地看着张红霞，张红霞似乎怕定国听见，走到房间里去接电话了。

过了一会儿，张红霞走了出来，对定国说，我得去城里一趟。定国问，你去干什么？张红霞说，今天廿几了？我过年的衣服还没有买呢。定国说，是该买，是该买。张红霞把手一伸，说，那你给我买啊。定国一时没有反应过来。张红霞哈哈一笑，我说你小气吧，还是被我说中了吧，告诉你，我是跟你开玩笑的。

但张红霞根本就不是开玩笑的样子，她把工作服脱下了，还洗了脸，进门用了鼎红的化妆品，还给自己的头发上了摩丝，走过定国的面前，定国一把拽住了她，往她的手心里塞了东西。张红霞晓得是钱，有好几张呢，她没有拒绝，笃笃笃地走了。看着张红霞的背影，定国不由叹了一口气，抓起了一只馒头就咬，随后又吐了出来，馒头已经不是馒头的味道，而是化妆品的味道了。定国有点懊恼，对着小慧的房间喊了起来，小慧！小慧！小慧！！！

张红霞是下午回来的，在到家之前，她打了一个电话回来，叫小慧去车站接她一下。被定国逼着做馒头的小慧正巴不得脱身呢，她去车站之前，也和张红霞一样，化了妆，带着一股香气走了。定国很不喜欢这种香气，他赶紧去打开屋顶上的电风扇，待开了开关之后才晓得电风扇的扇叶在秋天的时候就被他卸下来，用油纸包好了，藏起来了。定国只好关了电风扇，把鼓风机搬到高处，对着馒头们吹，可鼓风机的风力太大了，馒头们都被吹成了一堆，都像是躲在一起取暖了。

过了一会儿，张红霞带着鼎红母女一起回来了，三个人拿着一大包年货，有说有笑的。小慧最兴奋，她又有了一条名牌的牛仔裤，过去妈妈最不喜欢她穿牛仔裤，而妈妈现在却直接买给了她。妈妈却说，要谢就得谢舅母，都是她的钱呢。张红霞说，钱是小意思呢，只要你欢喜就行。鼎红说，怎么可以这样说呢，你又不是发大财了。

腊月底的饭是没有定时的，但定国还是忙了一桌菜，张红霞也不客气，她接过定国的饭碗就吃了起来。鼎红也饿了，吃得更快，很快一碗饭就吃下去了，没等定国给她添饭，她就把定国给小慧盛的一碗饭倒到了自己的碗里。张红霞问鼎红，上次那送信的礼物呢？鼎红说是被人偷了。张红霞说，怎么偷的？别是被抢了吧。鼎红凑到她耳朵边说，其实她是放在了车站，她要看是谁拿走的，最后看到是一个疯子拿走的。说到这里，鼎红哈哈大笑，嘴巴里的饭粒都喷了出来。

鼎红越是笑，张红霞越是不敢笑，但她又不好不做出笑的样子。吃完饭，张红霞得回家一趟，她悄悄跟正在和面的定国说，要看着鼎红一点。定国像是没有听见似的，他像是和面团摔跤似的，一次又一次的把面团摔到面缸里。张红霞不好再说什么了，她猜测定国肯定知道了点什么，一个男人，谁也不甘心自己戴上绿帽子的。

晚饭前张红霞回到了店里，鼎红已经坐在案板前做馒头了，还有小慧，还有两天就过年了，再不做可真的要对不起客户了。凌发财也跟过来了，说是送小鞭的，说是建湖产的，正宗的电光小鞭呢。定国随即就塞给凌发财五十块钱。凌发财推辞了一下，还是收下了。张红霞很是不满意，问儿子呢？凌发财说他在看电视呢，就回去。张红霞的脸就拉下来了，凌发财赶紧走了。张红霞嘟哝了一声，坐下来，开始做馒头。天还真的是冷，清水鼻涕一下子出来了。张红霞抬头看了看外面，外面很黑。廿八夜了，说是夜，实际上还是白天，而腊月二十之后，都叫做夜了，直到大年三十夜。一天又一天，真不知道忙了什么？是忙了那么多粘了清水鼻涕的馒头吗？

今年的馒头还是在大年三十的早上结工了，连去年做过的像竹筛那么大的蜂糖糕也做好了，店里留一个，凌发财捧回家一个。大家又忙着用碱水清洗店面，清洗完毕，张红霞拿到了鼎红给的四笔钱，一是张红霞这个月的工资，二是这个月的奖金，三是张红霞儿子的压岁钱，四是补上张红霞在县城给她和小慧买衣服的钱。每一笔钱都用红包装的，像是四份压岁钱。张红霞拿到第四份红包的时候，瞥了定国一眼，定国正在撅着屁股抹椅子呢。

下午，张红霞也在指挥凌鼎军打扫家里，正忙着，定国过来了，送了两大包旺旺大礼包。张红霞说压岁钱不是给了嘛。定国说，这是小慧十九岁生日的信呢。张红霞说，我不是知道的嘛，正月初四嘛。定国说，张归张，李归李，是亲戚都得给信的。张红霞说，鼎红说你宠小慧，我还不相信，现在我相信了。张红霞转过头，喊，凌鼎军，凌鼎军，你看你姐夫是怎么做爸爸的？你要好好地学习学习！凌鼎军说，人不能比人，他还是老板呢。张红霞说，你真是没志气，你也可以做老板嘛。凌鼎军说，我晓得的，你做梦都想做一个脚一跷屁一放的老板娘。张红霞说，凌鼎军啊凌鼎军，三斤重的鸭子二斤半的嘴，你就剩下一张嘴了。凌发财怕两个人吵起来，凑过来问张红霞，你说要剥几个皮蛋？

大年三十夜的鞭炮几乎响了一夜，张红霞本来想看春节联欢晚会的，可看了一会儿，就睡着了。凌鼎军倒是坚持看完了。待凌鼎军关了电视，张红霞才醒了过来，抹了嘴角的口水，问电视结束没有？凌鼎军说，早就结束了，下面就听你打呼噜吧。张红霞晓得刚才她打了呼噜了，实在是太累了，连梦都没有。

到了早上，张红霞的儿子先醒了，他摇醒了张红霞，张红霞却不敢开口，凌发财还没有放鞭炮呢。镇上的规矩是大年初一男人当家，放鞭炮，敬菩萨，烧早饭。凌鼎军很懒惰，他不起床，让凌发财出来敬菩萨。凌鼎军还有理由，敬菩萨就是为了发财，老头子的名字就是发财嘛。张红霞一肚子的火，却忍住了，大过年的，总不可能就和男人吵架吧。吵架总归不顺遂的。

凌发财的鞭炮终于炸响了，效果不太好，像一个口吃的人，吞吞吐吐地响着。凌鼎军嘟囔了几句，张红霞没有说什么，但她晓得，凌发财从小贩子手里买的，没有到大店里去买。凌发财还给了鼎红家，不晓得定国在放鞭炮的时候会不会骂他的老丈人。

既然凌发财敬过菩萨了，凌鼎军和张红霞就起床了，嗅着那鞭炮味儿，再看儿子的新衣服新鞋，心想，又一年过去了。

过年的早饭有馒头有汤圆，凌鼎军吃了馒头，张红霞吃了汤圆。儿子急着要出去，可凌发财不让，他要等鼎红一家过年向他这个老丈人拜年呢。儿子不高兴，就闹，凌鼎军怕老头子发火，连忙掏了十块钱给儿子。张红霞其实心里比谁都急，她要凌鼎军用摩托车带她到她乡下父母那里拜年，整整一年，都是做馒头，就除了过年这几天可以去看。再说，小慧初四要贺十九岁，过了初二，就得提前到店里帮忙。好在凌鼎军反应快，首先打了一个电话给鼎红和定国拜年，说了一大通吉利话，就问他们什么时候过来，老头子等着宝贝女儿女婿喝茶呢。定国在手机那头大声地说，他们到门口了。张红霞一听他们到了，赶紧拉着儿子到门口迎接。说是迎接，其实她是想看今年的鼎红穿什么衣服，每年的鼎红，总是爱显摆，打扮得像吊死鬼，穿着样式和价格都很难以想像的高档衣服。

鼎红终于过来了，穿的衣服很令张红霞失望，还是去年过年穿的那件裘皮大衣。去年小慧就说过了，穿起来像一条狗。廿八的时候张红霞用定国的钱给鼎红买过一件收腰的碎花棉袄，很好看的，不知道她为什么不穿那件。

鼎红和定国只坐了一会儿，他们就到定国爸爸妈妈那边拜年了。凌鼎军也驮着张红霞去乡下丈人家了。张红霞抱着儿子坐在凌鼎军的摩托车上，冷风直往她身子里钻，她冻得受不了，头脑里闪现的就是鼎红的裘皮大衣。

拜年其实是一件相当累人的事。从乡下回来后，张红霞就觉得不舒服，她早早就把电热毯打开，上了床。为了兑现凌鼎军陪她去乡下的条件，她把凌鼎军放出门去了。凌鼎军是去赌博，这是早就说好的，不过，张红霞叫凌鼎军把儿子带走了。

家里空荡荡的，电热毯越来越热，张红霞的身子慢慢地软了下来。她做了许多梦。有一个梦是她腾在一群馒头中间，定国色鬼一样用手摸着她。张红霞想拒绝，可怎么也拒绝不了，定国就这么扒开了她的身子，往她的身体里一筷子一筷子地放馅心。

张红霞是第二天上午醒过来的。她的下身空着，凌鼎军也赤身裸体地躺在她的身边。狗日的！张红霞骂了一句，发现儿子也在一边睡着，张红霞怕儿子看见，赶紧穿上了衣服。

凌发财不在家，他到乡下挨家挨户地唱凤凰去了。张红霞胡乱吃了一点，打开电视，开始补春节联欢晚会的课，换了几个台，没有找到中央台的，几个地方台倒是在播，没有她喜欢的赵本山，她索性把电视换到戏曲频道，让电视里的佳人咦咦呀呀地唱。张红霞就在她们的献唱中洗大年三十换下来的衣服，可能洗衣服不同于做馒头，张红霞把衣服全部晾到天井里之后,她还跟着电视上哼唱了起来。

定国来了电话,约张红霞全家晚上到他们那边喝酒。张红霞客气了几句,应承了下来。放下电话,她很是懊恼,定国怎么总是忘不了吃呢?她已经有一天不想馒头了,可定国的电话就是叫她不要把馒头给忘掉,要记得馒头——馒头的形状,馒头的味道,馒头的数量。想想腊月底做馒头的那些日子,真不知道那是不是人过的日子。不过,相比把凌鼎军放出去赌博,还不如让他去喝酒,赌博会输她张红霞的钱,而喝酒花的可是他姐姐鼎红的钱。

正月里的男人其实喝不了多少酒,他们说得比喝的多,反而是鼎红和张红霞,喝得比定国凌鼎军多,一杯又一杯,像是喝啤酒似的。张红霞因为要照顾儿子,最后几碗没有干掉,鼎红没有计较,自己干下去了,还把碗底亮给张红霞看。张红霞也有点酒意了,说,不就是两个字嘛。鼎红问是哪两个字?张红霞说,你以为我不识字啊,定!国!鼎红吼了声,狗屁!张红霞晓得自己闯祸了,不敢把话头再接下去,把凌鼎军留下,赶紧和儿子回家了。

张红霞刚进门,鼎红的电话就追过来了,啰唆得很,张红霞就提醒鼎红,明天还要为小慧十九岁生日准备菜呢。哪里知道不提到小慧也罢,提到小慧,鼎红就开始说了小慧的坏话,说她不懂事,总是把她当作敌人。张红霞就说我们小时候也把娘亲当敌人的。鼎红说,我十九岁的时候都当家了,她呢,只知道发脾气。鼎红还说,待她将来成家生了小孩,就知道做娘的苦了,等到哪一天我死了之后,她就知道后悔了。张红霞只好把话题往凌发财和凌鼎军身上引。老凌发财偷偷到乡下去唱凤凰了,还鼓动凌鼎军去,说是现在乡下人比镇上人大方,唱一天凤凰,能弄几百块钱和几条香烟呢。张红霞不许凌鼎军去,凌鼎军就跟她谈条件去赌博,可鼎红的心一点也不在凌发财和凌鼎军身上,张红霞怕喝醉了的鼎红瞎说,被小慧听到了,还不把她这个舅母恨个大洞。

这时正好儿子调皮,张红霞飞起一脚,把儿子踢倒了。儿子委屈得大哭起来，张红霞匆匆放下了话筒，手臂都僵住了。在哄儿子的过程中，张红霞很是为自己自豪，她没有把在娘舅家看到小苏的事说出去，小苏变胖了，他的身边还跟着一个把头烫得像草母鸡的女子，那女子又瘦又黑，简直是一个非洲难民。小苏把眼光睥过来，像是要和她说话，张红霞狠狠对着小苏的身后吐了一口痰。

生日酒席做得很乱，先是小寿星小慧发了脾气，向鼎红和定国宣布，我不过生日了，要过你们自己过！鼎红骂了小慧几句。小慧倒是不骂，只是嘴巴中不停地冒出"切"的声音。定国想拦，但没有他插嘴的地方，这让鼎红更加生气，她拿起手中的钢精盆子就砸向了小慧。张红霞看得出，鼎红并不想存心砸女儿，因为砸的方向是偏的，本想杀一杀小慧的脾气，偏偏小慧一点也不让。钢精盆子落到地上，发出的声音把所有忙酒席的吓了一跳，全停下了，听那钢精盆子继续在地上折腾。

张红霞把小慧拖到一边，原来小慧发脾气的原因是蛋糕。生日酒席中有她同学一桌，小慧提出不要镇上的蛋糕，而要县城的水果蛋糕。鼎红答应了，可现在放在桌上的蛋糕明显是镇上的蛋糕。小慧指着那些蛋糕说，你看那是奶油蛋糕吗？完全是石膏做的奶油！他们说是为我办酒席，完全是为了他们自己！我不过了！我真的不过了！小慧说完就哭了。张红霞答应小慧，要鼎军舅舅现在就骑摩托车去县城买。

蛋糕问题落实了，可鼎红却赌着气。张红霞又去劝鼎红，跟鼎红说了许多关于小慧的谎话，说小慧也后悔了，刚才还哭了。鼎红将信将疑，出来做事了，可鼎红是指挥官，她这么一停歇，忙酒席的节奏和时间就耽搁下来了。到了开席的时间，客人来得稀稀落落的，一些亲戚没有来，准备的六桌变成了四桌，家里人全上了桌，定国担心凌发财喝醉，特地把兄弟定邦安排在凌发财身边。

鼎红换了一件衣服，是张红霞腊月廿八替她在县城买的那件，鼎红穿着那件碎花棉袄，显得有精神。大家都夸奖她的衣服好，馒头好，生意好，老公好，女儿好，鼎红听了，笑着喝酒，定国想拦，鼎红却骂定国，谁叫你当初怕罚款，不想生儿子，如果生了儿子，现在也已经十来岁了，你家宝贝女儿也没有那么不听话了。

这话说得就不好了。张红霞看到小慧的脸色变了，就赶紧接上了话茬，说，鼎红啊，不要指着和尚骂秃子，我晓得，你是看不得我生了儿子。鼎红听懂了，丢下杯子，直奔张红霞这边来了，一把抓住了张红霞的衣服，张红霞一挣，棉袄上的纽扣全像豆子一样掉了，里面的红羊毛衫就露了出来。

这事件发生得太快了，谁也没有想到，张红霞当然也没有想到，她扑上去和鼎红一起厮打。这架打得真不可思议，谁也拉不下来，说什么都没有用。两个人都喝多了，不说话，只是扯着。凌鼎军倒是幽默，对大家说，不管她们了，让她们摔跤，我们喝酒！大家都笑了，没有想到，笑声过后，大家听到了哭声，再回头一看，打架的两个人抱在一起了，还哭了起来，像一对失散多年又重逢的好姐妹。

两个人哭了一会儿就分开了，但张红霞是真的伤心了，被凌鼎军背到摩托车上的时候还在抽泣。凌鼎军很是恼火，大声地说，我丈母娘没有去世吧，你可不要诅咒她！凌鼎军一说，亲戚们都笑了，见过喝醉酒的男人，还没有见过喝醉酒的女人呢。凌鼎军也笑了，骂骂咧咧地发动了摩托车，轰然一声，摩托车放了一个屁，消失了，刚才还喧闹的馒头店一下子安静下来。

正月初四的晚上的确很安静了，喝醉酒的鼎红睡得很香，到了正月初五的凌晨，财神菩萨不让她睡了。大家都要发财，都抢着在子夜时分接财神，镇子的上空好像是在开枪，每打一阵，鼎红就一阵哆嗦，直往被窝里缩。定国也醒了，他起床敬了菩萨，在那鞭炮的光影中，鼎红看到了定国微驼的背。

定国没有再上床，他打开电视，声音按低了，鼎红也把头伸出来，静静地看着，电视里的彩光把定国的额头一会儿变成绿的，一会儿变成黄的。钟敲过三点，定国换衣服，换好了衣服，他到前面店堂里和面了。鼎红索性起床了，穿着那件碎花棉袄，看着定国一上一下地和面。面团在定国的拳头下变得很柔顺。过了一会儿，定国把面团扔到案板上，鼎红开始做馒头。定国去捅煤球炉，把做好的馒头们放到蒸笼里，开动鼓风机。过了一会儿，定国关了鼓风机，叫了一声，扣娣！鼎红似乎没有听见，定国又叫了一声，鼎红才知道定国是在叫她，按照往年的规矩，第一笼馒头得鼎红端下呢。

鼎红接到定国手中的毛巾，上前端下第一笼馒头，揭开笼盖，喷涌出来的热气和香气如同手掌，一把就搂住了她的脸，眩晕猛然袭来！鼎红不禁闭紧眼睛。过了一会儿，鼎红定住了神，拿起点红碗，开始为新馒头们点红。

出嫁时你哭不哭

一般的喜日,都是八月半后定好的。

八月半一过,男方还要送六大样到女方家去,这次送礼可不同八月半送礼,这次送礼要带上媒人,由男方和媒人到女方家去"通话","通话"的意思就是定喜日。明年的正月初几,定下了喜日,双方就忙开了,男方要布置新房,女方要置办嫁妆。

其实木料早已备下了,木匠也约好了。准嫁娘还和往常一样在娘家做姑娘,但实际上又不一样了,准嫁娘已被爹娘命令着不用再下田做农活了,她显得有点闲,但忙惯了闲也闲不住的,况且还要纳鞋底做新鞋,纳好爹的又纳兄弟的,纳好兄弟的又纳娘的,一双又一双,单的,棉的,方口的,圆口的,双层底的,千层底的,真的够穿好多年的。待嫁的新娘在灯下往往忙到深夜,针尖经常被她埋到黑发里暖一暖,纳鞋线像心思那样长。

待纳到自己绣花鞋时已经是腊月了。到了腊月,准嫁娘想纳的鞋子都纳好了,那就必须到县城买镜子,买罩子灯,买新梳子,买搪瓷脸盆,买水红色的海绵枕头芯。当然了,买这些东西都必须是成双成对的。

这些零头零脑的，要买上很多次才能买全，实际上这个腊月上县城的次数比她平生上县城的次数还多。爹娘总是怂恿着，再去看一看，再去看一看，最后家里用船去县城时她还要去买蘑菇罐头买腐竹买红枣买银耳买粉条诸如喜宴上用的材料。待忙完了这些，就该准备年夜饭了。

今年的年夜饭可不同于往常。二十多年了，丫头年年都在家吃年夜饭，今年可是丫头在娘家吃的最后一顿年夜饭了，明年就要到人家去吃年夜饭了，因此就多弄了几个菜，但菜弄得多不一定吃得多。

爹只管喝酒，娘不停地替丫头夹菜，而丫头呢，吃得飞快，一会儿就躲到闺房里去了，说是红缎子棉袄上还有一个纽扣要顺，其实顺纽扣是借口，她是在闺房里淌眼泪。

不一会儿，做娘的就过来了，说，不作兴的，不作兴的，我还记得你的外婆送我出嫁呢，一晃你都出嫁了。

话一说完，眼泪也一颗一颗地掉在了丫头的脸上。

冬梅的喜日定在正月初六，所以冬梅还可以作为姑娘看看初二初三初四初五的新娘。有的新娘是从本庄嫁出去，有的新娘是从外庄娶过来。正月里正好没事干，看看新娘子沾沾喜气，还可以看一看从本村嫁出去的新娘怎么一下子就变美了，有点像母鸡变凤凰了。而从外庄嫁过来的新娘更是让人评头评足，什么胖了一点，什么眼睛小了一点。

小时候冬梅不太喜欢看嫁过来的新娘，装模作样的羞涩，俗气得很，明明是喜事，还哭哭啼啼的。古人传下的规矩怎么这样怪，一旦踏上了男家的门，新娘是不能哭的，哭是不作兴。而离开娘家的门，就必须哭，把所有的泪水都哭出来，真正是嫁出门的丫头泼出门的水，水实际上都是在眼睛里泼出来的，出嫁的丫头愈哭娘家愈发，不哭是不作兴的。

现在冬梅就有了一点现学现贩的味道了，所以冬梅每次去看新娘总喜欢拉着素兰一起去，素兰看着人家新娘哭自己也忍不住抹眼泪。冬梅就笑话她，真是的，又不是你出嫁你哭什么？素兰就回嘴道，你出嫁时我也会哭的。

素兰是冬梅最好的朋友，两个人是死党，冬梅一骂她，素兰就哭得更厉害了，冬梅就笑话她，怎么像个小孩，哭，哭，哭，我出嫁的时候可不要你哭。

素兰被冬梅这么一说，就说，要我不哭，关键是你那时要哭的，你哭我肯定要哭的。

冬梅本来只是想看看别人怎么做新娘，她的确是不准备哭的，哭不出，她还有理由，到时候我肯定不哭的，化妆得好好的，哭了脸上不成了横一道竖一道的大花脸了。

素兰说，烧熟的鸭子，嘴硬。

冬梅就把手伸开来，打赌。

素兰开始还想把手伸出来，想跟她拍手，但手在空中划了一个弧，又收回去了。素兰说，我才不赌呢，你不会哭嫁的，我肯定输的。

你不赌真是傻呢，冬梅说，说不定我到时候想了要哭了，你不就赢了。

素兰还是不肯把手张开，你说说，嘴里衔着糖的人怎么会哭？

冬梅说，怎么不会？打她一个巴掌呗。她还没有说完就笑了。

庄上人也有人说冬梅这个丫头出嫁时不一定哭呢，冬梅这丫头小时候就不喜欢哭，喜欢笑，像吃了笑豆子似的，这个丫头的眼睛很大，一笑眼睛还能笑没了，况且冬梅的对象志文又是本庄人，不是父母或者媒人包办的，还是一个多少姑娘梦想进的刘家媳妇，支书娘子的侄女小丹，还有赤脚医生的女儿聪聪，她们都曾想做刘家的媳妇，有一个说是儿子同意了，父母不同意，有一个说是父母同意了，儿子不同意，不管怎么说，都没有成。现在这个好差事被冬梅抢去了，冬梅这个丫头真的会竞争上岗呢，你说冬梅怎么可能会哭呢。

庄上人每年都喜欢看新娘子的，正月里能有什么事呢，看新娘子，看新娘子去。原先看新娘的黄毛丫头一个个地长大了，一个个地变成新娘子了，一些女人总喜欢和那些挤来挤去的黄毛丫头开玩笑。

看什么，看什么，将来就要看你们了。

一个扎着马尾巴的丫头不喜欢这样的话，就回嘴，我才不让你们看呢。

你藏不起来的，除非你那时跟野男人"跑"。

我就跑，你有什么办法。

现在的丫头脸皮厚呢，一枪打不透呢。

大家都笑了起来，冬梅也笑了起来，她好像也说过类似的话呢，这多少年过去了，现在当冬梅和素兰在远远的地方看人家新娘子时，被那些多嘴的女人看见了，还是要嘴作淡的，冬梅，冬梅，不知你准备了多少斤麻油？

对于这样的话，冬梅不生气，笑笑也就过去了，反而是素兰生了气，和人家吵，嘴里的劲话和狠话像蚕豆一样在素兰嘴里蹦出来。

看完新娘子回来，冬梅的心情就不好了，也不知道她的爹娘听到什么了，她和志文谈恋爱时，志文说可能他的爹娘会反对，这是志文在谈之前告诉过她的，她是有心理准备的。而她万万没有想到，志文的爹娘没有怎么反对，而她的爹娘却是非常激烈的反对，说的理由有无数，归根到底有一个主要的，就是志文家的名声在庄子上不好，尤其是傲，发了一点小财，瞧不起人，连大支书也不放在眼里的。

冬梅没有办法把自己的父母说通，她其实和志文谈了好几年了，现在她爹娘已经答应了，但就是要一个仪式，这个她就没有办法和爹娘争了，再争的话她的娘肯定会逼她悔亲的，她从小就知道娘的意思，把她当作男孩子养的。她告诉志文，到了按老仪式娶亲这一步她已经是尽最大的能量了，不过她只要一看到爹和娘在家里摸这摸那，就不由得把门关得很响。

冬梅的爹娘听得一怔一怔的，虽然反对了一阵子这个亲事，但最终还是依了丫头了，冬梅的爹娘眼里这几天好像放了一把鸡毛掸子，一会儿掸这，一会儿掸那。冬梅的嫁妆没有请木匠打。本来冬梅的爹也早早为冬梅的嫁妆准备了木料，但冬梅娘不让，就一个丫头，买吧。冬梅的爹就依了冬梅的娘，年前刚从城里拉回来"现成的家具"。"现成的家具"可比土里土气的木匠打得洋气，亮堂。

如此的好心在丫头面前也成了多余的，冬梅真的是吃了气豆了，气鼓鼓的，不是嫌这样老气，就是嫌他们啰唆。这是故意的了，冬梅爹知道冬梅娘嘴巴会熬不住，就先打了预防针，替冬梅说了情，丫头可能不想离开家，才有脾气的。

冬梅娘说，又不是把她卖掉，况且还是她自己长眼挑的，是她要做那个精豆子家的佣人，我们有什么办法，要是我们替她挑的话，她还不把我们吃掉？

冬梅爹说，省句吧，你怎么知道她过去就要做佣人？丫头在家没有几天了。

冬梅娘说，我就是要说，我养的丫头，还没有怎样呢，都不准我说了？那个人家怎么样，你不是知道吗？

你是不是想把丫头嫁到穷人家才不担心，冬梅爹压低了声音，还用手指指外面，意思是冬梅从房间里出来了，冬梅娘还是顾忌丫头的态度的，把声音降低了，我不是这个意思。

冬梅爹并不知道他婆娘是什么意思，他只知道冬梅娘最后把一肚子怨气甩到了他的身上，都是你，你这个笑面虎，两面派，都是你宠坏的，你以为我不知道，从小你就是她的总后台。

吵归吵，但是家里还是一起向着正月初六这个大日子走去，冬梅爹不仅给冬梅买了"现成的家具"，还买了29英寸的电视，全自动洗衣机和冰箱。志文家给的聘金早就用光了，这就应了当初冬梅娘劝冬梅的话，傻丫头，你跟我吵，跟你爹闹，说我们根本不是为你好，我跟志文家要多少还不是用在你身上，我又不留下一分钱。其实冬梅娘还多贴了不少钱，这些钱包括了冬梅娘种稻种棉花的钱。

冬梅开始不让，就说他家买得起的。冬梅娘就说，他家是他家，我家是我家，我们田家嫁女儿，我愿意赔多少就赔多少。

冬梅知道她娘的脾气，如果这话是她爹说的，她肯定会发个嗲，最后她爹肯定会听她的话，可是同样一件事放在娘身上就不行了，冬梅的娘心头大得很，还要强，比冬梅的爹还要个面子。庄上很多人家是男主外，女主内，而冬梅家却是爹主内，娘主外。过去冬梅爷爷一辈子在庄上总是被人家欺负，还被田家本族的人欺负，但是冬梅娘一过来当了家就不一样了，她是该她的，就应该是她的，不该是她的，她也不会要。庄上人都说她是穆桂英。

就拿今年清明节庄上"吃祖"来说吧，"吃祖"就是同姓的人在一起祭祖，然后在一起凑份子吃，简称为"吃祖"，冬梅在外打工，她完全可以不交的，但是冬梅娘为了交上冬梅的一份"丁"钱，差一点和生了儿子的冬梅的三妈打起架来。冬梅娘把写族谱的小学先生手中的毛笔一夺，说，男女一个样，她家冬梅也是田家的一份"丁"，也要写在族谱上，也有资格"吃祖"的。依仗生了一个儿子的冬梅的三妈阴不阴阳不阳地说，有本事夺，你有本事写嘛，有一个办法，你招一个回来，有本事你招一个回来。冬梅娘知道她妯娌的意思，笑她没有生一个儿子，可是她是不会输给她的，当时她就撂下一个硬挣挣的话，不要以为你生了一个带把的，就会得到田家的祖财，你放心，我会招一个回来的，你以为我不会招一个回来的吗？

话说了还没有超过半年，冬梅就回来告诉她和刘志文谈恋爱了，什么人不谈，非要跟刘炳祥的儿子刘志文谈，冬梅娘冬梅爹还没有来得及阻止反对呢，冬梅就打电话回来说要结婚了，真是防不胜防，还措手不及。

冬梅娘有一段时间就没有出门，一出门人家都说她过去很抱身的衣服变得旷洞旷洞的，那里是旷了，是人瘦了，都瘦了一框了。虽说冬梅一次一次地把她这个做娘的如意算盘打乱，打碎，把做娘的心伤了一次又一次，说起来真觉得不划算的，丫头养了这么大，说变心就变心了，被人三哄四哄地就哄走了。就这样，冬梅妈实在不好跟别人说，说了就是让别人瞧不起，给人一个话把子。

冬梅在出嫁问题上本来还想依志文这个小子的骗子嘴，穿婚纱，旅行结婚，这次冬梅娘不让步了，说了很多绝话，意思是冬梅不答应做仪式，她就算是没有养这个丫头，她也没有她这个做娘的。冬梅没有想到过去那么开明那么时髦的娘怎么一下子变成了老古董了。冬梅娘还在冬梅面前绝食了两天，冬梅又想走她爹这条路线，可是她发现，她爹也和她娘结成了统一战线，真的没有办法了，冬梅这才答应做这个出嫁的仪式。

所以冬梅娘一定要在她女儿出嫁上把她自己的面子撑起来，把田家的面子撑起来，这次她几乎用尽了这么多年的积蓄，这一点冬梅不知道，她也不想让她知道，冬梅，冬梅，是她的一块心头肉，自肉自疼。她咬着牙，连冬梅打工挣回来的钱也没有用一分。

冬梅问为什么，冬梅娘说是让冬梅带到刘家去做私房钱，将来夫妻吵起架来也有底气的。

冬梅娘本来是好声好语地说给丫头听的，可是冬梅还傻乎乎地说，他们才不会吵架呢。

冬梅娘只好叹气，傻丫头，娘活这么大，总比你见识多吧，做一年姑娘做一年官，做一年媳妇把命伴，他现在哄你像哄着个祖宗似的，将来你进了门他的真面目就露出来了，不但不哄你了，还会……，冬梅娘没有把话说完，看到冬梅已经把耳朵捂起来，又叹了口气，这不是她要叹的，而是叹气本身要叹的。

冬梅爹想不明白，冬梅不在家，冬梅娘只要见到和冬梅一般大的素兰，眼睛就直了，还跟素兰打听冬梅的消息，真是不怕人家笑话，冬梅娘还有理，素兰又不是外人，她是我家的干女儿。

这是冬梅没有回来的时候，等冬梅回来了又吵架，原来小小的冬梅那么乖巧听话，像个小鸽子似的，讨人喜。自从长大了，犟骨头就长出来了，高中毕了业，没有考上大学，开始还可以，在家里做做家务，看看书，后来就闹着出去打工，哄了一年后就不听话了，还自作主张，说出去打工就出去打工，冬梅爹和冬梅娘一起吓她，外面有坏人，而且很多的，冬梅这个傻丫头，不听也就罢了，还回嘴说，外面全是大灰狼，外面全是大老虎。

冬梅一出去，就飞得无影无踪的了，还不像其他人家出去打工的，人家隔三差五地向家里报行踪，可是她呢，没有事决不向家里打电话。她妈妈为了知道宝贝女儿的消息，省吃俭用地装了一个电话，可是电话就是不叫，以至于他婆娘非跟他说蛮话，说他真是没有本事，她一个女人，从来没有沾过男人的光，就连装电话都装了一个坏电话。

冬月底，她的宝贝女儿这部活电话回来了，可是还是响的时间不多，一旦响起来，就是和她妈妈一起响，把冬梅的爹耳朵都要震聋了，母女两个人吵起来了，都是芝麻大的事情，为了一把梳子的颜色，一块香皂的牌子，每次吵完了都是他来收场。

冬梅爹很是为难，不发表意见不好，发表了意见也不好，他婆娘总说他，这下你得意了吧，这下你得意了吧。其实他心里明白他婆娘为了什么要和她丫头吵，一个字，就是怕刘家门槛高，丫头过去会吃亏。但丫头怎么也听不进去。她一点也不觉得她会跳进火炕里，或者从米箩里跳进了糠箩里。丫头有丫头的理论，她说，他刘志文敢。冬梅娘说，刘志文不敢，他又不是石头缝里蹦出来的。

这后面一句话，冬梅娘是和冬梅爹一个人说的，她也怕说太多，过了头，冬梅娘是穆桂英，冬梅的性格比穆桂英还穆桂英，她做娘的怎么会不知道。人家都说丫头长大了，是贴心小棉袄，可是冬梅这个贴心小棉袄不是她娘的贴心小棉袄，而是她娘身上穿的化纤棉毛衫了，痒，不舒服，还不能说，也不让人说。

不过冬梅心情好的时候还是不错的，把家里忙得妥妥贴贴的，上次去县城买出嫁的小东西时，还给她娘买了护手霜，给他买了剃须刀。可是冬梅娘还以为这种护手霜和雪花膏差不多呢，后来还是素兰告诉她，这种护手霜是国际名牌，电影明星用的，高档的。

冬梅娘就急了，多少钱？多少钱？

素兰不肯说，最后是冬梅娘逼着素兰说出来的，七十多块。

听了这句话，冬梅娘不骂她丫头，反而劈头骂了她男人，这个护手霜就七十块，那么你的刮胡子刀肯定不止一百块。败家子啊，败家子。

冬梅爹不相信，冬梅承认了，还有理，不和你们好不行，和你们好又不行，我看你们都到了更年期了。

冬梅娘每天到了晚上临睡觉前都小心地抹这种电影明星才用的东西，她把手凑到她男人鼻子前时，已经把冬梅把她气哭了的事忘了，真的彻底地忘了。

你闻闻，真香啊，比雪花膏香一百遍呢，人家都是自己的男人买，我没有这个福，我家是丫头买，也好。

正月初五，冬梅的情绪和她娘的情绪坏得像两挂鞭炮，想想就炸响一下，想想就炸响一下，把冬梅爹响得一跳一跳的。冬梅爹觉得从来就没有一个日子有正月初五上午这么难受，亲戚们下午才来呢，初四晚上，两个人吵得像发生世界大战了，冬梅是个孩子，她说她明天不嫁了是气话。可是冬梅娘也越过越小了，说，不嫁？你说不嫁我就去通知。要不是冬梅爹用排请客名单表的事把冬梅娘支开还不知道吵成什么样呢。

冬梅主张办个仪式不一定非要办全，意思意思就行了，可是冬梅娘非要按古法，全过程，一样都不能少。刘志文家一定要弄轿子船来接新娘，冬梅站在刘家这边，说是多此一举，冬梅爹也觉得有点多此一举，但他没有说出来，冬梅娘犟起来了，不弄轿子船不行，就是不行。

最后还是冬梅爹做了工作，冬梅眼泪汪汪地让了步，还去把志文叫来，志文后来像个传声筒一样传给了刘家，刘家依了。其实农村的轿子船已经没有以前多了，都在变的，过去的一些规矩现在还算什么。你看看现在的丫头和小子，你再看看电视上的亲嘴的镜头，过去结婚哪里允许穿白的，你看现在的新娘就是一身的素，还嫌白得不够，连新郎也是一身的白。但冬梅娘就喜欢按古法，也好，轿子船，够喜庆，也够热闹。

刘家那边摆平了，田家这边问题又出来了，冬梅就一个，要轿子船带新娘的话必须要有一个兄弟替冬梅嫁妆上的箱子捏锁，只有让冬梅的堂弟冬生来捏。冬梅爹已经意识到这个问题了，但他知道他的婆娘更不会忘记这个问题，他婆娘不说，他也不好把这个"洋辣子"抓在手上。不过只是过了几天，冬梅的三妈就主动到冬梅家带冬梅到她家"过"上一天。这是她这个做婶娘的一点心意，不但带冬梅"过"了一天，而且还送了一只皮箱作为婶娘给侄女的陪嫁。冬梅的三妈做得愈像婶娘，这说明冬梅的娘的背后工作做到家了。不用说，冬梅的三妈已经答应让冬生"捏锁"了。

家里真的是太紧张了，好在素兰也来了。素兰一来，冬梅就有魂了，她们先在外面说了一会儿话，然后素兰和冬梅手搀手地进来了。冬梅看见爹正向家具上贴喜字，就急了，爹，家具要染上红色了。

冬梅爹说，你不知道啊，爹昨天下午才去县城去买现成的双喜字的，后面有什么不干胶的。

冬梅有点不悦，早说了嘛，不要贴得到处都是，俗气。然后就和素兰折回进自己的闺房，冬梅的爹还没有把素兰回头的笑看清，门就啪地一下关上了。

冬梅娘和爹对视了一眼，一起丢下手中的活计，来到冬梅的闺房外听，里面似乎有说话声，听不清冬梅和素兰在说什么，真像是一对小老鼠在说话。冬梅娘叹了一口气，丫头长不大烦，长大了更烦。

正月初六这一天，的确是个好日子。庄子上有三家做喜事，两户娶，一户嫁，并起来是两家，这就需要抢"上风"，越快越圆满也就越顺遂。这天早上三鸡叫的时候冬梅娘就忍不住踢了冬梅爹，她爹，她爹，起来吧，天不早了。

庄上人都记得当年冬梅爹娶冬梅娘的时候，由于冬梅的娘家人拿了一下翘，可把田荣祥这个薄面子弄恼了，自己新娘也不带了，就气鼓鼓地一个人上了轿子船，媒人和轿子船上带新娘的人急死了，怎么劝也没有办法。田荣祥就这么嘎古，在这个关键时刻，结果冬梅娘自己跑上了轿子船。冬梅爹其实醒着，他刚上床眯了一会儿，还记得小时候，丫头喜欢吃糖，他就拼命买糖给她吃，结果把牙吃蛀了，他后悔得就想打自己。到丫头换牙齿了，长得慢，冬梅爹几乎每一天都要冬梅把嘴巴张开。牙齿长出来了，又要管她的调皮了，几乎每天他都要为了她丫头去和人家打招呼。后来丫头大了，她不怎么说话了，他又要去跟人家素兰了解是什么原因，很多人都说他是前世里没有丫头，这辈子来还丫头债的。不过这丫头除了犟，其他是没有什么缺点的。

正月初五晚上，冬梅家的亲戚就来了，有几个表亲就在堂屋里通宵打麻将来"守富贵"。这是规矩，也是应该的，本来不需要冬梅爹什么事，但冬梅爹还是坚持坐在一边边抽烟边相斜头。有表亲想让他上去来一将，冬梅爹没有肯，他只是抽烟，一支一支地抽。中间冬梅爹还起身做了一次夜宵，表亲们都劝冬梅爹，今晚你陪我们干什么，明天你还有大事要做呢。冬梅爹说，反正睡不着，我相相斜头。直到了下半夜冬梅爹才被硬劝了上铺。

现在冬梅爹还是起床了，进了堂屋，那几个表亲们还在打麻将，他们真是有本事呢。其中一个是舅表，农村办大事就是亲戚之间的大相会呢。舅表说，你怎么不多眯一会儿，今天有你忙的，况且你又不是娶媳妇。

本来这句话没有什么，但冬梅爹就寒了脸，什么话也不说了，许是戳到了疼处。另一个表亲发现了，就打圆场，我家冬梅又不嫁到外庄去，嫁到本庄好，贴心贴肺又能知冷知热，表哥，看你本分，其实还是你眼光远。冬梅爹这才暖了脸，我睡不着，一点儿也睡不着。

冬梅娘在房里简单梳妆之后也出了房门。之后，冬梅的一些姨娘舅母也起床了。还有过来帮忙的素兰的娘，她和冬梅的娘是同一个庄上嫁过来的，现在各自的丫头又玩得像一个人，来帮忙是应该的了。

素兰娘有点像妇女队长，对那些帮忙的亲戚说，今天要早点烧早饭，将来轿子船一到，你们还要花时间闹轿子船上的人，一切要逸逸当当。素兰娘还像是一个行家，说，要会闹，不闹那个刘炳祥不知道我们冬梅家的亲戚厉害。她还回头对冬梅的娘说，姐，你说呢。

冬梅娘似乎心情不错，她点点头。闹发闹发。

还在麻将桌上的那些表亲们一边哗啦哗啦地和着牌，一边大声地说，表嫂，你放心，做干部我们不会，但是闹轿子船我们会的，到时候，你不要嫌我们闹得太凶。

不可能。冬梅娘的声音响亮，都像《沙家浜》里的阿庆嫂了。

再后来，冬梅素兰也起来了，冬梅显然没有睡够，打着呵气。素兰兴致还是不错的，还挠冬梅的胳肢窝，冬梅有笑，素兰自己都咯咯地笑了。

刘田氏，马上你就是刘田氏了。

冬梅没有说话，还是打着呵气。

素兰说，新娘子，新娘子，上山摘桃子，摘到个细猴子，细猴子……素兰还想再说，发现冬梅脸已经转阴了。到底到了正日了。

素兰凑到冬梅的面前,准备麻油了?

冬梅把头抬起来,你看我哭不哭?

素兰看到她的牙齿都咬起来了,明明是她自己谈的,还不是人家介绍的,更不是父母包办的,有什么不高兴的呢。她都羡慕死她了,说出去打工就出去打工,出去见了世面,又自己找了个对象,不像她呢,她娘管她管得那么死。

因为是水路,村庄上迎娶新娘总是用轿子船,轿子船是指租顶轿子放在船上。船头放着火盆叫旺盆,还有鸭子叫"押子",新郎倌应该捧着个毛主席的像站在船头,一是吉祥,二是辟邪,轿子船上的人每遇到桥就必须放鞭炮敬桥神。

到底是本庄,志文家的轿子船果真来得很早,好在这边早饭碗收得早,不然还有点慌张呢。冬梅家的亲戚都兴奋起来了。

去河边接轿子船的仍是"守富贵"的几个表亲,他们接轿子船的兴致很高,打了一夜麻将居然一点也不困。轿子船把本来很平静的水都激得欢快起来了,都一浪一浪地抢在轿子船前面,那红红火火的轿子放在船头,船头放着烧得辟啪作响的火盆叫作旺盆。旺盆前还有两只呱呱呱叫的鸭子。按规矩,接轿子船的也是要讲顺遂的,要有"带桩封儿",还有喜烟,这个肯定不会少的,难怪这些表亲要抢着去呢。

那些表亲把轿子船上的人接回来了,表面上很是一副得了便宜还卖乖的样子,没有去的亲戚起哄着要他们请客,本来就是闹着玩玩的,但是他们的回答很是让闹的人不快,又没有多少,到底是精豆子,精豆子生的精豆子,怎么可能会大方呢。

其实他们怪错了,以为那个站在船头捧着毛主席像的年轻人是新郎官志文,他们错了,新郎官志文并没有来,志文托了他的表弟作带亲,这样这次的性质就变掉了,新郎官来是带亲,而这样的话就从带亲变成了领亲,带亲也不是没有,那是过去新郎官实在忙才这样做的,冬梅娘低声问冬梅爹，志文呢，志文呢，你知道不知道。冬梅爹说，我不晓得，我还以为你晓得的。冬梅娘说，屁。

现在看来，这是冬梅自己做的主了，她肯定是怕她娘会刁难志文，因为在去年志文家过来"通话"的时候，冬梅娘不像是和她的亲家公说话，而是吵架。这个丫头将来怎么办？肯定在刘家要吃亏的，现在说已经没有用了，水都过了三亩田了。

轿子船接回来了，盒子头上鱼肉都去敬了菩萨。轿子船上的人就坐下来了，照例是九个人，八人正桌，媒人挂角。都是本庄人，就有了亲和力，媒人又是庄上的老兽医许先生，平时很会说笑话。今天他任务很重，反而严肃起来，紧紧地抱着胸前一只黑包，好像怕人抢劫似的。

先吃果子茶，再吃枣子茶，然后吃汤圆茶。正月初六的第一个高潮是吃汤圆茶，汤圆是用糯米做的，捏得小小的，而素兰娘给媒人许先生端来的一碗却是无大不大的，每一只都有鸭蛋大。

许先生一见，就说，我投降我投降。

素兰娘说，你投降你就缴械。

好个王鸭弟，媒人许先生似乎很生气，你知道我的假牙是不能吃大汤圆的。

素兰娘说，今天公事公办，吃也罢，不吃也罢，媒公大人是做着玩的吗？

冬梅爹在一边看着，他不阻止，也不说话，不停地抽烟，看不见他的眼神。不过大家的目光都在素兰娘与许先生的身上，最后许先生还是从他的宝贝似的黑包里掏出一包香烟和一只喜封。

素兰娘喜洋洋地走了。大家都笑了起来，说，许先生许先生，今天你输给王鸭弟。

我们一家人呢。大家笑了起来，许先生他可能怕别人再来闹他，就把自己的底主动暴露出来，许先生拍拍手中的黑包说，我就只能做这么大的主。

我就只能做这么大的主。许先生再次说这句话的时候已是闹饭的时候。烧火的冬梅三妈急急地用一海碗的米饭往许先生的碗里一扫,还飞速地挟了一只鱼头放在米饭上,这样饭是非吃不可了。请别人代饭就必须发喜烟发喜封儿,本来轿子船上这一桌吃饭就鬼鬼祟祟的,一只手扒饭,一只手捂着,他们就是怕闹饭,本庄本庄的,谁都知道闹饭的好处,谁也知道闹饭添喜庆,后来许先生就说了上面那句话,说完之后还拍着手中的那只黑包。

你能做这么大的主就不应该上这轿子船。说这话的不是冬梅的三妈,而是冬梅的娘。一个上午冬梅娘都呆在冬梅的房里没有出来,谁也不知道冬梅娘是什么时候出来的,轿子船的一桌就摆在冬梅的闺房外,冬梅娘肯定全听见了。冬梅爹走过去,用手拽了拽冬梅娘,对许先生说,许先生,冬梅娘是跟你开玩笑呢。许先生开始还愣在那个地方,然后也自嘲式地笑了起来,对,对,对,开玩笑,说完就主动掏烟敬烟。

冬梅娘猛然推开了冬梅爹的手,说,我哪知道刘炳祥派出你这个老抠门来,他刘炳祥瞧不起我们田家早点说,不要等到这个时候,小事上他抠门,我不计较。这倒好,冬梅娘竖起手指掰了掰指头说,儿子结婚还这么抠门。许先生一句话也不说,好像外面有人家放鞭炮了,炸得许先生一怔一怔的。

冬梅爹说,他刘炳祥抠门又不是一天了,你今天计较干什么,早点吃完,让轿子船动身吧。

冬梅娘的眼圈就红了,不,我就要讲这个理,说好了让志文领亲的怎么又换成了带亲,像什么话?他刘炳祥盒子头上少了冬梅他五叔的礼,冬梅五叔虽是一个人,但他也是长辈。还是说好的二两金手链,怎么又成了一两的了,这明摆着瞧不起人。

有些话看来还是要摆开来谈。冬梅爹知道无法劝冬梅娘了,他猛抽了一口烟,咳了起来,他忍了忍,咳得更厉害了,他低下头咳了几声抬起头已是满眼泪水了,许先生你看怎么办吧。

许先生手里的烟似乎很多,他继续发烟,发了一圈又一圈,有人接了,有人没有接。一个表亲趁机说,许先生,你还好意思发这个烟,结婚发"红梅"是拿不出来的,人家早散红中华了。

真的窟窿要么不出,一出就是一串。许先生的手就愣在那个地方。可许先生毕竟是许先生,他说,新娘子进了房,媒人撂过墙,刘炳祥当初找到我,说是现成媒,说是他们两人自由谈的,看来刘炳祥不如他儿子,还没跟他的亲家母谈好。

许先生这个笑话一讲,大家又笑了,许先生趁机说了一句,看来这媒公大人的六斤烂面二斤肉不好吃。

冬梅三妈会转弯子,提醒了许先生一句,你吃了人家刘炳祥的就得替人家跟腿。许先生拍了拍黑皮包说,对对,我去刘炳祥家一趟。

冬梅娘对着许先生的影子高声地说,你跟我把刘炳祥叫来。冬梅娘的声音都抖了。

许先生到刘炳祥家里去了,轿子船上的其他八个人就无事可做了。冬梅娘抹了一下眼泪又钻到冬梅的闺房里去了,不一会儿,素兰走出来,素兰肯定哭过了,眼圈红红的。

有人说,素兰,淌了几两麻油了?

素兰说,我淌麻油?蜡烛熏的。素兰说完就找了一块毛巾进去了。

轿子船上的人没了领导,反而更加自由了,有人还要了两副牌打80分。反正没事干,大家都围着相斜头,领导不在,喜庆的氛围转为游戏,就更显得无遮无拦的了,打点情,骂点俏,反正是本庄。这时在本庄嫁娶的优势就出来了。有人甚至还举例某一年有个人家由于带的礼不好,只好回去补,一补就补到了天黑,新娘子拜堂之后已是晚上九点多钟,等得人家吃喜宴的差一点饿昏了。也有人说,志文过去每天都来冬梅家,这一过年就不来了。有人立即抢白,志文哪是不来,是刘炳祥不让他来,刘炳祥真的是个精豆子。

冬梅娘就回过头来看她男人，真的是应了庄上人的话了，都说刘炳祥眼界高，要娶一个城里姑娘呢，所以他不太满意田家丫头呢。这话传到冬梅娘的耳朵里时，冬梅娘是生了气的。可是冬梅爹说，人家是吃不到葡萄说葡萄酸呢。现在好了，刘炳祥把葡萄吃下去了，只把葡萄皮给了她们田家。说句实话，冬梅娘还不太瞧得起刘炳祥，刘炳祥精精干干的，把田种得像绣花一样，海陆空全来的，砌了楼房。这是有本事，她佩服，但人活着不是为了钱吧，庄上人都说他太精，是跌个跟头抓把泥的角色，就连村子里让他当先进他也不肯，大支书说他主要就是怕请客，才不肯做先进的。你看看这个人家，她丫头就是看上了这个人家，庄上人还以为她看上了刘炳祥这个精豆子的钱呢。没有办法，怪就怪他们自己家里没有结成统一战线，冬梅是什么人，她晓得在什么地方突破，她在她爹面前一哼一叫，冬梅爹就从他婆娘这边倒戈了，站到他宝贝女儿这边了，反而来劝说他的婆娘，说了许多志文的好话，对于刘炳祥，冬梅的爹还劝冬梅的娘：将来又不是跟他过的，况且志文是听冬梅的话的。其实冬梅娘当时就说了，你田荣祥是什么东西，你还想在刘炳祥面前打如意算盘？

现在看来应了她的话了，精豆子刘炳祥就是精豆子，改不了的，还想在儿子结婚这个大事上玩心眼。看到大家没有散开，冬梅娘知道，大家其实就是想看一看，刘炳祥会在她穆桂英手里能翻出什么跟头来。

笑嘻嘻的刘炳祥进门时谁也没有理他。他开始还是有点别扭的，他看了一下大家，然后就掏出香烟，一支一支地发，烟已换成了好烟。好烟一散，大家就开始和刘炳祥开玩笑了。

炳祥，要做扒灰公了哇。

炳祥，扒灰棍准备好了没有？

炳祥，是来看亲家母的吧？

炳祥到底是炳祥，不否认也不回答。刘炳祥发了一包，又拆开了一包，边散还边看什么。有人又起哄了，看什么啊，新娘子是肯定看不到的，你的磕头钱还没准备好呢。

炳祥依然笑着不说话，就问，我的亲家母呢，亲家母呢。

哇哇亲家母亲家母，有个青年人就笑起来，好嗲啊，有本事自己进去找她，她在新娘子的房里。

谁都不给他正确答案，他还不敢跟与他开玩笑的人当真，大家都要看炳祥这个精豆子的笑话，炳祥就这么笑着，最后他找对了一个人，他找到了冬梅的三妈，喊，三娘，三娘，麻烦你找一下。

大伙儿又哄笑起来，哦，三娘，三娘，应该叫三娘子。这次没闹着刘炳祥，反而把冬梅的三妈闹了个大红脸。

红着脸的冬梅三妈进了冬梅的闺房一会儿又出来。她又拨开人群直奔厨房，终于从厨房里找到了全身布满草屑的冬梅的爹，看来他在厨房里睡了一觉。炳祥一见冬梅的爹，就说，亲家，亲家。

可冬梅爹没有接炳祥的烟，而是自己抽自己的烟。刘炳祥只好自己衔在嘴里，一把扯过冬梅爹嘴上的烟，过了一下火，又把烟递给了冬梅的爹，亲家，你不要以为我精，我就这个儿子，娶了你家冬梅，就这个大事，我怎么可能精？再说，我只是听你们的，你们不要旅行结婚，就不旅行结婚，做仪式。本乡本土的，你要轿子船，我就弄轿子船。带礼这件事不能怪我，我问过冬梅的，冬梅说不要。至于手链，这是志文他娘手上的，志文问过冬梅，冬梅说这也不够了，以后有钱自己买个款式更新的。

冬梅爹手中的烟灰一寸一寸地长着，终于落了下来。炳祥说，亲家，你看，你看，都不是我的主意。炳祥还卖了一个乖，儿子大了，不听话了，我家志文现在连我的话也不听，他只听你家冬梅的。冬梅爹哼了一声，然后进了冬梅的闺房。

炳祥又开始散烟，一支又一支，有的两只耳朵上都夹上了烟，手里还拿着两根,好烟谁不吃,不吃白不吃,吃了也白吃。媒人许先生不知从什么地方冒出来,他与牌桌上的人争了起来,许先生坚持说那个人的牌技臭死了,比他的脚丫还臭。

那人就说,肯定比你的手香,我的手还不臊气。这说到许先生的疼处了,许先生喜欢人叫他许先生,但是不喜欢别人叫他的看畜生的先生,是和猪卵蛋打交道的先生,许先生不悦了,不悦了的许先生就蹲在一边抽烟,弄得屋子里全是烟啊雾的,家神柜前的喜烛的光芒竟多了一圈七彩的光晕。

冬梅娘是和冬梅爹一起出来的。冬梅娘低着头还是能看得出来的,冬梅娘是哭过了。炳祥一见到他们,脸上又聚起了笑。有人说,看看炳祥脸上的馋笑。炳祥好像听不见别人笑话,依旧笑着,亲家母,亲家母,冬梅娘把头偏到一边去,炳祥也把身子偏到一边去,亲家母,亲家母。许先生说,哦,哦,炳祥,看你的样子是想一箭双雕啊。

院子里的旺盆还在辟啪地燃烧着,那两只系着双腿的鸭子正不安地拍打着翅膀。

谈判是在冬梅爹娘的房间里进行的。炳祥看来也累了,他给自己点了一支烟,狠狠地抽,又狠狠地吐了出来。冬梅爹也是这样,两个人像在比赛似的。冬梅娘开始还能忍得住,后来就被呛了咳了起来。你们有屁给我快放。

炳祥一听,像得了令似的,甩开手中的烟说,亲家母,我说不要做仪式让他们旅游结婚你同意就说我抠。

冬梅娘说,刘炳祥你是要人说你精,说你抠,你就这一个儿子,结不起婚早点说。

刘炳祥说,是亲家母你说的,要做个仪式,我依了,要轿子船,我依了,还要怎么样?

冬梅娘拍了拍自己的胸脯,还要怎么样?你是不是被我们田家逼着你们刘家结婚的，不错，要仪式还有轿子船都是我说的，我养的女儿，我要怎么样就怎么样。

刘炳祥甩了手中未点火的烟，并用脚踩了踩说，你不要以为我想省点钱。

冬梅娘说，扔个东西进水还有声音呢，我嫁女儿，不谈你的刘家，田家的人该怎么看我们？

刘炳祥又点了一支烟，看了看表，说，荣祥，你是男人你拿主，你说。

冬梅爹抽了一口烟，吐了一个烟圈说，我不做主，我生个儿子我做主，我生的女儿让她娘做主。

皮球又踢回去了。外面许先生在拍门，时辰不早啦，人家的轿子船都把新娘子带回来了。

炳祥又甩掉了手中没有点火的烟，亲家母，你看呢。冬梅娘用脚踢了踢冬梅的爹。冬梅爹说，就这样吧，谁叫冬梅看上他了呢。

炳祥说，对对，他们两个小的有缘，好得像一个人。

冬梅娘说，刘炳祥，你不要以为我怕你，现在又不是过去。

炳祥说，现在的确不是过去。

冬梅娘说，我玩字眼玩不过你，我还是这句话，现在不是过去，一家有女百家求，我家冬梅又不缺胳膊少腿的。

炳祥还没有等他的亲家母把话说完，就忙着表态，对，对。

冬梅娘抹了抹眼泪说，刘炳祥，我告诉你，冬梅从早上到现在一直在哭，你不要湖水煮湖鱼算了，你叫刘志文这小子来。

这不好吧。炳祥不说对对对了，他搓了搓手，规矩你也知道的，来的时候成单，回的时候成双，不好调的。我们也是为了小的好。

冬梅娘说，不好调？哼，我叫他过来就过来，他不过来，田冬梅就不出门，我不怕丢这个丑，现在又不是过去，人家结了婚还离婚呢。冬梅娘很激动，尖声叫得像一只母兽。

冬梅爹似乎不满意他婆娘的话，你这说什么话？

冬梅娘把冬梅爹一搡，什么话，我说的是中国话。

炳祥笑了起来，亲家母，亲家母。刘炳祥还把声音压低了，热气都呼到冬梅娘的耳朵里了。就这样，就这样，以后我打招呼，亲事一办，我们就是一家人了。

冬梅娘眼睛眯着，深得很。她笑了，笑得很慢，也收得很慢，谁和你一家人，刘炳祥，告诉你，你这样欺人，我们还和你家做什么亲，你把轿子船撑回去吧，今天我准备丢丑了，我们冬梅不嫁了。

许先生说得真不错，远处已有鞭炮声一阵阵传来，肯定是有个人家轿子船把新娘子接回来了。

但是这边不行了，依许先生这个老媒人的经验，本庄本土的，一般都比较快，速战速决，正好抢得好日子的上风。今天不一样了，本来许先生喜欢和女"瓦匠"一起砌墙，平时难得凑齐，今天来看冬梅做新娘子的基本上都是女人，她们其实都像从新娘子身上看出自己当年做新娘子的时光。这样也为许先生提供了方便，他都凑好了今天晚上的几个麻将腿子了，比如素兰的娘，还有冬梅的三妈，可是卡壳了，真的卡壳了，他做的这个现成媒卡壳了。大家都听见了冬梅娘的最后一句话。

就很快要做扒灰公公的刘炳祥像是打了败仗似的走了，临走时，素兰的娘存心跟刘炳祥开了一个玩笑，哎，刘炳祥，你的笔记本。

要是换成钱啊什么的，刘炳祥不会上当，但是换成了刘炳祥最要紧的笔记本，上面都是这个精豆子的变天账，这也是这个精豆子和其他农民的不同之处，听说他婆娘用的草纸的张数都记着呢。

刘炳祥果真上当了，他把头低下来了，当他发现地上除了鞭炮屑之外没有什么时，他的脸色由黄变黑了，嘴唇都抖了，成了一颗烧焦了的豆子。本来素兰的娘还准备开一句玩笑的，可是看到刘炳祥的红眼睛，话到了嘴边又咽下去了。

冬梅家这边的人好像都得了指令似的，都不相斜头了，没有了观众的牌场就冷清了，连家神柜上的喜烛都有些游移不定了，一边的烛油还泄了下来，所以显得一边高一边低。

轿子船上的人还在来牌。刚才牌都是那样的爽快，甩在桌上都脆刮刮的响，现在好像都疲了，到底是纸质的，牌落在桌上迟疑得很，所以就不免出了几牌差错，心情也不好了，就相互低声指责，也没有大声。他们想不来了，但不来牌又干什么呢，平时他们是一个庄子上的，现在可是代表刘家到田家娶亲的，是属于另一个派别的。

他们的头是许先生，许先生也不和女人们开玩笑了，而是把一只已经瘪了肚子的黑包紧紧地搂在胸前，生怕有人来抢似的。其实现在他即使把包凑到人面前，人也不会抢的，办喜事，主要是看主家，主家想闹，大家就给面子，现在主家是这样的态度，没有哪个会不识相的，做二百五，对轿子船上人的态度就是对刘家的态度，这是立场问题，容不得半点含糊的。

许先生搂着他的宝贝黑包在冬梅家的天井里转来转去，那对用来"押子"的雄鸭可能是饿了，嘎嘎嘎地叫得人心里正烦。许先生跑到鸭子的面前，鸭子不叫了，可是许先生刚走开，鸭子又嘎嘎嘎地叫了起来。

许先生，它们在搞阳奉阴违。

一个轿子船上的人本来是想笑话许先生的，没有想到许先生反过来臭了他一句，是不是上次没有给你骟干净？

外面又有一阵天地炮的声音传来，不过是零星的，看样子是人家轿子船过桥头，在敬桥神，许先生把胸前的黑包搂得更紧了。

过了一会儿，外面好像骚动起来了，背着冬生的冬梅的三妈耳朵比较尖，她一边向外走，一边对许先生说，你的东方红来了，你的大救星来了。素兰的娘说，哪里是许先生的大救星，是许先生的大酒窝。

许先生好像是在站着睡了一觉似的，一脸的懒相，后来他也听出来了，他把胸前的黑包放下，好像醒了。

刚才天已经有点暗下去了，现在太阳又从云层里钻了出来，院子里亮堂起来了。刘炳祥的婆娘酒窝来了。

许先生真是一个老媒人了，他还是刘炳祥的媒人呢。刘炳祥当时在庄上的条件不是太好，虽然说他是个初中生，又是个独子，还做了队上的植保员，什么时候有棉铃虫了，什么时候有三代二化螟了，什么时候有红蜘蛛了，他是一清二楚的。要是放在一般人身上，姑娘们还是愿意看上他的，可是刘炳祥成分不是太好，中农，穷，这也罢了，关键他还有一个经常生病的寡母。

不过当时刘炳祥还心傲，一般的对象还看不上，这样就误了下来，要不是走村窜庄的许先生到处骟小猪，他当时肯定会要打光棍的。许先生好像知道刘炳祥需要什么样的对象，他一介绍就成功了，两个人见了面就去照相馆拍订婚照，害得许先生真怀疑他们是不是以前就认识，让他这个媒人做幌子。他们都一口说没有的事。

刘炳祥找到对象，在一段时间里是个大新闻，可是谁也没有看见过刘炳祥相中的外庄的未婚妻，所以就缠着许先生，许先生本来不说，但是他经不住激将法，就把刘炳祥的婆娘的长相说了出来，刘炳祥的婆娘叫做扣子，扣子是个黑里俏的女人，鸭蛋形的脸，黑辫子，一直拖到脚后跟，一双大眼睛，一笑起来两个大酒窝。

由于许先生这么一形容，所以刘炳祥娶新娘的那一天，看新娘子的就特别多，新娘子穿着红棉袄，是黑里俏呢，不过没有看见酒窝，因为新娘子头低着。也不知道为什么，新娘子把一条拖到脚后跟的辫子剪掉了，后来才知道，这是刘炳祥妈妈的意思，长辫子苦时间，庄稼人，早上的时间是宝贝呢。

时间过得真快呢，现在都轮到酒窝娶儿媳了，想想就在昨天呢。大家现在看见了酒窝把她的一对老酒窝笑给了大家看，还笑得咯咯咯地响,像是刚生了红皮鸡蛋的母鸡似的。

我的亲家公呢,我的亲家公呢。

扣子真的是厉害呢,她一来就叫亲家公,意思是很明显的,她把冬梅娘的嘴堵住,她一边说,一边用她的大眼睛在院子里扫着。许先生像是电视上的李莲英一样凑到酒窝面前说了几句,也不知道许先生说的是什么,酒窝总是笑着,好像笑得更灿烂了。她是一副成竹在胸的样子,真不愧人家说她是那个"天上下雨地下流小俩口吵架不记仇"的电影上的李双双呢,现在李双双单挑穆桂英了,所以轿子船上的人精神都上来了,他们不来牌了,都站到了冬梅的新嫁妆边,雄赳赳、气昂昂的,仿佛只要酒窝命令一下,他们就会赶紧把这些现在还属于田家的东西往属于刘家的轿子船上搬。

大家都以为冬梅爹会出来的,因为时间的确不早了,再这样拖下去,看来刘家的拜堂要等到太阳落了,这是刘家不愿意看到的,同样也是田家不愿意看到的。

出来迎接酒窝的是她的叔伯亲家母,冬梅的三妈。

扣子,扣子,什么风把你这个领导给吹来了,不是我说你,你家志文为什么不来?他们不生气,我们这些做长辈的也生气的。

亲家母,你听我解释……

解释什么呢,你家志文是刘家的宝贝,我家冬梅也是田家的宝贝呢。都说你们刘家傲得像个大公鸡。

不是这个意思,真的不是这个意思……你不用听人家瞎说,我们做了亲就是一家人了呢,这样做也是冬梅的意思。酒窝脸色好像变了,酒窝也变浅了。

是谁的意思?我要知道是谁的意思?你们说是我家冬梅的意思,她是小孩,好骗,但你们有没有把我们放在眼里?冬梅娘一出来,声音就高了上去,大凡声音高起来的一方,自以为理由是充分的。

酒窝还在笑着,你不相信问冬梅,是冬梅说过轿子船新郎官像个傻瓜一样站在船头,她不让,我一句没有撒谎。

冬梅的三妈就铲了过来,什么撒谎,可以打电话跟大人商量嘛,如果舍不得打电话就走过来,哪是北京南京啊,就这么远的路,为什么不走过来商量商量,冬梅的三妈越说越激动,她在清明的时候还差一点和冬梅娘为了一个"丁"的事脸红呢,看来冬梅娘真的是做了"下"了。冬梅的三妈还说,都喜欢玩点子,你家不是嫁女儿,是娶媳妇,一家有女百家求呢,你这个人跟别人玩点子还马马虎虎,可跟亲家玩什么点子?

酒窝的脸有点挂不住了,有人说刘炳祥家是刘炳祥当家,有人说是酒窝当家,刘炳祥是假装的不怕婆娘,这是酒窝做给村里人看的,有人还看见刘炳祥跪过洗衣板呢,那是因为他手痒,和许先生来了一牌。现在这样有心计的人也被快嘴的冬梅三妈铲得脸色变了。

亲家母,亲家母,你说,我听你说。

我说,我说,我说,自从做了亲你们刘家什么时候把我们田家放在心上的,又什么时候把田荣祥当作亲家公的?

酒窝笑着,真的是老酒窝了,你再说,亲家母你再说。

冬梅娘本来还想说,嘴唇动了动,半天也没有说出话来,酒窝看到她的亲家母这个样子,就主动作了检讨,主要是忙,她有田,有鱼塘,有猪有羊还有一百只鸡,而且现在是什么时代了,小孩子的事情大人已经不好过问了。

冬梅娘看到酒窝这么对她笑着说着,喉咙就更大了,你的意思是说你们家发财,我们田家穷,我们高攀了?冬梅娘的声音低了下去,她还好像很不习惯,就把头别了过去,声音都有点变了,听上去都不像冬梅娘的声音了,我家丫头到你家,是替你们刘家添汤添水地过日子。

酒窝的弯子转得很快,立即像表决心地说,你放心,我扣子没有一个姑娘,冬梅就是我家姑娘,就是我扣子亲生的丫头。亲家母,时间不早了，我做"下"好不好，你想想，我们就志文一个，将来什么都会是冬梅的。

你不要说得好听，为什么不拿出点表现呢，人家现在哪一家不是半斤的金手链，你们小瞧我们田家也不要用个一两的哄小孩。

酒窝忽然大声地喊起来，冬梅，冬梅。酒窝喊得很亲切，真把冬梅当成自己的女儿了。

冬梅娘也看着冬梅的房间，冬梅的房间里没有什么声音。酒窝还回过头来对冬梅娘解释说，我真的想买大的，可是冬梅会过日子呢，她说一两的够了。她见冬梅娘不说话，就主动把自己手上的往外脱，要不，我这个二两的给她。

不要！

冬梅娘终于爆发了，你给我走开，我们田家再穷也不会要你的臭东西。冬梅娘的头发已经散了，她大声地对冬梅的房间喊，冬梅乖乖，冬梅乖乖，我就要你一句话，你嫁不嫁？你嫁不嫁？不嫁的话，妈妈再给你找个好人家。

谁也没有想到冬梅娘会说出这样的话来，院子里一下子静了，连冬梅的爹也愣在了那里，他和许先生站在一起，许先生手中的黑包到哪里去了？

冬梅的房间里终于传来了一阵哭泣声，这是冬梅的，后来又有一阵哭泣声传来了，这是素兰的声音。

扣子的大眼睛眨啊眨的，终于把眼泪眨出来了。眼泪在她的黑脸蛋上像是一滴汗水，看上去是她为了忙娶媳妇忙的。

酒窝变成老酒窝是一瞬间的事，中午变成下午也是一瞬间的事，正月里的太阳到了下午四点钟就有点西斜了，远处的鞭炮声一阵紧似一阵。过去有人家为了出嫁拿一下最后的翘的，拿翘的目的是为了发一发娘家的威风，让新郎官知道新娘子娘家的厉害，但是拿翘归拿翘，嫁还是要嫁的,从来还没有过人家嫁女儿到了轿子船来的时候突然不嫁了。过去悔亲也不是没有过,这一次真的是没有过,能干人扣子在田家碰了一鼻子灰走了,村里的人觉得太稀奇了,都丢下麻将场子赶到田家来。冬梅的三妈命令冬梅的三叔做警察,如果不再维持秩序,就连院子里的火盆还有两只雄鸭就要被来田家看西洋景的人踩坏了。

冬梅的三妈像是一个新闻发布员一样讲刘家的不是,什么瞧不起人,什么礼啊,最让人不可思议的是扣子从来就没有上过冬梅家门一次,如果不是瞧不起田家,那就是扣子的腿断了。

围观的女人也附和说了不少扣子的坏话,什么精啊,什么眼界高啊,什么玩心眼啊,自以为有了一点臭钱就瞧不起人,冬梅是个多么好的姑娘,要人品有人品,要模样有模样,哪一点配不上他们家的刘志文。说是冬梅高攀,他们刘志文才是高攀呢。

话是这么说,但是事情向什么地方发展呢,冬梅的三妈其实是什么主也做不了的,拿主的还是冬梅的爹娘,说到底是冬梅的娘,但是冬梅的娘又在哪里呢?

人群中突然闪出了一条道来,本村的大支书来了,大支书真的是很忙呢,他一边和他的手机里的人啊啊啊地打招呼,一边和田家院子里的人点头,他是怎么被人请过来的?今年过年他并不是在村里过的,他的大楼房里闲着,他一家是在城里过的,他在城里还有个房子呢。不过他有个电驴子,像个放屁虫,一放屁,就到了城里家里,再一放屁,就回到了他的村部上班了。

现在的大支书是原来老支书的儿子,老支书去年因为鼻咽癌死了,他和他爹不一样,老支书喜欢开会,动不动就是在大喇叭里喊,喂,喂,开会了,开会了。说是开会,实际上是听他讲自己对于报纸上国际形势的理解,他说西哈努克说得最有意思,他说西哈努克就像我们家里的老表叔，和我们国家有亲，所以他就在我们这里住住，那里跑跑。亲戚亲戚，越跑越亲呢。新支书和老支书不一样，他不喜欢开会，但是他喜欢和村民算账，算来算去，到底是大家欠了集体的，欠了国家的。他之所以说刘炳祥是个精豆子不仅是因为刘炳祥不肯做先进，还有一个原因是刘炳祥也会算账。现在刘炳祥怎么把这个人物给请到了？看来刘炳祥还是急于要做扒灰公公的，已经在下本钱了。

大支书一来，所有人的脸都亮了，大家一边看大支书，一边看刚从冬梅的房间里出来的冬梅的娘，冬梅的娘好像刚哭过，眼圈红红的，头一会儿低下去，一会儿又抬起来。

可是大支书并不朝冬梅娘看，他把自己的领带重新正了正，而后把自己带来的烟从烟盒里弹出来，把烟像导弹一样往人群中发射，人群中的男人早早用手接了，所以没有一支落了空。这是好烟呢，闻上去味道就不一样呢。

许先生真是一个马屁精，他掏出一个塑料打火机凑到大支书的面前，可是塑料打火机很不争气，连打了好几下，也没有打着，许先生甩了好几下，也没有把气甩出来。大支书不着急，他从自己的口袋里摸出一个金光闪闪的打火机，一看就是非常高档的，火苗也不是那种急吼吼的，暴发户式的，恨不得把香烟当成烧火棍似的。大支书的打火机的火苗是天蓝色的，还嗤嗤地响，还会变色，从天蓝变成了橙黄色，不过大支书的打火机只是给自己的烟点一下，然后就很清脆地把打火机关上了。

这好像是命令，很多人掏出了自己的打火机，或者是火柴，都点燃了，只剩下许先生还在甩他的打火机，看来他要把他的手甩了脱臼也不可能甩出气来的。

不一会儿，田家院子里全是大支书的这种烟的香气了，听说这烟比小熊猫还高一个档次呢，只有军委里的人才吸到呢。伏在娘背上的冬生不禁咳了起来,但是冬梅的三妈没有敢走开,大支书到现在还没有说话呢。

大支书抽烟的姿势和大家不一样呢,大家的姿势和老支书一样,用大拇指食指中指一齐捏着,可是大支书是有点像夹着,有点不像夹着,反正很好看,他还有一个本事,他抽的烟灰能有半支长也不落。

现在大支书手上的烟灰有半支长了。可是不落,要不是支书用食指弹了弹,烟灰肯定不会落的。支书好像没有看见冬梅的娘,他喊的是冬梅的爹,支书的声音不响。

荣祥,荣祥,田荣祥。

大支书的话还没有落,很多人都跟着喊了起来,荣祥,荣祥。

田荣祥好像耳朵聋了,跟着支书喊的人嗓音更大了,像是经过了村部的扩音喇叭,田荣祥,二饼。田荣祥,二饼。

冬梅的爹是在大家都在喊他绰号二饼时从厨房里出来的,他怎么这样喜欢厨房?看来灶后面暖和,他是在灶后面焐蛋呢。

二饼,二饼。

田荣祥出来的时候很多小孩都跟着喊,还有小孩在喊冬生,三饼,三饼。后来不止是喊冬生了,而是喊其他人了,也不止是喊一饼二饼三饼了,还喊起了一条二条三条,要不是支书又骂了一声,这些孩子,就把整个田家院子变成了麻将场了,支书骂道,奶奶的,你们才是条呢,都是你们妈妈这个五条生的。

大支书对自己的这句话很满意,五条,五条,很多女人都意味过来了,纷纷对大支书说,大支书,看样子你婆娘不是五条,而是白板。

大支书又笑了,吐了一口烟,你知道我是什么吗,我是红中,正好配你这个白板。

许先生凑了过来,说了一下那个女人,她还白板,她早已经是黑板了。

要死了,那个女人就来抓许先生了,你婆娘才是黑板呢。许先生跑了几步,还是被抓住了,许先生的嘴还不饶人,说,我是黑板擦,我是黑板擦。

院子里的气氛已经缓和多了,田荣祥被人推到了大支书的面前。

大支书又弹出了一支烟,荣祥。

冬梅的爹接过烟,支书还用那个金光闪闪的打火机为他点了烟,冬梅爹的手好像在抖似的,烟点着了,但他不是在抽烟,而是在吃烟,只见他把烟抽到肚子里,看不见他把烟从肚子里吐出来。他吃了烟还不向支书那边看,许先生打了一个岔,说,看亲家母啊,刚才送上门不看,现在人走了倒想看了。

许先生的话把支书都逗笑起来了,奶奶的,许先生是不是想给荣祥与酒窝做媒啊。许先生说,你看见过亲家公亲家母要介绍的吗,亲家公,就是头低下来拱,亲家母,就是头低下来摸。

冬梅爹好像没有听见大家在笑话他,眼睛眯着,仍然看着远处。大支书的一支烟终于抽完了,他没有接许先生递过来的烟,而是把他的手机掏出来,然后和手机里的人通电话,支书说了起码十几个"好的"才把手机关上。

大支书把手机关上之后就对冬梅爹说,荣祥,你去把你家里叫来,我们把事情摆到桌面上谈,有什么问题由我来摆平,我倒要看看刘炳祥这个精豆子怎么个精法。大支书很兴奋,我不管他怎么精,要做扒灰公公了,还精,太不像话了,要是我有个像冬梅这样好女儿我不仅要把他这个精豆子变成了银豆子,我还要把这个精豆子磨成豆腐渣。

所有的事情是由冬梅的娘和大支书在一起摆平的,冬梅娘先把情况一一地说了,支书对这个不感兴趣,他要的是冬梅娘提出的条件,冬梅娘用手指头一根根弯着，大支书一个个"没问题"地答应着。

大支书答应得那么爽快，冬梅娘就不说了，大支书说，怎么不说了，荣祥家里的，你给我想好了，是不是只有这么多？

冬梅娘又弯起了一根手指，说，支书，你也知道的，我家又不是卖女儿，我没有得他们家一分钱，我要他儿子过来。

没问题。支书点点头，没有了？

冬梅娘觉得她进房间时应该和冬梅爹一起进来的，两个人想总比一个人想好得多，她想了一会儿，摇了摇头。

没有了？大支书一边说，一边喊许先生，老许，老许。在许先生没有进来之前，大支书对冬梅娘说，我还以为你家是什么条件的，这个精豆子真是精，早知道这样的条件，为什么不答应呢，真是的。看样子大支书是准备用上他的"杀手锏"的，现在已经用不上了。

大支书还有点可惜。他又用那个金光闪闪的打火机替自己点了一支烟，荣祥家里的，你已经闹了，应该往狠上闹的，说实话，刘炳祥托人找到我，我还不愿意呢，我和荣祥是什么交情，我和那个精豆子是什么交情，精豆子他现在求我呢，不然要罚款呢。支书呼出一口烟，烟就把冬梅娘的脸遮住了，她不知道大支书说的话是真是假，她家又欠了大支书一笔，看来年前送的礼还是轻了一点，还是等到端午节再说吧。

总是喜欢吃女人豆腐的许先生正被一群女人包围着，他正巴不得有人把他解脱出来呢。不过衣服已经被那些人来疯的女人扯掉了一颗扣子的许先生头脑一点也没有乱，他听了大支书的话说，其他还可以说，让志文过来不合规矩。来的时候成单，走的时候成双，志文一来，就成了来回都是单了。

大支书说，什么规矩不规矩，规矩是人订的，况且你说的规矩，现在哪有人照着做啊，现在的年轻人啊，一切是做形式。

大支书临走之前还对许先生说，快去啊，时间不等人了，我保证你来的时候是单，走的时候是双。

怎么可能？

怎么不可能？凡事听人劝。大支书的手机响了，他这次是和手机里的人在对骂娘，骂得那么起劲，也不知道是真是假。

刚才还狐疑着的许先生笑了，笑得很暧昧，还顺手捏了一下素兰娘的肩膀，还没有等素兰的娘反应过来，就迅速离开了冬梅的家，他是向刘炳祥家里跑去的，可能是刚才甩打火机甩坏了一只肩，他走路的时候有点歪。

大支书也走了，像一阵风一样。冬梅的三叔耳朵上还夹着刚才大支书散的烟，又被谁抢过去了，毕竟是难得遇见的好烟呢。谁也不知道大支书是回村里的家，还是回城里的家，不过这次他这个大驾肯定是刘炳祥这个精豆子请过来的。支书这个人不是容易请得动的，干擦痒是没有用的，看来这个精豆子出了大血了。真是不划算的，早知现在，何必当初呢，得不偿失。

冬梅的三妈很得意，说，活该。

素兰娘说，你看刘炳祥和大酒窝省的，好像穷得很，那么有钱，还把嘴省得尖起来了。你就不可怜可怜刘炳祥这个精豆子？

可怜？你可怜他，谁可怜你？他吃了亏是他自找，谁叫他不把田家人放在眼里。他之所以不让志文来，就是想把田家人按到刘家人的裤裆里，要是你家素兰出嫁，你会不会答应？

我答应？我答应他一个大嘴巴，我不把大酒窝变成个大尿壶我就不是人养的。

许先生这个老家伙跑得真快呢，他一会儿就回来了，一回来就笑嘻嘻地指挥手下的人往轿船上放嫁妆了。

冬梅娘早已钻进冬梅的闺房里去了，只有冬梅爹在指挥着那些人搬。电冰箱、彩电、家具、VCD。冬梅的嫁妆上红喜字由于是不干胶贴的，因此一张也没有被风吹走，看搬嫁妆的人都说，冬梅娘真舍得。

在冬梅的房间附近听动静的冬生告诉他妈妈，姐姐说，看我不收拾她，看我不收拾她。

冬生学冬梅腔调很像，她要收拾谁？冬梅的三妈猜测是收拾志文，男人要收拾，不收拾就上天了，还不肯下来。不过大家都不同意她的意见，应该是收拾老酒窝，看样子这对婆媳要有好戏看了，冬梅和扣子，都是属于那种斗心眼的女人。

穿西装的刘志文赶到冬梅家时嫁妆已搬得差不多了，这个小眼睛的男人长得一点也不像他妈妈扣子，小眼睛活像刘炳祥，笑起来眼睛就没有了，只看见两只酒窝，就这一点像他妈妈。冬梅的嫁妆搬得只剩下两只皮箱了，这是留作冬梅的堂弟冬生捏锁用的。

刘志文叫了冬梅爹一声，干爹，还递了一支烟。然后来到冬梅的闺房门口，看到冬梅的娘，刘志文眼睛就细了，叫了一声，干妈。

冬梅娘把脸背过去，没理他。

刘志文又叫了一声，干妈。还抽出了一支烟。

待他抽出烟时觉得自己已经错了，看热闹的人都笑了起来。刘志文就窘在那个地方。

还是许先生聪明，说，志文，这就是你不对了，该改口了，该改口了。

刘志文嘴唇蠕了蠕，还是吐出了一声：妈。

许先生耳朵真是好呢，他听见了，咂了一口嘴，你小子过了这关就舒服了，大声地叫，将来你小子不把她当亲妈，我可饶不了你。

刘志文果真就大声地叫了一声，妈。还回过头叫了一声冬梅的爹：爸。

许先生趁机说，捏锁封儿，捏锁封儿，说罢又从他的宝贝黑包里掏出一只红包。

"捏锁封儿"其实是婚嫁中最后出彩的地方,这是为即将出门的女儿捏上了在娘家的想头,也体现娘家的权利,必须是出嫁女的弟弟或者哥哥捏,捏好了才能把新娘子带走,由于这是新娘子出门的最后一道可以卡得住男方的关隘,所以很多人家都会抬扛,要把捏锁封儿往上涨,涨得越高,面子就越大。

志文接过许先生手里的红包,这红包里肯定是刘炳祥交给许先生的捏锁封了,今天的捏锁封有点不同,由于冬梅是独生女,所以捏锁的任务就落到了冬梅三妈家的儿子身上,冬梅是从田家出去的,应该由田家人捏一下锁。

别人还在担心冬梅出嫁时锁由谁捏的时候,冬梅娘早已经在腊月里就把过去妯娌间的灰尘都用冬梅娘的袖子擦干净了,冬梅娘虽说是个女人,但还是比男人更大度的,想得全,也做得滴水不漏。在田家,在村上,她是没有多少话把子在人家嘴里的,她跟她的亲家母正好是一对。志文的娘会忙钱,而冬梅的娘会忙人缘。

拿着红包的刘志文立即被他的丈母娘叫走了,还进了房门。看来丈母娘和女婿好得很呢。许先生又开始发烟了,大家觉得许先生的烟真是神奇呢,不是刚把他口袋里的烟抄光的吗,怎么现在又有了,他到底藏在什么地方呢,大家又和他闹开了。谁也没有注意到志文再出来时,红包明显地鼓了许多。不过许先生看见了,就叫志文救他,于是新郎官志文开始发烟,反正是喜烟吃了不腰疼,大家对今天的好烟真是吃过瘾了。

冬梅娘把"捏锁封儿"递给了冬梅爹,说的声音很响,你是主,你看。

很多人的头凑了过来,冬梅爹的手有点抖,他把红纸拆开来,真看不出刘炳祥这个精豆子放了这么厚厚一叠呢，全是新一百的，红彤彤的，喜气洋洋的，上面的毛主席都是红光满面的，一数，一共是二千块。二千块，这可是个大数字，看的人都啧啧喊好，还是冬梅娘厉害，拿一下翘刘炳祥就得割肉。

冬梅爹把红彤彤的一百块歪了歪，钱就分好了，他把一千块放进新娘子的箱里，这是用于压箱的，压得越多，将来就越发财，一千块是村上人看到的最大数了。冬梅爹把钱放进去之后，还又把箱子上的红双喜用手指抹了抹，冬梅爹的脸有点严肃，好像快要哭了，等他摸到还开着的锁时，才把目光转到他的侄子冬生的身上，小冬生在他的弟媳手上，正喝着一瓶哇哈哈，他的脖子上挂着一把银项圈，冬梅爹倒吸了半口气，就把手中的钱塞到了他的侄儿的口袋里，他的手太大了，而冬梅堂弟的口袋太小了，塞不进呢，最后还是冬梅的三妈把钱接下了。

乖，乖，冬梅的三妈一把把他儿子嘴里的哇哈哈拔掉，然后急步捏冬梅堂弟的手快速把锁捏了，咔嚓一声，又是咔嚓一声，就捏去了冬梅在娘家的最后一个想头。冬梅娘的眼睛模糊了，对她的妯娌说，其实……我叫他家用轿子的，我就做个恶人吧，扳一扳刘家的犟头，冬梅是个傻丫头……什么都不懂。

冬梅三妈说，现在大家都看到的，还有支书来做了证明了呢，我家冬梅是他刘家八人大轿抬去的，将来又有什么话就好说，我冬梅不是自己走过来的，而是你家八人大轿抬过来的。

冬梅娘说，就是，冬梅还与我争嘴，说我封建，就是为她好，这口气我们替她傲下来，将来在刘家她不用怕她怕你了。不怕你三妈笑话，他爹还因为这事打了她，长这么大，从没有碰过她一根指头的。

冬梅三妈说，冬梅她小，将来有了孩子，也做了娘，就长大了，就懂了你做娘的一片心了。

冬梅娘听了这句话，眼泪就一颗颗掉下来了。许先生又来催了，快点吧，准备敬菩萨了。冬梅娘抹着眼睛走了。

看的人也不禁哭了起来，嫁女儿的人家和娶媳妇的人家同样是办喜事，但是就是不一样，一边是愁眉苦脸地哭嫁，一边是欢天喜地地拜堂。

你出嫁时有没有哭？

我最伤心的时候是大年三十晚上，哭够了，到了正日子怎么也哭不出来，哭不出，后来我爹哭了，我也哭了。你呢？

素兰娘哈哈一笑，我没有哭得出来，最后在娘家敬菩萨拜别前，我想来想去，就用茶水往额头上一抹，后来人家都说我哭得太伤心了。

冬梅的三妈被素兰的娘说得笑了起来，最后越想越笑，竟哈哈大笑，其他的人不知道她在笑什么，冬梅的三叔用手捣了一下他的婆娘，不笑了，不笑了，冬梅就要成为刘家人了。

冬梅的三妈就愣在了那里，只一会儿，她就哭开了，真的哭开了，我可怜的冬梅啊，三妈舍不得你出嫁啊。

素兰的娘笑了起来，真的是演员的料子呢。

冬梅娘是哭着受女婿女儿拜别的。鞭炮响起，冬梅和志文对着两个长辈跪下了。冬梅的新嫁鞋是穿在冬梅爹的大鞋子里的，冬梅开始还想脱，冬梅娘说，乖乖，这是规矩，你一定要穿到门口，不要带走娘家的一块土，否则想家呢。说完了又补充一句，乖啊，听话，拜完了我们不要回头，回了头就会想家了。

鞭炮还在响，许先生已敦促冬梅快点起来跟上志文。冬梅娘的眼睛紧紧地闭着，冬梅你不要回头啊，回头就想家了。

但冬梅娘睁开眼时，看见穿着新嫁衣的冬梅还是回过头来了，还像个小孩呢，腹部微微隆起的冬梅的脸上已满是水晶一样的泪水。

冬梅娘忽然大声在喊，冬梅冬梅，世上只有爹娘对你是真的，你如果觉得吃亏就跑回来,娘不怕的。

冬梅爹也叫了起来,爹也不怕的,这才是你的家啊。

冬梅开始愣了一下,然后大声地哭起来,一边哭还一边使劲地捶打着自己的腹部。说句实话,这些年看到哭嫁的场面并不多,现在的丫头脸皮厚着呢。而冬梅这个丫头不,冬梅她真的是在哭,还捶自己的肚子,志文回过头来劝她,冬梅不听,很多看热闹的人都在说,想不到,冬梅这丫头会哭嫁呢。

秒 史

小狸猫

华四凤最不喜欢的戏就是《狸猫换太子》，倒不是她厌恶京剧，而是她一直怀疑她的儿子秒在乡下被悄悄换成了狸猫，真正的秒要比现在的秒听话，漂亮，英俊。如果真是这样的话，真正的太子秒又在什么地方呢？华四凤常常想象到她的宝贝儿子流落人间的惨相。其实，秒的长相几乎完全遗传了华四凤，可以说是从华四凤的脸上刻下来的，小眼睛，塌鼻子，招风耳。应该由唐小兵起疑心才是，可唐小兵从未怀疑过自己是不是秒的父亲。

和天下所有的父母一样，华四凤和唐小兵这对夫妇对于秒的成长只记住开头的某些细节，这是初为父母的兴奋带来的。对于儿女后来的种种表现，要么是熟视无睹，要么就是丧失了观察力。生儿育女的兴奋和疼痛被后来的疲惫、埋怨和烦躁所代替，就像灰尘遮住的结婚照，照片里的那对嬉皮笑脸的男女看着照片外的那对男女苦着脸生活。

生活在顺流而下，没有人会溯流而上。爱的，恨的，都是独苗苗，不能代替，还不能替换，这就意味着没有选择，真是开弓没有回头箭，这就是国家政策的强制性，也就是生活的残酷性。如果他是希望，那每一日，每一刻，每一秒都意味着奖励。如果他是失望，那每一日，每一刻，每一秒都意味着惩罚。秒，就这样成了我们主人公的名字，华四凤在心里把他当成了小狸猫。

黑眼睛

秒的出生虽说不上惊天动地，也说得上轰轰烈烈的。医院那么多待产的女人中，唯独华四凤最为有名。本来医院里的人不知道这个女人叫华四凤，华四凤的男人叫唐小兵，但华四凤生过秒之后，大家都知道有一个生小孩的女人叫华四凤，她有一个窝囊的男人叫唐小兵。作为华家的幺女，从未有过这样的阵痛令华四凤大呼大叫。

唐小兵，你这个混蛋！唐小兵，我要剪掉你那犯嫌的东西，如果不是你要舒服，哪里会有这样的事！唐小兵，我要是死了，你儿子要给我偿命！混蛋啊，你不知道我有多疼啊，你怎么不赶快出来啊……呜呜呜，小畜生，你跟你们唐家人一样坏啊，就是想害死我，让唐小兵这个畜生再找一个老婆！医生听烦了，警告唐小兵说，请你女人不要叫，你看这里的孕妇多着呢，有谁这样叫的？唐小兵说，她疼啊。医生说，她疼？当时她舒服的时候怎么不叫？华四凤听见了，说，我舒服？这个畜生是偷偷爬上我的身子的，我一点都不知道！他是强奸！

医生乐了，说，怎么可能一点不知道，总是要知道一点点的吧。

华四凤不说了，转而掐唐小兵的手，一边掐，一边低低地诅咒。在秒生下之前，唐小兵的手被掐得没有一块完好的皮。

也许秒听到华四凤的诅咒，也感受到了唐小兵的委屈和隐忍，生下来的秒既没有哭，也没有笑，而是很平静地看着医务人员，那眼睛黑得像无底洞，把富有经验的接生人员都吓了一跳。而由于医务人员的疏忽,华四凤以为儿子还没有生下来,继续躺在那里大呼小叫。

一个臭屁

整整一个月子,华四凤都在对唐小兵挑剔她的儿子,你看看!一点也不像我们华家的人!都像你们唐家的人。唐家的鼻子,唐家的耳朵,唐家的眼睛。

秒一声不吭,盯着华四凤,似乎听懂了她的话。后来有一天,产妇华四凤突然尖叫起来,令油条巷的人吓了一跳。后来才知道,是华四凤的儿子秒咬伤了她的乳房,还流了血,而华四凤则打了秒一个巴掌。等唐小兵赶到时,母子俩都受了轻伤,但现场令人怀疑,一是秒没有牙齿,怎么可能咬伤了华四凤,不是秒干的又是谁干的?二是秒才那么小,小小的脸蛋上竟然有几道"黄瓜"痕迹,如果不是华四凤干的那又是谁干的?

两个受害者,两个嫌疑人,一个会说话的嫌疑人,一个不会说话的嫌疑人,唯一的法官唐小兵不知道该相信谁。

华四凤说,你看他!恩将仇报!我喂他奶,他一声不吭,咬我,我打他,他也不哭。

小狗日的!唐小兵骂了秒一声。

华四凤不说话了,乳房还是疼,又说,我知道他在记我的仇,我说过他长得不好看,长得不像我们华家的人,我说他长得像你们唐家的人,他记仇!这只小狗,肯定恶狗投的胎!

唐小兵暗自为秒庆幸了一番。幸亏华四凤因为和唐小兵结婚和华家断了交,否则华四凤的哥哥和老子,也就是秒的三个舅舅和一个外公,绝对不会放过这个会报复的小畜生。

晚上,华四凤再也不肯喂奶了。唐小兵只好给儿子喂奶粉,唐小兵一边喂一边说,都是你自找的。秒想也不想,就咬住了唐小兵手中的调羹，吃得很欢。华四凤听见秒的咂嘴声，心里既疼又恨，说，你们唐家现在不要我了，我明天就回华家去。唐小兵说，秒啊，赶快劝劝你妈妈，否则你就是一根草了。秒却放了一个响亮的屁。

秒的屁那么的臭，呛得华四凤差点呕吐出来。那年，要不是她的三个哥哥打伤了唐小兵，华四凤是坚决不会把自己这么快就嫁出去的，可现在说这个有什么用呢，秒都生下来了。黑暗中，华四凤摸着松弛的肚皮，为自己长叹了一声。

开始

一切都是从秒的遗尿史开始的，但秒的遗尿史并不等同于秒自己的岁数，没有意识的襁褓时代不算，一周岁之前也没有遗尿的记录，这一点，秒的爷爷完全可以作证。爷爷的邻居们也可以作证，当同一个村里的那些孩子因为"画地图"而需要晒被子的时候，爷爷总是为他争气的孙子骄傲。爷爷说，我家秒丫头不遗尿，我家秒丫头是吃牛奶的，真正的美国牛奶粉！爷爷把他孙子的种种奇迹进行了广播，还按照乡村的习惯，把孙子叫成了丫头的名字。秒不遗尿，秒还不流口水，前襟干净，一点也不像一个没有过周岁的孩子。

秒的零点五岁到一周岁都是和爷爷和牛奶在乡下度过的，本来爷爷完全可以到城里来，可没有条件。第一，油条巷的房子太小，华四凤又不同意找女保姆，在她看来，所有的女保姆都有勾引男主人的嫌疑。第二，爷爷到城里会晕向，乘车会晕车，连婚礼都没有参加。华四凤永远记得第一次到唐家村，见到了一个老头光着大屁股蹲在露天茅缸上咬牙切齿地屙屎，当时她只是觉得不文明，可她断断没有想到这个老头就是唐小兵的父亲，她的公公。

秒是唐小兵一个人抱回老家的。一路上，唐小兵又是抱孩子又是拿包裹，实在是吃尽了苦头，好在秒很配合，不哭不闹，这实在是一个奇迹，更让唐小兵感到吃惊的是，直到他最后从唐家村离开，秒都没有哭闹一声，似乎他更愿意做一个乡下孩子。秒从此就有了两个生日，一个是爷爷记住的生日，那是农历的生日。一个是华四凤在医院大呼大叫的日子，这个日子后来变成了有生日蛋糕的日子。

爷爷教会了秒走路，还教会了他熟识照片上的父母。这样的训练几乎每天都进行，所以当秒看到华四凤和唐小兵的时候，已完全变成乡下孩子模样的秒竟然准确地向爷爷指出，城里来了两个人就是照片上的两个人。

当时秒是抢在他爷爷面前向华四凤招手的，华四凤流下了羞愧的泪水。秒还不会说话，他表达的方式是用手指，至于什么是妈妈，什么是爸爸，他们和他之间有什么关系，秒并不清楚。华四凤准备抱秒，秒竟然做了一个令华四凤无法明白的动作，只见秒突然倒在地上，向前打了三个滚，向后打了三个滚，接着吃力地爬到爷爷的脚下，攀着爷爷的绑腿站了起来。

秒如此怪异的欢迎方式令华四凤目瞪口呆，她只好用目光求助于她的男人唐小兵。对于秒的这个怪异动作，唐小兵是熟悉的，这套打滚动作是长着一脸黑胡子的大支书唐富贵教的。当年的唐小兵打滚的技术是在众多的伙伴中脱颖而出的，唐富贵在唐小兵考上大学的酒宴上就重提了此事。他说这个小子不一般，每次打滚他都是最好。

唐小兵没有把这个秘密告诉华四凤，他只是说乡下孩子，都是这样的，打滚是表示欢迎的意思，是最高级的迎接方式。华四凤的心一下子揪住了，她看着儿子，儿子可怜地躲在爷爷的绑腿后，小眼睛滴溜溜地看着这个叫做"妈妈"的时髦女人。

对峙了一会儿，华四凤突然发了疯，一把扯过秒，啪啪给了秒沾满灰尘和草屑的屁股两下子，然后紧紧地抱住了他。秒却在华四凤的拥抱中又踢又闹，野性发作，他甚至抓疼了华四凤的胸脯，踢伤了华四凤的小腿，但华四凤还是没有丢开他。爷爷实在看不下去了，他上去夺秒的时候，围观的群众纷纷发出了暧昧的笑声。

爷爷听到了，多年以来他的耳朵里没有任何声音，现在他听到了群众的嘲笑声，他的动作僵住了，老泪纵横，谁也听不清他的喃喃自语。实际上他在反复地说，你不知道我的孙子有多聪明有多懂事，你们都不如他，你们连他的一根脚丫都不如。爷爷的话不是没有根据的，在此之前，秒按照乡下的规矩抓周，本来爷爷放在秒面前的是算盘、书本、笔、一块袁大头银圆和一把十六两制的老秤。可秒都不要，秒的喉咙里发出了奇怪的叫声，只可惜聋爷爷听不见。爷爷当时正在为这个城里的孙子将来能够做什么而大伤脑筋，他本来鼓励秒和他父亲一样抓笔，抓了笔就能够考上大学，秒却不理睬聋爷爷的暗示，抓到了一只小闹钟。

回去的路上，秒在车子的颠簸中睡着了。看着完全陌生的儿子，满腹都是对唐家仇恨的华四凤先是像螃蟹样吐着泡沫，后来像蚊子样嘀咕，再到后来，悲疼难忍的华四凤再也不怕在全车人面前丢脸了，对着正在打瞌睡的唐小兵大骂：畜生！畜生！

可畜生根本就不听。华四凤实在没有办法了，对着唐小兵祭出了法宝，畜生，真是遗传啊，聋了，板聋！说来也怪，畜生真的醒了，脸色陡变，扬起了手中的巴掌，华四凤把秒向前一递，打啊，有本事你动动看，你敢动，我就先把他扔出去，你不想过这种日子，你以为我就想过这种日子！

在决定秒生死存亡的瞬间，秒醒来了，对着唐小兵甜甜地一笑。唐小兵就彻底萎掉了，把手收了回来，悻悻地说，秒醒了，你把秒吓醒了！华四凤听了，连忙把儿子收回来，看着秒。秒并没有醒来。

秒在梦中飞。

秒前史

现在，让我们回顾一下华四凤和唐小兵的吵架史。

第一场战争发生在他们去买婚床，唐小兵看中了一款欧式床，而华四凤看中了一款很土气的高低床。唐小兵本来想坚持自己的观点，可在华四凤要求实用的理由面前退让了。华四凤的理由是欧式床会塌的。华四凤说完了这句话，唐小兵看到营业员都抿着嘴巴笑了，这些小姑娘，肯定想到床上的一些细节。又恼又羞的唐小兵只好掏钱买下了他很不喜欢的高低床。

第二场战争发生在新婚之夜，本来华四凤在大学生唐小兵面前一直是小鸟依人样，连他们的第一次都留在了新婚之夜，正在小心用功的唐小兵想不到华四凤就变了脸色，她说唐小兵是畜生，根本不顾她的感受，把她弄疼了。唐小兵嬉皮笑脸地听着，这次吵架显然是失效的。华四凤没有追究下去，原因有两个，一是她实际上并不怎么疼，二是唐小兵又一次进入了她，她只有力气哼哈，并没有力气骂人了。

也许就是开头开坏了，华四凤这个前纺织女工，红太阳副食批发市场上刚刚打拼出来的新生力量，总是每一次战争的发动机和侵略者。她在懂事时起就从父母吵了一辈子的婚姻中晓得了结婚是女人的坟墓。在进这个坟墓之前，她在心里准备了多套对付她男人唐小兵的骂人武器。可她惊奇地发现，她开始发动的吵架基本上都是失效的，好像一只拳头打在了棉花上。吵架的效果越差，华四凤就越骂得恶毒。唐小兵从来都这只耳朵进，另一只耳朵出，眯笑着，像是一只温驯的羊。华四凤甚至怀疑唐小兵是不是把她的骂当作一种享受。

生活在继续，奇迹偶尔出现，华四凤逮住了这个奇迹，她发现唐小兵对她的骂也有过敏的反应，比如唐小兵对她骂人辞典中的某些词语就很敏感。华四凤摸不准是哪几个词，经过反复地实践和反复地总结，华四凤找到了那几个能量最大的词语，那就是"瞎子"和"聋子"。

第一次试验，华四凤没头没脑地骂唐小兵，你是不是耳朵聋了，你是不是眼睛瞎了，华四凤话音刚落，唐小兵就由羊变成了恶狼。华四凤遭受到了有史以来的第一次家庭暴力，尽管这家庭暴力仅仅是一个轻微的耳光。虽然唐小兵后来表示了后悔，向她道歉，还叫她还他一巴掌，甚至十巴掌，甚至还在华四凤面前抽自己耳光。但委屈不已的华四凤根本不会立即原谅唐小兵，她要痛哭，她要失眠，她在后悔自己为什么不听父亲华老安的话嫁给父亲的大徒弟，非要嫁给这个从农村来的只是会写一些甜言蜜语的大学生唐小兵。这个念头只是一瞬间，但她不是一个会后悔的人，她的三年翻身三个致富计划还没有完成呢，明天还得去进货呢，想通了这一切，华四凤就在夸张的抽泣中睡着了。

华四凤睡着了，唐小兵睡不着。明明是华四凤骂了他的死去的娘和还在乡下的爹，他能够成为唐家村的第一个大学生，就是他不想再听到有人骂他是小瞎子和小聋子。可他的老婆，唐家的媳妇，竟然指着他的鼻子骂令他羞辱的话！唐小兵越想越委屈，越想越气愤。与他共同气愤的还有他的小弟弟，于是他一不做二不休，趁着华四凤因劳累沉睡之际，扒开了她的裤头，爬上了她的身体，他要用行房来解脱他受到的辱骂。

也许是积蓄了很多的屈辱，唐小兵进行得非常快，华四凤没有感觉的时候，唐小兵已经结束了。可耳朵边华四凤的辱骂似乎还在继续，唐小兵很想再来一次，可是身体不听他的话，他把华四凤骂他的话骂了自己一遍也没有用。再骂一遍，还是没有用，唐小兵在华四凤的身体上不甘心地伏了好一会儿，身体还是没有反应，最后只好从华四凤的身体上滑下来。

华四凤还在沉睡，完全是一副藐视的姿态。唐小兵想到了离婚，想到了死，幻想让他泪流满面。但他实在没有想到，正是他这次屈辱的报复，就在华四凤没有准备的身体里种下了一颗叫秒的种子。

这个屈辱和报复的开始，就是秒史的第一页，秒一生的起点，或叫做秒的前史。

小奴才

唐小兵和华四凤属晚婚，他们仓促的婚礼还曾经令居委会很担心他们是不是由于偷嘴而被迫结婚。油条巷负责计划生育的居委会干部一直打量着华四凤的肚子，他们还特地请了本居委会的一个有经验的老太婆侦察，可还是看不出来。他们的良苦用心是为了本居委会多年先进的称号，他们不能让先进因为一对年轻人的"先进"而变成落后。后来秒家门上的大红喜字都褪了颜色，华四凤的肚子依旧如故。为了提防这两个年轻人违反本年度的出生计划，居委会主任又主动上门，说是他们替唐小兵和华四凤做了一件好事，悄悄给他们争取了当年的计划，如果他们足月生产，就说他们是早产。

可那个提前要来的出生计划还是浪费了。居委会的人又同情起唐小兵来，这年头的年轻人贪玩，把流产不当回事，卯吃寅粮，不该怀孕的时候怀孕，该怀孕的时候却不怀孕了。居委会老大妈还善意地提醒过华四凤，什么地方的妇产科医生被人称之为送子观音，什么地方的名医看这个病最灵。

华四凤对于老太婆的导医路线根本没有兴趣，她用一个长长的阿欠打发她们。事实上她们误会了华四凤，唐小兵和华四凤不仅是晚婚的模范，还是晚育的模范，他们一直自觉采取避孕措施，先后采取的避孕措施有体外排精法、安全套、避孕药物法和安全期法。前三种的方法都有缺陷。唐小兵认为体外排精会引起前列腺病，而安全套不舒服，隔靴搔痒，不过瘾，药物避孕又会导致华四凤本来就不好的身材变形。最后，他们就把避孕方法定在了安全期避孕法。双方都默认了，唐小兵还做了一张时间表，他们是完全按照这样的时间表来行房。如果不在安全期，唐小兵就用自慰自行解决，对于这一点，唐小兵并不觉得委屈，华四凤也觉得正常。在原始积累没有达到预定目标的时候，孩子是万万不能要的，否则孩子也只是在贫穷的恶性循环中再次恶性循环，这一点，唐小兵和华四凤都有切肤之痛。他们经历了足够的贫穷，受够了贫穷给他们梦想的种种腐蚀、屈辱和尴尬。他们不能重活一次，只有让孩子躲开贫穷。

但秒还是来了。实际上，在秒代表唐小兵进入华四凤的身体之前，有好多次，唐小兵是趁着华四凤昏睡的时候行房的，当时华四凤已累得睁不开眼了，有时候她还用力推开，有时候就推不动，有时候还在迷糊中和唐小兵进行配合。主要的原因还是唐小兵的速度非常之快，华四凤总是以为是在做梦。唐小兵快速度的行房也就是秒的名字来历的一部分。第二天醒来的时候，华四凤总是一边穿裤头，一边责骂唐小兵。

得了便宜的唐小兵此时的态度非常好，他会进行检讨，像一个点头哈腰的奴才，下次再也不敢了下次再也不敢了，可是他下次还是敢的。华四凤没有办法，下了必杀令，对唐小兵说，如果我有了，我会把你的那个东西割下来。唐小兵立即捂住了自己的裆部，华四凤的性格是说到做到的，但后来的事实纵容了胆小的唐小兵，他在华四凤的身上反复地犯错误，一次也没有怀孕。因为没有怀孕，华四凤也就一直留着唐小兵的那根惹祸的东西。

秒就在他们放松警惕的时候乘虚而入了，等到华四凤意识到秒的存在时，一切已经晚了。也活该秒应该来到这个世界上，华四凤狠心跑到妇产科准备流产的时候，医院里正好出现了一起医疗事故，一个来流产的女人死了，华四凤决定把秒生下来。在生下秒之前，华四凤对唐小兵提出了近一百个条件，而唐小兵一条也没有听得进去，但他全部答应了，他只要华四凤不打胎，那就阿弥陀佛了。后来，华四凤终于说到最后一条了，她说她生下来后是坚决不带的，主要原因是她在对付秒制造的妊娠反应的那段时间里，红太阳副食城的批发业务完全由唐小兵负责，而一直稳定的业务就在这段时间下降了。如果长此以往，他们既定的目标不但不能完成，反而会倒退到原来的贫穷之中。

行行行，行行行！唐小兵依旧答应了。

后来秒出生了，他完全继承了唐小兵的奴才相，一出娘胎，秒就是一副心满意足的样子。护士们说秒聪明，华四凤有点不相信，后来她明白了，那是一付奸臣相。

要给儿子取名字了，唐小兵的文化优势就出来了，一个是大学生，一个是前纺织女工。唐小兵一方面是为了纪念自己快速地制造孩子的速度，另一方面是为了纪念大学时的女友妙，就取名为秒，不过唐小兵告诉华四凤的时候，玩了一点文化人的心眼，拍了华四凤的马屁，说美国的比尔盖茨赚钱的速度是以秒来计算的。对于这个理由，华四凤很是受用，秒的名字就这样定下来了。

马屁精

秒总是在吸奶的时候做出咕噜咕噜的声音，弄得华四凤对唐小兵讲，怎么生了一个饿死鬼投的胎？唐小兵听了直笑，华四凤骂道，狗日的，你还有脸笑，是不是你儿子把我吸死了你才高兴？

秒吸完了奶，打着饱嗝，依旧看着华四凤笑，把华四凤笑得很不好意思，说，去去，小马屁精，我不和你笑。

秒似乎知道华四凤在逗他。华四凤说一句，他就跟在后面笑上一阵，口水都把前面的衣领笑湿了。

秒自以为没有危险了，拍马屁成功了，可他的笑容抵不上人民币的笑容，华四凤在秒五个月的时候就给断了奶，秒开始吃奶粉。在吃奶粉的问题上，秒表现出和别的小孩不一样的容忍，他坦然接受了奶粉。倒是华四凤,由于断奶害上了奶痈。华四凤和唐小兵陷入了前所未有的忙碌之中,华四凤一边忍受着奶痈的痛苦,一边做着生意,追赶着由于生下秒而带来的损失。这位前纺织女工希望自己能够有朝一日,用纺织棉纱的样子纺织赚来的钱。

唐小兵一边带着秒,一边还要忍受着华四凤的唠叨。华四凤在忙着副食批发生意的同时,总是骂唐小兵,要不是你狗日的作骚,我们不会这样狼狈。唐小兵听了,用食指刮去秒嘴巴上多余的奶粉,笑嘻嘻地说,是的,是我作骚,可我就是喜欢骚,又有什么办法?

唐小兵这么说,秒咧开嘴巴笑,仿佛听懂了。唐小兵说啊,儿子,总不可能把它剪掉吧。秒笑得更厉害了,满嘴的牙花。

月子没有做好,再加上生意的忙碌,华四凤得了贫血,唐小兵实在不忍心再折腾华四凤了,他决定把秒丢给乡下父亲,他全心全意帮助华四凤做生意。唐小兵还劝慰华四凤,舍不得孩子套不住钱啊。唐小兵在心中是这样对自己说的,留得青山在,不怕没柴烧。

小猪打滚

唯一能见证秒在乡下度过零点五岁到一周岁的就是那只小闹钟。它曾是少年唐小兵的小闹钟,现在是秒的小闹钟。唐小兵喜欢嘎吱嘎吱的扭发条,扭完了发条,闹钟就闹了,还左右摇摆着跳。秒也跟着左右摇晃,像一只拨浪鼓。

有一次,华四凤抱着秒洗完了澡,对涂了芳香爽身粉之后的秒说,哎呀,宝贝,宝贝,你不晓得我刚刚从老聋子那里见到你的时候,你简直就是泥娃娃!

秒听了又是一笑。不晓得他是记起了自己做泥娃娃的事,还是喜欢泥娃娃这个名字。过了半年,秒一岁半,他连小闹钟的来历都忘记了。那一天,唐小兵在叫秒练习叫他爸爸,那时秒已会叫妈妈了。可秒坚决不开口，唐小兵示范了半天，感觉是他在叫儿子爸爸。唐小兵正怀疑秒的智商，秒的手指着小闹钟叫了声，爸。唐小兵惊喜万分，说，它不是爸爸，我才是爸爸。可秒的手坚决地指着小闹钟。小闹钟里有一只红翎公鸡，公鸡有时候肯啄米，有时候不肯啄米。唐小兵拧了几下，小闹钟响了，秒又笑了，而闹钟不响，秒就命令他拧发条。每次闹钟响，唐小兵总是全身一缩，像是被闹钟声击中了一样。唐小兵平时最害怕的就是闹铃声，觉得总有一个声音在天空中命令他，赶快学习！再不学习就实现不了梦想了！为了理想而惊魂是必须的，可为了秒的笑而惊魂真是一点不值得。有时候，他想，还是变成聋子算了。

华四凤很不喜欢小闹钟，可秒的手像是粘在小闹钟上似的，掰都掰不开，急着要去做生意的华四凤也就放弃了努力。有几次，华四凤决定把小闹钟悄悄拿走，刚一拿开，睡着的秒就尖叫起来，秒的尖叫声令她哆嗦了一个晚上。

华四凤认为儿子染上了乡气，为了把儿子的乡气去掉，华四凤命令唐小兵不准给小闹钟上发条。唐小兵在华四凤和秒之间权衡了一个晚上，决定被华四凤招安。唐小兵被招安之后，小闹钟里的公鸡渐渐生病了，后来就死掉了。唐小兵对秒说，小公鸡要送到医院抢救了，秒眨巴眨巴眼睛答应了。当唐小兵正准备把小闹钟扔到垃圾堆的时候，秒又一次用尖叫证明了华四凤所说的秒有恋物癖的毛病并不是谎言。

其实华四凤和唐小兵都不知道，秒喜欢小闹钟，是因为他爱唐小兵，爱唐小兵所有的现在、过去和未来，当然他爱在过去岁月里，唐村那个被闹钟铃声所追赶的那个勤奋的满心屈辱的乡村少年，当然他也爱那个在唐富贵面前泥地里打滚打得最好的那个少年。

暗　示

秒的猪打滚习惯是华四凤强制戒掉的。华四凤命令过多次，让唐小兵把儿子打滚的毛病戒掉。但是没有用，华四凤痛苦极了，如果这样下去，秒会变成一头就地打滚的猪，而其根本原因就是唐小兵的有意纵容。

为了彻底改掉秒的毛病，华四凤再次祭出了激怒唐小兵的法宝，她问唐小兵是不是瞎了，有没有看到秒在地上打滚，她问唐小兵是不是聋了，有没有听见她在叫他。

战争就在秒的面前爆发了，华四凤声音尖而细，像蚊子；唐小兵的声音低而粗，像一头猪。秒其实是很熟悉父母之间的战争的，他既不喜欢蚊子，也不喜欢猪，他喜欢的是就地打滚，每当华四凤和唐小兵一吵架，他像是得到命令一样，会快速地仆倒在地，悄无声息地打起滚来。秒把打滚当作了解决父母吵架的手段，但秒身上并没有预期出现的灰尘，油条巷的房子里早就被华四凤铺上了一层塑料地毯，上面的图案是仿瓷砖图案，华四凤每天都会用抹布小心地抹上一遍。

华四凤不相信不能改造秒，可她又没有时间，时间就人民币啊。后来，华四凤忍疼牺牲了一天的生意，让唐小兵到店上去，由她负责带秒。

仅仅一个下午，她就把秒就地打滚的毛病治好了。

唐小兵不相信，把秒放在床上，叫他翻一个跟头，秒却不会了。唐小兵很奇怪华四凤制服了秒，可她是怎么治理的，用什么方法？什么武器？唐小兵问过几次，华四凤都没有回答。唐小兵看着坐在窗口上啃手指的秒，心中一阵长叹，啃手指还不如打滚呢。但秒的确不打滚了，连洗完澡放到床上也不打滚了。唐小兵很想从秒的眼睛里找到答案，可无从知晓，秒的黑眼睛有时候亮得很，有时候暗得很，他也找不出秒身上的伤疤。他想叫秒自己说，可秒到现在还不会说出一句完整的话。

华四凤把秒不会说话的原因也归结给唐小兵，她总是责怪唐小兵对秒实在是太宠爱了，每当秒有什么意图的时候，唐小兵总是心领神会，不等秒发出完整的句子，秒已得到他所需要的东西。

　　唐小兵的头发落得很快，每天华四凤都会在塑料地毯上抹到一大团，又一大团。华四凤说，秒，你看看！你看看！都是狗毛，你爸要变秃头了！秒好像听懂了，又好像没有听懂，眼睛眨巴眨巴的。唐小兵发现了，说，你看看，四凤你过来看看，你儿子眨眼睛的样子活像豌豆花呢。华四凤说，什么豌豆花蚕豆花，我看你的头快要变成大西瓜了。秒呱呱呱地笑了起来。唐小兵说，你听听，他怎么笑啊，都像田鸡叫了？华四凤骂道，唐小兵，他是田鸡你是什么，他是田鸡你不就成了癞蛤蟆了，你上点档次好不好，你是乡巴佬，我家秒可不是乡巴佬。秒笑得更厉害了，呱呱，呱呱。华四凤说，外甥像舅舅，我哥小时候就这么笑。唐小兵无话可说了，转头看秒，秒不笑了，对着他不停地眨眼睛，像是有了什么默契。

白　眼

　　秒眨眼睛的毛病终于得到了华四凤的确认。秒的小眼睛似乎成了蛇眼睛，眨得比钟表的秒针还快。唐小兵很怀疑秒的眼睛这样眨下去会看不见东西的。观察了几天，秒是能够看见东西的，他就松了一口气。但后来看了电视上的广告，唐小兵又怀疑秒得了多动症，就把秒抱到医院检查。排了很长时间的队，才挂到一个专家门诊号，又在诊室的门口排了更长时间的队伍，才看到一个不到二十出头的小丫头。唐小兵不知道她就是专家，就冒失地问了一句，专家呢？专家在哪里？

　　刚才还笑脸相迎的小丫头脸色就变了，冷冰冰地问起了秒的名字年龄和症状。唐小兵听了，懊悔不已，原来这个小丫头就是专家。唐小兵小心翼翼地报出了秒的名字。

　　什么名字？秒？小丫头的话就劈头盖脸地砸过来了，这么奇怪的名字，那你是分钟吧，他的爷爷是小时吧！

唐小兵被小丫头的话一呛,竟然口吃了起来。小丫头在唐小兵吞吞吐吐的叙述中终于明白了他的意思。小丫头根本就没有给秒开药方,她认为他是大惊小怪,是给她已经忙得不可开交的儿科添乱,小孩子眨眼睛快表示他在快速的思考。旁边一个戴眼镜的家长说,说不定他将来是一个了不起的思想家呢。唐小兵羞愧极了,耐着性子等到了一张处方,在其他看病的哄笑声中狼狈逃出专家门诊。

秒开始吃药了。唐小兵把它碾碎了,融在调羹里,当着秒的面放上秒最喜欢吃的糖,可秒吃过第一次这种伪装的糖水就不再吃第二次了。唐小兵只好又把药做了伪装,把它包在蛋糕里,平时秒是很喜欢吃蛋糕的,见到了蛋糕都会不嚼一口就咽下肚的。对于这种伪装的蛋糕,秒偏偏不是咽,而是嚼,奇怪的蛋糕味道给秒的印象相当深刻,秒在以后的日子里,对于唐小兵送到他嘴巴里的东西都存有疑心,总是仔细地嚼。有时候唐小兵实在来不及了,就对秒作揖说,祖宗你快点吃吧,我不会药死你的,你再不快点,我上班就迟到了,要被扣钱了。秒才不管唐小兵着急不着急呢,他对唐小兵翻了一个白眼,依旧像没有牙齿的老太婆一样抿来抿去。唐小兵只好给秒强行喂药。唐小兵说,日你娘的,我就不相信,我治不了你这个小东西!

唐小兵给秒喂药的方式可算是法西斯。秒的身体被他的双腿夹着,他的一只手捏住秒的鼻子,唐小兵的手劲很大,捏得相当的紧,像一把铁夹子夹住了秒的鼻子。开始秒还想不把嘴巴张开的,但是不行,实在憋不住了,秒的小嘴巴就张开了,唐小兵另一只手中装满药的调羹就一股脑儿地塞到了秒的嘴巴里,应该说是喉咙里。唐小兵是趁着秒在呼吸换气的时候,把药喂到秒的喉咙里了。

秒终于把药咽下去了,他甚至听见了喉咙里发出非常可耻的咕咚声。秒想哭也来不及,只好紧闭着嘴巴,但是唐小兵的手又捏到了秒的鼻子上了。如此反复,秒就把那么苦的药全部吞下去了,他想吐,可吐不出来。

看到秒的狼狈样子，唐小兵竟然哈哈大笑，屈辱的眼泪就遮住了秒的视线，秒听见唐小兵在向华四凤总结他喂药成功的经验，谁叫他骨头贱，这就叫做敬酒不吃吃罚酒！秒的嘴巴里发出了奇怪的声音，手还乱舞乱点，华四凤一点也不懂秒的意思，问唐小兵什么意思。唐小兵说，他是在骂我呢。华四凤盯着秒观察了一会儿，摇了摇头，说不像是在骂人，别是个小哑巴啊。华四凤说，我娘说我八个月就会喊人了。

哑巴一词又横在了前面，华四凤的心一点点凉下去了。唐小兵说，没事，我们唐家的孩子说话都很迟，我是十五个月才开始说话的。秒才多大，还没有我当时大呢。华四凤说，唐家，唐家，你说你们唐家有几个健康的人？华四凤说到这里，就把话头收住了，没有把话继续说下去。她不想让秒再恢复起就地打滚的毛病。

华四凤决定向父亲华老安妥协。本来，华四凤在离家时发了誓，不发大财不出人头地绝不回家去，除非他们把她请回去。但现在形势不同了，秒在她的发财计划中提前出生，使得华四凤不得不改变策略，只好让秒住到华家去，沾一点华家的气息总比重复唐家的路好一些。至于如何向父亲妥协，华四凤根本就不用想，出血就行，世界上的路有千万条，但有一条是最可靠的，那就是用钱铺路。头低一点，松一下腰包，肯定会把华家十口人全部摆平。

华四凤在把决定告诉唐小兵的时候，显然没有把自己算作华家人。华家是华大勇家三口人，华二勇家三口人，华三勇家三口人，还有第十个，就是华家的老祖宗——老搬运工兼老酒鬼华老安。

衣锦还乡

华四凤要摆平的华家人其实只有四个人，那就是华三勇、刘树英和侄子华明，加上唐小兵的老岳父也是秒的外公华老安。华四凤省去了华大勇和华二勇家儿子的两笔各五百元的红包。这一点要归功于华老安，正是固执的华老安，早把华大勇和华二勇全部赶出了华家的门，让他们独立成家。秒的外婆早在华四凤五岁的时候发羊角风死在搬运站的水码头上。

华四凤的十件礼物全部被厚脸皮的刘树英笑纳。从刘树英得意的样子来看，华四凤不用猜也知道，华老安肯定喝了刘树英的迷魂汤了，现在华家的当家人是刘树英了。刘树英这个贱人，十七岁就跟华三勇打了胎，华三勇为了讨好她，还把华四凤的有机玻璃发夹偷送给她。

华四凤听到三勇说，哎呀，四丫头发大财了。刘树英接过话题说，你这个做哥哥多不会说话，四妹妹是衣锦还乡啦。华四凤在心里把刘树英狠得痒痒的，但她还是笑着叫了声嫂子。她没想到的是，秒也趁着东风，开了金口，虽然没有叫华老安一声爷爷，但叫了华三勇一声舅舅。

华四凤以为自己听错了，秒又叫了一声舅舅。这次她听清楚了，华四凤既羞愧又感慨，盯住了看秒，看了好一会儿，她真是不敢想像，秒是不是她肚子里的蛔虫？！在华家，她华四凤最狠的，也是最害怕的就是这个已经发胖了的混世魔王华三勇。有一次，她被他欺负极了，大声地向正在喝酒的华老安说，我不想过了，爹，你选择，要我还是要他！华三勇说，选什么，你是女的，将来都是赔钱货！这都多少年过去了，那时她七岁，三勇八岁，华四凤总觉得是昨天的事。但秒是一脸无辜的样子，他把目光转到三勇的儿子华明身上了，他似乎在研究，也似乎在讨好。华四凤悬着的心放下了，任凭三勇和华老安一起把唐小兵灌醉。不胜酒力的唐小兵最后松下筷子，滑到桌下去的时候，秒比谁笑得都响，好像唐小兵和他没有关系似的，更令人觉得秒不像是一岁半的孩子。

副食品的生意已到了关键时刻，华四凤决定把秒丢在华家。尽管是亲外公亲舅舅，但华四凤还是毫不含糊地给他们算了一笔账，每个月的生活费定在了五百元上。刘树英稍微推辞了一下，还是收下了，这五百元比华老安的退休工资,刘树英的低保多得多。

晚饭过后,秒再次离开了唐小兵和华四凤,也许是有过第一次去乡下的经历,对于和父母的离别没有像别的孩子那样哭闹和多愁善感。在刘树英的怀抱里,秒和上了出租车的华四凤摇手,做亲切的再见状(烂醉的唐小兵已被塞到后座上了)。在汽车发动的时候,华四凤还听到刘树英说,四妹妹放心,我保证把秒养得白白胖胖的。

回到家里,华四凤替唐小兵洗了脸,洗了脚,把他扔到床上,可华四凤怎么也睡不着觉。她不知道秒为什么要在今天开口叫人,为什么在和她告别的时候连哭声都没有。

华四凤后来还是睡着了,做了一个梦,梦见了刘树英和华明在联合起来欺负秒,叫秒到街上到处找烧煤炉的木柴块或者树枝,还叫秒去棉纺厂的食堂外排污口捞流出来的米粒,然后再晒干……华四凤是在秒做的煤球快要被一场大雨淋碎的时候惊醒的,她才意识到自己是把童年的事全部给秒做了。但呼声如雷的唐小兵不知道,她从来就没有告诉他,她从小是个没有娘疼,全身补丁,哥哥不疼爹爹不爱,起早贪黑,家务事做不完的黄毛丫头。

刘树英几乎每天一个电话向他们汇报,会叫爷爷了,会叫哥哥了,会叫舅母了,会骂人了,骂人骂得最好……华四凤听了,很是兴奋,她想,到了年底,一定要给刘树英买一个像样的镯子。

华四凤的如意算盘是被秒打破的,因为秒的原因,刘树英负伤住院了。电话是唐小兵接的,唐小兵复述给华四凤听,华四凤不相信,怎么可能?因为秒?刘树英和邻居打架,打伤住院的。

华四凤丢下生意,将信将疑地来到医院。在华明的讲述中,华四凤终于相信了,的确是秒的原因。原来秒不喜欢玩具,更不喜欢和华明一起看动画片,他唯一喜欢的就是喜欢捡路上的塑料袋。刘树英纠正过好几次,但秒不听。有一天,秒竟然把邻居左家小孩刚刚扔下的牛奶袋捡起来,刘树英说邻居左家的小孩是叫秒把剩下的吃了,邻居左家小孩说是秒自己吃的，反正刘树英看到秒嘴角是有牛奶汁水的……刘树英上前就给那个小孩一个耳光……可人家也是宝贝，一家人都来了，华家连最蛮的华三勇出来了都没有用，刘树英就这样被打伤了……

刘树英的架打得不明不白，但华四凤还是认了全部的账。营养，误工，还有医药费。华四凤在付钱时就发了誓，坚决不再踏入华家一步了。因为秒，刘树英发了财，她得到了邻居左家给的赔偿，又得了一份华四凤给的营养费。而邻居右家悄悄告诉华四凤，平时刘树英从来不带秒，要华明带，可华明是个小孩，经常看到秒像一个拾破烂的小孩在街上捡破烂。华四凤没有再说什么，但她从邻居右的眼神里晓得了，刘树英其实早给华三勇戴了绿帽子了，而戴绿帽子的人就是邻居左家。肯定是左家男人不理睬刘树英了，刘树英这个贱人真的贱啊，自己的×作痒还牵上了她的儿子秒。

华四凤不服气，去华家门上责问刘树英，刘树英说，你家的秒就是穷相，他还喜欢像老鼠一样钻床下呢，他把你老子床下的灰尘都撑干净了，遗传！

华四凤晓得秒就地打滚的毛病又犯了，回到家，华四凤很想把秒结结实实地打上一顿，秒竟然在刘树英面前抄袭了她的贫穷而窘迫的童年，到处捡木柴块，用来烧煤球炉的童年。可华四凤没有动手，只是抱着秒哭，把秒的衣服都哭湿了。而秒却悄悄摸出了一样东西塞给了华四凤，那是一块精心磨出来的羊骨头，上面还有她用铅笔刀刻的"凤"，这是大写的凤，华四凤刻了好几个晚上呢，还把手刻破了，后来就不见了，当时怀疑是刘树英偷的。刘树英坚决说她没有偷，三勇还为她作证。华四凤委屈了半年，她曾经想过用老鼠药把华三勇毒死呢。

后来，华四凤把这只羊骨头扔到抽水马桶里了，哗啦一声，冲下去了。其实，也就把她和华家的缘分给冲掉了。但秒有了在华家生活的后遗症，总是在梦中突然尖叫起来。华四凤无法入眠，她把秒紧紧地抱在怀里等待天亮。秒的全身滚烫,华四凤像是抱着秒在这个冬天取暖。

油条巷的邻居都听到秒的尖叫了,第二天早晨,唐小兵的房东问华四凤是怎么回事。华四凤笑着说,乡下的狗多,秒在乡下时被狗吓了,他总是梦见乡下的狗。

维纳斯的胡子

年关的生意特别忙,华四凤既不同意雇人,也不同意唐小兵把秒送到乡下聋爷爷那里。唐小兵问,那我们怎么办?华四凤信心十足地说,我有办法。

华四凤好的办法是把秒关在家里,在把秒关在家里之前,华四凤准备了许多词语想说服儿子,可秒只是听了华四凤说了赚钱的重要性,就很懂事地把华四凤推了出去,对华四凤笑了笑,自己把门关上。华四凤在门缝里向秒许诺,妈妈将来肯定在大楼房里给你单独一个大房间!秒依旧是笑,到后来华四凤才想起来,秒当时的笑既懂事,又诡秘。

年底的生意实在是太忙了,在生意的间隙,华四凤叫唐小兵不时打电话问问秒。每次秒的回答都令他们放心。秒结结巴巴地说,他吃过面包了,他喝过水了,他自己上过痰盂了,已盖好了,他现在开始看动画片了。

但唐小兵还是不放心,他总是在中午时分抽空回家一趟。每次回到家,他都发现秒正缩在家的最里面的角落里,像一只警惕的河蚌,随时准备把自己收到蚌壳中去。

唐小兵实在是太痛苦了,他总是想着丢在家里像是坐牢的秒。在他的想像中,秒被火烧着了,被水淹了,被电触了,或者就是被凳子或者桌子给压住了。这样的想像令他痛苦,也令他总是把生意做错,把价钱算错了,总是多收了人家的,或者是少找了人家的。华四凤很是恼火,这些错掉的生意肯定不止这些，人心都是黑的，多找的，或者是少收了的那些人绝对不会回来再找唐小兵的。唐小兵并不像以前那样，对华四凤的责骂耿耿于怀。他在华四凤的责怪中还是想着秒，计算着回去的时间。而到回家的时候，他的步伐总是最快，打开门之前，他的心几乎是停止跳动的，只有见到秒的微笑，唐小兵的呼吸才恢复正常。

秒不想呆在角落了，而喜欢呆在唐小兵的书桌前，对着书桌前的维纳斯石膏像发呆。这只仿做的维纳斯石膏像还是当年他大学毕业同学送他的毕业礼物，维纳斯身上全是秒的涂鸦，上面是横一道竖一道的圆珠笔印迹。似乎维纳斯长了胡子。唐小兵突然意识到了，说不定他的儿子秒是有美术天才的。

唐小兵坚信自己的判断。

涂鸦

现在，唐小兵出门前，总是把一支铅笔和一张纸丢在秒面前。

秒握笔的样子就像是拿筷子，真是有意思。唐小兵想纠正，华四凤就让他去批发部了，再不去生意就要被别人家抢走了。唐小兵一边打着哈欠一边想，儿子，你还是自学吧。

到了中午，唐小兵收"作业"的时候，发现白纸上全是密密麻麻的铅笔点，看上去，秒像是在画一片大沙漠。唐小兵问，儿子，你画的什么啊？秒就指着唐小兵的脸，唐小兵明白了，秒是在画他脸上的疤痕呢。那些疤痕可是唐小兵青春时代青春痘的遗址。唐小兵把这个发现告诉华四凤，华四凤不相信，说唐小兵吹牛。唐小兵说，不信等你回家看。等到晚上，华四凤看到了已经睡熟在沙发上的秒，很是心疼。她把秒抱到床上的时候，秒的手里还拿着那幅像沙漠的画。

秒是被华四凤摇醒的，这是没有办法的事。如果让秒这时候睡了，那么秒会在半夜里醒来，那么他们就没有办法再睡觉了，只有把秒摇醒，等到晚饭过后再睡觉，他们才能睡上一个混沌觉。

被摇醒的秒眼神有点呆滞，他看着面前的许多零食，一点兴趣也没有，可秒的胃口永远是那么的小，像一只猫，每样只是尝了一口就丢下了。既不像小时候的唐小兵，小时候的唐小兵像吃神；更不像小时候的华四凤，小时候的华四凤像饿鬼。

为了把没精打采的秒提起精神来，华四凤指着画了沙漠的画问秒画了什么？秒看了画，又看了华四凤，然后指着华四凤的脸。华四凤开始没有明白过来，说，你指我干什么？我是女的，又不长胡子！可秒依旧指着她的脸，华四凤不好意思了，把那幅画就揉成一团，扔到了墙角，掸了掸手，说，鬼东西，你是不是在画我的雀斑？那可是怀你怀出来的，我做姑娘的时候，一点雀斑也没有的。

华四凤是在说谎，她做姑娘的时候就有雀斑，不过这些年她都在用化妆品，不仔细看是看不出来的。华四凤去了卫生间，对着镜子照了又照，应该看不出来的，可秒是怎么看出来的呢？

吃过晚饭，华四凤对秒说，以后应该画一些小鸟、花朵、大树还有太阳公公，人家小朋友都这样画。秒似懂非懂地听着，一句话也不说，一会儿盯着唐小兵的脸看，一会儿盯着华四凤的脸看，仿佛是否定，又仿佛是要把他的大脑袋变成一只拨浪鼓。

华四凤和唐小兵很快就睡着了，黑暗中的秒一点也睡不着。幽暗的墙角，由华四凤揉成一团的画纸正缓缓地张开嘴巴，秒很想听它说些什么，可秒一点也听不懂那团纸说的话。

华四凤和唐小兵的呼噜正此起彼伏。秒感到有两根鞭子在一起一落地抽打他的屁股。

这天晚上，秒出现了令他羞耻不已的尿床。

地图制造者

秒的尿床史从两周岁一直延伸到他六岁结束,毛数数有五年的好时光。华四凤能治好秒打滚的毛病,却不能治好秒尿床的毛病。秒这种总是在夜晚发生的事件,遭受了华四凤无数次的训斥和痛打,以至在晚餐时禁食禁水。可秒似乎是水做的,即使后来华四凤把禁水的时间提升到了下午三点以前,也没有阻止秒的尿床。

其实秒自己也不想尿床,每次华四凤把他画地图的被子晒到门外,秒就发誓晚上绝不睡觉。到了晚上,秒睁大着眼睛,拼命阻止睡眠的来临,可是他无法阻止睡眠的来临,睡眠总是不期而至。

那时华四凤已经可以雇工了,但每天晚上唐小兵必须和华四凤去店里盘点打烊,等到他们回来的时候,秒已睡着了。往往这时候,可怜的秒还被华四凤拎着耳朵起来,端着一只痰盂,要撒一泡尿。可这时候秒偏偏一点尿意也没有,有一次,急脾气的华四凤就把手中的痰盂扣到了秒的头上。

华四凤捂着心口说,怎么越过越小了?我怎么养了这样一个对头星啊?小时候也没有这样尿法啊!

华四凤对唐小兵说,肯定是你教的,他肯定是故意的,他就是想气死我,好让你再找一个小老婆!

唐小兵无话可说,他不想再说,再说华四凤就要追究他的童年,他在唐家村的童年,其实也有一个夜晚尿床的孩子。那些羞愧的夜晚,他经常用单薄的身体妄图把尿迹悄悄烤干,其实那是不可能的,到了白天,一切都会真相大白。瞎娘的嗅觉总是闻见那尿臊味,她会指挥聋爹把那画满地图的被子放在太阳下晒。有人走过,聋爹以为会问起,就主动大声地表白说，哎呀，我又把水泼到被子上了。总是有人走过，聋爹总是这样说，真是此地无银三百两啊。他知道爹的好心，但谁也骗不了的。唐小兵真的恨不得钻到地洞中去，好在唐村几乎每家的孩子都尿床，每家都会在院子里晒出尿床的孩子画出的地图。那地图有多种图案，都深深地印到了唐小兵的脑海里了，这也是他在高中时地理学得特别出色的原因，但他没有听从老师的意见报考文科，而是选择了不太擅长的理科，那选择也就让他选择了华四凤，接着又让他选择了秒，也选择了秒的尿床。

给秒接尿的工作后来就被唐小兵接过去了，唐小兵比华四凤有耐心，他一边扶着秒，一边在口中还做出催尿的哨声，秒终于滴出了几滴给面子的尿。他进入被窝的时候还在想，已经睡过一觉了，应该不睡觉了，坚决不能睡觉。可中断的睡眠用宽大的黑被子又一次盖住了秒，秒在梦中一而再再而三地重复着找厕所的镜头。在梦里他命令过自己，千万不能尿出来，他甚至用手掐着自己的小麻雀，但是没有用，尿还是透过他的手指渗了出来，他的手指热乎乎的，之后他就会醒来，醒在了自己的一摊可耻的尿中。他想用自己小小的身体捂干自己的尿迹，但是没有用，华四凤只要一伸腿，她就会用腿踢醒床那边的唐小兵，起来！起来！你宝贝儿子又做好事了。唐小兵说秒越尿我们的生意越好呢。华四凤并不在乎这样的马屁，她只是不再啰唆，继续沉睡。

唐小兵把秒抱到自己肚子上了，秒睡在唐小兵的身上，感觉睡在那柔软的肚子上像是在水上，一想到水，秒的尿意又来了，可他没有尿了，他能有什么办法，他的身体里总是有一泡尿喜欢撒在床单上。

秒的很多茫茫黑夜就是这样度过来的。秒想等到天明的到来，可是总是等不到天明又陷入了沉睡之中。早晨来临，秒躲在被窝里面，不愿意伸出头来，总是唐小兵把他强制拖出被子，他的头发总是像刺猬一样竖着，而他的心里是一堆乱草，再看一看小闹钟，小闹钟的分针歪着头在做可耻的转圈。

每天早晨，唐小兵就多了一样工作，那就是洗被秒尿湿的床单，他一边洗一边无奈地叹息。其实他彻底误会秒了，他以为儿子的尿床是遗传，其实秒是在纪念，他在用他的尿床纪念唐小兵那段晒地图的时光。

尖叫

华四凤把原来摆地摊的折叠钢丝床带了回来，晚上，秒就像一件待售的副食品一样摆在唐小兵和华四凤的床边。华四凤说，尿吧，你放心地尿吧，你晓得不晓得，你爹为了给你焐被窝，身上的尿臊气快要把我熏昏了。

秒一点也不觉得有什么难为情，脱了衣服就跳到了钢丝床上，钢丝床的弹性让他又有了睡在唐小兵肚子上的感觉，他不是睡在钢丝床上的，而是睡在一片汪洋上的。

秒是在一阵滴答滴答的声音中醒来的。这声音令他回到了乡下的岁月中，外面下雨了，他侧着耳朵，对着聋爷爷眯眯笑，聋爷爷也对着他笑。秒并不知道聋爷爷听不见什么声音，继续侧着耳朵，聋爷爷以为秒耳朵痒了，摸了摸秒透明的耳朵，叹了一口气，你就忍忍吧，千万不要掏耳朵，掏耳朵会聋的，就像爷爷，当年以为有一粒黄豆掉到耳朵里了，就拼命地掏，结果把耳朵掏聋了。聋爷爷说完了，秒就把外面的一片雨声听成了黄豆落地的声音。

秒睁开眼来，屋子里的黑已被外面路灯传来的光调和成了灰色。秒觉得雨声或者黄豆的声音似乎就来自床下，后来秒跃起身来，终于在钢丝床下发现了闪闪发光的东西，就那么一片闪闪发光的东西。秒用手一探，原来华四凤在他的床底下铺了一张塑料布，塑料布令他的尿床从默片变成了有声片。

秒想把那张塑料布撕掉，可塑料布比他的手臂更加坚韧，明明已扯得很长了，可似乎被什么人勾住了。秒在黑暗中的那个人就这么拽着，塑料布发出的声音终于把华四凤惊醒了，华四凤对唐小兵说，什么声音？你听听的，什么声音？秒不动了，唐小兵含混地说，老鼠吧。

一听到老鼠，秒就哆嗦起来，他的哆嗦带动了钢丝床的颤抖。似乎有无数只的老鼠正在往被子里钻，他很盼望唐小兵或者华四凤把灯打开，把老鼠赶走。可他们没有，又睡着了，华四凤的呼噜声像一只母老鼠唱歌，唐小兵的呼噜声像是大老鼠在喊口号。有一群小老鼠在唐小兵的口号声中移动了秒的钢丝床，还有那可耻的塑料布。秒想喊，但有一只老鼠捏住了他的喉咙，他想把被子蹬开，可被子上面似乎坐了一万只老鼠。那些老鼠还把塑料布从下面翻到上面来，企图把秒捂死。秒拼命地挣扎，可这世界好像都是聋爷爷的耳朵。一想到聋爷爷，一阵尖叫就从秒的身体里快速地夺路而出。

那一夜，秒所在的小城有很多人都听到秒的尖叫，但大家都认为这尖叫不是来自油条巷，而是来自城北的人民医院，都说那人民医院的厕所里经常在夜晚传来孩子的尖叫，那些孩子都是被打胎打掉的孩子。每当最黑暗的黎明时分，那些孩子就会委屈地尖叫，把碎玻璃样的尖叫洒向这个小城的每一条路上。

在华四凤的命令下，唐小兵用上了武力手段，一个巴掌掴了过去，秒的头歪向了一边。过了好一会儿，秒的头才转到正常位置，他捂着脸看着唐小兵。秒的表情很熟悉，是谁的表情呢？唐小兵一时想不起来，但他再也不敢看秒了，手却隐隐地疼了起来。

失踪的秒

在秒失踪之后，唐小兵才明白过来，秒脸上的表情是瞎娘的表情，也就是秒的瞎奶奶的表情。瞎娘总是那样，好像都没有看见，又好像都看见了。小时候,瞎娘在叫唐小兵,唐小兵突然想做一个恶作剧,故意不答应。瞎娘的手在空中滑稽地抓来抓去,还是抓不到。唐小兵忍不住笑了,没有想到,他还没有笑完,就被娘狠狠地打了两个耳光,左边一个,右边一个,打得很准确,一点也没有任何偏差,一下子就把唐小兵打愣在那里。自从那之后,唐小兵再也没有骗过娘。

秒失踪了。他不在油条巷,油条巷的人都说没有见过秒,还很关切地问要不要帮忙。华四凤很不喜欢别人的同情,在她看来,那些同情只是幸灾乐祸的另一个词语。华四凤不相信秒这样一个小东西会玩失踪,她一口咬定是被人拐走了。

华四凤去了秒曾玩过的儿童乐园,去了秒曾去过的肯德基,就是没有去华家,也没有提一次华家,更没有问唐小兵有没有去华家找。唐小兵只是告诉她,他已去派出所报过案了。其实她早就知道了,唐小兵在去派出所之前,他去过华家了,秒不在,唐小兵还被碰了一鼻子的灰。唐小兵说可能是秒想聋爷爷了,自己回老家了,可这个判断立即被自己否定了,乡下老家离这里三百里呢,秒是个孩子,怎么回去!

华四凤和唐小兵都不做生意了,从车站、码头、广场上回来,就呆呆地坐在家里,等待着电话铃响起。许警察问过他们这几天有没有骂过或者打过,如果你们骂过或者打过,那就是离家出走了。华四凤否认了,唐小兵也跟着否认了。华四凤说,他每天都尿床,我们都不打他。华四凤还说,每次想骂他,或者想打他,总是觉得他可怜,刚半岁就被我们送到乡下去,觉得对不起他。

那个晚上,唐小兵听说护城河里出现了一具孩子的尸体,立即跳到又脏又臭的护城河中去,结果捞到是一具死山羊的尸体,山羊毛已被泡掉了毛,腐尸的味道钻进了唐小兵身上嘴巴里甚至毛孔里,他用了一块肥皂和半瓶沐浴露都没有消除掉。

秒没有什么消息,但电话铃还是不停地响起来,唐小兵扑过去,华四凤也扑过去,但扑到的都是失望。有山东的,有河南的,还有新疆的，各种口音的都说秒在他们手里，可许警察告诫他们说，如果听不到秒在电话里的声音，那就是诈骗电话。华四凤说，那他们那么远，怎么知道我们家的电话呢。许警察说是骗子也有信息网络的，他们看到了寻人启事，就打电话叫外面的骗子打电话过来。华四凤对许警察的话将信将疑，有一次就逼着对方让秒说话，对方迟疑了一会儿，让秒过来了，对着话筒叫了华四凤一声妈妈，对着唐小兵叫了一声爸爸。

对于话筒那边是不是秒，华四凤说是假的，唐小兵却说好像是真的。可听了许警察的录音，唐小兵完全否定了那人是秒，那个秒的普通话说得太标准了，而秒则有点大舌头。

秒的回来是在三天之后，像是从天而降，满身灰尘地坐在家里，警察很想从秒的嘴巴里掏出几句有价值的话，可秒不说。秒对他的失踪坚决不多说一句话，警察的话说重了，秒就全身颤抖不停，像风中的树叶。华四凤不让许警察问下去了，儿子在外面的三天，肯定受了很多的苦，再让他重复说些这些，真是不可思议，还是让秒自己忘掉那些苦难吧。秒虽然才三岁多，可他已经经历了唐家村的打滚，华家的捡垃圾，独守空家和失踪的历史。华四凤把秒能够顺利地回来归结为秒的天才。

其实秒的出现有很多疑点，但这些疑点都被华四凤自己解除掉了，她对着秒做了许多检讨，说她再也不只想赚钱不管儿子了，说她再也不管他就地打滚了，也再也不管秒尿床了。许警察在华四凤的检讨声中把秒归结为离家出走，秒创造了一个纪录，成了小城离家出走的年龄最小者之一。

秒失踪回来有一个变化，那就是再不尿床了。油条巷的人都来看热闹，华四凤像喇叭一样广播着秒的天才，秒像美国电影《小鬼当家》里的小鬼靠自己的智慧战胜了人贩子。

其实秒根本就没有离家出走，他一直就躲在唐小兵和华四凤的床下面，在躲在床下那些日子里，秒只要听到华四凤和唐小兵在外面喊秒的名字,就忍不住要笑。秒还听到了华四凤的哭泣,唐小兵的叹息。更多的时候,秒的耳朵里尽是华四凤和唐小兵的心跳。在床上,两个人的心跳声被放得很大,像两只肉闹钟围着秒在跳。

秒睡得很踏实。

钻术表演

灰尘满面的秒从床底下出来后,开始两天的待遇是太子般的待遇。华四凤像一个慈母,而唐小兵则是慈父,两个人前所未有的宠爱让秒有点受宠若惊。有时候,华四凤把秒紧紧地抱在怀中,秒竟然把脸都羞红了。秒听过唐小兵给他讲过蛇是怎样变成乌龟的故事,秒就感到自己正是那条变成蛇的乌龟,只是那乌龟壳不是他自己主动钻进去的,而是唐小兵和华四凤给他穿上的。

好在这样的好日子不是太长,因为寻找秒而耽误下来的生意要继续打理,华四凤制定的理想要继续实现。当唐小兵和华四凤满心愧疚地告诉秒,他们要去做生意的时候,秒觉得身上的那层壳终于被剥掉了,他又回到了自由自在的在家中做蛇的时光,秒可以像蛇一样在地上爬,也可以像蛇一样盘在沙发上睡觉,还可以像蛇一样对着电视里的人吐着红彤彤的信子,没有人责怪他,也没有人能够阻止他。他是一条孤独而快乐的蛇,等到华四凤和唐小兵回来之后,秒会恢复成一个乖孩子的模样,坐在沙发上,看着动画片,秒从来不像其他的孩子会哈哈大笑,他只是静静地看着,静静地微笑。

唐小兵看到了,得意的对华四凤说,你看看,从小看老,和我小时候一样,当时我们的大支书就说了,我看唐小兵将来是要中状元的。对于唐小兵的炫耀,华四凤不屑一顾,她的理论是电视上说了,孩子的智商主要是遗传母亲的,如果不是她华四凤的遗传,哪里会生出这样听话的孩子,能够从人贩子身边逃脱的孩子。华四凤对唐小兵说,遗传你?

真的遗传你吗？华四凤一边反问一边微笑着，那微笑里是有许多含义的。华四凤没有说出来，但唐小兵是懂的，那就是华四凤没有点出他的瞎娘和聋爹。

华四凤已把秒当成她的宝贝了，秒的怎样被拐卖又怎样从人贩子身边逃脱的事已经成了经典了。但唐小兵发现，每次华四凤讲秒这个故事的时候，秒都会起反应，像一个得了疟疾的人，满脸通红，全身颤抖。开始唐小兵还以为秒肯定又回忆到了那段恐怖的时光。后来有一次他回家，发现秒再次不见了，唐小兵的魂都要被吓掉了，以为秒再次被拐卖了，脸色陡变，立即打电话把华四凤叫回来。华四凤立即关掉了店门，疯子一样地往家里赶，赶到家里的时候，发现秒正跪在唐小兵的面前，像一个受审的小犯人。见到华四凤，秒的泪水就哗啦哗啦地流出来了，华四凤正准备安慰，唐小兵就把华四凤拖到一边，告诉华四凤，他是怎样从床下面揪出了秒，而秒上次失踪的三天，根本就不是人贩子拐卖的三天，而是在床下与他们捉迷藏的三天。

华四凤看了看那张床，就是在这张高低床上，华四凤失去了处女身，也就是在这张床上，唐小兵在她的身上种下了秒。可这张高低床四周都有床板挡着，两边是有一点空隙的，但那空隙不超过五厘米，当初秒失踪的时候，她也怀疑过秒是不是钻到了床下面，华三勇小时候在闯完祸之后就干过这样的事，但他们家的床是老式床，下面简直可以藏下十个人。可现在呢？如果秒能够钻进这个只有五厘米空隙的高低床，只有一个可能，那就是秒力大无穷，能够搬起这张床，然后钻进去。出来的时候再把床搬起来，钻出来。可唐小兵说，他看到秒从床下钻出来的，就是从那个缝隙里，不足五厘米的缝隙里。

是不是真的？华四凤半信半疑地问秒。秒看了唐小兵一眼，点了点头。刚才唐小兵答应他了，不告诉华四凤的，可唐小兵说话不算数，仅仅过了一会儿，就把秒出卖了。华四凤也看了唐小兵一眼，不知道是不是也对唐小兵的话表示怀疑，她对秒说，你钻钻看，你钻给妈妈看。

但秒再也钻不进去了，除了可以放进去一只胳臂之外，秒再也无法把自己送到床里面了。秒再次努力了一下，还是失败了，那缝隙似乎变小了，或者是他自己的骨头变硬了。

华四凤看看弄得全身都是血印的秒，又看了看一边的唐小兵。唐小兵估计华四凤心中更信任的是秒，而不是他唐小兵，就急着辩解说，真的，他刚才真的是从床下钻出来的，我给你一打电话，他就从床下钻出来了。唐小兵说，他好像是会缩骨功似的，一下子就钻出来了。刚才我也不相信自己的眼睛，我叫他再钻一次，在你回来之前，他真的又钻了一次的，不信你问他！

华四凤又去看秒，秒像公鸡啄米一样点头，表示唐小兵说的话是真的，可华四凤不相信了，她为了这个家真的辛苦得连命都不要了，可面前这两个姓唐的，大的骗他，小的也骗他。她喉咙里似乎有什么东西在堵着，她说不出，也哭不出。

看到华四凤的脸由青变白，又白变青，唐小兵就知道大事不好了，他为了证明自己，就对秒说，你再钻啊，你刚才不是钻进去的吗？你为什么一下子就不会钻了呢？你刚才不是会缩骨功的吗？唐小兵甚至还把秒拖到床边，把秒的头按在那缝隙前。唐小兵怎么不想一想，秒的头那么大，而那个缝隙最多只能钻进去一只老鼠或者是一只小猫。

秒其实是很想配合唐小兵的，可他怎么也不明白，为什么他钻过那么多次的缝隙现在一下子就钻不进去了呢？为什么他就一下子长大了？为什么他的骨头就一下子变硬了？秒失败了几次，就想停下来，说不定到了第二天就会钻进去了？可秒说不出，唐小兵也不想停下来。秒越是不能成功，唐小兵越是固执，不甘心的唐小兵恨不得把秒折叠起来，塞到那五厘米的缝隙中去，以证明他的话不是假的，他不是在骗华四凤。

华四凤很想知道，秒为什么一定要钻到那床下面，关键的原因其实还在梦中的一个老人那里。那个老人在梦中劝说秒吃鸡蛋，老人一边剥着一边说，你看这鸡蛋，就是小鸡的胎衣呢。那个老人还指着床下说，这床下有我的胎衣，也有你爹的胎衣。那个老人还抱着秒说，那里面就是没有你的胎衣，你的胎衣肯定被你的娘埋到城里的床下去了。秒已忘记了那老人其实就是他在乡下的聋爷爷，也忘记了什么叫胎衣，但他肯定是想到床下寻找什么的。本来他是可以钻进去的，可他为什么现在就钻不进去了呢？

看到秒滑稽而无望地向床下钻，华四凤不禁哈哈大笑，她好久不这样开心了。看到华四凤笑了，刚刚还为秒担心的唐小兵也跟着笑了。两个人的笑声在屋子里像两只大鸟一样追逐着，扑打着，一屋顶上的灰尘一阵一阵地往下掉。秒的头上身上全是屋顶上陈年的灰尘，秒一动不动的承受着，他想再听到华四凤和唐小兵的心跳声，可除了那笑声和灰尘下落的声音，秒听不到他们一点心跳的声音，秒用力撕了一下自己的耳朵，还是听不见。他的耳朵出问题了。

贱骨头

原先安安静静的秒变掉了，慌里慌张的，有点像受惊的老鼠：一会儿从卫生间里窜到客厅里，一会儿又从客厅里窜到卫生间里，仿佛有尿不完的尿屙不完的屎。

唐小兵想叫住秒，秒根本就没有反应，待他抓住秒，秒就撕自己的耳朵，唐小兵心里就咯噔一声，是不是秒的耳朵出问题了？唐小兵决定在家里给秒做听力测试，在不同的角落，用不同的音量叫秒的名字，令唐小兵失望的是，秒依旧没有反应。唐小兵的心一点一点地往下沉，秒自己也很痛苦，用力撕自己的耳朵，一对耳朵被撕得红彤彤的，像是长出了两根红萝卜。

唐小兵把秒的耳朵出了问题的事告诉了华四凤，华四凤开始没有弄懂，唐小兵只好再次说了一遍。他做好了被华四凤讽刺和挖苦的准备，如果秒成为了酒鬼，那肯定是遗传了华家的基因，而现在秒的耳朵聋了,那毫无疑问是遗传了唐家的基因。

可华四凤根本就不相信秒的耳朵出了问题,华四凤说,今天早上我还叫过秒的,秒还有答应的。唐小兵说,那他是读懂唇语了。华四凤说,看来真是你们唐家遗传,会读唇语,会吹牛,也会说谎。我们没有打他,他又没有到医院打链霉素,怎么可能聋掉?华四凤说,我怎么会养出这样一个坏东西?他可是油条巷最坏的人了。

唐小兵不相信华四凤的判断,他可不愿意儿子重蹈他聋爷爷的覆辙。唐小兵半信半疑地回到家里,秒还是听不见,见唐小兵的嘴唇动了,秒就拼命地撕耳朵。

可秒听得见医生的声音。从医院回来后,唐小兵发现秒听得见电视上的声音,秒会跟着电视上的声音扭屁股。秒能够听到外面吆喝的声音,秒能够听得见电话机的声音。那一天,唐小兵带着秒出去理发,一个狗在他们身后叫着,秒就回过头来了,看着那条小狗。但秒就是听不见唐小兵和华四凤的声音。有一天,唐小兵回到家中,没有叫秒的名字,而是在背后悄悄地学了狗叫,令他想不到的是,秒听见了,回过头来寻找狗叫。

看到秒一脸失望的样子,唐小兵终于相信了华四凤的判断,秒是利用在乡下跟在聋爷爷后面学的一些动作羞辱他。唐小兵顿时给了秒一个耳光,没有想到的是,秒捂着肿胀的嘴巴对唐小兵说,听见了,我听见了!唐小兵没好气地说,你真是一个欠打的贱骨头!

原点

华四凤和唐小兵的生意越做越大,他们在副食批发中加上了烟酒的项目。他们身上浓烈的烟酒味都令秒不停地打喷嚏。华四凤和唐小兵总是在秒的喷嚏中数着每天赚回来的钞票,一张又一张,一叠又一叠。

烟酒项目的特点是大来大去,每次去进货,唐小兵都要给华四凤押阵。待两个人一起出去进货了，把秒一个人丢在家里。唐小兵生怕秒再次走失，总是把门锁得紧紧的，给秒丢下一些饼干和一瓶可乐。这可乐和其他的可乐不一样，每次秒喝了一口之后，还没有来得及喝第二口，就迫不及待地睡着了。

秒很是讨厌自己的睡眠，简直和小闹钟一样喜欢睡觉。他现在的睡眠和以前的睡眠完全不一样了，以前尿床还能令他醒来，但现在不了。他是睡了，可又是没有睡。他好像是吃了孙悟空的瞌睡虫，总是睡不醒。华四凤和唐小兵进货回来了，秒还没有醒，有一次秒醒过来，竟然睡到了中午。家里一个人也没有，秒撒了一泡尿之后，觉得口渴，再喝了一口可乐，没想到，他的头又昏了，眼皮耷拉下来，瞌睡虫再次缠住了他。

秒是在半夜里被饿醒的，唐小兵和华四凤还没有睡觉，他们正在屋子里做着什么。秒从被缝里看到华四凤正在往酒瓶上贴着标签，唐小兵一边把扁的纸饼变成纸箱，一边把那些贴好标签的酒放到纸箱里。满屋子都是酒味，秒再次打了一个喷嚏，把华四凤吓了一跳，手一哆嗦，一只酒瓶就倒下来，接着很多酒瓶也跟着倒了下来，有一只还滚到了唐小兵的脚边。屋子里的酒味浓得很，唐小兵很是恼怒，华四凤的眼睛却不看他，唐小兵顺着华四凤的目光看过去，结果看到了小老鼠似的秒。

唐小兵丢下手中的活计，抓住了那可乐瓶，拧下瓶盖，把瓶口凑到了秒的嘴边，秒不想喝了，他饿得很。华四凤说，他不喝给我喝，我们小时候连糖精水都喝不上呢。秒被华四凤这么一激，想辩解什么，没有想到的是，唐小兵等不及了，捏住了秒的鼻子，用喂药的方式，把剩下的可乐全部灌到秒的肚子里了。

躺在被窝里的秒不饿了，肚子咕咚咕咚地响。秒把身体往这边侧，那些咕咚咕咚的东西就跟着他往这边跑。秒没有等他们跑到左边，就躲到了右边。华四凤喊了起来，你怎么还不睡啊？

唐小兵说，随他去，他马上就给我乖乖地睡了。唐小兵说完，还把可乐瓶扔掉了，融化了好几片安眠药的可乐瓶终于完成了它的使命，在地上弹跳了几下，就像秒一样老实了。

唐小兵的话像是有魔力似的，秒还没有明白他们两人说的是什么意思，就真的乖乖地睡了。秒的这一觉睡得时间更长，一直睡到第二天晚上，他醒来的时候，正处于白天和黑夜的交接期，秒看见多日不动的小闹钟里飞出一只大鸟，大鸟长了一对巨大的黑翅膀，它从地上飞起来，用翅膀把白天覆盖住了。

秒抱着他的小闹钟，头脑像一杯白开水一样清澈，他已把童年的所有的觉都睡完了。

黑夜里的秘密

黑暗中是有许多秘密的，比如华四凤和唐小兵总是喜欢在晚上一边数钱，一边说话。唐小兵数钱的时候，总是喜欢咽着口水，数一遍，喉咙里就会咕咚一声。当唐小兵喉咙里咕咚一声的时候，华四凤的喉咙也会咕咚一声。

华四凤说，我们苦有什么意思，还不是为那个小畜生苦，为他苦房子，为他苦学费，将来还要为他苦老婆。唐小兵说，人就这样，我们为他苦，将来他也为他儿子苦的。华四凤说，他苦？他有什么本事吃苦？

秒听到华四凤说这话，很想就立即从床上起身，告诉华四凤，妈妈，你错了，我是秒，我比你们有本事，我最起码比你们会数钱，每次你们数来数去的时候，我早就数清楚是多少了。

秒说这话是有根据的，因为他们数钱的本领实在不怎么样，有时候是华四凤数多了，有时候是唐小兵数多了，争执起来，唐小兵总是会说华四凤数得对，但华四凤根本就没有自信，大家只好重数一遍。就这样，反复的来回几次，他们实在是太累了，就不再数了，把钱用橡皮筋系起来，然后放进保险柜。

秒只要听到保险柜咯噔一声，就会把眼睛闭得紧紧的，唐小兵这时有时间来检查他了，等检查完了之后，唐小兵会笑嬉嬉地向华四凤汇报，睡熟了，睡得像死猪一样。听到这话，秒会在心中回一句，我才不是猪呢，我是一只猫，一只不睡觉的猫。

秒是等待华四凤和唐小兵打呼噜之后才变成猫的，在黑暗中，秒惊奇地发现，在黑暗中他再次恢复了自己能够钻床缝隙的本领。秒已决定把自己最喜欢的东西全部搬到床下面去，他已经不再尿床，也不再老睡觉，他就想听听华四凤和唐小兵的心跳声，那心跳的声音就像是在擂鼓，秒最喜欢这擂鼓的声音，如果不是这擂鼓的声音，他是不会来到这个世界上的。

但秒发现自己听不到这样的鼓声了，华四凤和唐小兵两个人的心跳好像不一致了，好像是一个鼓点在追赶着另一个鼓点，也似乎是鼓面破了，更像是两颗心在分头逃窜。秒说不清什么，有时候他在床下等急了，就会从床下钻出去，围着床转圈，他想研究出将两个人的心跳聚集在一起的方案。

五岁到五岁半，秒不知道在黑暗中转过多少圈，也不知道在黑暗中对着华四凤和唐小兵做过多少次鬼脸，秒还在黑暗中小声地尖叫，但华四凤和唐小兵还是没有醒来。他们实在疲惫不堪，无法注意到他们的儿子秒像一个警惕的哨兵一样守卫着他们，为他们痛心疾首。

秒还是被华四凤发现了，先是她反复地梦见一个小鬼站在她的床前，后来她告诉唐小兵，唐小兵也说他梦见过。这样不谋而合的噩梦令他们怀疑起租住房子的风水问题，说不定是原来老房子的一个小鬼没有钱用了，是在跟他们要钱用。于是有一天，华四凤就叫唐小兵给梦中的小鬼烧了一刀纸钱，并叫他不要再打扰他们了，他们实在太忙了。

但那小鬼还在继续缠绕着他们的梦，唐小兵甚至有一次醒来后在黑暗中看到了那小鬼闪闪发光的眼睛。唐小兵感到自己被梦魇住了，怎么也不敢叫，只好蹬了一下华四凤，华四凤以为自己睡过了头，就立即拉亮灯绳，发现了那个小鬼正在飞速地向他们床下钻去。华四凤尖叫了一声，再看秒的床上空空荡荡的，华四凤和唐小兵都不敢想像了，是小鬼拖走了秒，还是秒变成了小鬼。

华四凤叫唐小兵把家里的灯全部打开，台灯、壁灯、吊灯、日光灯。然后两个人一起合力把床抬开，在床下面发现了坐在一堆东西中的秒。那些东西都是秒收集的，除了从唐村带回来的闹钟，还有从华老安家里带回的棒冰棍，又增加了一些新的收藏物，有唐小兵扔掉的半截裤带，有华四凤不用的一支口红；还有一些日历纸，闪亮的硬币。唐小兵掉的纽扣，华四凤剪掉的半根辫子。

华四凤越找越气愤，她根本就没有问秒是怎么再次钻进去的，她没有时间问了，她在床下找到了一些皱巴巴的避孕套，这些套子是唐小兵用过的，她还以为唐小兵给扔掉了，没有想到的是，秒都给他们收集了起来。当华四凤问他，你干什么啊？

其实这就是秒的爱，但秒说不出，重复了华四凤的话，你干什么啊？

秒的话音刚落，华四凤的一记耳光就打过来了，正是这耳光，彻底断送了秒的听力。

秒

秒坐在九楼的窗台上，远处灰蒙蒙的，看不清楚。秒抬头看了看太阳，小闹钟里的那只红翎大公鸡就蹲在里面，低着头啄米，好像永远吃不饱的样子。清风吹着秒的头发，秒感觉到自己快要飞了起来，秒简单回忆了自己来到这个世界上六年的历史，他想不透，他为什么会来到这里？想到最后，秒把小拳头塞进了嘴巴里。

地上好像有人在叫他，但他听不见，只看见那些嘴巴在一张一合，像是缺水的鱼。秒还看到了华四凤，她的肚子似乎大了起来，那里面藏着她所说的真正的秒，那是一个没有任何毛病的秒，真正的秒是那么的聪明，什么地方都没有去，而是躲到了华四凤的肚子里了。可他又是谁呢？是啊，他究竟是谁呢？秒很想把那只拳头从嘴巴里拨出来问一问，可那只拳头已长到肚子里了。那些手指们像瓜藤一样在他的身体里生长着，它们会开花，它们会结果，秒的花，秒的果，小小的秒，快乐的秒。

秒决定自闭，他要把和世界的联系全部切断。秒这么一决定，身体随即就有了反应，只听得咯哒一声，秒的内心一片寂静，这世界与他无关了。

与秒有关的历史就这样结束了。

十字正吊

　　一早上，陈凤兰的眼皮就跳个不停，她只好对着镜子使劲拧眼皮。等她把眼睛睁开来的时候，没有想到，陈小龙那只扁头也钻到了镜子里。陈凤兰很是不高兴，一把推开他，说，白天见不到你，晚上也找不到你，这几天你到什么地方鬼混了？小龙没有回答她，嬉皮笑脸地说，哎呀，哎呀，伤心啊，痛苦啊，绝望啊。陈凤兰又气又恼，动手就想打小龙，没有想到，手却被小龙拦截在半空中。陈凤兰挣扎了一下，没有挣脱掉，手腕反而被小龙捏得更紧了。过了一会儿，小龙主动把陈凤兰的手放下了，说，陈凤兰，你不要狂，等老子练好了功夫，你的手不是断也得残了。陈凤兰上上下下地把小龙看了一遍，哟哟，要下雨了，正看像龙虾，侧看像饼干，还练功夫呢，功夫还练你呢。小龙说，陈凤兰，有本事你去管陈金根啊，他快把你的嫁妆输光了。说到陈金根，陈凤兰就不说话了，定定地看着小龙，小龙长得最像死去的妈妈。

　　陈金根的破茶壶还在家里，看来他还没有上牌桌，而是到镇后街上的公共厕所去出恭了。陈金根除了打牌，就喜欢去那里出恭，那里热闹，也是镇上的新闻中心。等了一会儿，眼皮还在跳，陈凤兰到天井里掐了片藿香叶，撕开来，一只眼皮上贴上半片，眼皮不跳了，可手腕却疼了起来。小龙这几天真的鬼得很，不喜欢在家看电视了，也没有到游戏机室去，游戏机室的老板是王萍的舅舅，他说有好几天见不到龙大少上门了。

陈凤兰捂着手腕在门口等了半天，等到一身臭气的陈金根。可陈金根根本就不听她的，反而把她眼皮上的藿香叶子剥了下来，说，你还管他呢，你快管管你自己吧。告诉你，你等他，我家可不等他，我陈家可是干干净净的门第。

陈凤兰转身就走，回到自己的房间，啪地一下关上了门。陈金根可不罢休，站在外面骂，我知道你又在看那个杂种的照片了，总有一天，我会把那杂种的照片撕得粉碎，扔到茅缸里喂蛆！陈凤兰在里面喊，陈金根，你不要说我，你捂着心口看看墙上的妈，你说你对得起你死去的妈，你说！你说给我和小龙听听！

陈凤兰说得很响，眼皮跳祸终于应验了，可她不怕，如果陈金根再说话，她就和他狠狠地吵上一架。这样的日子，实在是不想过了。很奇怪的，当她心横下来之后，陈金根却不说话了，外面一片寂静，过了好久，她听见陈金根的吼叫和小龙的尖叫，陈凤兰的眼泪就下来了，眼皮还疼得很，刚才掐得太重了。

过了一会儿，修理完小龙的陈金根就端着他的破茶壶去找他的牌搭子了。陈凤兰正在担心陈金根把小龙修理得如何了，小龙却来敲门了，哟哟哟，陈凤兰，淌麻油了，今晚可以下面条吃了。陈凤兰没有理小龙，小龙又咳了一声说，陈凤兰，刚才王萍来找过你。陈凤兰说，那你刚才为什么不说？她找我有什么事？小龙不紧不慢地说，我怎么知道她找你有什么事，我又不是她肚子里的蛔虫。

小龙是看着陈凤兰穿着一件灰衣服出门的。等陈凤兰出门之后，小龙就三下五除二地收拾自己的房间，把桌上的书和杂志整了一下，又把两只拳击套挂在了床前，还从抽屉里找到了两根新拉簧管，吃力地挂在原先只有三根的拉簧上。小龙做得很紧张，他一紧张，就有便意，可他又不敢走远，只好站在院子的角落里小便，为什么会有这么多的小便呢？小宋师傅怎么还不出现呢，他一出现，小龙就不想小便了。

其实小宋师傅早就站在门口了，有点贼头贼脑的，似乎不敢进来。小龙说，她不在的，陈……我姐姐出去了。小宋师傅怔了一下，声明说，我不是看她的，我不是看她的。

小宋师傅没有发现小龙为他精心准备的东西，只是看着小龙的床单。小龙的床单上是有几处污渍的，那是黑暗中羞愧和秘密的污渍。小龙窘迫得很，想找个东西把床单上的污渍遮起来，刚准备好的力气消失了。

小宋师傅指着床单说，不要紧的，小龙，你还小，一点经验都没有，我教你一个经验，每天晚上，你把床单收起来当枕头，早晨再把床单铺起来，这样就不脏了。

少年小龙悬着的心一下子掉下来了。小宋师傅真是太厉害了，从小到大，小宋师傅可是他小龙崇拜的偶像啊，他从来就不崇拜李明，李明的大块头只会令小龙害怕，他喜欢小宋师傅的沉默，小宋师傅的不动声色，小宋师傅的好脾气，就像小龙他哥哥似的。小宋师傅和李明都喜欢练功夫。石锁其实不是石头的，而是一大团水泥疙瘩，偌大的水泥疙瘩砸到地上，地面被砸得一晃一晃的，就这样重的石锁，小宋师傅和李明一口气举二百个，弄得胸大肌像女人一样向外鼓。那时镇上还没有通自来水，用水都是要到水码头上担的，小宋师傅和李明就学少林寺和尚那样双手拎水桶，呈水平状的，像是有一根肉扁担在挑着水。小宋师傅还用铁环缠了布条做吊环，吊环是用大麻绳系在小宋家屋梁上的。开始他们吊的时候，总是有灰往下落，后来，他们吊在上面就不晃动了，而是像吊死鬼一样双手搭在吊环上，一动不动。李明带过小龙看过小宋师傅双手搭在吊环上，真的了不得，他硬是用一双胳臂挂住了身体，小龙甚至还怀疑小宋师傅的胳臂是用钢筋水泥做的。面对小龙的怀疑，李明笑着说，什么钢筋水泥，那是有名的体操动作，是李宁发明的，叫做李宁正吊接十字支撑，又叫十字正吊，李宁知道不知道？李明那时候对小龙说李宁，听上去，就像是在说他李明，小龙觉得李明的脸皮太厚了，他怎么可以自己夸自己呢？虽然李明总是讨好他，可他真的不喜欢李明，也不喜欢李明和陈凤兰谈恋爱，要是当初小宋师傅和陈凤兰谈恋爱，他倒是举双手赞成的。

小宋师傅仅仅在小龙家坐了一会儿就走了，说他要去上班。小龙不知道小宋师傅要到什么地方上班，他原先蹲的橡绞织带厂已经倒闭了，镇上的厂基本上都倒闭了，很多人都出去打工了，现在小宋师傅他要到哪儿上班呢？小龙想了好一会儿，脑壳就疼了。再后来是胳膊疼，腿疼，肚子疼。对于这疼痛，小宋师傅早就就给他打了预防针了，练功的人，有疼痛是正常的，没有疼痛是不正常的。由于刚刚练功，身体里那些小小的像头发丝一样细的毛细血管破裂了，肌肉里的毛细血管破裂没什么事的，练功人都要过毛细血管破裂这一关，只要过了这关，身上的肌肉就像吹气球一样鼓起来啦。

一跨出小龙家的门槛，小宋就接连打了三个喷嚏，是谁在背后说他了呢？是不是远在劳改农场养猪的李明在说他呢？有好长时间，小宋怎么也不习惯李明拎猪食桶的样子，有好几次，小宋向小龙打听李明的情况，可小龙也只知道李明在劳改农场养猪，其他的也不知道。问到最后，小龙就对小宋说，陈凤兰晓得的，你不也是陈凤兰的同学吗？你怎么不去问一问陈凤兰？

小宋、李明和陈凤兰的确都是初中同学，虽然李明和他是朋友，小宋还给坐在一起看电影的李明和陈凤兰买过水果。偏偏小宋就是不敢单独去问陈凤兰，自从李明和陈凤兰明确了关系，小宋就没有往陈凤兰家跨一步。在镇上他们这一批同龄人中，小宋的胆子很大，连李明都不敢捉的蛇他都敢捉，但是他有一个克星，那就是嘴角有颗痣的陈凤兰，小宋见到她真正就像是老鼠见了猫。就是这样的胆小鬼，陈凤兰也从来不放过他，总是指着他骂，都说你是跟屁虫，我说你是放屁虫！你说你不是放屁虫，那你为什么要放那个屁？陈凤兰骂小宋的时候，小宋就像是被班主任处理的小学生，低着头，双手下垂，毕恭毕敬。可就是这样，陈凤兰依旧不依不挠，指甲快要戳到小宋的鼻子上了，你装什么装？现在装得可怜有什么用？你为什么不放一个屁，把自己放到大牢里去？陈凤兰骂小宋的时候，她手指上大蒜和肥皂的混合味道直往小宋鼻子里钻，他很想说，他的确不是装的，他是该骂，你陈凤兰骂得对。如果她打他小宋两个耳光他也会认的。

　　小宋是李明的跟屁虫，这不仅是陈凤兰的看法，全镇的人都这么看，如果找到李明，肯定能够找到小宋，相反的，只要听到小宋的傻笑声，可肯定能够看到李明一定在旁边。有人曾经对小宋开过玩笑，将来李明找了婆娘，你小宋是不是准备和他共一个婆娘？小宋回答不出来，镇上有许多女孩子喜欢高高大大的李明，小宋一个都没有敢把这些女孩子放到自己的梦里来，小宋只喜欢一个人，那就是陈凤兰。他常想，如果李明和那些女孩子谈恋爱了，他也会谈恋爱的，去和陈凤兰说说准备了这么多年的心里话。他早就把陈凤兰当作他的女王了，小宋为了想出女王这个词，想了整整一个星期，才选中了女王这个词。刚刚想出"女王"这个词，李明就告诉小宋，他最喜欢的人是小宋的女王陈凤兰。

　　小宋永远记得李明说话的样子。那一天，裸着上身锻炼的李明心情很好，一边拉簧，一边问他，小宋，你现在看上哪一个女孩了？要不要帮忙？小宋听了这话，想说出陈凤兰的名字，可还是把话咽到肚子里了，反问李明，我还没有想好呢，李明你呢？李明倒是很大方，说出了他最喜欢一个女孩子，这个女孩子虽然不漂亮，可是有气质。小宋当时根本就没有怀疑到李明要说到陈凤兰，偏偏李明说的就是陈凤兰，李明还喊了一遍陈凤兰的名字，喊的声音相当的大，陈凤兰！陈凤兰！李明喊完了陈凤兰的名字，更加用力地拉簧，拉得相当的夸张，拉簧器上的五根簧拉开了，还维持了很长时间，看上去，好像被拉开的簧似乎是弹簧做的尺子，正在量李明的两条胳膊加一个胸脯有多长。

李明喊陈凤兰的名字的时候，小宋刚趴在地上做俯卧撑，他听见肚子里咯噔一声，声音很响，小宋只好坐起来，观察了一下肚子，肚皮还是肚皮，几乎没有什么变化，可他断定肚子里面肯定有什么东西断掉了。

春风理发店的理发师小上海一看到小宋就神秘地笑着。小宋被他笑得很不自在，正纳闷着，为小宋折衣领的小上海就把耳朵凑上来了，笑嘻嘻地问小宋，宋大师啊，你知道的，我嘴巴是最紧的了，你告诉我，你把李明藏到什么地方去了？小宋一惊，李明？他不是在劳改农场养猪吗？小上海眨着眼睛说，那是过去的李明，我说的是现在的李明。小宋很怀疑地看着小上海，我不懂，他是不是也知道他去过陈凤兰家了呢？小上海把白围布围到了小宋的脖子上，收紧了系带，说，你不懂我们就不说了，你就当我们没有说过这句话。

白围布的系带把小宋的脖子都勒出了一道红痕，小宋一点也没有和小上海计较，他的耳朵里全是李明，就像那些没有掸完的头发屑。刚才在小龙家里，他和小龙谈的也是李明，小宋所有的拉簧技术都是跟李明学的，正拉练什么肌肉，背拉练什么肌肉，斜拉练什么肌肉。小龙很不喜欢谈李明，一谈到李明就说，他不喜欢李明。小宋耐心地告诉小龙，不能瞧不起李明，李明在镇上，甚至在县里，都应该是大拇指。小龙问，那师傅你呢？小宋说，我只能算是镇上的一根小拇指。小龙说，师傅别谦虚了，再说了，那时是那时，现在是现在，李明现在是闻猪屎臭的冠军，而你现在是冠军，是大拇指！小宋知道小龙不相信他的话，可在小宋的心目中，李明就是天才，记得李明曾经告诉过他，做任何事情都是要有天才的，李宁体操厉害吧，李连杰武术厉害吧，邓亚萍乒乓球厉害吧，这就是天才。李明从来没有说自己是天才，可在小宋的眼睛里，李明就是天才，如果有机会，李明不是世界上的武术冠军，就是举重冠军，再不济，也能够拿个健美冠军。都说他小宋是李明的跟屁虫，谁能知道李明是他小宋的指导老师呢。还是说拉簧，小宋总是比不过李明，怎么练也不行，李明看了一下小宋拉簧的姿势，一下子就看出了小宋的毛病，小宋之所以拉不好，是因为背部的力量不够。小宋当时听了之后还有点不服气，悄悄地在家里练，练到后来才发现，的确是背部的力量不够，后来小宋用那单哑铃加强背部力量的训练，拉簧的本领一下子上去了，从三根簧增加到四根簧，小宋的每个晚上都充满了拉簧痛苦的咯当咯当声。就在小宋已能够自如地对付五根簧时，睡觉不做梦的他竟然做了个怪梦，在梦里，李明和陈凤兰准备私奔，小宋去送他们，他们表情很沉重，什么话也不和小宋说，他们向南走，小宋也向南走；他们拐弯，小宋也拐弯；他们向东大河那边走，小宋也向东大河那边走，后来，他们就走到东大河边了。小宋看着他们一前一后跳上一条挂桨船的，李明从船后舱里找到了一只不锈钢的手摇柄，然后就套在了柄眼里发动机器。李明的力气大，只是摇了不到一分钟，机器就被发动了。李明叫陈凤兰扶住挂桨船的舵，自己拿着竹篙把船点开，接着他们就向刘庄方向去了。他们一走，小宋的梦就醒了，心里空荡荡的，如果李明和陈凤兰真的走了，他该怎么办呢？陈金根一直嫌李明家穷，反对女儿陈凤兰和李明谈对象，李明和陈凤兰必须要走，陈金根这个赌棍不但反对，还跟陈凤兰介绍其他的对象。小宋是知道这些的，所以他一有机会他就鼓动李明和陈凤兰私奔，不管三七二十一，先把生米煮成熟饭再说，叫陈金根人财两空。对于私奔，李明不是没有想过，可陈凤兰不同意，如果她和李明走了，谁来照顾小龙呢？李明没有把这话告诉小宋，再说，陈金根也松了口，给李明开出了最低价，五千块。这五千块他陈金根不要一分，统统存到陈小龙的户头上。陈金根说，这不是礼金，这是保证金，小龙的妈妈不在了，小龙就一个姐姐，万一他陈金根哪一天早上没有醒过来，陈小龙抱着这五千块还有日子过。至于李明保证自己肯定对小龙负责的话，陈金根说，这世界上三岁的小孩都会说保证，我要的是保证金。

  小宋把练功这件事再拾起来还要归功于小龙。就他和小龙的关系讲，与其说小龙总是在拍他的马屁，还不如说是他小宋在拍小龙的马屁。小龙先天条件不是很好，可小宋还是愿意教小龙，毕竟小龙最崇拜的人不是成龙，而是他小宋。小宋想起了看电视时听过的一句话，师傅一桶水，才能有徒弟的一碗水。因为他得觉说得好，当时就记住了，现在要做师傅了，一下子想了起来，想到"一桶水"，小宋的兴致就上来了，拾起了很多年没有练过的项目。记得当年李明被逮走了，小宋就取消了坚持了很多年的晨跑，冬泳也取消了，他的体育活动就只剩下了吊环和俯卧撑地。吊环是往天上去，俯卧撑是到地下去，可他怎么也上不了天，入不了地，一切都是徒劳的。有时候，小宋一想到的确是自己把李明送到劳改农场去了，他就用拳头捶打没有嘴巴的胸。小宋的胸大肌还是很发达的，拳头敲上去，咚咚咚，咚咚咚，有点不像是自责，而像是敲更鼓了。再后来，小宋经常坐在石锁上发呆，说不定现在的他是做梦呢，而真正的他正在某个地方某个房子里，看着站在门口的李明手握着单只哑铃练胳臂上的老鼠肉，李明一边练，一边和站在房子中间的小宋说着练功的事。小宋似乎还听见了他和李明的笑声，李明一边笑，还一边看自己的胸大肌，似乎很不满意胸大肌随着笑声一抖一动，李明一边捏着自己的胸大肌，一边说，什么时候能够不动就好了。小宋说，怎么可能不动？除非你用钢丝固定起来。李明就不说话了，哑铃一上一下，速度非常的快，估计他生气了。小宋也不觉得自己说得很不好，可不好再说什么，只有看着李明在练哑铃，这是用两只铅球和一根铁棒笨手笨脚地焊成的单只哑铃，两只铅球一大一小，都是李明从中学体育室里搞来的。从内心讲，小宋不太喜欢这个笨得要命的哑铃，当时搞来的时候，小宋还问过李明为什么不弄一对？如果弄来一对的话，就可以用来平举扩胸，练练胸大肌，练练背肌。李明当时是答应把哑铃搞全的，可不知道为什么，也许后来李明忘了，或者搞哑铃的难度太大了，李明一直没有弄来第二只。没有第二只，单只哑铃只好练胳臂上的老鼠肉了，其他的哑铃动作就没有办法练了。好在他们还有石担和石锁。相比举石担练石锁，哑铃这个东西是算小拇指了。

为了"一桶水"，运动量就大了很多，也很累，当然睡得也就快，可睡眠的质量一点也不好。小宋最近总是梦见李明和陈凤兰，在梦里，他们一点也听不见小宋的叫声，看见了小宋就像是没有看见似的，都不理睬他。有一天，小宋还梦见陈凤兰手里拿着剪刀，李明拿着哑铃。陈凤兰扬了扬剪刀说，跟屁虫，放屁虫，这个是用来剪你舌头的，哑铃是用来干什么呢？小宋说不出来，陈凤兰就笑了，砸你这个放屁虫的狗头！陈凤兰一边说，一边夺过李明手里的哑铃砸过来。小宋就醒了，手麻木得很，他往黑暗中甩了甩，手指上的血脉有点通了。小宋在一团乱草中摸到了自己的头，头还在，有点像秘密埋在草丛中的山芋，还没有被人发现，也没有被老鼠发现。小宋看了看电子表，正是凌晨三点多钟，可他不想再睡了，起床找那只在梦里出现过的哑铃，这哑铃呆在墙角上，小宋很不喜欢这只哑铃，在小宋看来，这只哑铃和陈凤兰的态度一样，一点也不肯原谅他。有好几次，小宋想把那哑铃悄悄扔掉，可都忍住了，万一李明劳改结束回来，再向他要这个哑铃怎么办？哑铃已经锈得不成样子了，呛人的铁腥味直往小宋的鼻子嘴巴里钻，很是难受，像谁给他灌辣椒水似的。有一次，小宋和李明讨论过一个问题，如果他们是地下党，被国民党抓住了，他们会不会投降？李明回答得很干脆，我肯定不会的，你呢？小宋说，我也不会。李明没有再说什么，很奇怪地看了小宋一眼。

小宋和李明在一起，李明是当然的老大哥，虽然李明还比他小宋小一岁，可李明天生具有大哥的相，在做事方面说话方面以及其他方面，李明总是胜他小宋一筹的，别人讽刺他是李明的跟屁虫，他就愿意做李明的跟屁虫。大刘庄有个痞子到镇上来，碰了小宋一下，不但不道歉，反而讽刺小宋个子矮。当时小宋的拳头已经捏起来了，可他没有出手，大刘庄的活宝嘴巴就歪了，他还不明白地看着小宋。其实打他的是旁边的李明，李明的巴掌已经说出了他是什么人，李明能够举三百斤的石担，还能够把石锁往空中抛起，然后再接住。有一次，李明跟小龙打赌，他把胳臂硬起来，让少年小龙捏，只要小龙能够在他的胳膊上捏出一个凹塘，他就输给小龙五块钱。那次小龙把吃奶的力气都用上了，还是输了。镇上人都说，李明只要一只指头，就能够把一个大劳力打倒，有人向他验证这个说法，小宋没有否认这个说法，说，你应该问，如果李明和李连杰掰手腕，你赌哪一个赢？小宋没有等对方回答说出了答案，我赌李明赢。

小龙本来要求小宋师傅到他家上门辅导，可小宋师傅不愿意，小龙只有到小宋师傅家去。小宋师傅还不太喜欢和小龙在大街上走，他们都走在小巷上，小龙跟在小宋的后面，就有点像孙悟空跟在唐僧的后面，小宋面无表情。而小龙欢天喜地，还面露喜色，激动不安，和蹦蹦跳跳的孙悟空差不多。有人看见了，当着小宋的面说，小宋是李明的跟屁虫，小龙是小宋的跟屁虫，算起来，小龙应该是跟屁虫的平方了。虽然小宋当时没有生气，可到了家里还是生了气。好在小龙嘴巴甜，说，师傅不要和他们一般见识，他们是嫉妒，是吃不到葡萄就喊葡萄酸。

本来在李明被抓走之后，少年小龙就缠住小宋要学功夫，他一直没有松口，可少年小龙有点做特务的天才，死死盯住了小宋，小宋呆在什么地方，少年小龙就跟到什么地方，小宋很不喜欢小龙这个样子，找了一个机会逮住了小龙，苦口婆心地说了小龙一顿。可没有过多久，小宋发现，自己每天上厕所总是能够碰到少年小龙，有时候上厕所的人多，小龙见到他，裤子一捋就把自己占的位置让给了小宋。小宋无话可说，这几乎是多年前小宋和李明的翻版，当时也没有人教小宋帮李明占蹲坑，可小宋愿意帮李明占。多少年过去了，过去的小宋换成了少年小龙。

少年小龙就在小宋伤感的时候提出要拜小宋做师傅的。小宋不答应，小龙的一句话打动了他，小龙说，将来师傅会有许多徒弟的，他想做大师兄，千万不要让他失去做大师兄的机会。小宋说，小龙，话说在前头，我只教你，就不再收其他徒弟了。小龙很是高兴，那么我就是你的关门弟子了。小宋说，小龙啊，小龙，什么师傅徒弟的，也不要谈关门弟子，在嘴头上，我看我要拜你为师。少年小龙说，论嘴头，我们家陈凤兰最厉害，你要拜就拜她吧。一提到陈凤兰，小宋就没有话说了。

小龙就成了小宋的关门弟子，总是师傅长师傅短地喊着，小宋也就拿出了师傅的样子，嘱咐小龙，明天早晨不要睡懒觉，六点钟就起床，和他一起去晨跑。小龙有点不理解，是不是要做王军霞？小宋说，你想做王军霞，我也不能把你训练成王军霞啊，再说了，我也不是马俊仁，晨跑是负氧训练，负氧训练必须的。小龙理解了，一把抓住了小宋师傅的胳膊，小宋反应很快，肌肉一紧，拳头拢起来，少年小龙在小宋的胳膊上摸到的是一块又一块硬邦邦的老鼠肉。

小宋总觉得应该送点什么礼物给小龙，他也想不出家里有什么礼物，就让小龙自己随便挑，挑中什么，他就送小龙什么。小龙仰头看了看屋梁上的吊环，又看了看天井里的石锁，最后目光就盯住了那只呆在墙角上的哑铃。小龙还不好意思要，小宋说，你胳臂上的肌肉力量太小了，这哑铃也是为了让你闲下来的时候练练。小龙一听小宋说把哑铃送给他，很是激动，说话的声音都尖了起来，他对小宋保证说，他会为它配全的，一定会配上另一只的。小宋看到小龙的嘴唇涨得通红，脖子上的青筋都爬出来了，有点像入团宣誓了。小宋想，小龙是值不得这样对他宣誓的，再说了，小龙的力气实在太小了，举单哑铃就很费力气了，更不要谈练双哑铃了。

　　哑铃跟着小龙走了，铁腥味也跟着小龙走了，小宋的精神就上来了，他到河里担来水，用刷子把天井里的长了青苔的石锁和石担都洗了一遍。李明去农场的时候，石担就莫名其妙地裂碎了一只，而两只石锁也像是约好了，双双断了把。小宋想，现在该去再弄一副石担，石锁的把也配好，说不定哪一天，李明就从围墙上咚地一声跳下来，小宋就问李明，今天搞几组？李明说，老规矩。李明说的老规矩就是搞五组，他所说的搞一组的概念是，石担一口气挺举一百个，石锁一百个。等到五组练完了，石担和石锁落到地上，地皮被震了几震，小宋觉得自己是踩在东大河的波浪上。

　　那天早上，小宋在做了把私奔的李明和陈凤兰送走的梦之后，他又做了在东大河光身子游泳的梦，很多人在岸上看他的下面，可他的下面硬梆梆的，怎么也软不下去，实在是羞愧得很。还没有了结的时候，他就糊里糊涂地被拖到了派出所，拖到派出所后，就被塞进了黑房子里，进黑房子的时候他还没有睡醒小宋是被说县城话的公安拍在桌子上的一巴掌给拍醒的。等他把小眼睛完全睁开来的时候，他就慌了，他怎么就成了犯罪分子了呢？

　　公安人员是个黑脸膛的，简直就像包公，小宋甚至头脑里一下冒出了龙头铡、虎头铡和狗头铡。小宋想，他是老百姓，如果这个包公带铡刀的话，肯定是带狗头铡了。小宋当时还想到了刘胡兰，刘胡兰就是在敌人的铡刀下英勇就义，她可是生的伟大，死的光荣。可小宋他呢，他怎么也想不出来，想不出来，他的头就糊了，再后来，他就糊里糊涂地放出了那个他一生中放得最臭的屁。黑脸公安是这样问他的，你知道不知道李明到什么地方去了？小宋就回答了，他的话说得很快，一点也不像平时说得结结巴巴的，连他自己都怀疑肚子里有个人在替他说话。再后来，他就把他做的梦说出来了，他看到那条失窃的水泥船的，十吨水泥船，它不是向县城方向去了，而是向刘庄方向去了。小宋交代完了之后，向公安提出了一个要求。公安还以为是什么事呢，小宋说，他实在是憋急了，他要小便。公安笑了起来，真是懒牛上场，尿屎直淌。

小便很长，还弄了小宋一手，他刚想洗一洗，黑脸公安让他伸出食指，在问讯的每一页纸上都按了手印，按完之后，黑脸公安就叫他走，小宋不相信自己的耳朵。黑脸公安又说了一遍，小宋才逃出派出所的大门，隔了老远他才停下来，一边看自己通红的食指，一边看派出所的漆黑的大门，刚才把尿都擦到公安的纸上了，公安会不会知道呢？想了一会儿，小宋把食指上残余的红印油全部揩到了石灰墙上，像是五条红蚂蝗。小宋回到家后，依旧困得很，他捂着被子又睡着了。等他起来的时候，偷船贼李明就被公安抓住了。本来是小宋的梦，可他偏偏就把一个没有头绪的案情说得和他亲眼看见的一样。失窃的十吨的水泥船的确就行驶在去刘庄方向的河面上，李明被公安局抓走了。小宋一下子成了镇上人的话题。很多和李明好过的朋友都赶到派出所去送李明，只有小宋没有去。他不是不想去，而是不敢去，怎么说也是越描越黑，大家很不理解，李明对他小宋这么好，不图报恩，公安又没有给一分钱，小宋怎么可以出卖好朋友？小宋决定变成哑巴，可他怎么也变不了哑巴，他很想找个人说说话，尤其是夜深人静的时候，做了一天哑巴的小宋特别想大声地说话，他多想在自己家的屋顶上装上一只高音喇叭，然后就通过高音喇叭向全镇人民广播，向最瞧不起他的陈凤兰广播，向陈凤兰请罪，他小宋的确没有想出卖李明。

这一天，陈凤兰从外面走进来，发现绳上的衣服全都掉到地上了，今天的风并不大，这是多么奇怪的事。陈金根这个老畜生整天不归家，李明还没有回来，有人开始欺负她了，要是李明在的话，她陈凤兰哪有这么窝囊啊。陈凤兰只要想起李明，心里就有一阵又一阵凉风吹过，直吹得她情不自禁地打哆嗦。陈凤兰知道小龙最近正跟在姓宋的屁股后面搞鬼，可她没有证据，如果李明在的话，肯定能够搞到证据的。有时候，她也怀疑小龙趁着她出去找王萍的时候把姓宋的带到家里来，她实在没有办法，就搞了个笨方法，只出去一会儿，就转身回家杀个回马枪。陈凤兰的回马枪总是失败的，陈金根不在家，小龙也不在家，只有挂在墙上的李明用目光安慰可怜的她，小龙是姓宋的跟屁虫，他是不会向着她的，他们肯定是跟她玩了游击战。陈凤兰的执拗劲上来了，她对陈金根这个老无赖没有办法，难道她还对付不了陈小龙这个臭小子，这个屎橛子往外衔的小王八蛋，等到她抓到他和姓宋的在一起鬼混的证据，陈小龙不是断骨头也会剥层皮。

　　陈凤兰哆嗦了一会儿，就到小龙的房间里去找小龙，等她推开小龙的房门，发现小龙正陷在一堆肥皂泡里。陈凤兰叫了起来，不得了了！要下雨了！要下雨了！有人作阴天了，小龙！小龙你洗的是什么？为什么不让我洗？小龙没有回答，依旧搓洗着。陈凤兰一屁股坐在小龙那没有铺床单的床上，小龙，你又骗我了，王萍说她根本没有找我，你为什么又要骗我？小龙，你越来越不像话了。小龙没有说话，陈凤兰突然把床沿一拍，挂在床上的拳击套就滚了下来，把陈凤兰吓了一跳。陈凤兰后来看清楚了，拾起拳击套说，小龙，这是李明的，你拿他的东西，为什么不告诉我？陈凤兰又看见了拉簧，更加生气了，踢了踢小龙的洗衣盆，指着小龙的头说，小龙，你成了聋子啦，你为什么要拿李明的东西？小龙说，李明李明，他又不是李宁，为什么不能拿？陈凤兰说，我说过多少遍了，李明的东西谁也不要碰。小龙说，不让人碰的东西是容易坏的，我碰了你应该感谢我才是。陈凤兰看着小龙，在肥皂泡中的小龙像鱼吐泡沫，骂道，是冬瓜，就是生不出南瓜，我看你越来越像陈金根了。小龙猛然推开洗衣盆，一把夺过陈凤兰手中的拳击套，你说它是李明的，你可没有记号。陈凤兰说，什么记号？它本来就是李明的。小龙说，没有吧，它是小宋师傅的，上面还有字呢，宋字，你看看，你看看。小龙还把潮湿的手套进了拳击套中，往陈凤兰眼前一送，你看看，你看看。

陈凤兰不说话，俯下身去，猛然咬住了小龙的手套，小龙的一只手被陈凤兰咬住了，小龙就用另一只拳击套打陈凤兰的头，边打边喊，你真是个神经病，还你，还你，都还你！小龙把拳击套退下来，扔到了地上，接着又把拉簧扔到了地上，拉簧在地上死蛇一样挣扎了一下，不动了。陈凤兰低头抱起了拳击套和拉簧管，匆匆地走了，还踢翻了小龙的洗衣盆，肥皂泡在地上不停地变幻着色彩，一个一个地破灭了。小龙对着陈凤兰的背影喊，你没听说过李明越狱逃跑了吗？

小宋刚跨进陈凤兰家就碰见了陈金根，刚才小龙告诉他，他们都出去了，师傅你就放心地来吧。小龙还是说错了。没有想到的是，陈金根看见小宋很是热情，笑嘻嘻地问，你是谁啊？你是不是来找陈凤兰的？见小宋不好意思地低着头，陈金根还为小宋指点了一个方向，陈凤兰就在左边的小房间里，不过你要告诉我你是谁，你多大了？小宋更加不好意思了，他听得出来，陈金根的话明显有考女婿的味道，小宋忸怩了一下，低声地说，陈伯伯，我……是小宋啊。

小宋？陈金根似乎记不得这个名字了，小宋连忙咳嗽了一下，补充说，我就是过去与李明在一起的小宋啊。陈金根听清楚了，记起来了，脸上的笑容就收住了，小宋，你找陈凤兰干什么？是不是李明让你来的？小宋迟疑地摇了摇头，李明？李明还在劳改农场啊。陈金根就堵住了门说，李明已经越狱逃跑了，陈凤兰已经犯了一个错误，不能再犯一个错误了！滚，你给我滚！

小宋不知道是进还是退，很后悔刚才不该说起李明。在躲闪之间，他看见了正在晾床单的陈凤兰，陈凤兰晾床单的姿势真好看，一寸一寸地把床单抹平又抹平，然后用红的绿的塑料夹子夹好，最后她把剩下的一盆水浇到天井里。陈凤兰消失了，只剩下一张潮湿的床单，床单带着一根晾衣服绳在飘过来荡过去。

　　陈金根说，姓宋的，你看有什么用？看也没有用，我们家里没有西洋景，你去告诉李明，我们陈家门槛是干净的，一个肮脏的人，一个低级趣味的人，怎么好意思再来我们陈家？小宋看着陈金根的嘴皮在上下翻动，他听不清陈金根在说什么，后来，小宋看见小龙了，小龙在天井里走路时是一跳一跳的，他还把晾衣绳碰了一下，床单就带着晾衣绳晃翻得更厉害了。小龙也看见了小宋师傅，喊，师傅，师傅。陈金根也听见了，回过头来看小龙，又看看小宋，小龙对陈金根说，老头子，你知道吧，他是我师傅，我是他的关门弟子。陈金根说，他可是和李明一伙的。小龙说，老头子，哪对哪啊，李明被抓起来还是我师傅检举的呢，我师傅可是正派人，将来我功夫学成了我就可以保护你了。陈金根脸上的笑容又冒出来了，真的？这是真的？小龙说，真是，我已经会打醉拳了，小龙就打了起来，摇来摆去划了几划，然后稳稳地停住了，喘着气说，老头子，要是喝了酒还可以打得更好。陈金根嘀嘀嘀地笑了起来，小龙，小龙，你要什么尽管跟老子说，你要买什么，拳击套？还是沙袋？小龙说，这些我师傅都有，我要游泳帽和游泳裤。陈金根说，什么什么？立过秋了，你要买游泳裤干吗？小宋开口了，对陈金根说，伯伯，冬泳，冬泳，也就是去冬天的河里游泳。陈金根叫了起来，那还不被冻死？！小龙笑了，拍着陈金根的肩膀，说，老头子，那你就老外了，我们练功是干什么的，我们练功就是为了冬泳的。

　　陈凤兰一直到了上午十点钟才起床，她刚开门，（其实门没拴上），就发现了两个上身赤裸的人在没有散尽雾气的院子里拉簧，第一个人拉得好，弹簧们挣扎着，一次又一次被迫张开身子，再后来，换了一个人，那个人没有能够让弹簧们张开身子。陈凤兰不用看清楚也知道，第二个人是小龙，小龙太丢人了，用尽了力气，似乎还挤出了一个屁，可五根簧居然一动也不动。陈凤兰一夜都没睡好，她在街上听人说了，李明越狱了。她把门拴上了，又解开。灯开了，又关上。陈凤兰还听说，现在有多少警察都埋伏在镇上呢，专门等李明来钻口袋。

陈凤兰很想绕过小宋他们，偏偏就听见小宋喊她："凤兰——"。陈凤兰的头也没有抬，她想再骂一声的，可是她嘴巴张了张，还是忍住了，小宋那过分发达的胸大肌就落到了陈凤兰的眼睛里。小龙抖了抖手中的拉簧，弹簧们被震得叮叮当当地响，陈凤兰，告诉你，这簧可不是你的，而是我师傅的，比李明那把可强多了。小宋立即纠正道，一样的，一样的。小龙说，不一样，不一样就是不一样，你一直使用着的，李明那根已经锈得不成样子了，如果你去拉的话，肯定一拉就断的。

陈凤兰上过厕所后回来，小宋和小龙都不见了。她回到自己的屋子，发觉屋子里好像少了什么，陈凤兰找了找，房间里真的少了什么了，陈凤兰看到墙上的一处布满蛛网的方块，李明的照片不见了。李明的照片后面居然有那么多蜘蛛网，陈凤兰很想把那些蜘蛛网扯掉，可扯了半天，也没有扯掉，那些蜘蛛网像是长在墙上了。

小龙决定把自己留了两个月的长发剃掉，剃成小宋师傅的平顶，小宋师傅个子不高，可他最有气质的地方还是他的平顶，头发长得一样的长，有组织有纪律，很是精神。也正好利用理发的机会睡上一觉，自从和小宋师傅练晨跑，他的觉总是不够睡。

躺在理发店的椅子上的小龙的眼睛刚刚闭上，小上海就问起了陈凤兰打小宋师傅耳光的事。小龙很不愿意听人说陈凤兰打小宋师傅耳光的事。当时他得知此事，立即就去小宋师傅家慰问，可小宋师傅坚决否认了自己被打，小龙也看了一眼小宋师傅的脸，小宋师傅的脸上除了那些高低不平的青春痘外，和平时没有什么二样。由于小宋师傅的否认，本来想去教训陈凤兰的小龙一点积极性也没有了。

因为小上海很啰唆，小龙只好又把眼睛睁开，看到了小上海脖子下的喉结，小上海的喉结一点也不像小宋师傅的喉结，小宋师傅的喉结是又方又粗的正方体，而小上海的喉结是又尖又细的，像一个三角锥体。小龙说，我正好有事，不在场，要是我小龙在场的话，陈凤兰她是打不到小宋师傅的，实话告诉你，我师傅最有功夫，可他在陈凤兰面前一点功夫也没有了，像是被点了穴一般。用武功上的话来讲，陈凤兰好像是我师傅的克星，其实事实上不是这样的，陈凤兰她太胆大了，她以为打我师傅耳光是件很容易的事件，可是她错了，她打了我师傅一个耳光之后，我师傅一点也没有反应，而她的手却疼了，受伤了，简直快要断了。你不相信的话，你去看一看陈凤兰的右手，陈凤兰的右手上现在正贴着一张伤筋膏药呢。我师傅的功夫是平常人想不出来的，你想一想，陈凤兰想打我师傅，没伤了我师傅，反而把自己的手打伤了，你想想，我师傅的功夫有多深？

小上海很是吃惊，这么说，陈凤兰骨折了哦？小龙说，不是骨折，而是骨裂，照了片子的。小上海说，那还不是一回事。小龙换了一个姿势，其实不是一回事。骨折是要打石膏的，骨裂是不要打石膏的。小上海笑了起来，可陈凤兰为什么要打你师傅呢？是你师傅作风不好吧？小龙说，你别瞎说，告诉你，陈凤兰她有……神经病……小上海，你猜猜，我师傅在吊环上的十字正吊能吊多长时间？

小上海没有回答这个问题，小龙就竖起了四个指头，还不是四十分钟，而是四个小时，十字正吊，四个小时，你说他厉害不厉害？小上海说，厉害个屁！又不是打炮能够打四小时，有本事到西头华清池找小姐打炮打半个小时，别说他能够打半个小时，就是能够打四十分钟，小姐就不会要他钱的，免费，说不定还倒贴。

小龙很是生气，不想理发了，没有想到，小上海把一只散发着臭味的热毛巾就捂到了小龙的脸上，小龙在热毛巾下支支吾吾的，不知道在说什么。小上海一边蹭着剃刀一边对小龙说，你再练功有什么用，我现在就有两个方法把你杀死,一个是捂死你,一个就是在你的脖子上,咔嚓——

小龙睁大着眼睛,里面全是恐惧,喉结还咕咚咕咚地响,可嘴巴上被毛巾捂着,什么也说不出来,忽然,他看见了陈凤兰,走过春风理发店门口的陈凤兰的手插在裤子口袋里,这么热的天,还穿着一条裤子,都像是在捂尸臭了。

小龙这几天的功夫大长了,不仅开了五根簧,还能举十几个石锁了,小龙想,有了这十几个,就会有一百个,二百个,再这样下去,小宋师傅就快教他做李宁正吊接十字支撑了。可小宋师傅总是不提吊环的事,小龙着急了,练功就有点懈怠,小宋师傅看出来了,什么话也没有说,找来一块红砖头,蹲下来,一运气,手中的砖头就拍向了额头,小宋师傅的头没有破,可砖头成了两截。

这是硬气功啊,小龙呆住了,他不知道小宋师傅怎么会有硬气功呢。小宋师傅把额头上的灰尘擦了擦,对小龙说,李白有首诗,叫做只要功夫深,铁棒也能磨成绣花针。小龙把每一个字都听进去了,师傅真是很厉害,不但功夫好,话也说得好呢,他是非常希望小宋师傅能够变成他的姐夫的。

回到家里,小龙没有找到陈凤兰,他已有好几天没看见陈凤兰了。也难怪陈金根说,女孩子长大了就会变神经,陈凤兰有点神经病了,再不嫁出去,就会变成真正的神经病了。小龙也没有找到陈金根,陈金根肯定又去送钱给人家了,每次回到家,总是装出一副样子,又赢了,今天小赢,小赢。可陈金根一点也不会撒谎,连小龙都能够看出陈金根在说谎,他又输了,还输得不少。

小龙心情一好,就想到街上买一块钱臭豆腐吃晚饭,在路上,他忍不住用手拎了几块塞到嘴巴里,味道的确不错,今天他要多吃一碗饭了,小宋师傅说了,练功的人必须多吃饭,多吃饭就会多长力气。小龙没有想到，陈凤兰把他拦在了门口，小龙都不认识陈凤兰了，因为陈凤兰的小眼睛都变大了。小龙把臭豆腐碗送到了陈凤兰的面前，你吃，你吃，很好吃的。陈凤兰一脸厌恶地把臭豆腐碗推开了，说，从茅缸里捞出来的，呕心不呕心？小龙说，你不吃就不要放屁，你不吃我吃，放老爷我进去。可陈凤兰偏偏不放他进去，小龙生气了，陈凤兰，我可不是我师傅，我会还手的。我还手时，你的另一只手就废了。小龙说完了，还摆出了姿势，陈凤兰没有接招，像一个受了委屈的小姑娘嘤嘤地哭了起来。小龙很是奇怪，喂，你神经啊，我可没有动你一根指头啊。陈凤兰用手背擦着泪，边擦边说，小龙，你捂着胸口说一说，我们又没有得罪过你，可你们为什么要拿李明的照片？小龙有点不明白，照片？我还以为你说西装呢，你买给我的西装嫌大，我师傅穿正好。陈凤兰说，你别瞎扯淡，你告诉我，是不是拿李明的照片通缉他？是不是？

空气中有一股伤筋膏药的味道冲到小龙的鼻子里，小龙有点想打喷嚏，可是打不出来。小龙很难受地揉揉鼻子，说，我真的不懂了，陈凤兰，你还提那个李明干什么，其实我师傅很好的，真的很好的。陈凤兰不哭了，一字一顿地说，陈小龙，我警告你，请你以后不要在我面前提他的名字，你知道他是什么？是个叛徒，是畜牲，该刀剐油炸。小龙定定地看着陈凤兰说，神经病！陈凤兰，你真的是神经病了，我告诉你，我今天买了新的游泳帽游泳裤，李宁牌的，我要和我师傅去秋泳了，秋泳坚持下来，冬泳也就无所谓了。陈凤兰没有反应，呆呆地看着小龙的嘴巴，好像很是嘴馋。小龙又把陈凤兰打量了一遍，发现她的手好像少了什么，想了一下，喊了起来，咦，陈凤兰，你手上的伤筋膏药呢？你的手怎么好啦？

开始秋泳了，东大河里的水比几年前脏多了，不过，小宋还是很激动的，小龙显得更激动，戴着新游泳帽的小龙在河里，像一只西瓜在河面上激动地翻滚，还咦咦地叫着。水面上波涛起伏，可小宋内心的波涛更加汹涌，什么话也说不出来，只是一口一口地叹气，随即就飘散到水里去了。秋风一阵又一阵打在了小宋的脸上，小宋想起了多年前他和李明锻炼的时光，李明和小宋每天出来早锻的时候，镇上人还没醒，他们可从没有早锻炼的习惯，待穿着白条蓝底运动衫的小宋和李明跑完步回来时，才有几个做烧饼的人起身了。再后来，他们决定练习冬泳，练习冬泳是从练习秋泳开始的，他们拎着塑料袋子去东大河，小宋和李明在空荡荡的河面上，很多人都认为河里多了两只鸭子，后来才发现是李明和小宋，两个练武功的神经病。那时小宋和李明约定，一定要坚持游到冷冰冰白皑皑的冬天。冬天，在晒太阳的人的注视下，冬泳完的他们抖抖胸大肌发达的身子，那些碎冰就从他们身上叮当叮当地滑到地上去了。可惜，冬天没有到来的时候，李明却被抓走了，小宋就没有勇气完成冬泳的壮举了。现在好了，李明换成了少年小龙，说不定能够完成冬泳的。

这天晚上，小宋又做了一个有关东大河的梦，梦里有他、李明还有陈凤兰。李明和陈凤兰一起坐在船上，追赶在河里游泳的他，他拼命地游啊游啊，可怎么也游不快，陈凤兰手里还握着一根带铁钩的竹篙，这针篙戳到身上肯定不是闹着玩的。他用尽了力气，就在他快要游不动的时候，他被陈金根推醒了，姓宋的，你昨天带小龙干什么去了？听陈金根一说，小宋这才知道，小龙夜里发烧了，弄得陈金根一夜都没睡，陈金根对小宋说，告诉你，陈凤兰一直在骂你，你快去医院换一换陈凤兰，陈凤兰什么都好，就是脾气不好。

小宋一听到陈金根评论陈凤兰，莫名其妙地紧张起来，说话都有点口吃了，伯伯，不是这样的，陈伯伯。小宋太慌张了，还把裤子套反了。陈金根没有听小宋的解释，视察起了小宋的家，忽然，他像发现了一个大秘密似的，说，咦，小宋，你怎么也不铺床单啊？小宋很慌张地说，有的，有的，在枕头下，我忘记铺了。陈金根说，原来我们家的小龙向你学的，也难怪，你是他的师傅嘛你快去医院，我，随后就到，告诉你，陈凤兰骂你时你可不要回嘴，她发过火之后就好了，就像她死去的妈一样，记住了！

陈金根用手拍了拍小宋凸起的胸大肌，他没有料到，刚拍上去，就被弹了开来，陈金根看了看自己的手，咽了咽口水，乖乖，小宋，你的胸都有点像女人样了，你都可以自己摸自己了，不要摸女人了。小宋不好说什么，只好嗯嗯嗯地答应。陈金根笑了，嗯嗯嗯，猪才嗯嗯嗯的，你其他都不错，就是脸皮薄，男人嘛，就是要胆大脸厚不怕丑，小宋，我再说一遍，你的脸皮要厚一点，随便陈凤兰怎么骂你，你千万不要与陈凤兰回嘴啊。

小宋没有想到，还没有到医院，就被小上海叫住了，小上海说，乖乖，看来人人都喜欢戴高帽子，我叫你小宋你听不见，我叫你宋大师你就听见了。小上海一边说，一边用指头弹了弹小宋的胸脯，然后弯了弯手指，又直了直，听说你有功夫的，弹一弹我指头就骨折了，可我的指头没有骨折嘛。小宋说，你不要再开玩笑了，我哪里有这样的功夫？小上海说，不要谦虚吗？你不是把陈凤兰的手弄骨裂了吗？宋大师，教我几个绝招。小上海似乎就缠住了小宋。小宋有点生气了，看着小上海的春风理发店，镇上有人说，很多女人都喜欢到春风理发店来烫发，烫完发还不给一分钱。

小上海听懂了，脸上的笑有点不真实，喂，宋大师，我跟你说正经的，你想不想要女人？我给你介绍个女人怎么样？绝对是个原装货，我知道你喜欢陈凤兰，可陈凤兰早就是李明的人了，我想你堂堂一个大男人，不会要人家咬过一口的馒头吧。小宋对着小上海扬了扬拳头，胳臂上的肌肉立即凸出来了，你让开不让开？小上海说，真是好心当了驴肺肝了，没有女人只好自干自己的家伙，小上海的声音也大起来了，你是不是想打架？现在不是古代了，再大的武功也没有机关枪狠的。

也许是小宋的拳头起作用了,小上海说归说,还是让开了半个身子,小宋立即就蹿了出去。没有想到,小上海在后面喊起来,我知道你去医院干什么,你是去看医院的厕所里有没有你养的私生子!你和陈凤兰的私生子!小上海还没有说完,有一阵风刮到了他的面前,他的胳臂疼了起来,是小宋的一只手把他的胳臂反扭起来了,小宋的另一只手还捋下了小上海的假发套,小上海的秃顶在春风理发店门口的玻璃里闪闪发光。小上海疼得眼泪都掉了下来,我呕屎!我放屁!小宋啊,我都可以做你的叔叔了,你就饶了我吧。小宋走远了,小上海才敢把假发套整理好,准备开门做生意,可那些春风理发店的阀子门怎么也卸不下来,弄了半天,才明白手臂被小宋这个狗杂种扭伤了。

一踏进空荡荡的医院,小宋就感到下面疼了起来,呈放射性的疼。上初一的时候,李明很严肃地跟他讲,我已经看了,你是包茎,我是包皮过长,这样下去,我们要绝子绝孙的。小宋没有想到自己的问题居然那么大,他问李明怎么办?李明说,做个手术,把包皮割掉。小宋问,怎么割?怎么好意思跟医生说呢?李明决定自己割,而自己割最重要的是要去偷一把又快又薄的手术刀。偷刀的那天晚上,小宋和李明用一只从粮管所顺过来的破麻袋压在了围墙上,麻袋就压住了上面安插的碎玻璃,然后他们从围墙上跳进了医院。那天晚上的医院也像面前的这个医院,空荡荡的,空得很心慌,心慌又使得小宋要撒尿,李明很是不满意,说,你如果想断子绝孙,你就去尿,如果你不想,你就给我熬住了,实在熬不住就给我尿到裤子上,裤子脏了回到家再换,如果偷不到手术刀,我们的问题就大了。李明不愧是做思想工作的高手,小宋不胆怯了,走到了前面,撬手术室的锁,翻抽屉,拿手术刀,这一切都是小宋干的,李明成了看风的人。小宋还顺手偷了几本可以做草稿本的处方单,另加一只手术镊子。前几天,小宋在小龙家看到这个镊子了,陈金根正用它拔猪手上的毛。李明和小宋约定一起割,为了卫生起见,李明还点了一盏灯,剥了不少火柴盒的硝皮,把手术刀放在灯上消了毒,自己先拿了一把,递给了小宋一把。再后来,谁也没有想到,割包皮的行动只是功亏一篑,不是疼的原因,而是流血的问题。手术刀割下去,血就流了出来,流得很多,李明首先慌了,抓了几张火柴盒的硝皮就往伤口上按,小宋也跟着慌了,沾满血的手术刀差点割破了脚,割包皮的行动就这样失败了。好几天,小宋都在羞愧和肿痛中度过,再后来,下面发炎了,下面结疤了。下面掉痂了,下面本来就丑陋不堪,破了相的下面更加目不能睹,小宋怀疑自己以后能不能结婚了?李明说,怎么可能?我看你的长得比我的还大,找三个老婆都行。多少年过去了,小宋把这一切都忘记了,可现在下面的疼又提醒了小宋,疼向上传递,都传递到小宋的手指端上了。小宋实在没有办法,只好蹲在地上,坚决克服了上厕所看一看自己的念头。在站起身之前,他把刚才想好的和陈凤兰说的问题又想了一遍,有些问题却想不起来了,转了几圈,又转到了原地,他的晕方向的毛病又犯了。在这点上,李明比他强多了,要是李明在这里肯定不会像他这么窝囊,有一次,他和李明去县城,到了县城,小宋就分不清东南西北了。

　　小宋像一只盲眼的蜻蜓,慌不择路地在医院里转来转去,还差点撞进了医院妇产科里,要不是小龙看见了他,他不知道会转到什么地方去。陈凤兰见了他,并没有骂他,也没有说什么话,只是把头扭到一边去了,小龙倒是很高兴,说,师傅,是不是老头子叫你来的?这个赌不死的老头子,他肯定手痒了,又去打麻将了。

　　小宋感觉到陈凤兰正在看着他,他慌里慌张地不知道怎么办,最后只好把头低下了,过了很久才敢抬头,陈凤兰今天很漂亮,她穿了一件红衣服,穿了红衣服的陈凤兰很是好看,既显得白,又有气质。小龙指挥说,姐啊,你还不给我师傅倒水。陈凤兰说,渴死才好呢,我和他没有关系,又不是他的徒弟,谁是他的徒弟谁给他倒。小龙不依不饶地说,你怎么和他没有关系,你是他徒弟的姐姐!

见他们姐弟争执起来了，小宋忙说，我不渴的，不渴的，我早晨吃的是粥，我吃的是稀饭。他说完了就站起来替小龙调整点滴，一边调一边说，不能太快的，太快心脏会受不了的。小龙很是得意，双腿轮流跺着地，姐啊，姐啊，陈凤兰！你看我师傅，我师傅的心就是好，就是细。陈凤兰看了看小龙，又看了看小宋，表示听见了，然后她也站起来，把衣服上的皱折扯了扯，对着小宋和小龙扭了扭身体，我去看庙会啦，王萍今天约我一起去看刘庄的庙会，我该走了。

今天刘庄真的开庙会啊？小宋就想问陈凤兰这句话，可他不敢，只是痴痴地看着陈凤兰的红影子远去了。陈凤兰刚才是说给小龙听的呢，还是说给他听的呢？小龙像是看出了他的心思似的，说，师傅啊，不是我说你，刚才陈凤兰的意思是叫你送送她，你啊……真是实心疙瘩。

看到小宋师傅的脸红了，小龙就住了口，要求小宋师傅替他把点滴调得快一点，如果再这样慢下去，别谈两瓶水，就是这一瓶水，也要吊到晚上的。小宋坚决没有妥协，小龙也没有再坚持，共同看着点滴在一滴滴下落，他们都没有想到，这是他们最后一次看到陈凤兰了。

陈凤兰的尸体是在上午十点钟被人发现的，这些人也是去刘庄看庙会的。嘴角有颗痣的陈凤兰死得非常惨，下身被人剥光了，躺在去刘庄的大河边上的葵花地中，她的嘴里还塞着自己的裤头，这是丧心病狂的强奸杀人犯塞到她嘴里的，杀人犯还用刀剜去了陈凤兰的一双小眼睛，可怜的陈凤兰就这样拥有了一副令人恐惧的大眼眶。当时葵花地里的葵匾已被农民们割回家了，葵花杆上还有叶子，这片无头的茂密的葵花都显得凶相十足，今天终于露出了它的凶相，连省公安厅都来了。

小宋在医院里听人说这件事件的时候，已是上午十二点钟的时光，那时小龙的第二瓶药水快要吊了一半了，可小龙要小便了，小宋叫他忍，小龙忍了一会儿，说，师傅，再不尿，我就尿到裤子上了。小宋只好陪小龙去厕所里小便，他负责高举着药水瓶，只有这样，血才不能从滴管里回流出来。到了厕所，小龙掏出来了，可怎么也便不出来。小宋的胳臂都举酸了，他很有耐心地安慰说，小龙，我不看的，依我的经验，看人不小便，小便不看人。小龙很听话地采用了小宋师傅的方法，还真有用呢，果真就哗哗哗地尿出来了。小龙尿完了，两个人还没回病房，小宋就听见人们在议论陈金根，他们还说陈金根的女儿怎么怎么了。

　　小宋当时还以为人家说的是另一个陈金根，后来还是小上海，小上海光着一只胳臂，胳臂上贴着一块伤筋膏药，是新贴上去的，白得直晃小宋的眼睛。小宋不想看小上海，而小上海偏偏停在小宋的面前，喊小龙，小龙，小龙，你怎么还在这儿吊水？你姐可能死了。小龙没好气地说，你姐才死了呢。小上海气得嘴唇直哆嗦，像两只被风吹动的树叶，想发出一点声音，可什么声音也发不出来，小龙的一只手还趁机把小上海膀臂上的伤筋膏药撕了下来，小上海尖叫起来，我的汗毛！我的汗毛！小龙把撕下来的伤筋膏药塞到了小上海的手里，还给你，你的猴毛！

　　小宋没有管他们的争执，只是看着天，太阳亮得很，小宋打了一个喷嚏，又打了一个喷嚏，十分响亮，在准备打第三个喷嚏的时候，由于准备不足，打了半天也没有打得出来。小龙被小宋师傅的滑稽样子惹笑了，没有想到，他的手却被师傅拽紧了，师傅还带着他跑进了注射室，小宋师傅让护士立即拔下针头，然后拉着小龙就往外奔。

　　在沿着东大河去刘庄那条路，小宋和小龙是非常熟悉的，他和小龙就在这条路上进行晨跑的，他们并熟悉那片无头的葵花地，是因为他们跑得很快，每次都是一闪而过。他们遇到了许多往回走的人，以前他们只跑五分钟的路，今天跑了足有一个小时。等到小宋和小龙跑到那片葵花地时，就听见了陈金根在不停地喊，一定是李明那个畜生，一定是李明这个畜生！陈金根的声音都变尖了，小宋的心一阵又一阵往下沉，有个人开着船在他心里横冲直撞，而这个人，不是别人，正是那个盗船贼李明。

大家都说陈凤兰的事件一定是越狱逃跑的李明干的，这个结论很快就被派出所的王所长吐出的一口浓痰否定掉了，肯定不是李明，人家李明在大丰劳改农场里养猪呢，他还是中队拔河冠军的功臣，因为表现好，正准备减刑呢。既然不是李明，那么又是谁呢？

镇上的男人们都成了嫌疑犯，据警犬的鼻子证明，这个强奸杀人犯在犯完罪之后，接着，就游过河去了，因为警犬的鼻子在过了河之后，线索就断掉了，破案的线索就这么断了。公安方面把镇上及周围村里的男人（当然是有精液产生的男子）的血液都检查过了，在结论没有出来之前，传言是非常多的，一时说是刘庄的某某。一时又说是镇上的某某。反正嫌疑犯太多了，血型相同的人肯定是不少的，会游泳的人也是很多的。

小宋当然也成了怀疑对象。而且还有很大的嫌疑，再后来，一调查小宋的时间，很多人都证明的，那时小宋与小龙王在医院里吊水，既然没有作案时间，那也就罢了。不过，调查还是严密的，公安局为了证明小宋是犯罪分子，侦察员悄悄在小宋床下埋伏了三天三夜，还在床下录了音。到了夜晚，可以听见小宋收床单的声音、铺被子的声音，后来是小宋自慰的声音，小宋自慰的时候床咯吱咯吱地响，到了高潮时还听见小宋在喊叫，陈凤兰，我日你的×！为什么不让我日你的×！

小宋自慰的事是王所长在厕所里出恭时当作笑话讲出来的，王所长还说，妈妈的，小宋真厉害，可以到广东做鸭子了，就日一个死鬼陈凤兰，三个夜晚八次，有一个晚上来了三次。王所长的这个笑话传开来了，小宋就多了两个名字，一个绰号叫一夜三次，一个绰号叫自摸。

小宋说不定知道这个绰号，说不定不知道，自从陈凤兰的事出了之后，他就不再出来锻炼了，镇上人还把小宋的两个绰号连成了一个歇后语：小宋自摸———一夜三次。

　　陈金根悲伤了一阵子，又出门打麻将了，对于陈凤兰的死，他并不相信公安局的侦查，他相信自己的判断，这种畜生事件肯定是李明这个流氓干的。

　　小龙也悲伤了一阵子，他很想去找小宋师傅，后来还听人家说小宋师傅怎么怎么的，就觉得不好意思去找小宋师傅，那两个绰号怎么绕得过去？绕不过去的。

　　没有功练了，小龙实在没事干，就到过去自己上过学的中学操场上撑双杠。有一天，小龙还在操场上拾到了一只锈哑铃，和小宋师傅给的那只并不配对，可是好练平举扩胸运动的，小宋师傅总说他的左臂没有力量，现在正好，一边轻，一边重，搞平举扩胸运动。

　　小龙回到家就开始练哑铃，一大一小的哑铃就带着他的身体一张一合，像是要起飞似的，又怎么也飞不起来。扩了几天胸之后，小龙又去撑双杠，小龙过去是不能撑几个引体向上的，撑了就往下面掉。可现在不一样了，他能一口气撑上二十个，把操场边的双杠撑得咣当咣当地响。撑完了双杠，小龙就像一只大鸟栖坐在双杠上想心事，中学操场上的草长得那么高，那么密，一点也看不见过去小龙上学时跑1500米的土跑道了。

　　小龙又想起了小宋师傅，想着想着就想通了，从心里原谅了小宋师傅，毕竟在这件事上，小宋师傅还是喜欢死鬼陈凤兰的人啊。想通了也就坦然了，接着，一股好闻的铁腥的甜味钻到了少年小龙的身体里，小宋师傅总是说，他最不喜欢闻的是铁腥味，而小龙不，小龙就喜欢闻铁腥味，有时候小龙就把沾满了铁腥味的手掌捂在自己的鼻子上，那味道真的沁心入肺的，比大鱼大肉的味道还好闻。

　　小龙下来的时候，一股疼痛就爬上了他的胸膛，肯定不要紧的，估计胸膛上的毛细血管破裂了，等肌肉把破裂的淤血吸收了，他的胸大肌就会和师傅的一样了,小宋师傅知道不知道呢,他把单只哑铃配好对了。

陈凤兰的案子一直没有破,尸体就一直在殡仪馆里冰着,葬礼也就一直没有举行。公安方面的压力也很大,这个震惊全省的大案不破,他们上下都没法交代,"欢乐的""祥和的"春节也没有保障。就为了陈凤兰这个案子,他们走南走北地调查,把整个公安局的活动经费都花掉了,可是一个头绪也没有。这期间,陈金根还到公安局上访,因为是腊月底上,烦心的事都窝在心头,双方口气就不太好。陈金根和他们就吵了一顿。当时围观的人很多,他们都是站在陈金根他们这边的,可和陈金根一起去的儿子小龙不但没有帮他,反而钻出人群,走到外面,像一个外人一样看他陈金根的西洋景了。陈金根正准备训斥小龙,公安局里出来一个老头,老头说话很和气,他把陈金根请到公安局里面去了,围观的人和小龙就在外面等。等了一会儿,小龙就觉得手里空空的,很想有一副哑铃做几个动作,可手里什么也没有,再一看,原来公安局的门口只剩下小龙一个人了,那些围观的人散开了。

陈金根的表情完全变了,嘴巴上还叼着一支红塔山的香烟,他看到小龙时,不禁又想起了刚才的情景,责怪了小龙几句,你还小龙呢?我看你啊,是一条虫!还学什么武功呢?狗屁!小龙不看陈金根,他看到了一个特别像小宋师傅的青年,那个青年骑着一辆摩托车,一窜而过。那人肯定不是小宋师傅,小宋师傅可不会骑什么摩托车,可想到小宋师傅,小龙的心里也烦极了,陈金根却在他的耳朵边像苍蝇一样嗡嗡地说,小龙捂着耳朵叫了起来。陈金根吓了一跳,不啰唆了,他把耳朵上的一支香烟摘下来,递给他儿子,声音变得很温柔,人家公安局的大首脑说了,已经有线索了。小龙没有接陈金根手里的香烟,陈金根也蹲了下来,摸了小龙的头,叹一口气说,小龙啊,我看出来了,小宋他是真的对你姐好呢,恐怕现在这个世界上,只有他在想你死鬼姐姐了。

　　本来过年的时候，小镇上是非常热闹的，可是今年由于出了陈凤兰这个案子，街上到了下午就冷冷清清的了，反而不像是过年了。那些调皮的小孩子放出的一两声鞭炮，反而加深了这样的寂寞。对于镇上人并不相信陈金根所说的"有线索"，陈金根一点不生气，依旧是打牌，上厕所，捧着破茶壶喝茶。

　　小龙是在小宋师傅家过年的，小宋师傅还拿出了扣在塑料袋里的花生。也许花生的时间太长了，小龙一连吃到了好几个坏花生，他没有说出来，拣了一颗糖放在嘴巴里，小龙的心情不错，小宋师傅告诉他了，他现在会四指禅了，海灯法师会一指禅，而一指禅就是从五指禅四指禅演化过来的，先练十指禅，再接着练五指禅，一指一指的减，减到最后就是一指禅了。小宋师傅还对小龙保证说，他过了年就教小龙。小宋师傅还说，小龙更适合练一指禅，因为小龙的身体比小宋师傅瘦。小龙听了之后很久没有说话，小宋师傅说着说着也不说话了，突然又有爆竹声响起来了，爆竹声很突然，可小龙没有听见似的，小宋看到小龙的眼睛里亮晶晶的。

　　小龙是被小宋用拳头捶打桌子的声音吓醒的，小宋师傅的拳头很白，嘴唇也很白。看着庭院里的虚空在发誓，狗日的，总有一天，我要抓到你，畜生，流氓，猪狗不如的东西，我要把你一刀一刀地剐下来，然后再一点一点往上面洒盐，再用烧红的火钳烫。小龙冷不防打了一个寒噤，把桌上的一杯红糖茶泼掉了。

　　公安局的大首脑的确没有骗陈金根，线索的确有了，还在元宵节的时候把那强奸杀人犯抓住了。谁也没有想到的是，这个人是邻县的，他那天准备来推销他家生产的冬瓜，可是跑了几天，一点销路也没有打开，盘缠都用光了，打电话回家的时候，又被自己的老婆奚落了一下，可以说，他心情糟透了。一路上，他见树就踢树，见了葵花叶就折腾葵花叶。后来，他就看见了红衣服的陈凤兰，追上去，把已经吓傻了的陈凤兰像冬瓜一样地抱起来，剥了衣服，剜了眼睛。之所以剜眼睛，是他听人家说过，死人的眼睛就像照相机，能够把最后看见的那个人照下来的。买瓜汉杀了人之后就出去了，到外面窑厂上打工了，后来他又犯了同样的案子，被害人没有死掉，而是逃了，后来就抓住了他，他交代出了这起发生在大河边的案子。

凶犯被公安局带到镇上游街，很多人都去看了，陈金根没有去看那个坏蛋，他喝醉了酒。小龙也没有去，不是小龙不想去，而是小龙的屁股上害了一只疮，没有办法，他不能跑路，一切情景都是小宋师傅告诉他的，小宋师傅说，那个畜生啊，一身的臭味，估计是把屎屙在身上了。

小龙就在这个时候想起了可怜的姐姐陈凤兰，他失声痛哭。哭到最后，小宋师傅和他一起哭。小宋师傅告诉小龙，我是带了一把刀子的，可是我靠近不到他，他离我太远了，我真的靠不近他，人太多了，王胖子很凶，挤得最厉害的人都被他打了。

陈凤兰的名字又一次被人提起了，她迟迟不能举行的葬礼就摆在眼前了，况且还有人说看见了陈凤兰的鬼魂，她的鬼魂在河边，好像在洗衣服。有人不知道她是鬼魂，还问她，姑娘啊，怎么这么晚了，还要到河边洗衣服，你真是胆大呢。接着陈凤兰把脸转过来，是一个没有眼睛的鬼，把问话人的尿都吓出来了，尿在裤子上了。有关陈凤兰的故事被大家说得有鼻子有眼睛的，还越传越远，有人还证明，陈凤兰洗的是一件红衣服。其实在夜里，怎么可能看清楚是什么衣服呢？

一些念佛的老太太找到打牌的陈金根，意思是入土为安，陈凤兰死了这么多天了，连头搭尾都两年了，还没有入土，实在是不应该。有些辈分大的老太太还指责了陈金根，意思是，凤兰这个丫头真的是命苦呢，亲娘死了，也没有修到好老子，还被畜生杀了，真的是前世里作了孽,必须赶紧把死鬼凤兰葬了,给她做个法事,让她早点投胎投个好人家。老太太们你一句,她一句,都像是开批判会了,陈金根被这些老太太一说,背脊上都出了汗。

陈金根就从牌桌上站出来,跑到公安局要人,小龙本来也想去的,陈金根是坚决不让他去,陈金根是一个人去的,捧回来的是陈凤兰的骨灰盒。当陈金根捧着他女儿的骨灰盒走在街上的时候,人家这才发现,陈金根怎么这么老了呢?怎么说老就老了呢?早晨出去的时候还没有这么老,怎么一回来就老了十几岁?

陈凤兰的葬礼是在农历二月初二举行的,二月二,家家撑船带女儿,应该是把出嫁的女儿带回娘家过的日子。陈金根就是在这样的日子里,很出人意料的,给他的女儿陈凤兰办了一场场面非常大的葬礼,请了许多人,就连刚从劳改农场提前释放的李明也受到了邀请。平头的李明变胖了,也变沉默了许多,他没有像他家里人那样,不和小宋说话,他不仅和小宋说了话,还握了手,拍了小宋的肩膀,安慰小宋,似乎死者真的是小宋的未婚妻似的。

小宋把自己当作是陈金根家的总管家,什么凳子啊,桌子啊,基本上都是小宋借的。当人家看到小宋顶着借来的饭桌在街上走的时候,心里总是叹息一声,陈凤兰真的是没有福气呢。这时候桌子把小宋的上半身遮住了,人们是看不到小宋此时的表情的,但可以猜想到小宋的表情,仿佛是小宋要结婚了,要做新郎了,要不然,他哪里有这么大的劲头呢。

陈金根仿佛也是想把女儿的葬礼办得像出嫁似的,就连吃几顿都是上规矩的,三顿都是饭,没有稀饭,其中二顿豆腐饭,一顿下红饭,下红饭其实就是大鱼大肉再加烟酒。本来大家都很拘禁谨,后来看到主家既然如此,赴宴的人就渐渐放开了,喝得闹了起来,不过谁也没有去闹陈金根,也没有谁去闹小宋。

可小宋自己倒闹开了，在酒席上把李明当作了喝酒的对象，碰了一杯又一杯，纠缠着不放。应该说，李明也是很伤心的，不过平头的李明很硬气，他保留着劳改农场的姿势，很守纪律的样子，喝了酒就坐下，人家叫他夹菜他才动筷子。后来成了小宋指挥着李明喝酒，小宋叫他喝，他就喝掉，小宋不敬他，他就不喝，当然也不回敬。

小龙看到小宋师傅是在和李明喝，就退到一边去了，他是吃不下的，一口也吃不下，那些来吃饭的人怎么会把盘子里的菜吃的一干二净，还一盘菜等不到下一盘菜？小龙的任务本来是给酒席上端菜的，可端着端着，他就不去了，躲到陈凤兰的房间里了。陈凤兰的房间空荡荡的，陈凤兰死后，凡是她的东西都烧给她了。小龙想哭，可是哭不出来，只好傻傻地瘫在地上。不一会，有人过来叫他，来人的声音很大，说是陈金根喝醉了。小龙的眼泪就这样出来了，他在拉陈金根的时候，眼泪鼻涕全都滴到陈金根的脸上了，可惜陈金根不知道，他醉得已经像一头死猪了。

小龙把陈金根服侍好后，就来找小宋师傅。小宋师傅不见了，那些吃饭的人也大都散了，来帮厨的老太太告诉小龙，小宋已经和一群吃完酒的人到轮船码头去了，说是小宋喝多了，说起了酒话，他有冬泳的本领，就想给大家表演他的冬泳技术。那些坏心眼的人不但不阻止，还怂恿小宋。小龙一听头就大了，他赶紧往河边跑，小龙觉得自己的心脏也在身体里面捣乱，按不住地往外蹦，就快要蹦到身体外面了。小龙本来还捂着胸口的，后来他也顾不到这些了，就索性让它蹦吧，蹦出来才好呢。小龙在轮船码头的人群中间没有找到小宋师傅，河边也没有他的小宋师傅，后来，他终于在大河的很远处看到了小宋师傅的头。

小龙离开了那些挤在轮船码头上的人群，爬到了河边的一只草堆上，草堆已经腐烂了许多，小龙的腿踩到哪里，哪里就会出现一个窟窿，都不像踩在草堆上了，而像是踩在沼泽地上了。再后来，小龙好不容易才坐到了草堆的顶部，看着小宋师傅在河里越移越远，小龙心里伤感得很。姐姐陈凤兰已经化作一团灰了，陈金根现在也不知道怎么样了，而小宋师傅现在水里做人家耍的猴，秋天的时候，他们可是师徒两个人一起游的啊。

忽然，小龙突然也有了剥了衣服下河的欲望了，当他准备剥衣服的时候，背脊上一阵凉意，突然就打了几个喷嚏。天气还很冷呢，才二月啊，小宋师傅说过，冬泳是需要坚持的，坚持下来就不冷，如果不坚持就不得了的冷，甚至是会冻死的，今天，小宋师傅说不定还会冻死的。小龙看到他小宋师傅越游越慢，估计师傅可能也看见小龙了，还举起手，是向他小龙招手呢？还是再见呢？

小宋师傅的手臂紫红紫红的，小龙心里不禁叹了一口气，脸上就有两行冰凉的泪流了下来，如果小宋师傅今天死掉的话，肯定是为了他姐姐陈凤兰而死的。今天是陈凤兰的葬礼，他不管陈金根反对不反对，他小龙是一定要给他们合葬，并且也要举行婚礼的，哪怕是卖血也要做的。小龙甚至想到了他和陈金根吵架的情景，以及盛大婚礼的场景，就连小宋师傅的远房亲戚宋镇长也来吃陈凤兰和小宋师傅的喜酒。

小宋没有死掉，是李明搞了一条船，去把在河里冻得不能动的小宋捞起来的，李明把他捞起来之后，还把他捂在自己的怀里，很多人都感叹，李明这个家伙将来了不得。至于怎样了不得，谁也没有说，小宋后来被捂醒过来，很多人都去看，大家都听见小宋的叹息，你们为什么不让我死啊？

是啊，为什么不让他死呢？小宋的自杀使得在场的女人们都感叹他的痴情，看不出来呢，说不定小宋就是梁山伯投的胎呢。李明可不管这些，他给了小宋一个耳光。耳光打得很响，打得别人都惊愕地看着平头李明，是不是李明嫉妒了？说到底陈凤兰还是李明的人，朋友妻，不可欺。小宋给李明打醒了，也给自己打了一个耳光。两个耳光都很响亮，相比而言，小宋自己打自己的耳光清脆一些，不过，他的动作太大了，打耳光的时候，差点把小龙端在手上的姜茶给打翻了。

有人说小宋自己打自己的目的是打给李明看的，也有人说，小宋的确是在后悔自己没有死掉。事后有人还去问了小宋，小宋没有说话。他真正的受了凉，整天咳嗽不止，连说话的力气都没有了。

那几天，小龙小心翼翼地跟着小宋师傅，小宋师傅似乎哑巴了，一句话也不愿意说。小龙很体谅小宋师傅，小宋师傅内心对于死的欲望是那么的强烈。只有小龙知道，那天小宋师傅打自己的耳光，是责怪自己连死也没有死掉。小龙也知道小宋师傅为什么不会死掉，主要是因为小宋师傅游泳技术太好了，他即使不划水，也不会沉下去的。

春天真正到来了，东大河对面的农田里油菜花全部开放了，浓烈，芬芳，把一个镇子的空气都改变了，小宋在咳嗽声中沉默下来了，他感觉到自己的肌肉都松弛了，胳臂上的老鼠肉都消掉了。

小宋又开始练石锁了，只是练了一天，左肩就受了伤，小宋师傅身上的伤筋膏药是小龙替他贴的，贴了一张，小宋身上的伤筋膏药的味道就浓得要命，剥掉了还那么的浓烈，居然压过了油菜花的味道。

小宋师傅的脸色越来越黑了，他对于小龙的问候没有反应似的。不过，他还是接受了小龙送过来的哑铃，小龙还对没有配好的哑铃解释了一下，小宋师傅没有说什么，小龙本来还想说，师傅的左肩手伤了，正好练，可小龙还是把话咽到肚子里了。

李明有时也来看看小宋，三个人都不说话，李明的平头已经长没了，不过太乱了，小龙觉得李明的头应该剃一剃了，乱糟糟的，像顶着一只鸡窝似的，这个样子就像是一个贼。可小龙不敢说，小龙觉得自己在陈凤兰这个问题上，他毕竟没有站在李明的这边，而是站在小宋这一边的。心里挺有点对不起李明的。有一天，李明突然对他们说，你们看不看点歌台，就是广电站办的点歌台？小龙说，我们从来就不看电视，电视上的武打戏最假了。小龙的这句话其实是小宋师傅经常说的，小宋师傅的确不太喜欢看电视，可小龙是悄悄看的。既然李明问了，他正好表明一个态度。

晚上，小龙正准备看电视，陈金根却要小龙去请小宋到他家里喝酒，小龙到小宋师傅家找，找了一圈，没有找到小宋师傅，回到家里的时候，发现已经有人和陈金根喝酒了，不是小宋师傅，是李明。

这样一来一去，小龙错过了镇上点歌台的节目，小上海在路上抓住他，说刚才有人在镇上点歌台为小兰的生日点歌，点歌的人叫宋明。小上海说，小宋和李明玩什么戏法，我一看就知道了，宋明是化名，小龙，你说，假如陈凤兰不死，她会嫁给哪一个？

小龙回答小上海的是一个响亮的屁。小上海捂着鼻子骂道，小龙你这个小畜生，真是食多屎多，怎么可以这样发表意见，请你不要在这里污染空气，赶紧到茅缸上去拉屎，拉干净了再来发言。小龙回到家，李明已经不在了，小龙想对陈金根发火，可陈金根这个老畜生已经喝醉了。他想在第二天去找李明，走到街上才听人说，李明出去打工了，他在出去之前还发了毒誓，除非砖头扔到水里能够浮起来，否则他是不会回来的。小龙想，李明走了也好，女朋友死了，又得不到别人的信任，走到哪里，人家要么就用别样的眼睛看着他，要么就格外的热情，都热情得过分了，一点也不真实了。其实只要他还蹲在这个镇上，他做贼的短处就一辈子在人家的舌头根下，永远是人家的话把子，还不如一走了之。

小宋师傅没有告诉小龙那天晚上到什么地方去了，当然他也没有问，小宋师傅甚至没有向小龙问过李明，他知道不知道李明已经走了呢？小宋师傅就更沉默了，小龙有时候觉得，如果李明在镇上多好，三个人在一起与两个人在一起毕竟是不一样的。

小龙不怎么到小宋师傅那里去了，没有事的时候，他就一个人呆在天井里想心事,天井里的晾衣绳已经断了好几天了。镇上还在流传着陈凤兰的鬼故事,有人说,死鬼陈凤兰现在特别喜欢到医院装护士,如果有病人看见她,这个病人就没有救了。还有人说,陈凤兰是到医院厕所里找私生子的。陈凤兰的好朋友王萍被吓得不敢睡觉,她总是听见有人在外面喊她,王萍,我可是替你死的;王萍,我可是替你死的。有一天,陈凤兰的房间门就开了,里面是空洞洞的黑,小龙叫了一声,姐姐。没有人回答。小龙又叫了一声,陈凤兰,还是没有人回答。小龙就哭了起来,小龙哭完了,心情就好多了,心情一好,小龙就特别想念和小宋师傅一起练功的时光,如果不是陈凤兰出事,他小龙也应该是这个镇上数一数二的大哥了。

小龙决定去找小宋师傅,在路上,他看见了一个极像李明的人身影一闪,就不见了,也许真的是李明,也许不是,反正镇上很多人都在说,李明已经变成了飞檐走壁的江洋大盗了,他的本领都是在监狱里学会的。是不是李明今天回来了?小龙很想赶快告诉小宋师傅,走得很快,走快了就有了飞的感觉,也许轻功就是这样练起来的。等到了小宋师傅家门口,小龙好多天不来了,有点羞愧,不敢进去了,他站在师傅家门口,轻声喊了几声,小宋师傅!小宋师傅!

里面没有人应他,小龙就推开了门,房间里有一股怪怪的味道,小宋师傅正悬在半空中呢,他正在吊环上做动作,小龙知道这个动作,叫做李宁正吊接十字支撑,小宋师傅做得很标准,人在半空中,脚尖还绷得那么直,他的脚尖直对着小龙给配齐的哑铃。小龙问了一声,师傅,师傅,你吊了多久了?有四个小时了吧?小宋师傅没有回答他,小龙就住了口,师傅练功的时候是不可以说话的。

小龙拿起师傅脚下的那副哑铃,哑铃身上爬上了很多的锈,浓烈的铁腥味都冲到小龙鼻子里了,不过味道不是过去那样的甜了,而成了讨厌的鱼腥味。小龙把哑铃举起来,做了一个平举扩胸运动,没有想到的是,哑铃是那么的轻,好像不是铁做的,而是纸做的。小龙后来就放下了哑铃,满手的铁锈红,等小龙再抬头,仔细打量做十字正吊的小宋师傅,有点不对头,小宋师傅穿着小龙给他的那件西装,那是陈凤兰给小龙买的,小龙身子单,撑不起来,小宋师傅穿起来很帅,真有点像新郎官呢。

小龙很想用这句话跟小宋师傅开个玩笑,可再一看,不对劲,小宋师傅的舌头做鬼脸似的伸出来了,那舌头伸得很长,就像打得不好的一根暗红的领带,斜歪在了小宋师傅的胸前。